A TERRA DA BRUMA

CLÁSSICOS ZAHAR
em EDIÇÃO COMENTADA E ILUSTRADA

Persuasão
Jane Austen

Peter Pan[*]
J.M. Barrie

O Mágico de Oz[*]
L. Frank Baum

Tarzan
Edgar Rice Burroughs

Alice[*]
Lewis Carroll

Sherlock Holmes (9 vols.)[*]
A terra da bruma
Arthur Conan Doyle

O conde de Monte Cristo[*]
A mulher da gargantilha de veludo e outras histórias de terror
Robin Hood
Os três mosqueteiros[*]
Alexandre Dumas

O melhor do teatro grego
Ésquilo, Sófocles, Eurípides e Aristófanes

O corcunda de Notre Dame
Victor Hugo

O Lobo do Mar
Jack London

Rei Arthur e os cavaleiros da Távola Redonda
Howard Pyle

Os Maias
Eça de Queirós

Contos de fadas[*]
Maria Tatar (org.)

20 mil léguas submarinas
Jules Verne

A besta humana
Émile Zola

[*] Disponível também em Edição Bolso de Luxo

Arthur Conan Doyle

A TERRA DA BRUMA

EDIÇÃO COMENTADA

Seguido dos contos do professor Challenger

Apresentação:
Bruno Zeni

Tradução do romance:
Maria Luiza X. de A. Borges

Tradução dos contos:
Alexandre Barbosa de Souza

Notas:
Bruno Costa

ZAHAR

Copyright desta edição © 2014:
Jorge Zahar Editor Ltda.
rua Marquês de S. Vicente 99 – 1º | 22451-041 Rio de Janeiro, RJ
tel (21) 2529-4750 | fax (21) 2529-4787
editora@zahar.com.br | www.zahar.com.br

Todos os direitos reservados.
A reprodução não autorizada desta publicação, no todo
ou em parte, constitui violação de direitos autorais. (Lei 9.610/98)

Grafia atualizada respeitando o novo Acordo Ortográfico da Língua Portuguesa

Preparação: Juliana Romeiro | Consultoria: Geísa Pimentel Duque Estrada
Revisão: Carolina Sampaio, Eduardo Farias | Projeto gráfico e composição: Mari Taboada
Capa: Rafael Nobre/Babilonia Cultura Editorial

CIP-Brasil. Catalogação na publicação
Sindicato Nacional dos Editores de Livros, RJ

	Doyle, Arthur Conan, Sir, 1859-1930
D784t	A terra da bruma: edição comentada/Arthur Conan Doyle; tradução Maria Luiza X. de A. Borges, Alexandre Barbosa de Souza. – 1.ed. – Rio de Janeiro: Zahar, 2014.

(Clássicos Zahar)

Tradução de: The land of mist
Seguido dos contos do professor Challenger
Apêndice
ISBN 978-85-378-1309-6

1. Romance inglês. I. Borges, Maria Luiza X. de A. II. Souza, Alexandre Barbosa de. III. Título. IV. Série.

CDD: 823

14-14247

CDU: 821.111-3

SUMÁRIO

Apresentação:
As brumas da aventura, por Bruno Zeni   7

A TERRA DA BRUMA

1. Em que nossos enviados especiais entram em ação   21

2. Que descreve uma noite em estranha companhia   31

3. Em que o professor Challenger dá sua opinião   50

4. Que descreve estranhas atividades em Hammersmith   55

5. Em que nossos enviados especiais têm uma notável experiência   84

6. Em que o leitor tem uma amostra dos hábitos
de um notório criminoso   103

7. Em que o notório criminoso recebe o que a lei britânica
considera lhe ser devido   119

8. Em que três investigadores se deparam com uma alma sombria   133

9. Que introduz alguns fenômenos muito físicos   155

10. *De profundis*   165

11. Em que Silas Linden colhe o que plantou   182

12. Há alturas e há profundezas   194

13. Em que o professor Challenger parte para a batalha   206

14. Em que Challenger encontra um estranho colega   222

15. Em que são preparadas armadilhas para uma presa formidável   234

16. Em que Challenger tem a maior experiência de sua vida   247

17. Em que as brumas se dissipam   262

Apêndices   269

ANEXOS
Os dois contos do professor Challenger

Quando o mundo gritou   281

A máquina de desintegração   313

Cronologia: Vida e obra de Arthur Conan Doyle   329

APRESENTAÇÃO

As brumas da aventura

Arthur Conan Doyle já era o escritor consagrado pelas histórias protagonizadas por seu maior personagem, o detetive Sherlock Holmes, quando deu início a uma série de livros de aventuras vividas por outro extraordinário – e excêntrico – personagem: o professor George Edward Challenger. O escritor publicaria três narrativas longas e dois contos em que Challenger é o personagem principal: *O mundo perdido* (1912), *A nuvem da morte* (1913), *A terra da bruma* (1926), "Quando o mundo gritou" (1928) e "A máquina de desintegração" (1929).

As histórias do professor Challenger se filiam a uma tradição fecunda da narrativa ocidental, aquela das histórias de aventuras, exploração e investigação, de autores como Jules Verne, Rudyard Kipling, Robert Louis Stevenson e Edgar Allan Poe. Escritas no começo do século XX, as obras de Conan Doyle já reformulam a estrutura tradicional da aventura, em geral marcada por uma sucessão de episódios e peripécias, além de apontarem para alguns dos caminhos posteriores da literatura de ficção, conferindo aos enredos baseados na ação as contradições e impasses, inclusive formais, da contemporaneidade.

Os dois primeiros livros trazem o zoologista George Edward Challenger no centro de acontecimentos extraordinários, imerso nos perigos e nas controvérsias científicas que movem as tramas. Challenger é um gênio de renome em toda a Europa, dotado de uma personalidade fascinante. Ele é também genioso, cético, intratável e irritadiço. Sua compleição física e seu comportamento instável fazem dele uma figura temida. A barba negra e comprida, a força descomunal, o enorme plexo e a compleição atarracada estão a serviço de sua fama de encrenqueiro e de inimigo da imprensa. Costuma expulsar de seu gabinete e até de sua casa – aos murros e pontapés, porta afora – os jornalistas mais audaciosos e impertinentes. Tudo isso contrasta com uma inteligência prodigiosa e uma dedicação inabalável à ciência.

Inspirado em William Rutherford, um professor cujas conferências Conan Doyle assistia nos primeiros anos do curso de medicina, Edward Challenger se tornou, ao lado de Sherlock Holmes, um dos personagens mais cativantes do autor. Em suas histórias, o leitor é convidado a acompanhar as investigações científicas desse personagem que concentra em si mesmo as ideias de um período de grandes mudanças, quando os progressos da civilização, a ciência e a tecnologia atingiram níveis de eficiência e excelência, mas também começaram a mostrar sinais de seu potencial destrutivo. Seguir o professor Challenger nessas histórias é experimentar um pouco do fascínio, do suspense e dos limites da grande narrativa de aventura.

Uma vida dedicada à medicina e à escrita

Arthur Conan Doyle nasceu em Edimburgo, Escócia, em 22 de maio de 1859, em uma família católica bem-estabelecida e de certa tradição no mundo das artes – o avô e os tios paternos de Arthur se destacavam no campo da caricatura, do desenho e da pintura. O pai, Charles Altamont Doyle, seguiu uma carreira regular de funcionário público, mas sofreu com problemas decorrentes do alcoolismo e, no final da vida, com crises de epilepsia. A mãe, proveniente de uma família de ascendência irlandesa, foi a responsável pelos primeiros estudos do menino. Gostava de ler e de contar histórias ao filho, e ouvi-las deixou uma profunda impressão na criança. O prazer e a fantasia das narrativas da infância, além dos anos passados no colégio interno – um período intenso e difícil –, constituíram as primeiras experiências que inclinaram Conan Doyle à carreira literária.

Aos onze anos, o menino foi mandado pela família para o Stonyhurst College, internato de orientação jesuítica na Inglaterra. Ali teve atritos com colegas, sofreu perseguições e voltou-se cada vez mais para os estudos e para a dedicação à literatura. Quando se formou, em 1876, com dezessete anos, surpreendeu a família ao decidir-se pela carreira de médico.

O jovem Arthur matriculou-se no curso de medicina na Universidade de Edimburgo. São dessa época também seus primeiros questionamentos acerca da religião. Em 1875, já se declarava agnóstico, e na década seguinte teria início seu interesse pelo espiritismo, primeiro como um expectador interessado nas palestras sobre mediunidade e comunicação com os espíritos, depois, na maturidade, como um ardoroso defensor e divulgador da causa.

Durante os anos de faculdade, começou a escrever os primeiros textos literários e a publicar as histórias ficcionais, como os contos "O mistério do vale Sasassa" e "The American's Tale". Uma das experiências como estudante definiu sua predileção pelas narrativas de aventura: Conan Doyle embarcou como médico em um navio baleeiro rumo ao Ártico. Depois de formado, voltaria a praticar a medicina na costa africana. A experiência em viagens marítimas não conquistaria o coração do médico, mas estimularia a imaginação do futuro escritor.

Conan Doyle voltou a exercer a medicina na Inglaterra e passou a escrever nos intervalos que a profissão oferecia. Em 1885 casou-se com a irmã de um de seus pacientes, Louise Hawkins, com quem teve dois filhos: Mary Louise e Kingsley. A mulher morreria de tuberculose em 1906, e Conan Doyle voltaria a se casar, no ano seguinte, com Jean Leckie. Com a segunda esposa, o escritor teria mais três crianças: Denis, Adrian e Jean.

Já no começo da década de 1890 surgiram as mais bem-sucedidas histórias daquele que viria a se tornar o seu personagem mais famoso: Sherlock Holmes. O primeiro dos livros protagonizados por ele foi o romance *Um estudo em vermelho* (1887). Uma série de contos publicados na *Strand Magazine*, depois reunidos em livro, fez a fama do escritor. Sua maior criação, o detetive capaz de solucionar crimes e mistérios por meio da dedução e do raciocínio lógico, também se inspirava em um dos antigos professores de Conan Doyle em Edimburgo; no caso, Joseph Bell foi o modelo para Sherlock Holmes.

As histórias de Sherlock Holmes acabaram por ganhar tamanha projeção – para certo desconforto do próprio autor, que temia ficar conhecido apenas por elas – que Conan Doyle chegou a matar o seu principal personagem no conto "O problema final", para depois revivê-lo no romance *O cão dos Baskerville* (1902) e em um conto, "A casa vazia". A atitude de "matar" e "ressuscitar" Sherlock pode, a princípio, parecer inverossímil, mas é procedimento que só a grande ficção permite. E as histórias de Conan Doyle, tanto as protagonizadas por Sherlock Holmes como aquelas vividas pelo professor Challenger, estão repletas dessas viravoltas fascinantes, típicas dos relatos ficcionais: as elipses de tempo, os subentendidos, as mudanças repentinas, as inúmeras aventuras e acontecimentos que são mencionados e aludidos, permanecendo fora do âmbito daquela narrativa específica, mas que o leitor experimenta como se houvessem de fato ocorrido com os personagens.

Mesmo com o enorme sucesso de suas histórias, Conan Doyle continuou exercendo a medicina. Nos últimos anos do século XIX, atuou como médico voluntário da campanha britânica na Guerra dos Bôeres, na África do Sul. Escreveu um panfleto defendendo a guerra e, em 1902, foi nomeado cavaleiro real. Com essa deferência, incorporou a distinção de tratamento ao seu nome, inclusive à sua assinatura como escritor: Sir Arthur Conan Doyle.

Nos anos seguintes, a perda de familiares abateu a confiança do autor e o fez enfrentar um período de grande depressão: sua mulher, Louise, morreu em 1906; no contexto da Primeira Guerra Mundial, perdeu o filho Kingsley.

Esse impacto na vida pessoal, somado aos horrores da guerra num sentido mais amplo, intensificou as mudanças de convicções religiosas que Conan Doyle experimentava desde a década de 1880, e o autor passou a se dedicar cada vez mais ao espiritismo – com reflexos também em sua obra. O autor escreveu alguns estudos centrados no espiritismo, como *A mensagem vital* (1919), e após a morte de sua mãe, em 1921, *De-*

vaneios de um espírita. Em 1924, publicou sua autobiografia, *Memórias e aventuras*. Conan Doyle ainda viajaria à África e, em 1929, à Escandinávia e à Holanda. Morreu em julho de 1930, de ataque cardíaco, aos 71 anos.

A aventura sobrenatural em *A terra da bruma*

A guinada para o tema do espiritismo talvez seja a mudança mais evidente da obra tardia de Conan Doyle. Junto com essa reorientação, ganha terreno também, na vida pessoal e na carreira literária do autor, o questionamento crescente da ação narrativa, da ciência e do pensamento racional, como mostram as aventuras da série protagonizada pelo professor Challenger. O progresso científico e tecnológico, seus benefícios e suas contradições passaram a ocupar o centro das histórias do autor.

A terra da bruma, publicado em 1926, é o terceiro livro da série protagonizada por George Edward Challenger, e ganha tradução pela primeira vez no Brasil. Se nos primeiros livros, *O mundo perdido* e *A nuvem da morte*, somos apresentados a um cientista prodigioso e seguro de sua inteligência dedutiva e de sua capacidade criadora, à medida que as aventuras de Challenger avançam no tempo também percebemos que a crença ingênua na ciência e na capacidade humana de conhecer e de interferir na realidade se torna mais problemática nos enredos ficcionais.

Este *A terra da bruma*, em particular, extrapola o âmbito da narrativa aventuresca, pois tem como assunto principal o espiritismo. Nele, o professor Challenger e seu ceticismo, sua paixão pela observação e pelas evidências são desafiados por fenômenos sobrenaturais, que escapam à compreensão do raciocínio e da lógica e questionam os limites entre vida e morte, ciência e religião, razão e crença. A princípio a possibilidade de comunicação com os mortos e a aparição ectoplásmica de pessoas que estão em outro plano da existência é vista como fraude, como manipulação de charlatães e de pessoas com intenção escusa, quando não criminosa. No livro, o espiritismo é inclusive perseguido pela polícia.

Mas quando os personagens, especialmente o jornalista Edward Malone e a filha do professor Challenger, Enid, começam a frequentar sessões espíritas e travar contato com as manifestações vívidas de incorporação e mediunidade, as possibilidades de refutação diminuem. Até que o próprio Challenger é instado a participar de uma cerimônia mediúnica.

A virada espírita de Conan Doyle não foi muito bem-vista pelos leitores e pela crítica, e alguns deles, especialmente os aficcionados pelas histórias de aventura e de dedução, consideram que este livro é uma espécie de peça de propaganda do autor em favor do espiritismo.

Talvez por esse motivo – além da dimensão e repercussão extraordinárias que seu personagem Sherlock Holmes alcançou – *A terra da bruma* tenha permanecido como que relegado a uma posição de obra menor na carreira do autor, mesmo fazendo parte da fascinante série do professor Challenger.

Um olhar menos prevenido sobre o livro e a história, porém, revelam que para além da intenção proselitista da narrativa, estão reunidos nesse romance todas as qualidades do grande escritor, o ritmo alucinante e o mesmo teor de ironia e humor sarcástico das histórias anteriores protagonizadas pelo zoologista George Edward Challenger, especialmente quando este personagem singular entra em cena.

No primeiro livro da série, *O mundo perdido*, fomos apresentados ao personagem e seus companheiros de jornada: o jornalista Edward Malone, o aventureiro lorde John Roxton e outro cientista, o professor Summerlee, que é uma espécie de contraponto especular a Challenger. Juntos, eles se lançam a uma expedição à Amazônia, a fim de verificar algumas observações prévias do professor Challenger que vinham sendo questionadas nos círculos científicos britânicos. Em viagem anterior à América do Sul, Challenger havia documentado a sobrevivência de algumas espécies animais pré-históricas.

Nesse primeiro romance Challenger é o protagonista e o homem a ser contestado, tanto pela comunidade científica de seu país, que o vê como um louco embusteiro, como pelos companheiros de viagem, especialmente por Summerlee, cuja presença na expedição tem como propósito tirar a limpo, com os próprios olhos, o que Challenger alegava ter descoberto. E, de fato, a inteligência e as capacidades científicas de observação e dedução de Challenger se provam corretas: a expedição consegue localizar um platô, no coração da Amazônia, onde ainda vivem dinossauros e os terríveis homens-macacos, um tipo de hominídeo que se perdera na cadeia evolutiva da espécie humana.

Um dos aspectos formais mais interessantes desse extraordinário relato de aventura é o fato de a história ser narrada por Malone e não pelo protagonista. O procedimento é similar ao das histórias de Sherlock Holmes, que são narradas pelo assistente do detetive, dr. Watson, o que confere ao personagem principal a aura de heroísmo, singularidade e distinção que conhecemos bem dos contos e romances sherlockianos. Também a determinação e a excelência intelectual e de ação do professor Challenger, que a narrativa confirma e chancela, são inabaláveis na primeira história da série.

Em *A nuvem da morte*, o cientista novamente ocupa posição central na trama. É ele quem percebe os sinais do perigo que pode se abater sobre Londres a qualquer momento: uma alteração cósmica ligada ao éter, uma substância química que seria condutora de todos os elementos do universo. A mudança poderia levar ao envenenamento de toda a população, se esse distúrbio fizesse com que o éter que circunda a Terra se tornasse tóxico e passasse a carregar elementos letais e também doenças, como uma epidemia proveniente da ilha de Sumatra que está prestes a chegar à Inglaterra.

Challenger manda telegramas com ordens expressas a seu antigos companheiros de aventura, que voltam a se reunir, mas agora acuados pela possível nuvem pestilenta que aniquilaria a todos. Logo os acontecimentos se sucedem e o cientista prova estar correto mais uma vez. À medida que as horas passam, toda a vida animal do mundo exterior começa a perecer. Restam apenas os velhos companheiros de aventura, refugiados na casa de campo de Challenger, em companhia do professor e sua mulher. A única esperança, se é que há alguma, é confiar na possibilidade de sobrevivência graças à reserva de oxigênio de que o grupo dispõe e na passagem do tempo, que talvez interceda em favor do grupo.

Se nas duas primeiras narrativas, a aventura e os perigos a que são submetidos os personagens vêm da natureza e do acaso inesperado – e a ciência é a grande arma de combate ao desconhecido –, em *A terra da bruma* e nos contos protagonizados por Challenger é a própria ciência que está em xeque. Este romance, então, apresenta a crise do protagonista, uma crise que é pessoal, por conta de acontecimentos que se abateram sobre a família Challenger (o professor, antes de a ação propriamente dita começar, havia perdido a esposa), mas também é profissional e científica. Agora, não se trata apenas de saber se as habilidades intelectuais de Challenger são capazes de prever os perigos e se precaver deles, mas se a ciência ela mesma é capaz de dar conta de toda a realidade. Mais que isso, trata-se de questionar quais são os limites e os contornos do que chamamos realidade, e se o conhecimento é algo intrinsecamente confiável e benéfico.

O desafio final do professor Challenger

Se neste livro os limites do pensamento científico são postos à prova pelo espiritismo, um tema que estava no centro do debate à época, é porque para Conan Doyle a guinada espírita prometia uma saída para o materialismo crescente e para a obtusidade do cientificismo, uma alternativa aos exageros da especulação científica, da racionalidade e da instrumentalização da vida, características que se agudizariam na passagem do século XIX para o XX, culminando na experiência terrível das duas grandes guerras mundiais.

Essa desconfiança da exacerbação do racionalismo, e do progresso muitas vezes perigoso da ciência, está claramente formulada em *A terra da bruma*, quando um dos personagens observa: "A própria ideia de progresso materializou-se. É progresso mover-se com grande velocidade, enviar mensagens ágeis, construir novas máquinas. Tudo isso é um desvio da verdadeira ambição. Há somente um progresso, o progresso espiritual."

A *terra da bruma* então apresenta um outro mundo e um outro tipo de aventura: a morte pode não ser a fronteira final. O livro repõe, por meio de um novo pano de fundo, temas das narrativas anteriores, tais como o medo e o fascínio pelo desconhecido, as possibilidades investigativas da observação, o poder e os limites da ciência, conferindo a tudo isso um teor ainda mais problemático e contraditório. A própria constituição da narrativa e a capacidade de seu protagonista estão sob suspeição, como indica o notável começo do romance. Nas primeiras páginas da história, o leitor é apresentado a um abatido professor Challenger, que perdeu parte da vivacidade e da gana de outrora por conta da viuvez. O narrador deprecia o teor aventureiro das histórias anteriores, como que a ecoar o novo estado de espírito de Challenger, agora mais sereno e maduro.

O grande protagonista, neste momento de recolhimento pessoal e intelectual, dá lugar a outros personagens, com destaque para sua filha, Enid, e mais uma vez ao charmoso, competente e dedicado jornalista Edward Malone. Diferentemente das outras vezes, Malone não é mais o narrador das aventuras, mas prossegue na sua incansável tarefa de relatar, com objetividade e minúcia, tudo o que envolve o fascinante mundo da ciência e de algo que, a princípio, parece ser anticientífico ou, muito pior, puro charlatanismo: as sessões mediúnicas que passa a frequentar ao lado de Enid, a filha de Challenger. E é nas páginas do jornal onde trabalha, o *Daily Gazette*, que ele irá contar essas suas experiências.

Muitos novos personagens surgem durante as investigações de Malone, e um velho conhecido aparece em uma das sessões. As aventuras agora são sobrenaturais, os perigos e os desafios são ectoplásmicos e fantasmáticos. Mesmo aqueles céticos cientistas e repórteres, por via das dúvidas, preferem ver com os próprios olhos para crer nas alegações dos médiuns e dos adeptos da religião espírita. Como não poderia deixar de ser, Challenger retorna no final da trama, e a expectativa recai sobre a possibilidade de também ele ser convencido da lisura do espiritismo. O desfecho do romance não frustra o leitor: a habilidade de construir cenas fortes e impactantes, seja qual for a situação narrativa, permanece em Conan Doyle, com alto grau de elaboração.

Desafios de Challenger em duas narrativas curtas

Os dois contos incluídos nesta edição, há muito tempo fora de catálogo no Brasil, ganham nova tradução. Eles dão prosseguimento às aventuras de Challenger e completam a série protagonizada pelo personagem. Os textos curtos propiciam também ver o professor Challenger em missões arriscadas, em que ele passa de desafiador a desafiado, mas sem perder a impetuosidade, fazendo jus ao seu nome – *challenger*, em inglês, significa desafiante. As duas histórias apresentam o professor envolto em experimentos que podem colocar em risco não apenas a vida no planeta, mas a constituição da Terra e, não menos importante, a sua própria vida.

Em "Quando o mundo gritou" e "A máquina de desintegração" o que vemos é o retorno do irascível professor em sua velha e boa forma. No primeiro conto, o leitor é apresentado a um novo narrador, o amigo de Malone e especialista em poços artesianos Peerless Jones, e a temas também sem precedentes nas histórias da série: o mundo como um organismo vivo, as possibilidades e os limites de exploração do globo, o dinheiro e o caráter mercantil da ciência, a ganância e a prepotência científica, a exploração midiática do conhecimento e dos experimentos científicos, a competição e a rivalidade da imprensa pela cobertura de um evento espetacular. Temas que viriam a se transformar em rotina ao longo dos anos posteriores e que se tornaram ainda mais agudos no século atual.

No segundo conto, Edward Malone retorna como narrador. É ele quem procura Challenger, a pedido de seu chefe, o sr. McArdle, editor do jornal *Daily Gazette*, para propor uma investigação sobre um invento que pode colocar em risco toda a humanidade e talvez o planeta, se cair em mãos erradas – o que parece prestes a acontecer.

Com esta edição, o leitor tem em mãos histórias que apresentam o gênio de Arthur Conan Doyle em algumas de suas mais venturosas realizações. Além de permitir rever um romance até hoje relegado a segundo plano, possibilita que acompanhemos as aventuras de Challenger, Malone e companhia também nesses contos que levaram a obra de Conan Doyle a um campo da literatura, a ficção científica, tão fértil quanto aquele das histórias policiais e narrativas de aventura.

Como diz o narrador de "Quando o mundo gritou", "as coisas são sempre mais fáceis quando cessa a imaginação e começa a ação". Se para o escritor que criou a história e a compôs repleta de lances imaginativos a frase chega a ser um contrassenso, ela é mais do que verdadeira para o mundo dos personagens e para a realidade da ficção, um universo de regras e leis próprias, que Conan Doyle conhecia e manipulava com a arte de um prestidigitador. Prova disso são suas histórias conduzidas por narradores dedicados e participantes, mas também distanciados, inquietos e irônicos, que são, sobretudo, magistrais contadores de histórias, interessados na investigação, na ação, na aventura e nos limites da aventura.

BRUNO ZENI

Bruno Zeni é escritor e doutor em letras pela USP. Trabalha como editor e crítico literário, além de lecionar literatura brasileira, teoria literária e escrita criativa em instituições variadas. É autor, entre outros, de *Você é minha notícia secreta* (Quelônio, 2014), *Corpo a corpo com o concreto* (Azougue, 2009) e, com José André de Araújo, *Sobrevivente André du Rap* (Labortexto, 2002).

A TERRA DA BRUMA

1

Em que nossos enviados especiais entram em ação

O eminente professor Challenger[1] foi – muito imprópria e imperfeitamente – usado em ficção. Um autor atrevido colocou-o em situações impossíveis e românticas para ver como ele reagiria a elas. A reação foi um processo por difamação, uma petição malograda para que as obras fossem retiradas de circulação, um tumulto em Sloane Street,[2] dois ataques pessoais e a perda de seu cargo de professor de fisiologia na Escola de Higiene Subtropical de Londres.[3] No mais, a questão foi superada de maneira mais pacífica do que se poderia imaginar.

Mas ele vinha perdendo algo de seu ardor. Os ombros enormes tornaram-se um pouco arqueados. A barba basta e aquadradada exibia emaranhados grisalhos em meio ao preto, os olhos estavam um tantinho menos

---

1. George Edward Challenger, mais conhecido como professor Challenger, é um dos personagens fictícios mais carismáticos criados por Conan Doyle, depois de Sherlock Holmes e Watson. Challenger foi baseado no professor de fisiologia William Rutherford, da Universidade de Edimburgo, onde o autor fez seus estudos de medicina. De personalidade forte, agressiva e controladora, este homem de ciência aparece pela primeira vez no romance *O mundo perdido*, de 1912. No ano seguinte, protagoniza outro romance, *A nuvem da morte*, reaparecendo neste *A terra da bruma* (1926) e em dois contos, "Quando o mundo gritou" (1928, ver p.281) e "A máquina de desintegração" (1929, ver p.313).
2. Rua de Londres que liga Knightsbridge a King's Road, onde ficava localizado o St. George's Hospital, transformado em escola de medicina em 1820.
3. A London School of Hygiene & Tropical Medicine, fundada em 1899 por Sir Patrick Manson, localizada no Albert Dock Seamen's Hospital, no distrito das Docas de Londres.

agressivos, o sorriso menos arrogante; a voz continuava monstruosa como sempre, mas menos pronta a calar aos gritos qualquer oposição. Contudo, ele era perigoso, como bem sabiam, dolorosamente, todos os que o cercavam. O vulcão não estava extinto, e estrondos constantes ameaçavam transformar-se em uma nova erupção. A vida ainda tinha muito a lhe ensinar, mas ele estava um pouco menos intolerante para aprender.

Havia um marco inicial para a mudança que se vinha operando nele. A morte de sua mulher. Aquele pedacinho de gente fizera morada no coração do imenso homem. Ele tivera toda a ternura e todo o cavalheirismo que os fortes podem ter para com os fracos. Cedendo tudo, ela tudo conquistara, como uma mulher gentil e provida de tato sabe fazer. E quando morreu subitamente de uma pneumonia viral que se seguiu a uma gripe, o homem cambaleou e caiu. Ele se reergueu com um sorriso triste, como um boxeador golpeado, pronto para continuar por muitos rounds contra o Destino. Mas não era mais o mesmo homem, e, não fosse a ajuda e a companhia da filha Enid, talvez nunca tivesse se refeito do golpe. Era ela que, com inteligente habilidade, o atraía para todo assunto capaz de atiçar-lhe a natureza combativa e enfurecer-lhe a mente, até que ele voltou a viver no presente e não no passado. Só quando o viu turbulento, imerso em controvérsias, violento com jornalistas e ofensivo em geral com os que o cercavam, a jovem sentiu que o pai estava realmente a caminho da recuperação.

Enid Challenger era uma moça extraordinária e merece um parágrafo para si. Com o cabelo negro do pai, os olhos azuis e o colorido suave da mãe, era notável, se não bonita, na aparência. Era discreta, mas muito forte. Desde a infância, tivera de impor-se perante o pai, ou teria sido esmagada e tornado-se um mero autômato manobrado por mãos fortes. Era vigorosa o bastante para curvar-se com gentileza e flexibilidade aos humores do pai, reafirmando-se quando eles tinham passado. Ultimamente a pressão constante lhe havia parecido demasiado opressiva, e ela a aliviara tentando encontrar uma carreira. Fazia trabalhos esporádicos para a imprensa de Londres e dedicava-se a eles de tal modo que seu nome começava a ficar conhecido em Fleet Street.[4] Para isso, valera-se da imensa ajuda de um velho amigo do pai – e possivelmente de seus leitores –, sr. Edward Malone,[5] da *Daily Gazette*.

Malone ainda era o mesmo irlandês atlético que chegara a jogar uma vez pela seleção nacional de rúgbi, mas a vida também lhe abatera o vigor e fizera dele um homem mais dócil, mais atencioso. Abrira mão de muita coisa ao aposentar de vez as chuteiras. Talvez seus músculos tenham definhado e as articulações enrijecido, mas sua mente estava mais afiada e ativa. O menino estava morto, e o homem nascera. Fisicamente, mudara pouco, mas seu bigode estava mais espesso, as costas um pouco encurvadas, e algumas linhas de expressão se desenhavam em sua fronte. O pósguerra e os novos problemas mundiais tinham deixado sua marca.[6] No mais, fizera seu nome no jornalismo e até, em pequena medida, na literatura. Continuava solteiro, embora alguns pensassem que os liames que o prendiam a essa condição eram precários e que os dedinhos brancos da srta. Enid Challenger poderiam desatá-los. Os dois eram sem dúvida ótimos amigos.

Era uma noite de domingo em outubro, e as luzes começavam a piscar através do fog que amortalhava Londres desde o raiar da manhã. O apartamento do professor Challenger em Victoria West Gardens ficava

---

4. Rua de Londres, próxima ao rio Fleet. A primeira tipografia a funcionar nessa rua remonta ao início do séc.XVI e foi ali que se instalou, a partir do séc.XVIII, grande parte dos jornais ingleses, o primeiro deles, o *Daily Courant*, em 1702. Por volta de 1980, quase todos os jornais já haviam se mudado para outras regiões de Londres, sendo a agência Reuters a última a se trasladar, em 2005. Apesar disso, o nome Fleet Street continua sendo intimamente associado à imprensa britânica.
5. Edward Malone é o narrador de *O mundo perdido*, um jovem repórter em busca de aventura. O personagem foi inspirado em Edmund Morel, um jornalista que durante a Primeira Guerra Mundial participou da Union of Democratic Control, organização com fins pacifistas.
6. A Primeira Guerra Mundial foi devastadora para a Europa, em grande parte, por ter sido o primeiro grande conflito entre nações a fazer uso das novas tecnologias bélicas. As condições e problemas aos quais Conan Doyle alude podem ser os seguintes: a fome, o alastramento das doenças contagiosas, o desemprego e a derrocada da economia europeia, as cidades arrasadas, afora, no plano político, o nascimento dos regimes totalitaristas.

no terceiro andar, e a bruma adensava-se contra as janelas, enquanto o zumbido baixo do tráfego atenuado de domingo erguia-se de uma rua invisível sob ela, delineada apenas por manchas dispersas de débil luminosidade. Challenger estava sentado diante da lareira, com as pernas grossas e arqueadas estendidas e as mãos no fundo dos bolsos da calça. Seu traje tinha um pouco da excentricidade do gênio, pois usava uma camisa de colarinho frouxo, uma grande gravata de seda marrom e um smoking preto de veludo, o que, com sua barba comprida, dava-lhe a aparência de um velho pintor boêmio. Ao seu lado, pronta para uma excursão, com chapéu-sino, vestido preto curto e todos os outros estratagemas que as mulheres inventam para deformar os encantos da natureza, sentava-se sua filha, enquanto Malone, chapéu na mão, esperava junto à janela.

– Acho que deveríamos sair, Enid. São quase sete horas – disse ele.

Os dois estavam escrevendo artigos conjuntos sobre as denominações religiosas de Londres, e a cada noite de domingo investigavam mais uma, a fim de obter material para a edição da *Gazette* da semana seguinte.

– Só começa às oito, Ted. Temos muito tempo.

– Sente-se, senhor! Sente-se! – esbravejou Challenger, puxando a barba como era seu hábito quando ficava irritado. – Não há nada que me perturbe mais do que ter alguém de pé atrás de mim. Uma relíquia atávica e o medo de uma adaga, mas ainda persistente. Assim está bom. Pelo amor de Deus pouse o seu chapéu. Você tem perpetuamente o ar de quem vai pegar um trem.

– É a vida jornalística – respondeu Malone. – Se não tomamos o perpétuo trem, ficamos para trás. Até Enid está começando a entender isso. Mesmo assim, como você disse, temos muito tempo.

– Quantas vocês já fizeram? – perguntou Challenger.

Enid consultou um bloquinho de bolso.

– Sete. Fomos à abadia de Westminster[7] para a Igreja Anglicana em sua forma mais deslumbrante, à Saint Agatha para a Igreja Alta e à Tudor

---

7. Oficialmente denominada Igreja do Colegiado de São Pedro em Westminster, a abadia é uma construção de grande porte e arquitetura gótica, situada próxima ao Palácio de Westminster e principal sede religiosa dos anglicanos. Tem importância histórica como local de coroações e mausoléu para os monarcas ingleses e britânicos.

Place para a Baixa.[8] Depois fomos à catedral de Westminster[9] para os católicos, Endell Street para os presbiterianos e Gloucester Square para os unitários. Mas hoje estamos tentando introduzir alguma variedade. Vamos pesquisar os espíritas.[10]

Challenger bufou como um touro furioso.

– E na semana que vem, os asilos de lunáticos, presumo – disse ele. – Você não está querendo dizer, Malone, que esse pessoal dos fantasmas tem suas próprias igrejas.

– Andei investigando isso – respondeu Malone. – Sempre procuro fatos objetivos antes de escrever um artigo. Eles têm mais de quatrocentas igrejas registradas no Reino Unido.

Agora as baforadas de Challenger soavam como um rebanho inteiro de touros.

– Parece não haver limite para a idiotice e a credulidade da raça humana. *Homo sapiens! Homo idioticus!* Para quem eles rezam, para os fantasmas?

– Bem, isso é o que queremos descobrir. Provavelmente eles poderão nos fornecer algum material. Não preciso dizer que compartilho inteiramente da sua visão, mas há pouco tempo li alguma coisa de Atkinson, do St. Mary's Hospital.[11] É um cirurgião em ascensão, você conhece?

---

8. A Igreja Alta consistia numa ala dos anglicanos, também chamados de anglocatólicos, caracterizados pela ênfase nos cultos tradicionais e pela aversão à modernização da liturgia. A Igreja Baixa era a ala dos anglicanos mais ligada aos preceitos de simplicidade litúrgica protestante, que desdenhava os sacramentos, o prelado e o episcopado, privilegiando a evangelização.

9. A catedral de Westminster, igreja em estilo gótico localizada no distrito de mesmo nome, em Londres, é a igreja dos católicos romanos.

10. Seguidores do espiritismo, doutrina religiosa baseada na sobrevivência da alma após a morte do corpo e na possibilidade de iluminação dos vivos por meio da comunicação com os espíritos desencarnados. Seu maior apólogo e sistematizador foi o francês Hyppolite Léon Denizard Rivail (1804-69), mais conhecido como Allan Kardec. O interesse de Conan Doyle – que se descrevia agnóstico ao ingressar na Universidade de Edimburgo, aos dezessete anos – pelo espiritismo foi gradual, intensificando-se após a morte do filho em decorrência de ferimentos sofridos na Primeira Guerra Mundial. Doyle escreveu livros e artigos sobre o assunto, participou de sessões, fundou e apoiou sociedades espíritas e percorreu o mundo como palestrante do tema.

11. H.G. Atkinson participou de experimentos sobre mediunidade na década de 1860, com o objetivo de verificar sua autenticidade, no St. Mary's Hospital, em Paddington, Londres, ao lado de eminentes médicos e outras personalidades.

– Já ouvi falar, cerebrospinal.

– Esse mesmo. É um homem equilibrado e é considerado uma autoridade em pesquisa psíquica, como eles chamam a nova ciência que trata desses assuntos.

– Ciência, francamente!

– Bem, é como eles a chamam. Ele parece levar essa gente a sério. Eu o consulto quando quero uma referência, porque tem a literatura na ponta da língua. "Pioneiros da Raça Humana", foi sua descrição.

– Conduzindo-a direto para Bedlam[12] – rosnou Challenger. – E literatura! Que literatura eles têm?

– Sim, essa foi mais uma surpresa. Atkinson tem quinhentos volumes, mas queixa-se de que sua biblioteca psíquica é muito incompleta. Sabe, há obras francesas, alemãs, italianas, bem como nossas.

– Ora, graças a Deus toda essa loucura não está confinada à pobre e velha Inglaterra. Tolice perniciosa!

– Você já estudou alguma coisa a respeito, pai? – perguntou Enid.

– Estudar! Com todos os meus interesses e sem tempo para metade deles! Você é absurda demais, Enid.

– Desculpe. Você falou com tanta segurança, pensei que sabia algo sobre o assunto.

Challenger girou a enorme cabeça e pousou seu olhar de leão sobre a filha.

– Você julga que um cérebro lógico, um cérebro de primeira ordem, precisa ler e estudar para detectar um despautério evidente? Devo estudar matemática para refutar o homem que me diz que dois mais dois são cinco? Devo estudar física de novo e escrever meus próprios *Principia*[13] porque um trapaceiro ou tolo insiste que uma mesa pode se erguer no ar

---

12. Fundado originalmente em 1247, em Londres, o Bedlam Royal Hospital foi transformado por Henrique VIII no primeiro asilo para doentes mentais da Inglaterra, em 1547.

13. Alusão aos *Philosophiæ naturalis principia mathematica*, de Isaac Newton, tratado de física publicado em 1687 e sobre o qual estão fundadas as bases da mecânica clássica.

contra a lei da gravidade? São necessários quinhentos volumes para nos informar de algo que é provado em todo tribunal de polícia quando um impostor é revelado? Enid, estou envergonhado de você!

A moça riu alegremente.

– Certo, pai, não precisa mais berrar comigo. Eu me rendo. Na verdade, tenho a mesma impressão que você.

– Apesar disso – disse Malone –, alguns homens de bem os apoiam. Não me parece que se possa rir de Lodge,[14] Crookes[15] e dos outros.

– Não seja absurdo, Malone. Grandes mentes têm seu lado mais fraco. É uma reação contra todo o bom senso. De repente, nos deparamos com um veio de asneira completa. É o que acontece com esses sujeitos. Não, Enid, não li suas razões, tampouco pretendo fazê-lo; algumas coisas são inadmissíveis. Se formos reabrir todas as antigas dúvidas, como poderemos avançar com as novas? Essa questão está decidida pelo senso comum, a lei da Inglaterra e a concordância universal de todo europeu sensato.

– Então não se discute mais! – disse Enid.

– No entanto – continuou ele –, posso admitir que há desculpas ocasionais para equívocos em relação ao assunto. – Ele baixou a voz, e seus grandes olhos cinzentos pareceram fitar tristemente o vazio. – Sei de casos em que o mais frio intelecto, mesmo o meu próprio, poderia, por um momento, ter sido abalado.

Malone farejou informação.

– Ah, sim?

---

14. Sir Oliver Joseph Lodge (1851-1940), físico britânico, desenvolveu um modelo de telégrafo sem fio. Cristão espírita, era colega de Conan Doyle no Ghost Club, organização para o estudo de fenômenos psíquicos fundada em 1862, tendo escrito mais de quarenta livros sobre mediunidade e vida após a morte. Lodge foi um dos mais ferrenhos defensores e propagandistas da existência da vida após a morte e da possibilidade de comunicação entre este mundo e o mundo espiritual.
15. Sir William Crookes (1832-1919) foi um físico e químico britânico que realizou trabalhos importantes sobre espectroscopia e radiometria. Interessado nos fenômenos mediúnicos após a morte precoce do irmão caçula, fez experimentos em que observou levitações, luminosidades, deslocamentos de objetos etc. e publicou o resultado de suas investigações no livro *Researches in the Phenomena of Spiritualism*, de 1874. Foi um dos fundadores da Society for Psychical Research.

Challenger hesitou. Parecia estar lutando consigo mesmo. Desejava continuar, mas a fala era-lhe penosa. Depois, com um gesto abrupto, impaciente, mergulhou na história:

– Nunca lhe contei, Enid. Foi algo excessivamente íntimo. Talvez um grande desatino. Tive vergonha de ficar tão abalado. Mas isso mostra como até o mais equilibrado dos homens pode ser pego desprevenido.

– Continue, senhor.

– Foi depois da morte de minha mulher. Você a conheceu, Malone. Pode imaginar o que isso significou para mim. Foi a noite após a cremação... foi horrível, Malone, horrível! Vi o corpinho querido sendo baixado... e depois o clarão das chamas e a porta fechada com um estrondo.

Ele estremeceu e passou a mão grande e peluda sobre os olhos.

– Não sei por que lhes conto isto; a conversa pareceu induzir-me a fazê-lo. Talvez seja uma advertência para vocês. Aquela noite, a noite após a cremação, sentei-me no salão. Ela estava lá – acenou para Enid. – Adormecera numa poltrona, pobre menina. Você conhece a casa em Rotherfield, Malone. Foi no grande salão. Eu estava sentado junto à lareira, o aposento todo envolto em sombras, assim como minha mente. Eu deveria tê-la mandado para a cama, mas ela estava recostada na poltrona, e não quis acordá-la. Devia ser uma hora da manhã, lembro-me da lua brilhando através do vitral da janela. Fiquei sentado, divagando. Então, de repente, ouvi um barulho.

– Um barulho?

– Era baixo a princípio, apenas uma batidinha. Depois ficou mais alto e mais distinto, um claro toc, toc. Agora vem a estranha coincidência, o tipo de coisa da qual nascem lendas quando gente crédula a interpreta. Você deve saber que minha mulher tinha uma maneira peculiar de bater a uma porta. Era realmente uma melodiazinha que tocava com os dedos. Passei a fazer o mesmo, para que pudéssemos saber quando era o outro que batia. Claro que minha mente estava fatigada e fora de seu estado normal, mas pareceu-me que os toques se encaixavam no ritmo bem conhecido de sua batida. Não consegui localizá-los. Vocês podem imaginar com que avidez tentei. Era acima de mim, em algum lugar nas vigas de madeira. Perdi a noção do tempo. Ouso dizer que isso se repetiu uma dúzia de vezes pelo menos.

— Papai, você nunca me contou!

— Não, mas eu a acordei. Pedi-lhe para ficar sentada quieta comigo um tempinho.

— Sim, lembro-me disso!

— Bem, ali ficamos, mas nada aconteceu. Nem mais um som. Claro que era uma ilusão. Algum inseto na madeira; a hera na parede de fora. Meu próprio cérebro forneceu o ritmo. Assim nos fazemos de tolos e crianças. Mas isso me deu um estalo. Vi como até um homem inteligente pode ser iludido por suas próprias emoções.

— Mas como sabe, senhor, que não era sua esposa?

— Absurdo, Malone! Absurdo, estou dizendo! Eu a vi em meio às chamas. O que sobrou?

— A alma, o espírito.

Challenger negou com a cabeça, entristecido.

— Quando aquele corpo querido se dissolveu em seus elementos, quando se evolou no ar e o que restou dele se desfez num pó cinzento, acabou tudo. Não houve mais nada. Ela cumprira seu papel belamente, com nobreza, e ele chegara ao fim. A morte põe fim a tudo, Malone. Essa conversa de alma é o animismo[16] dos selvagens. É uma superstição, um mito. Como fisiologista, posso tentar produzir crime ou virtude por controle vascular ou estimulação cerebral. Transformarei um Jekyll num Hyde por meio de uma operação cirúrgica.[17] Outro pode fazê-lo mediante sugestão psicológica. O álcool é capaz de fazê-lo. As drogas também. Absurdo, Malone, absurdo! A árvore permanece tal como tomba.

---

16. O animismo é a crença em entidades não humanas sob a forma de uma força vital que subsiste em determinados animais, lugares, objetos e fenômenos que se acredita terem uma essência espiritual.

17. Referência ao romance de Robert Louis Stevenson, *The Strange Case of dr. Jekyll and mr. Hyde* (1886), mais conhecido no Brasil como *O médico e o monstro*. Ao ingerir um soro que ele próprio criara, o dr. Henry Jekyll dá vazão a seus impulsos mais sádicos e perversos, transformando-se no odioso mr. Edward Hyde. O romance epitomiza a dualidade do caráter e da personalidade humanos.

Não há uma manhã seguinte... noite, só a noite eterna e o longo repouso para o trabalhador fatigado.

– Bem, é uma triste filosofia.

– Melhor uma filosofia triste que uma falsa.

– Talvez. Há algo de viril e másculo em encarar o pior. Não vou contradizê-lo. Minha razão está com você.

– Mas meus instintos estão contra! – exclamou Enid. – Não, não, nunca poderei acreditar nisso. – Ela abraçou o grande pescoço de Challenger. – Não me diga, papai, que você, com todo o seu cérebro complexo e sua maravilhosa personalidade, após a morte, não terá mais vida que um relógio quebrado!

– Quatro baldes de água e um saco cheio de sais[18] – disse Challenger, desvencilhando-se com um sorriso do abraço da filha. – É isso que o seu pai é, minha menina, e é melhor se conformar com a ideia. Bem, são vinte para as oito. Se puder, Malone, volte e conte-me suas aventuras entre os loucos.

---

18. Alusão aos principais constituintes do corpo humano: água e sais minerais. Trata-se de uma tirada cética para dizer que o corpo humano resume-se a isso e, portanto, não possui alma.

2

Que descreve uma noite em estranha companhia

O caso de amor entre Enid Challenger e Edward Malone não é do menor interesse para o leitor, pela simples razão de que não é do menor interesse para o escritor. A atração invisível e imperceptível do bebê ainda não nascido é comum a todos os jovens. Nesta crônica, lidamos com assuntos mais inusitados e de maior interesse. Ele só é mencionado para explicar os termos de franqueza e intimidade que a narrativa revela entre os dois. Se a raça humana melhorou obviamente em algum aspecto – em países anglo-celtas,[19] pelo menos –, foi que as afetações pudicas e os ardis dissimulados do passado diminuíram, e rapazes e moças podem se encontrar numa igualdade de companheirismo limpo e honesto.

Um táxi levou os aventureiros até Edgware Road e entrou por uma rua lateral chamada Helbeck Terrace. Na metade dela, a tediosa linha de casas de tijolos era quebrada por uma lacuna reluzente, onde um arco aberto lançava um feixe de luz sobre a rua. O táxi parou, e o homem abriu a porta.

– Esta é a igreja espírita, senhor – disse ele. Em seguida, enquanto agradecia com um gesto o pagamento, acrescentou com a voz alquebrada de quem enfrenta qualquer clima: – Pura bobagem, é como chamo isso,

---

19. O mesmo que anglo-saxões, ou seja, povo resultante da fusão dos germânicos com os celtas que habitavam a Inglaterra, e com os subsequentes invasores vikings e dinamarqueses.

senhor. – Tendo aliviado assim sua consciência, acomodou-se em seu assento, e, um instante depois, sua lanterna traseira era apenas um círculo vermelho desaparecendo na escuridão.

Malone riu.

– *Vox populi*,[20] Enid. É assim que o público vê as coisas por enquanto.

– Bem, para falar a verdade, nós também.

– Sim, mas estamos dispostos a dar uma chance aos espíritas. Não me parece que o taxista esteja. Por Deus, será um azar se não conseguirmos entrar!

Havia uma multidão na porta, e um homem encarava as pessoas do alto da escada, acenando os braços para mantê-las afastadas.

– Não adianta, amigos. Lamento muito, mas não podemos fazer nada. Fomos ameaçados duas vezes de processo por superlotação. – E adotou um tom brincalhão. – Nunca ouvi falar de uma igreja ortodoxa ter problema com isso. Não, senhor, não.

– Vim lá de Hammersmith – gemeu uma voz. A luz batia em seu rosto ávido e ansioso, uma mulherzinha vestida de preto com um bebê nos braços.

– A senhora veio em busca de clarividência[21] – disse o porteiro, com sagacidade. – Venha aqui, dê-me o nome e o endereço; vou lhe escrever, e a sra. Debbs lhe oferecerá uma sessão grátis. É melhor do que tentar a sorte no meio da multidão, quando, mesmo com a maior boa vontade do mundo, vocês não podem todos conseguir uma oportunidade. Você a terá só para si. Não, senhor, não adianda empurrar. Que é isso? Imprensa?

Ele havia segurado Malone pelo cotovelo.

– O senhor disse imprensa? A imprensa nos boicota, senhor. Se duvida, olhe a lista semanal de cerimônias religiosas no *Times* de sábado. O senhor nem saberia que existe uma coisa chamada espiritismo... Que jornal, senhor? *The Daily Gazette*. Bem, bem, estamos fazendo progresso. E a senhorita também?... Artigo especial, quem diria! Fique junto de mim, senhor, e verei o que posso fazer. Feche as portas, Joe. É inútil, amigos.

---

20. Em latim no original: "a voz do povo". Redução da máxima *"Vox populi, vox Dei"*, "a voz do povo é a voz de Deus".

21. No contexto do espiritualismo, a clarividência é a habilidade paranormal de ver pessoas e acontecimentos distantes no tempo e no espaço.

Quando a verba para reformas aumentar um pouco teremos mais espaço para vocês. Agora, senhorita, venha por aqui, por favor.

A passagem indicada vinha a ser um pouco adiante na rua, entrando por um beco lateral que os levou a uma portinha no alto da qual brilhava uma lâmpada vermelha.

– Vou ter de colocá-los no palco, não há mais lugar em pé no salão.

– Meu Deus! – exclamou Enid.

– Os senhores terão uma ótima visão, e talvez a senhorita consiga uma orientação para si mesma, se tiver sorte. É comum que os mais próximos do médium tenham mais chance. Agora, senhor, entre aqui!

"Aqui" era uma salinha sórdida com alguns chapéus e sobretudos pendurados nas sujas paredes caiadas. Uma mulher magra e austera, cujos olhos brilhavam atrás dos óculos, aquecia as mãos esquálidas diante de uma pequena lareira. De costas para as chamas, na tradicional postura britânica, estava um homem grande e gordo com um rosto lívido, bigode ruivo e curiosos olhos azuis – os olhos de um marinheiro de mares profundos. Um homenzinho calvo com enormes óculos de aro de tartaruga e um jovem atlético e muito bem-apessoado num terno azul completavam o grupo.

– Os outros foram para o palco, sr. Peeble. Só restam cinco assentos para nós mesmos – era o gordo falando.

– Eu sei, eu sei – respondeu o homem que havia sido chamado de Peeble, um tipo nervoso e magricela, como era possível ver agora na luz. – Mas é a imprensa, sr. Bolsover. Artigo especial na *Daily Gazette*... O nome é Malone, e srta. Challenger. Este é o sr. Bolsover, nosso presidente. Esta é a sra. Debbs, de Liverpool, a famosa médium. Este é o sr. James, e este jovem e alto cavalheiro é o sr. Hardy Williams, nosso diligente secretário. O sr. Williams é um trabalhador incansável na arrecadação de verbas para reformas. Fique de olho nos seus bolsos se ele estiver por perto.

Todos riram.

– A coleta vem depois – disse o sr. Williams, sorrindo.

– Um bom e estimulante artigo é nossa melhor coleta – acrescentou o corpulento presidente. – Já esteve numa reunião antes, senhor?

– Não – respondeu Malone.

– Não sabe muito a respeito, presumo.

– Não, não sei.

– Bem, então será uma crítica severa. Eles veem a coisa pelo ângulo humorístico, a princípio. Aposto que o senhor fará uma descrição muito cômica da reunião. Nunca consegui enxergar nada de muito engraçado no espírito de uma esposa morta, mas é uma questão de gosto e também de conhecimento. Se eles não conhecem, como podem levar a sério? Não os censuro. Em geral, nós mesmos éramos assim antigamente. Eu era um dos homens de Bradlaugh[22] e um discípulo de Joseph McCabe[23] até que meu velho pai veio e me resgatou.

– Fez muito bem! – disse a médium de Liverpool.

– Foi quando descobri que tinha meus próprios poderes. Eu o vi como vejo vocês agora.

– Ele era um de nós quando encarnado?

– Não sabia mais do que eu. Mas eles evoluem espantosamente do outro lado se as pessoas certas se comunicam com eles.

– Está na hora! – disse o sr. Peeble batendo em seu relógio. – A senhora fica à direita da cadeira, sra. Debbs. Quer entrar primeiro? Depois o senhor, presidente. Depois vocês dois e eu. Fique à esquerda, sr. Hardy William, e conduza o canto. Eles querem se aquecer, e o senhor pode fazer isso. Agora, por favor!

O palco já estava apinhado, mas os recém-chegados foram abrindo caminho até a frente em meio a um murmúrio decoroso de boas-vindas. O sr. Peeble foi empurrando e dando ordens, e surgiram dois assentos em que Enid e Malone se acomodaram. O arranjo lhes foi muito conveniente, pois, abrigados pelas pessoas à frente, podiam escrever livremente em seus bloquinhos.

---

22. Charles Bradlaugh (1833-91) foi ativista político radical e ateísta britânico, muito famoso e influente como livre-pensador e defensor das liberdades individuais.

23. Joseph Martin McCabe (1867-1955), que foi padre na juventude, abandonou o sacerdócio para se tornar escritor e defensor do livre-pensamento. Em 1920, participou de um debate público com Conan Doyle sobre o espiritismo e publicou vários livros em que reuniu suas evidências contra o espiritismo, que para ele não tinha nenhuma base científica.

– O que você está achando? – sussurrou Enid.

– Ainda não estou impressionado.

– Nem eu – concordou Enid –, mas de qualquer maneira é muito interessante.

Pessoas sinceras são sempre interessantes, quer concordemos com elas ou não, e era impossível duvidar de que aquelas eram pessoas extremamente sinceras. O salão estava repleto, e olhando-se para baixo via-se fila após fila de rostos voltados para cima, curiosamente semelhantes entre si, mais mulheres, mas com um número bem próximo de homens. Não se tratava de tipos distintos nem de intelectuais, mas era, inegavelmente, uma gente saudável, honesta e sensata. Pequenos comerciantes, gerentes de lojas de ambos os sexos, artesãos de categoria mais elevada, mulheres de classe média baixa desgastadas pelos serviços domésticos, um ou outro jovem em busca de sensação – essas foram as impressões que a plateia transmitiu à observação treinada de Malone.

O gordo presidente levantou-se e ergueu a mão.

– Meus amigos – disse ele –, mais uma vez excluímos um grande número de pessoas que desejava estar conosco esta noite. É tudo uma questão da verba para reformas, e o sr. Williams à minha esquerda ficará feliz em ter notícias de vocês. Estive num hotel semana passada, e havia um aviso pendurado na recepção: "Não aceitamos cheques." O irmão Williams jamais falaria isso. Experimentem.

A plateia riu. A atmosfera era claramente a de um salão de conferências, não a de uma igreja.

– Gostaria de dizer apenas mais uma coisa antes de me sentar. Não estou aqui para falar. Estou aqui para ocupar esta cadeira e é o que pretendo fazer. É algo difícil que peço: quero que os espíritas não venham nas noites de domingo. Eles ocupam o lugar que deveria ser de quem busca informação. Vocês podem desfrutar da cerimônia da manhã. Mas é melhor para a causa que haja espaço para os de fora. Vocês o tiveram. Agradeçam a Deus por isso. Deem uma chance aos outros – o presidente desabou de volta em sua cadeira.

O sr. Peeble levantou-se. Era claramente o faz-tudo que emerge em qualquer sociedade e acaba se tornando seu autocrata. Com o rosto magro e ansioso e as mãos agitadas, mais parecia um fio desencapado – era um feixe inteiro de fios desencapados. Parecia irradiar eletricidade da ponta dos dedos.

– Hino um! – exclamou ele.

Um harmônio ressoou, e a plateia ficou de pé. Era um hino agradável e foi cantado com vigor:

– O mundo sentiu um sopro estimulante

Vindo das eternas praias celestiais

E, sobre a morte, almas triunfantes

Retornam à Terra uma vez mais.

No refrão, as vozes soaram com ainda mais exultação:

– Por isso comemoramos nosso Jubileu

Por isso cantamos com paixão

Ó, Túmulo, diga-me quem venceu?

Ó, Morte, onde está o teu ferrão?

Sim, eram sinceras, aquelas pessoas. E não pareciam mentalmente mais fracas que seus semelhantes. Contudo, Enid e Malone experimentaram um sentimento de grande piedade ao olhar para elas. Como era triste ser enganado em algo tão íntimo, ser ludibriado por impostores que usavam os mais sagrados sentimentos e os mortos queridos como balcões onde trapaceá-los. Que sabiam eles das leis da evidência, dos frios e imutáveis decretos da lei científica? Pobre gente sincera, honesta e iludida!

– Atenção! – gritou o sr. Peeble. – Vamos pedir ao sr. Munro, da Austrália, para nos dar a invocação.

Um senhor de aparência excêntrica, com a barba desgrenhada e olhos apáticos, levantou-se e ficou de pé por alguns segundos com o olhar baixo. Em seguida, iniciou uma prece, muito simples, muito improvisada. Malone anotou às pressas a primeira frase: "Ó Pai, somos muito ignorantes e não sabemos bem como nos aproximar de Vós, mas vamos orar por Vós o melhor que podemos." Era tudo moldado num tom humilde. Enid e Malone trocaram um rápido olhar de cumplicidade.

Houve outro hino, menos bem-sucedido que o primeiro, e, em seguida, o presidente anunciou que o sr. James Jones, de Gales do Norte, iria fazer uma comunicação em transe em que incorporaria ideias de seu conhecido guia,[24] Alasha, o atlante.[25]

O sr. James Jones, um homenzinho vivo e decidido num desbotado terno xadrez, foi até a frente e, após ficar cerca de um minuto em profunda concentração, foi sacudido por um forte estremecimento e começou a falar. É preciso ressaltar que, exceto por um certo olhar fixo, vitrificado e vazio, não havia nada que demonstrasse que o orador não era o próprio sr. James Jones de Gales do Norte. E se o sr. Jones estremeceu no início, depois foi a vez de sua audiência, pois se o que alegava fosse verdade, era a prova explícita de que um espírito da Atlântida pode ser um tédio sem tamanho. Ele alongou-se em clichês com inaptidão, enquanto Malone sussurrava para Enid que, se Alasha era um espécime representativo daquela população, ainda bem que sua terra natal fora inteiramente engolfada pelo oceano Atlântico. Quando, com um último estremecimento bastante melodramático, o homem emergiu de seu transe, o presidente levantou-se de um salto, com uma prontidão que mostrava que não queria correr o risco de que o atlante voltasse.

– Está presente conosco esta noite a sra. Debbs, a conhecida médium de Liverpool – exclamou ele. – A sra. Debbs, como muitos de vocês sabem, é ricamente dotada de vários daqueles dons de que fala são Paulo,[26] e o discernimento de espíritos é um deles. Essas coisas dependem de leis que estão acima de nosso controle, mas uma atmosfera solidária é essencial, e a sra. Debbs pedirá seus bons votos e suas preces enquanto se

---

24. O guia, às vezes também chamado de orientador ou instrutor, designa a entidade espiritual que auxilia o médium a partir do mundo dos espíritos e que conduz a sessão enquanto o médium está em transe, incorporando-se neste.

25. Habitante do continente mitológico da Atlântida. A primeira menção à Atlântida remonta aos diálogos *Timeu* e *Crítias*, de Platão, escritos por volta de 360 d.C. No séc.XIX o mito foi introduzido nos círculos ocultistas por Helena Petrovna Blavatsky, fundadora da Sociedade Teosófica, e tornou-se um dos tópicos mais populares de especulação pseudocientífica e literária do séc.XX. A Atlântida é frequentemente retratada como uma espécie de lar originário e utópico da raça humana.

26. O dom de falar línguas, o dom da ciência, o dom da sabedoria, o dom dos milagres, da profecia etc., detalhados em 1 Coríntios 12.

concentra para entrar em contato com alguns daqueles seres iluminados do outro lado que podem nos honrar com sua presença esta noite.

O presidente sentou-se, e a sra. Debbs levantou-se em meio a discreto aplauso. Muito alta, muito pálida, muito magra, com uma face aquilina e olhos que brilhavam intensamente por detrás de óculos de aro dourado, ela ficou parada, fitando seu público ansioso. Tinha a cabeça inclinada. Parecia escutar algo.

– Vibrações![27] – exclamou, por fim. – Quero vibrações de auxílio. Deem-me um verso no harmônio, por favor.

O instrumento ressoou "Jesus, amante de minha alma".[28]

A plateia manteve-se silenciosa, em expectativa e um pouco espantada.

O salão não era muito bem iluminado, e sombras escuras emboscavam-se nos cantos. A médium ainda tinha a cabeça inclinada, como se fizesse força para escutar. Depois levantou a mão e a música parou.

– Logo mais! Logo mais! Tudo a seu tempo – disse, dirigindo-se a um companheiro invisível. Depois para a plateia: – Não sinto que as condições sejam muito boas esta noite. Farei o possível, e eles também. Mas preciso lhes falar primeiro.

E ela falou. O que disse pareceu aos dois estranhos um completo despautério. A sequência de palavras não fazia sentido, embora aqui e ali uma expressão ou frase chamasse a atenção. Malone pôs a caneta no bolso. Era inútil relatar a fala de uma lunática. Um espírita a seu lado viu sua repulsa e perplexidade e inclinou-se para ele.

---

27. Conan Doyle, em seu controverso livro *The Coming of the Fairies* (1922), esboçou uma teoria das vibrações em que propunha a tese de que a aura característica dos clarividentes era a emanação de ectoplasma do corpo sensitivo, que, por sua vez, permitia que o espírito contactado se manifestasse nele: "Se pudéssemos conceber uma raça de seres constituídos por uma matéria que emanasse vibrações mais longas ou curtas do que as nossas, eles seriam invisíveis a menos que pudéssemos nos sintonizar com eles. É exatamente esse poder de se sintonizar e se adaptar a outras vibrações o que constitui um clarividente, e até onde posso perceber não há nada cientificamente impossível em que algumas pessoas possam ver aquilo que é invisível para outras."
28. "Jesus, lover of my soul", hino de Charles Wesley, compositor e missionário oitocentista britânico.

– Ela está sintonizando. Está captando seu comprimento de onda – sussurrou. – É tudo uma questão de vibração. Ah, aí está!

A médium havia parado bem no meio de uma frase e esticava o longo braço e o indicador. Apontava para uma senhora na segunda fileira.

– Você! Sim, você, com a pluma vermelha. Não, não você. A senhora robusta em frente. Sim, você! Há um espírito se delineando atrás de você. É um homem. Um homem alto, mais de um metro e oitenta talvez. Testa grande, olhos cinzentos ou azuis, queixo comprido, bigode castanho, rugas no rosto. Você o reconhece, amiga?

A mulher parecia alarmada, mas fez que não com a cabeça.

– Bem, veja se isso lhe diz alguma coisa. Ele está segurando um livro, um livro marrom com um fecho. É um livro-razão, desses de escritório. Vejo as palavras "Seguradora Caledônia". Isso é de alguma ajuda?

A senhora repuxou os lábios e negou novamente.

– Bem, posso lhe dizer um pouco mais. Ele morreu de uma doença prolongada. Vejo problemas no peito, asma.

A mulher continuava inflexível, mas, a dois lugares dela, uma pessoa pequena, furiosa e de rosto vermelho levantou-se de um salto.

– É o meu marido, dona. Diz pra ele que não quero mais nada com ele. – E sentou-se, decidida.

– Sim, está certo. Ele está se aproximando de você agora. Estava mais perto da outra. Quer dizer que lamenta. Você sabe que não adianta nutrir sentimentos ruins em relação aos mortos. Perdoe e esqueça. Está tudo terminado. Tenho uma mensagem para você. É o seguinte: "Faça isso e terá minha bênção!" Isso significa alguma coisa para você?

A mulher furiosa pareceu satisfeita e assentiu com a cabeça.

– Muito bem. – Subitamente, a médium esticou o dedo para a multidão junto à porta. – É para o soldado.

Um soldado de uniforme cáqui, parecendo muito assombrado, estava à frente do amontoado de pessoas.

– O que é para mim? – perguntou ele.

– É um soldado. Tem insígnias de cabo. É um homem grande de cabelo grisalho. Tem uma identificação amarela nos ombros. Entrevejo as iniciais J.H. Você o conhece?

– Sim, mas ele está morto – respondeu o soldado.

Ele não tinha entendido que aquela era uma igreja espírita, e todos os procedimentos haviam lhe parecido um mistério. Seus vizinhos lhe explicaram rapidamente do que se tratava.

– Meu Deus! – gritou o soldado, e desapareceu em meio a risadinhas gerais.

Na pausa, Malone pôde ouvir o constante murmúrio da médium, falando com alguém invisível.

– Sim, sim, espere a sua vez! Fale alto, mulher! Ora, fique perto dele. Como vou adivinhar? Certo, farei isso se puder. – Ela parecia o porteiro de um teatro organizando a fila.

Sua tentativa seguinte foi um completo fiasco. Um homem grande e forte com bastas suíças recusou-se absolutamente a ter qualquer relação com um cavalheiro idoso que afirmava ser seu parente. A médium trabalhou com admirável paciência, retornando muitas vezes com algum novo detalhe, mas nenhum progresso foi feito.

– Você é espírita, amigo?

– Sou, há dez anos.

– Bem, sabe que há dificuldades.

– Sim, eu sei.

– Pense com calma. Talvez eu volte a você mais tarde. Agora vamos ter de deixar essa questão de lado. Só lamento por seu amigo.

Houve uma pausa durante a qual Enid e Malone trocaram confidências sussurradas.

– O que você está achando, Enid?

– Não sei. Estou confusa.

– Acredito que é metade adivinhação e metade um caso de cúmplices. Essas pessoas são todas do mesmo grupo e naturalmente sabem da vida umas das outras. Quando não sabem, podem indagar.

– Alguém disse que era a primeira visita da sra. Debbs.

– Sim, mas eles poderiam facilmente instruí-la. É tudo charlatanice engenhosa e blefe. Tem de ser, pois pense só no que está implicado se não for.

– Telepatia, talvez.

– Sim, alguns elementos disso também. Ouça! Ela está começando de novo.

A tentativa seguinte foi mais feliz. Um homem tristonho no fundo do salão reconheceu prontamente a descrição e as afirmações de sua falecida esposa.

– Ouvi o nome Walter.

– Sim, sou eu. – Ela o chamava de Wat?

– Não.

– Bem, agora ela o chama. "Diga a Wat para transmitir meu amor às crianças." É o que estou ouvindo. Ela está preocupada com os filhos.

– Sempre foi assim.

– Bem, eles não mudam. Mobília. Algo sobre a mobília. Ela diz que você a doou. É isso?

– Sim, é bem possível.

Risadinhas na plateia. Era estranho como o mais solene e o cômico misturavam-se o tempo todo; estranho e, no entanto, muito natural e humano.

– Ela tem uma mensagem: "O homem vai saldar a dívida, e tudo ficará bem. Seja um bom homem, Wat, e seremos ainda mais felizes aqui do que fomos na Terra." – O homem cobriu o rosto com a mão.

Enquanto a vidente continuava parada e irresoluta, o alto e jovem secretário ergueu-se um pouco e cochichou-lhe algo no ouvido. A mulher lançou um rápido olhar sobre o ombro esquerdo na direção dos visitantes.

– Voltarei a isso – disse ela.

Deu mais duas descrições à plateia, ambas bastante vagas, e ambas reconhecidas com algumas reservas. Fato curioso era que fornecia detalhes que não poderia ter visto a distância. Por exemplo, em relação a um espírito que afirmava ter aparecido na extremidade oposta do salão, pôde dizer a cor dos olhos e mencionar pequenos sinais na face. Malone registrou o ponto como algo que poderia usar para uma crítica negativa. Acabara de anotar isso quando o volume da voz da mulher aumentou e, levantando os olhos, ele viu que ela virara a cabeça e que seus óculos lampejavam na sua direção.

— Não é comum eu fazer uma leitura[29] para alguém no palco – disse ela, o rosto girando entre Malone e a plateia –, mas temos amigos aqui esta noite, e talvez lhes interesse entrar em contato com os espíritos. Há uma presença se formando atrás do cavalheiro de bigode, o cavalheiro sentado junto à jovem. Sim, atrás do senhor. É um homem de estatura mediana, mais para baixo. É idoso, mais de sessenta anos, de cabelo branco, nariz adunco e uma barbicha branca do tipo que chamam de cavanhaque. Não é um parente, suponho, mas um amigo. Isso lhe sugere alguém, senhor?

Malone negou com certo desdém.

— Isso corresponderia praticamente a qualquer velho – sussurrou ele para Enid.

— Vou tentar chegar um pouco mais perto. Ele tem rugas profundas no rosto. Eu diria que foi um homem irritadiço em vida. Era agitado e nervoso em suas maneiras. Isto o ajuda?

Malone negou mais uma vez.

— Asneira! Completa asneira! – murmurou.

— Bem, ele parece muito ansioso, por isso devemos fazer o possível para ajudá-lo. Tem um livro na mão. É um livro erudito. Ele o abre e vejo um diagrama. Talvez ele o tenha escrito, ou talvez o usasse para ensinar. Sim, ele está assentindo. Dava aulas com o livro. Era professor.

Malone continuou indiferente.

— Não sei o que mais posso fazer para ajudá-lo. Ah! Ele tem um sinal sobre a sobrancelha direita.

Malone teve um sobressalto como se tivesse levado uma ferroada.

— Um sinal? – exclamou.

Os óculos lampejaram de novo em sua direção.

---

29. A leitura psíquica é a capacidade de um médium de obter informações e descrições sobre o outro mundo ou suas entidades por meio de suas aguçadas faculdades perceptivas.

– Dois, um grande, um pequeno.

– Meu Deus! – arquejou Malone. – É o professor Summerlee![30]

– Ah, você o identificou. Há uma mensagem. "Saudações ao velho…" É um nome longo e começa com C. Não consigo entender. Isso significa alguma coisa?

– Sim.

Um instante depois a médium havia se virado e estava descrevendo outra coisa ou outra pessoa. Mas deixara um homem muito abalado no palco atrás de si.

Foi nessa altura que o metódico serviço sofreu uma notável interrupção que surpreendeu tanto a plateia quanto os dois visitantes. Foi a súbita aparição, ao lado do presidente, de um homem alto, de rosto pálido e barbudo e vestido como um mestre-artesão. Ele ergueu a mão num gesto calmo e impressionante como alguém acostumado a exercer autoridade. Em seguida, virou-se de lado e disse uma palavra ao sr. Bolsover.

– Este é o sr. Miromar, de Dalston – disse o presidente. – O sr. Miromar tem uma mensagem para nós. É sempre um prazer ouvi-lo.

Os repórteres podiam ver apenas metade do rosto do recém-chegado, mas ambos ficaram impressionados com seu porte nobre e o sólido contorno de sua cabeça, que prometia uma capacidade intelectual bastante incomum. Quando falou, sua voz ressoou clara e agradavelmente pelo salão.

– Recebi ordem de transmitir a mensagem onde quer que pensasse haver ouvidos para ouvi-la. Há alguns aqui prontos para ela, e foi por isso que vim. Eles desejam que a raça humana venha a compreender a situação pouco a pouco, de modo a haver menos choque ou pânico. Sou um dos vários escolhidos para transmitir as novas.

– Um lunático, imagino! – sussurrou Malone, escrevendo energicamente no bloco sobre o joelho.

---

30. Cientista e professor de anatomia comparada que acompanha Challenger à expedição amazônica narrada em O *mundo perdido* (1912), romance de Doyle em que os dois personagens aparecem pela primeira vez.

Havia uma inclinação geral a sorrir em meio à plateia. No entanto, algo nas maneiras e na voz do homem os fazia prestar atenção a cada palavra.

– As coisas chegaram a um clímax. A própria ideia de progresso materializou-se. É progresso mover-se com grande velocidade, enviar mensagens ágeis, construir novas máquinas. Tudo isso é um desvio da verdadeira ambição. Há somente um progresso, o progresso espiritual. A humanidade diz concordar com isso, mas segue em frente na falsa rota da ciência material. A Inteligência Central reconheceu que, em meio a toda a apatia, havia também muita dúvida honesta que superara velhos credos e tinha direito a novas evidências. Portanto novas evidências foram enviadas, evidências que tornaram a vida após a morte tão clara quanto o sol no céu. Fui objeto do riso de cientistas, condenado pelas igrejas, transfomado em alvo pelos jornais e rejeitado com desprezo. Esta foi a última e a maior tolice da humanidade.

Agora as pessoas esticavam o pescoço para vê-lo melhor. Especulações gerais estavam além de seu horizonte mental, mas isso era muito claro para sua compreensão. Houve um murmúrio de solidariedade e aplauso.

– Mas agora a situação passara dos limites, escapara a todo controle. Portanto algo mais severo era necessário, uma vez que a dádiva do Céu fora desprezada. O golpe foi desferido. Dez milhões de jovens tombaram mortos no chão.[31] Um número duas vezes maior ficou mutilado. Essa foi a primeira advertência de Deus para a humanidade. Mas foi em vão. O mesmo materialismo obtuso de antes continuou prevalecendo. Anos de graça foram concedidos, e, exceto pelas comoções do espírito presenciadas em igrejas como esta, nenhuma mudança foi vista em lugar algum. As nações acumularam novas cargas de pecado, e o pecado sempre deve ser expiado. A Rússia tornou-se uma fossa séptica. A Alemanha mostrou-se impenitente de seu terrível materialismo que foi a causa primordial da guerra. A Espanha e a Itália mergulharam alternadamente no ateísmo

---

31. Referência ao número aproximado de baixas da Primeira Guerra Mundial. O próprio Conan Doyle perdeu no conflito seu filho mais velho, Arthur Alleyne Kingsley.

e na superstição. A França não tem qualquer ideal religioso. O Reino Unido tornou-se confuso, cheio de seitas rígidas sem vida em si mesmas. Os Estados Unidos haviam abusado de suas gloriosas oportunidades e, em vez de serem o afetuoso irmão mais moço para uma Europa golpeada, retardaram toda reconstrução econômica com suas reivindicações de dinheiro; eles desonraram a assinatura de seu próprio presidente e recusaram-se a ingressar na Liga da Paz,[32] que era a única esperança para o futuro. Todos falharam, mas alguns mais que outros, e sua punição será na exata proporção. E essa punição se aproxima. Estas são as palavras exatas que fui solicitado a lhes dizer. Vou lê-las para não correr o risco de distorcê-las de alguma maneira.

Ele tirou um pedaço de papel do bolso e leu:

– "O que queremos não é que as pessoas fiquem amedrontadas, mas que comecem a se modificar, a se desenvolver em linhas mais espirituais. Não estamos tentando deixar as pessoas nervosas, mas levá-las a se preparar enquanto ainda é tempo. O mundo não pode continuar como tem sido. Ele iria se destruir se o fizesse. Acima de tudo, devemos varrer a nuvem escura de teologia que se interpôs entre a humanidade e Deus."

O homem dobrou o papel e o recolocou no bolso.

– Foi isto que fui solicitado a lhes dizer. Espalhem a notícia onde lhes pareça haver uma janela na alma. Digam-lhes: "Arrependam-se! Reformem-se! O Tempo está próximo."

Ele fez uma pausa e pareceu prestes a se virar. O encanto foi quebrado. A plateia sussurrou e recostou-se nos assentos. Em seguida, ouviu-se uma voz, vinda do fundo.

– É o fim do mundo, senhor?

– Não – respondeu o estranho secamente.

---

32. Ou Liga das Nações, organização intergovernamental criada após a Conferência de Paz de Paris que pôs fim à Primeira Guerra Mundial. Com a vitória dos republicanos em 1918, o Senado americano recusou-se a ratificar o tratado, que previa a criação da Sociedade das Nações, embrião das Nações Unidas.

– É a Segunda Vinda?[33] – perguntou outra voz.

– Sim.

Com passos lépidos, ele passou entre as cadeiras do palco e postou-se perto da porta. Quando Malone voltou a olhar em sua direção, o homem havia desaparecido.

– É um desses fanáticos da Segunda Vinda – sussurrou para Enid. – Há muitos deles: cristadelfos, russelitas, estudantes da Bíblia e similares.[34] Mas ele pareceu impressionante.

– Muito – disse Enid.

– Tenho certeza de que ficamos todos muito interessados no que o nosso amigo nos contou – disse o presidente. – O sr. Miromar está em cordial sintonia com nosso movimento, mesmo que não se possa dizer que pertença realmente a ele. Estou certo de que é sempre bem-vindo em nossos palcos. Quanto à sua profecia, parece-me que o mundo experimentou dificuldades suficientes sem que prevejamos mais nenhuma. Se é como nosso amigo diz, não podemos fazer muito para consertar as coisas. Só nos resta levar a cabo nossas tarefas diárias, realizá-las tão bem quanto possível e esperar o evento com plena confiança na ajuda do alto. Se amanhã for o Dia do Juízo – acrescentou ele, sorrindo –, hoje pretendo cuidar de meu armazém em Hammersmith. Agora vamos continuar.

Houve um vigoroso pedido de dinheiro, e o jovem secretário falou muito sobre a verba para reformas.

---

33. Ou Segundo Advento, profecia que vaticina o segundo retorno de Jesus Cristo à Terra, para o Juízo Final. A referência aqui parece se dirigir aos seguidores do movimento protestante, de cunho milenarista, fundado no séc.XIX pelo pregador batista William Miller nos Estados Unidos e depois retomado pelos seguidores dos Adventistas do Sétimo Dia, movimento fundado por Ellen White.

34. Os cristadelfos são os membros de um grupo cristão milenarista cuja crença é fundamentada exclusivamente na Bíblia, e que rejeitam vários pontos da doutrina cristã tradicional, como a Trindade e a imortalidade da alma. Os russelitas são os seguidores do grupo de estudos bíblicos de inspiração milenarista organizado por Charles Taze Russell nos Estados Unidos, por volta de 1879. Russell foi fundador do movimentos dos Estudantes da Bíblia, origem de vários movimentos independentes de estudiosos das Escrituras, entre os quais as Testemunhas de Jeová.

– É uma vergonha pensar que, numa noite de domingo, deixa-se mais na rua do que na igreja. Todos nós doamos nossos serviços. Ninguém ganha um vintém. A sra. Debbs está aqui recebendo apenas para suas necessidades mínimas. Mas queremos outras mil libras antes de podermos começar. Há um irmão aqui que hipotecou a casa para nos ajudar. Esse é o espírito que triunfa. Agora vejamos o que vocês podem fazer por nós esta noite.

Uma dezena de pratos de sopa circulou, e um hino foi entoado, acompanhado de muito tilintar de moedas. Enid e Malone conversaram a meia-voz.

– O professor Summerlee morreu em Nápoles, no ano passado, você sabe.

– Sim, lembro-me muito bem dele.

– E o "velho C" era o seu pai, claro.

– É realmente extraordinário.

– Coitado do velho Summerlee. Ele pensava que a vida após a morte era um absurdo. E cá está ele, ou parece estar.

Os pratos de sopa retornaram – sobretudo com moedas, infelizmente – e foram depositados na mesa onde o olhar ávido do secretário avaliou seu conteúdo. Em seguida, o homenzinho desgrenhado da Austrália deu uma bênção à mesma maneira simples da prece inicial. Não era necessária nenhuma sucessão apostólica ou imposição das mãos para transmitir a impressão de que suas palavras provinham de um coração humano e poderiam alcançar diretamente um coração divino. Depois a plateia se levantou e cantou seu hino final de despedida – um hino com uma melodia cativante e um refrão triste e doce: "Que Deus o mantenha protegido até nos encontrarmos de novo." Enid ficou surpresa ao sentir lágrimas rolando-lhe pelas faces. Essas pessoas sinceras, simples, com seu jeito direto, haviam causado mais impacto sobre ela que a deslumbrante missa e a música contínua da catedral.

O sr. Bolsover, o corpulento presidente, estava na sala de espera, bem como a sra. Debbs.

– Bem, imagino que o senhor não terá piedade em seu artigo – riu ele.

– Estamos acostumados, sr. Malone. Não nos importamos. Mas um dia o senhor testemunhará a virada. Essas reportagens poderão se levantar no Dia do Juízo.

— Vou tratar o assunto com imparcialidade, asseguro-lhe.

— É só o que pedimos. — A médium tinha o cotovelo apoiado sobre o aparador da lareira, austera e altiva.

— Receio que esteja cansada — disse Enid.

— Não, senhorita, nunca me canso ao fazer o trabalho dos espíritos. Eles asseguram isso.

— Posso perguntar se a senhora conheceu o professor Summerlee? — aventurou-se Malone.

A médium negou com a cabeça.

— Não, senhor, não. Eles sempre pensam que os conheço. Não conheço nenhum deles. Eles vêm e eu os descrevo.

— Como recebe a mensagem?

— Clariaudiência.[35] Eu ouço. Eu os ouço o tempo todo. Os pobrezinhos querem todos aparecer. Eles me agarram, me puxam e me amolam no palco. "Agora eu, eu, eu!" É o que ouço. Faço o melhor que posso, mas não consigo dar conta de todos.

— Pode me dizer algo sobre aquele homem profético? — perguntou Malone ao presidente.

O sr. Bolsover deu de ombros com um sorriso depreciativo.

— Ele não está vinculado a nenhuma igreja. Nós o vemos volta e meia como uma espécie de cometa passando por nós. A propósito, lembro-me agora de que profetizou a guerra. Eu pessoalmente sou um pragmático. A cada dia basta o seu mal.[36] Temos suficiente dinheiro em espécie sem nenhuma conta para o futuro. Bem, boa noite! Trate-nos tão bem quanto puder.

---

35. No contexto do espiritualismo, a clariaudiência é a capacidade de ouvir sons (vozes) inaudíveis aos que não possuem essa faculdade. Considerada muito mais rara em médiuns do que a clarividência.

36. Alusão a uma passagem do Sermão da Montanha: "Não vos inquieteis, pois, pelo dia de amanhã, porque o dia de amanhã cuidará de si mesmo. Basta a cada dia o seu mal." (Mateus 6:34)

— Boa noite — disse Enid.

— Boa noite — respondeu a sra. Debbs. — A propósito, a senhorita também é médium. Boa noite!

E assim eles se viram na rua mais uma vez, inspirando profundamente o ar da noite, que lhes pareceu doce depois daquele salão apinhado. Um minuto mais tarde estavam na agitação da Edgware Road e Malone chamara um táxi para levá-los de volta a Victoria Gardens.

3

Em que o professor Challenger
dá sua opinião

Enid entrara no táxi, e Malone a seguia quando ouviu chamarem seu nome e viu um homem se aproximar correndo pela rua. Era alto, de meia-idade, bonito e bem-vestido, a barba feita e o ar autoconfiante de cirurgião de sucesso.

— Ei, Malone! Espere!

— Ora, é Atkinson! Enid, permita que eu lhe apresente. Este é o sr. Atkinson, do St. Mary's Hospital, sobre quem falei a seu pai. Podemos lhe dar uma carona? Estamos indo em direção a Victoria.[37]

— Excelente! — O cirurgião entrou no carro atrás deles. — Fiquei surpreso ao vê-lo numa reunião espírita.

— Estávamos lá profissionalmente. A srta. Challenger e eu somos ambos jornalistas.

— Ah, isso mesmo! *The Daily Gazette*, suponho, como antes. Bem, vocês terão um assinante a mais, pois vou querer ver que impressão tiveram do espetáculo desta noite.

— Terá de esperar até o próximo domingo. O artigo é parte de uma série.

— Ah, não posso esperar tanto tempo! O que acharam da reunião?

— Realmente não sei. Terei de ler minhas anotações com cuidado amanhã, refletir sobre elas e comparar minhas impressões com as de minha

---

37. Referência a Victoria Street ou Victoria Station, respectivamente rua e estação de trem do distrito de mesmo nome, no centro de Londres, importante entroncamento da malha de transportes londrina.

colega aqui. Ela tem a intuição, sabe, que é de grande valor em questões religiosas.

– E qual é a sua intuição, srta. Challenger?

– Boa, ah sim, boa! Mas, valha-me Deus, que mescla extraordinária!

– Sim, de fato. Estive ali várias vezes e sempre fico com a mesma impressão de mistura em minha mente. Algumas coisas são ridículas, outras, talvez, desonestas, mas, ainda assim, algumas são absolutamente maravilhosas.

– Mas você não é jornalista. Por que estava lá?

– Porque sou profundamente interessado no tema. Estudo manifestações psíquicas há alguns anos. Não sou um convicto, mas sou simpatizante, e tenho suficiente senso de proporção para compreender que embora eu pareça estar julgando o assunto, talvez na verdade seja ele que esteja me julgando.

Malone fez um aceno de compreensão.

– É um campo vastíssimo. Vocês perceberão isso quando o examinarem mais de perto. São meia dúzia de assuntos importantes num só. E ele está todo nas mãos dessa gente boa e humilde que o levou adiante por mais de setenta anos, mesmo com todos os desencorajamentos e todas as perdas pessoais. É muito parecido com a ascensão do cristianismo, que foi mantido por escravos e subalternos até chegar pouco a pouco a camadas mais altas. Passaram-se trezentos anos entre o momento em que o escravo de César recebeu a iluminação até o próprio César aceitá-la.

– Mas o pregador! – exclamou Enid, em protesto.

O sr. Atkinson riu.

– Você se refere a nosso amigo da Atlântida. Que sujeito maçante! Confesso que não sei como interpretar desempenhos como aquele. Ilusão, penso, e a manifestação temporária de um novo traço de personalidade que se autodramatiza daquela maneira. A única coisa de que tenho certeza é que não é um habitante da Atlântida que chegou de sua longa viagem com uma carga pavorosa de banalidades. Bem, chegamos!

– Tenho de entregar esta senhorita sã e salva para seu pai – disse Malone.

– Ouça, Atkinson, não vá embora. O professor realmente gostaria de vê-lo.

— Mas a esta hora? Ora, ele me jogaria escada abaixo.

— Você andou ouvindo histórias — disse Enid. — Na verdade, não é tão ruim assim. Algumas pessoas o irritam, mas tenho certeza de que você não é uma delas. Não quer se arriscar?

— Com este encorajamento, certamente.

E os três percorreram o corredor externo iluminado até o elevador. Challenger, vestindo agora um brilhoso roupão azul, os esperava com ansiedade. Ele fitou Atkinson como um buldogue brigão encara um cão desconhecido. Mas a inspeção pareceu satisfazê-lo, pois rosnou que era um prazer conhecê-lo.

— Ouvi falar do senhor e de sua crescente reputação. Sua resseção da espinha ano passado causou algum furor, pelo que entendi. Mas esteve lá entre os lunáticos também?

— Bem, se é assim que os chama — respondeu Atkinson com uma risada.

— Deus do Céu, do que mais poderia chamá-los? Lembro-me agora de que meu jovem amigo aqui — Challenger tinha uma maneira de se referir a Malone como se ele fosse um promissor menino de dez anos — disse-me que você estava estudando o assunto. — Ele soltou uma risada ofensiva. — "O estudo apropriado para a humanidade são as assombrações", hein, sr. Atkinson?

— Meu pai realmente não sabe nada sobre isso, portanto não se ofenda com ele — comentou Enid. — Mas eu lhe asseguro, pai, que você teria se interessado.

Ela passou a fazer um resumo de suas aventuras, embora tenha sido interrompida por comentários incessantes, grunhidos e risos zombeteiros. Quando chegou ao episódio de Summerlee, a indignação e o desdém de Challenger não puderam mais ser contidos. O velho vulcão irrompeu e uma torrente de invectivas coléricas baixou sobre seus ouvintes.

— Os velhacos blasfemos! — gritou. — Pensar que não podem deixar o pobre Summerlee descansar em seu túmulo. Tivemos nossas divergências em seu tempo, e vou admitir que fui compelido a formar uma ideia moderada de sua inteligência, mas se ele retornasse do túmulo na certa teria algo digno de ser ouvido a nos dizer. Isso é um claro absurdo, uma perversidade, chega a ser indecente! Não admito que um amigo meu seja feito de fantoche para a risada de uma plateia de idiotas. Eles não riram! Devem ter rido ao ouvirem um homem instruído, um homem com quem convivi em pé de igualdade, falando tais despautérios. Puro disparate. Não me contradiga, Malone. Não admito! Sua mensagem poderia ter sido o pós-escrito da carta de uma adolescente. Não é absurdo, vindo de tal fonte? Não está de acordo, sr. Atkinson? Não! Eu esperava mais do senhor.

— Mas e a descrição?

— Por Deus, onde estão os seus cérebros? Por acaso os nomes de Summerlee e Malone não estiveram associados ao meu em certa ficção peculiarmente frágil que alcançou alguma notoriedade? Não é sabido também que vocês dois, pobres inocentes, estão percorrendo as igrejas, semana por semana? Não era evidente que mais cedo ou mais tarde iriam a uma reunião espírita? Ali estava a chance de converter uma pessoa! Eles lançaram a isca, e a pobre carpa do Malone apareceu e engoliu-a. Agora ele está aqui, com o anzol ainda espetado em sua boca estúpida. Sim, Malone, é preciso falar abertamente e você vai me ouvir. — Com a juba preta arrepiada, o professor cravava os olhos em cada um dos membros do grupo.

— Bem, queremos que todos os pontos de vista sejam expressos — disse Atkinson. — O senhor parece muito qualificado para dar a opinião negativa. Ao mesmo tempo, eu repetiria por minha própria conta as palavras de Thackeray.[38] Ele disse a um objetor: "O que você diz é natural, mas se tivesse visto o que vi talvez mudasse de ideia." Talvez um dia desses lhe seja possível reexaminar o assunto, pois sua elevada posição no mundo científico conferiria grande peso à sua opinião.

— Se ocupo um lugar elevado no mundo científico como diz, é porque me concentrei no que é útil e descartei o nebuloso ou absurdo. Meu cérebro, senhor, não come pelas beiradas. Ele vai direto ao ponto. Ele foi ao cerne da questão e encontrou fraude e asneira.

---

38. William Thackeray (1811-63), jornalista e romancista satírico inglês cuja obra mais conhecida é *A feira das vaidades* (1848).

– Às vezes, ambos estão presentes lá – respondeu Atkinson. – E, no entanto... no entanto! Ah, bem, Malone, estou a certa distância de casa e está tarde. Com sua licença, professor. Foi uma honra conhecê-lo.

Malone estava de saída também e os dois amigos conversaram por alguns minutos antes de tomar seus caminhos separados. Atkinson para Wimpole Street e Malone para South Norwood, onde morava agora.

– Grande sujeito! – disse Malone com uma risadinha. – Você nunca deve se ofender com ele. Não fala por mal. É esplêndido.

– Sem dúvida. Mas se alguma coisa poderia fazer de mim um verdadeiro e consumado espírita é esse tipo de intolerância. É muito comum, embora em geral seja expressada mais no tom do discreto sorriso de desdém que no dos brados ruidosos. Prefiro os últimos. A propósito, Malone, se estiver interessado em se aprofundar no assunto, talvez eu possa ajudá-lo. Já ouviu falar de Linden?

– Linden, o médium profissional. Sim, disseram-me que é o maior canalha não enforcado.

– Ah, bem, costumam falar dele assim. Você deve julgar por si mesmo. Ele deslocou a patela no inverno passado, e eu a coloquei no lugar de novo, e isso criou um vínculo amistoso entre nós. Nem sempre é fácil chegar a ele, e é claro que costuma cobrar uma pequena remuneração, um guinéu,[39] creio eu, mas se você quisesse uma sessão eu poderia arranjá-la.

– Você o considera genuíno?

Atkinson encolheu os ombros.

– Creio que todos eles adotam a linha da menor resistência. Só posso dizer que nunca o peguei numa fraude. Você deve julgá-lo por si mesmo.

– Farei isso – disse Malone. – Estou querendo seguir isso de perto. E parece haver material para um artigo aí, também. Eu lhe escreverei quando as coisas estiverem mais fáceis, Atkinson, e poderemos nos aprofundar no assunto.

---

39. Moeda de ouro cunhada no Reino Unido de 1663 a 1814 que valia 21 xelins. Mesmo após a sua retirada de circulação as pessoas continuavam a usar o termo "guinéu" para indicar essa quantia.

4

Que descreve estranhas atividades em Hammersmith

O artigo de autoria dos Enviados Conjuntos (sua imponente assinatura) despertou interesse e polêmica. Ele havia sido acompanhado por um breve editorial do subeditor destinado a acalmar as susceptibilidades de seus leitores ortodoxos, como quem diz: "Essas coisas têm de ser noticiadas e parecem verdadeiras, mas é claro que você e eu reconhecemos o quanto tudo isso é pernicioso." Malone viu-se mergulhado de imediato num volume enorme de correspondências, a favor e contra, que foi suficiente por si só para lhe mostrar quão vital era a questão na mente dos homens. Os artigos anteriores haviam extraído apenas um rosnado aqui e ali de um católico obtuso ou de um evangélico empedernido, mas agora sua caixa de correspondência estava cheia. A maior parte das cartas zombava da ideia de que existissem forças psíquicas, e muitas eram de autores que, não importa o que conhecessem de forças psíquicas, obviamente não sabiam nada de ortografia. Em diversos casos, os espíritas não se mostravam mais satisfeitos que os outros, pois – ainda que seu relato fosse verdadeiro – Malone havia exercido o privilégio de jornalista de dar ênfase aos aspectos mais humorísticos da questão.

Uma manhã na semana seguinte, o sr. Malone recebeu uma vultosa presença em sua salinha nos escritórios do jornal. O porteiro que precedera o corpulento visitante havia posto num canto da mesa um cartão em que se lia: "James Bolsover, Comerciante de Secos e Molhados, High Street, Hammersmith". Não era outro senão o afável presidente da congregação do domingo anterior. Ele sacudiu um jornal para Malone, acusadoramente, mas seu rosto bem-humorado estava envolto em sorrisos.

– Ora, ora. Eu não disse que o lado cômico o atrairia?

– Não lhe parece um relato justo?

– Bem, sim, sr. Malone. Penso que o senhor e a jovem fizeram o melhor que podiam por nós. Mas, é claro, os senhores não sabem nada, e tudo lhes parece estranho. Pensando bem, seria muito mais estranho se entre todos os homens inteligentes que deixam esta terra eles não fossem capazes de descobrir uma maneira de nos fazer chegar uma palavra.

– Mas às vezes é uma palavra tão estúpida.

– Bem, muitas pessoas estúpidas deixam o mundo. Elas não mudam. E depois, nunca se sabe que espécie de mensagem é necessária. Recebemos ontem um sacerdote que foi falar com a sra. Debbs. Estava desolado porque perdera a filha. A sra. Debbs conseguiu receber várias mensagens de que ela estava feliz e de que apenas o sofrimento do pai a magoava. "Isso é inútil", disse ele. "Qualquer pessoa poderia dizer isso. Essa não é a minha menina." E em seguida ela disse, subitamente: "Mas eu adoraria que você não usasse gola de padre com camisa colorida." Parecia uma mensagem banal, mas o homem pôs-se a chorar. "É ela", soluçou. "Estava sempre implicando comigo por causa de meus colarinhos." São os pequenos detalhes que contam nesta vida, as coisas simples, íntimas, sr. Malone.

Malone discordou com a cabeça.

– Qualquer um repararia numa camisa colorida com um colarinho de padre.

O sr. Bolsover riu.

– O senhor é um caso sério. Também já fui assim, por isso não posso censurá-lo. Mas vim aqui com um objetivo. Suponho que seja um homem ocupado e sei que sou, de modo que vou direto ao ponto. Primeiro, gostaria de dizer que todo o nosso pessoal dotado de algum bom senso está satisfeito com o artigo. O sr. Algernon Mailey escreveu-me dizendo que ele seria benéfico, e se ele está contente, todos nós estamos.

– Mailey, o advogado?

— Mailey, o reformador religioso. É assim que ele será conhecido.

— Bem, e o que mais?

— Apenas que nós os ajudaríamos se o senhor e a senhorita quisessem ir mais a fundo na questão. Não para efeito de publicidade, veja bem, mas em seu próprio benefício, embora não nos furtemos à publicidade também. Tenho sessões de fenômenos psíquicos em minha própria casa sem um médium profissional, e se os senhores quisessem...

— Nada me interessaria tanto.

— Então devem ir, os dois. Não temos muita gente de fora. Eu não receberia em casa essa gente que faz pesquisa psíquica. Por que me dar o trabalho para depois ser insultado por suas desconfianças e armadilhas? Elas parecem pensar que as pessoas não têm sentimentos. Mas os senhores têm algum bom senso. E só o que pedimos.

— Mas eu não acredito. Isso não iria atrapalhar?

— Nem um pouco. Contanto que sejam imparciais e não perturbem as condições, tudo estará bem. Espíritos desencarnados, tanto quanto os encarnados, não gostam de pessoas desagradáveis. Sejam gentis e polidos, como seriam em qualquer outra companhia.

— Bem, isso posso prometer.

— Eles são engraçados às vezes – disse o sr. Bolsover, numa disposição reminiscente. – É melhor ficar do lado certo deles. Não lhes é permitido ferir seres humanos, mas todos nós fazemos coisas que não temos permissão, e eles mesmos são muito humanos. Deve se lembrar de como o correspondente do *Times* teve a cabeça aberta com um pandeiro numa das sessões dos irmãos Davenport.[40] Muito errado, é claro, mas aconteceu. Nenhum amigo jamais saiu com a cabeça aberta. Houve outro caso em Stepney Way. Um agiota foi a uma sessão. Uma vítima que ele havia impelido ao suicídio baixou no médium. Ele agarrou o agiota pela garganta e por pouco não o matou. Mas vou me despedir, sr. Malone. Reunimo-nos

---

40. Os americanos Ira Erastus Davenport (1839-1911) e William Henry Davenport (1841-77) ficaram famosos por suas apresentações para o grande público, alvo de ruidosas polêmicas quanto à sua autenticidade. O episódio a que Doyle se refere ocorreu em Londres, em 1864, na residência do autor e ator Dion Boucicault e contou com a presença de cientistas, convidados e jornalistas.

uma vez por semana e o fazemos há quatro anos sem interrupção. Toda quinta-feira, às oito horas. Avise-nos com um dia de antecedência, e pedirei ao sr. Mailey para ir ao seu encontro. Ele pode responder a questões melhor do que eu. Próxima quinta-feira! Muito bom. – E o sr. Bolsover deixou a sala bruscamente.

Tanto Malone quanto Enid Challenger tinham, talvez, ficado mais abalados com sua breve experiência do que admitiram, mas ambos eram pessoas sensatas que concordavam que todas as causas naturais possíveis deveriam ser esgotadas – e muito cuidadosamente esgotadas – antes que as fronteiras do que é possível fossem alargadas. Os dois tinham o máximo respeito pelo intelecto de Challenger e foram afetados por suas ideias, embora, nas frequentes discussões em que se viu mergulhado, Malone fosse compelido a admitir que a opinião de um homem inteligente sem qualquer experiência tem de fato menos valor que a do homem comum que esteve realmente lá.

Essas discussões, em sua maioria, eram travadas com Mervin, editor do jornal psíquico *Dawn*, que tratava de todas as faces do oculto, do conhecimento tradicional dos rosa-cruzes[41] às estranhas regiões dos estudiosos da Grande Pirâmide,[42] ou daqueles que sustentavam a origem judaica de nossos louros anglo-saxões. Mervin era um homem magro e apaixonado, com um cérebro que poderia tê-lo transportado para os ápices mais lucrativos de sua profissão, caso não tivesse decidido sacrificar perspectivas mundanas para promover o que lhe parecia ser uma grande verdade. Como Malone era ávido por conhecimento e Mervin igualmente entusiasmado em transmiti-lo, os garçons do Literary Club[43] tinham considerável dificuldade para tirá-los da mesa do canto junto à janela em

---

41. Membro de uma fraternidade ou associação da Ordem dos Irmãos Iluminados de Rosa-Cruz, fundada no séc.XV pelo monge alemão Christian Rosenkreutz e que afirma possuir antigos conhecimentos esotéricos.
42. Referência à Grande Pirâmide de Gizé, no Egito, e aos maçons em geral.
43. O Literary Club foi fundado em 1764 por Joshua Reynolds e Samuel Johnson. Durante os encontros da sociedade, temas literários eram discutidos em meio a um jantar organizado pelos associados.

que costumavam almoçar, com vista para a longa e cinzenta curva do Embankment[44] e para o nobre rio, com seu panorama de pontes. A dupla demorava-se em seu café, fumando cigarros e discutindo diferentes aspectos desse assunto gigantesco e absorvente, que já parecia ter revelado novos horizontes à mente de Malone.

Uma advertência feita por Mervin suscitou uma impaciência quase equivalente à raiva na mente de Malone. Ele tinha herdado a objeção irlandesa à coerção, e esta lhe parecia estar surgindo mais uma vez sob uma forma insidiosa e particularmente ofensiva.

– Você vai a uma das sessões familiares de Bolsover – disse Mervin. – Elas são bem conhecidas entre nosso pessoal, é claro, embora poucos tenham sido de fato admitidos nelas, portanto pode se considerar um privilegiado. É evidente que ele gostou de você.

– Ele achou que escrevi de maneira justa sobre eles.

– Bem, o artigo não foi grande coisa. Mesmo assim, em meio aos absurdos deprimentes e obtusos com que somos atacados, ele mostrou de fato alguns traços de dignidade, equilíbrio e senso de proporção.

Malone dispensou o comentário com um gesto depreciativo de seu cigarro.

– As sessões de Bolsover, bem como outras semelhantes, não têm importância alguma para o verdadeiro médium, claro. Elas são como as fundações de um edifício que certamente ajudam a sustentá-lo, mas das quais nos esquecemos quando passamos a habitá-lo. É com a superestrutura mais elevada que temos a ver. Se você fosse dar crédito aos jornais baratos que satisfazem à demanda por sensacionalismo, pensaria que tudo se reduz a fenômenos físicos, isso e alguns casos de fantasmas e casas assombradas. Claro que esses fenômenos têm sua utilidade. Eles prendem a atenção do investigador e o estimulam a ir além. Pessoalmente, tendo visto todos eles, não atravessaria a rua para vê-los de novo. Mas atravessaria muitas estradas para receber mensagens elevadas do além.

---

44. O Thames Embankment é uma série de diques construídos à margem do Tâmisa ao longo do séc.XIX.

– Sim, reconheço muito bem a distinção, olhando do seu ponto de vista. De minha parte, é claro, sou igualmente agnóstico em relação tanto às mensagens, quanto aos fenômenos.

– Sem dúvida. São Paulo era um bom médium. Ele se expressa com tanta clareza que até seus tradutores ignorantes foram incapazes de disfarçar os reais significados ocultos, como conseguiram fazer em muitos casos.

– Pode citá-lo?

– Conheço meu Novo Testamento bastante bem, mas não ao pé da letra. É a passagem em que ele fala que o dom das línguas, obviamente algo sensacional, era para os não instruídos, mas que as profecias, isto é, as verdadeiras mensagens espirituais, eram para os eleitos.[45] Em outras palavras, que um espírita experiente não tem necessidade de fenômenos.

– Vou procurar a passagem.

– Você a encontrará em Coríntios, acredito. A propósito, o nível médio de inteligência no seio daquelas antigas congregações devia ser muito alto, se as cartas de Paulo podiam ser lidas em voz alta para eles e inteiramente compreendidas.

– Isso é admitido em geral, não é?

– Bem, esse é um exemplo concreto disso. Contudo, estou me desviando do assunto. O que eu queria lhe dizer é que não deve levar o pequeno circo espírita de Bolsover demasiado a sério. É uma coisa honesta, até onde vai, mas não vai muito longe. É uma doença, essa caça aos fenômenos. Conheço algumas de nossas pessoas, sobretudo mulheres, que revoam continuamente em torno de salas de sessão, vendo a mesma coisa vezes sem fim, às vezes real, e às vezes, receio, imitação. Em que medida elas se tornam melhores por isso, como almas ou como cidadãs ou de qualquer outra maneira? Não, quando seu pé estiver firme no degrau inferior, não marque tempo ali, mas suba para o degrau seguinte e firme-se nele.

– Compreendo perfeitamente seu argumento. Mas ainda estou em chão firme.

– Firme! – exclamou Mervin. – Meu Deus! Mas o jornal vai para o prelo hoje e tenho de dedicar toda atenção ao impressor. Com uma circu-

---

45. Alusão à passagem bíblica encontrada em 1 Coríntios 14.

lação de cerca de 10 mil exemplares, fazemos as coisas modestamente, sabe, não como vocês, plutocratas da imprensa diária. Sou praticamente a equipe inteira.

– Você disse que tinha uma advertência.

– Sim, sim, eu queria lhe fazer uma advertência. – O rosto fino e ansioso de Mervin tornou-se muito sério. – Se você tiver algum preconceito arraigado, religioso ou de outro tipo, que possa levá-lo a rejeitar esse assunto depois que o tiver investigado, é melhor que não o investigue de maneira alguma, pois isso é perigoso.

– O que quer dizer com perigoso?

– Eles não se importam com dúvida honesta, ou crítica honesta, mas se forem maltratados, são perigosos.

– Quem são "eles"?

– Ah, quem são eles? Eu gostaria de saber. Guias, orientadores, entidades psíquicas[46] de algum tipo. Quem são os agentes da vingança, ou eu deveria dizer justiça, realmente não importa. A questão é que existem.

– Conversa fiada, Mervin!

– Não esteja tão certo disso.

– Baboseira perniciosa. São os velhos espantalhos da Idade Média levantando-se de novo. Isso me surpreende num homem sensato como você!

Mervin sorriu – ele tinha um sorriso brincalhão –, mas seus olhos, fitando sob cerradas sobrancelhas louras, estavam mais sérios que nunca.

– Talvez você venha a mudar de opinião. Há alguns aspectos estranhos nessa questão. Como amigo, quero alertá-lo para este.

– Bem, alerte-me, então.

Sentindo-se encorajado, Mervin entrou no assunto. Esboçou rapidamente a carreira e o destino de vários homens que, em sua opinião, haviam jogado de maneira desleal com essas forças, tornado-se uma obstrução e sofrido por isso. Falou de juízes que haviam proferido decisões preconceituosas contra a causa, de jornalistas que tinham urdido casos

---

46. Sãos os espíritos, geralmente mais elevados, cuja função é guiar e intermediar a comunicação do médium com outros espíritos.

extraordinários para fins sensacionalistas e lançado o movimento em descrédito; de outros que haviam entrevistado médiuns para ridicularizá-los, ou que, tendo começado a investigar, haviam recuado alarmados e apresentado uma conclusão negativa, quando no íntimo sabiam que os fatos eram verdadeiros. A lista parecia aterradora, pois era longa e precisa, mas Malone não se deixou convencer.

– Se você escolhe seus casos, não tenho dúvida de que poderia fazer uma lista semelhante sobre qualquer assunto. O sr. Jones disse que Rafael era um incapaz e o sr. Jones morreu de *angina pectoris*.[47] Logo é perigoso criticar Rafael. Esse parece ser o argumento.

– Bem, se prefere pensar assim.

– Considere o outro lado. Morgate, por exemplo, sempre foi um inimigo, pois é um materialista convicto. Mas segue prosperando, veja sua posição de catedrático.

– Ah, um cético honesto. Certamente. Por que não?

– E Morgan, que uma vez denunciou médiuns.

– Se eram realmente falsos, ele prestou um bom serviço.

– E Falconer, que escreveu tão asperamente sobre você?

– Ah, Falconer! Você sabe alguma coisa sobre a vida privada de Falconer? Não. Muito bem, permita que eu lhe diga que ele teve o que mereceu. Ele não sabe por quê. Um dia esses cavalheiros vão começar a comparar anotações e talvez comecem a entender. Mas eles pagam.

Ele continuou contando uma história terrível de um sujeito que, embora estivesse de fato convencido da verdade do espiritismo, havia dedicado seus consideráveis talentos a criticá-lo acerbamente, porque seus fins mundanos seriam favorecidos com isso. O fim foi assombroso – assombroso demais para Malone.

– Ah, pare com isso, Mervin! – exclamou ele, impaciente. – Vou dizer o que penso, nem mais nem menos, e não vou deixar que você ou seus fantasmas me levem a mudar minhas opiniões.

---

47. Em latim no original: literalmente "estrangulamento (dor) no peito"; dor no peito causada pelo abastecimento insuficiente de oxigênio ao músculo cardíaco.

– Nunca lhe pedi que o fizesse.

– Chegou bem perto disso. O que você disse me soa como pura superstição. E se o que alega é verdade, vocês deveriam ter a polícia no seu encalço.

– Sim, se fôssemos os responsáveis. Mas não está em nossas mãos. No entanto, Malone, eu avisei, quer a advertência tenha ou não valor, e agora você pode seguir o seu caminho. Até logo! Ligue para mim sempre que quiser, no escritório do *Dawn*.

Para quem deseja saber se um homem tem o verdadeiro sangue irlandês nas veias, há um teste infalível. Ponha-o diante de uma porta de vaivém com as palavras "Empurre" e "Puxe" impressas nela. O inglês obedecerá como um homem sensato. O irlandês, com menos equilíbrio, porém mais individualidade, fará de imediato e com veemência o oposto. Assim foi com Malone. A bem-intencionada advertência de Mervin serviu apenas para suscitar um espírito rebelde dentro dele, e, quando chegou à casa de Enid para levá-la à sessão de Bolsover, havia retrocedido vários graus na simpatia que começava a sentir pelo assunto. Challenger despediu-se deles com muitas caçoadas, a barba projetando-se para a frente e os olhos fechados sob sobrancelhas arqueadas, como era seu costume quando queria ser brincalhão.

– Você tem sua bolsa, minha querida Enid. Se vir um espécime particularmente bom de ectoplasma[48] ao longo da noite, não se esqueça de seu pai. Tenho microscópio, reagentes químicos e tudo pronto. Talvez você tope até com um pequeno *poltergeist*.[49] Qualquer ninharia seria bem-vinda. – Sua estrondosa risada seguiu-os elevador adentro.

---

48. Termo cunhado por Charles Richet, pesquisador de fenômenos psíquicos, a partir do grego *"ektos"* e *"plasma"*, ou seja, "substância exteriorizada". No espiritualismo, a substância ou matéria misteriosa que emana do corpo dos médiuns em transe e que pode promover a materialização parcial ou total de espíritos.

49. *Poltergeist* é a designação para um fantasma, espírito ou outro ser sobrenatural que se acredita estar na origem de certas perturbações inexplicáveis como ruídos, o bater de portas e objetos que se movem ou levitam sem que seja possível determinar a causa ou o agente. O termo alemão significa literalmente "fantasma ruidoso".

O estabelecimento do sr. Bolsover provou ser um armazém antiquado na parte mais movimentada de Hammersmith. A igreja vizinha batia os três quartos de hora quando o táxi estacionou, e a loja estava cheia. Diante disso, Enid e Malone ficaram andando para cima e para baixo do lado de fora. Assim faziam quando outro táxi parou e dele saiu um homem grandalhão, de barba e aspecto descuidado, num terno de *tweed* Harris.[50] Ele deu uma olhada no relógio e pôs-se a caminhar pela calçada. Logo notou os outros e aproximou-se deles.

— Posso lhes perguntar se são os jornalistas que vão assistir à sessão? Pensei que sim. O velho Bolsover está terrivelmente ocupado, portanto fizeram bem em esperar. Que Deus o abençoe, é um santo à sua maneira.

— Presumo que seja o sr. Algernon Mailey.

— Sim. Sou o cavalheiro cuja credulidade está provocando considerável ansiedade da parte de meus amigos, como um jornaleco observou outro dia. — Sua risada era tão contagiante que os outros não puderam deixar de rir também. De fato, com suas proporções atléticas, um pouco decaídas mas ainda notáveis, a voz viril e o rosto forte, ainda que desprovido de beleza, não dava impressão alguma de instabilidade.

— Todos somos rotulados com algum estigma por nossos adversários — disse ele. — Pergunto-me quais serão os seus.

— Não devemos navegar sob bandeira falsa, sr. Mailey — disse Enid. — Ainda não estamos entre os crentes.

— Tem toda razão. Os senhores não devem se apressar com relação a isso. Trata-se infinitamente da questão mais importante do mundo, portanto vale a pena dedicar-lhe muito tempo. Eu mesmo levei vários anos. As pessoas podem ser censuradas por negligenciá-la, mas ninguém pode ser censurado por ser cauteloso em seu exame. Agora estou plenamente empenhado nela, como sabem, porque estou certo de que é verdade. Há tanta diferença entre crer e saber. Faço muitas palestras. Mas nunca almejo converter minha plateia. Não acredito em conversões súbitas. Elas

---

50. O Harris Tweed, marca registrada desde 1910, é um tecido exclusivamente escocês, confeccionado com fios de lã e produzido nas proximidades do rio Tweed.

são rasas, superficiais. Quero apenas expor a questão perante as pessoas com a maior clareza possível. Digo-lhes simplesmente a verdade e por que sabemos que é verdade. Com isso minha tarefa está feita. Elas podem aceitar ou rejeitar. Se forem sensatas, irão seguir o caminho que indiquei. Se forem levianas, perderão a oportunidade. Não desejo pressioná-las ou fazer proselitismo. É assunto delas, não meu.

— Bem, parece um ponto de vista razoável — comentou Enid, que se sentia atraída pela franqueza do novo conhecido.

Agora estavam parados sob o fluxo de luz projetado pela grande vitrine de Bolsover. A jovem deu uma boa olhada no sr. Mailey, a testa ampla, os curiosos olhos cinzentos, pensativos mas ávidos, a barba clara que indicava o contorno de um queixo agressivo. Era a solidez personificada — o oposto do fanático que ela havia imaginado. Seu nome aparecera muito nos jornais ultimamente como protagonista na longa batalha, e ela se lembrava de que ele nunca havia sido mencionado sem que seu pai reagisse com um riso de desdém.

— Gostaria de saber — disse ela a Malone — o que aconteceria se o sr. Mailey ficasse trancado numa sala com meu pai!

Malone riu.

— Antigamente corria entre escolásticos esta questão: o que aconteceria se uma força irresistível colidisse com um obstáculo inamovível?[51]

— Ah, a senhorita é a filha do professor Challenger — disse Mailey com interesse. — Ele é uma importante figura no mundo científico. Que mundo formidável seria esse, se compreendesse suas próprias limitações.

— O que quer dizer?

— É esse mundo científico que está na base de grande parte de nosso materialismo. Ele nos ajudou no que diz respeito ao conforto, se o conforto é de alguma valia para nós. Sob os demais aspectos, foi em geral uma maldição, pois autodenominou-se progresso e deu-nos uma falsa im-

---

51. Alusão ao Paradoxo da Onipotência, discutido por vários pensadores e filósofos desde a época da Escolástica e que trata do que um ser onipotente pode ou não realizar. O centro da discussão diz respeito ao paradoxo de como um ser onipotente pode realizar uma ação que limita posteriormente a sua capacidade de realizar outras ações.

pressão de que estamos progredindo, quando na realidade estamos sendo arrastados de maneira muito constante para trás.

– Bem, nisso não posso concordar inteiramente com o senhor, sr. Mailey – argumentou Malone, que começava a se sentir inquieto ante o que lhe parecia uma asserção dogmática. – O telégrafo, por exemplo, ou o sinal de S.O.S. emitido em alto-mar.[52] Isso não é benéfico para a humanidade?

– Ah, às vezes, isso funciona muito bem. Aprecio minha lâmpada de leitura elétrica, um produto da ciência. Ela nos dá, como disse antes, conforto e, ocasionalmente, segurança.

– Por que, então, a deprecia?

– Porque obscurece a coisa vital, o objetivo da vida. Não fomos postos neste planeta para nos mover a oitenta quilômetros por hora num automóvel, ou transpor o Atlântico numa aeronave, ou enviar mensagens com ou sem fios. Esses são os meros ornamentos ou as franjas da vida. Mas os homens de ciência prenderam nossa atenção nessas franjas de tal maneira que esquecemos o objeto central.

– Não sei o quer dizer.

– O que importa não é a rapidez com que se move, mas o objetivo de sua jornada. Não é o modo como envia uma mensagem, mas o valor dela. Cada estágio desse chamado progresso pode representar uma maldição, mas enquanto continuarmos a usar a palavra, nós o confundiremos com o verdadeiro progresso e imaginaremos estar fazendo aquilo para o que Deus nos enviou ao mundo.

– Que é…?

– Preparar-nos para a próxima fase da vida. Há uma preparação mental e uma preparação espiritual, e estamos negligenciando ambas. Sermos, numa idade avançada, homens e mulheres melhores, mais altruístas, mais liberais, mais afáveis e tolerantes, é para isso que estamos aqui.

---

52. Sinal de socorro enviado pelos navios em código Morse: três pontos (a letra S), três traços (a letra O) e novamente três pontos. As três letras nada significavam precisamente, embora costumem ser associadas a frases como "Save our seamen" ("Salvem nossos marujos") ou "Save our souls" ("Salvem nossas almas").

Esta é uma fábrica de almas, e ela está produzindo um artigo ruim. Mas vejam só! – Ele irrompeu em sua contagiante risada. – Cá estou ministrando minha palestra no meio da rua. Força do hábito, sabem. Meu filho diz que se apertam o terceiro botão de meu colete eu automaticamente profiro uma conferência. Mas eis aqui o bom Bolsover para salvá-los.

O digno comerciante os avistara pela janela e saiu apressado, desatando o avental branco.

– Boa noite a todos! Não vou deixá-los esperando no frio. Além disso, aí está o relógio, está na hora. Não é bom deixá-los esperando. Pontualidade para todos, é a minha divisa e a deles. Meus rapazes vão fechar a loja. Venham por aqui, e cuidado com o barril de açúcar.

Eles seguiram por entre caixas de frutas secas e pilhas de queijo, passando por fim entre duas grandes barricas que mal deixavam espaço para a forma avantajada do dono da venda. Além delas, uma pequena porta se abria para a parte residencial do estabelecimento. Subindo a escada estreita, Bolsover abriu outra porta e os visitantes encontraram-se numa sala considerável em que se viam várias pessoas sentadas em torno de uma grande mesa. Lá estava a própria sra. Bolsover, alta, alegre e gorducha como o marido. As três filhas eram todas do mesmo tipo agradável. Havia uma mulher idosa que parecia ser uma parenta e duas outras mulheres pálidas, que foram descritas como vizinhas e espíritas. O único homem era um sujeito pequeno, grisalho e com semblante agradável, olhos rápidos e cintilantes, sentado ao harmônio num canto.

– Sr. Smiley, nosso músico – disse Bolsover. – Não sei o que faríamos sem o sr. Smiley. São as vibrações, sabem. O sr. Mailey poderia lhes falar sobre isso. Senhoras, já conhecem o sr. Mailey, nosso bom amigo. E estes são os dois investigadores: srta. Challenger e sr. Malone.

A família Bolsover sorriu cordialmente, mas a idosa ficou de pé e examinou-os com uma fisionomia austera.

– São muito bem-vindos aqui, estranhos – disse ela. – Mas queremos reverência manifesta. Respeitamos os luminosos e não admitiremos que sejam insultados.

– Asseguro-lhe que somos muito sérios e imparciais – respondeu Malone.

– Tivemos nossa lição. Não nos esquemos do caso do Meadows, sr. Bolsover.

– Não, não, sra. Seldon. Aquilo não acontecerá de novo. Todos nós ficamos muito perturbados – acrescentou Bolsover, virando-se para os visitantes. – O tal homem veio aqui como nosso convidado e, quando as luzes estavam apagadas, ele cutucou os outros participantes da sessão, para fazê-los pensar que era a mão de um espírito. Depois descreveu tudo isso numa denúncia na imprensa, quando a única fraude presente fora ele mesmo.

Malone ficou sinceramente chocado.

– Posso lhes assegurar que somos incapazes de semelhante conduta.

A velha senhora sentou-se, mas continuou fitando-os com desconfiança. Andando afobado de um lado para outro, Bolsover terminava os preparativos.

– Sente-se aqui, sr. Mailey. Quer se sentar entre minha mulher e minha filha, sr. Malone? Onde a senhorita gostaria de ficar?

Enid, bastante nervosa, respondeu:

– Creio que gostaria de me sentar ao lado do sr. Malone.

Bolsover deu uma risadinha e piscou para a esposa.

– Perfeitamente. Muito natural, tenho certeza.

Todos acomodaram-se em seus lugares. O sr. Bolsover havia apagado a luz, mas uma vela ardia no meio da mesa. Malone pensou que imagem aquilo teria fornecido a um Rembrandt.[53] Sombras profundas a envolviam, mas a luz amarela tremeluzia sobre o círculo de rostos – as feições fortes, simplórias e pesadas de Bolsover, a linha sólida de seu núcleo familiar, o semblante seco e austero da sra. Seldon, os olhos sérios e a barba loura de Mailey, os rostos envelhecidos e cansados das duas mulheres

---

53. Referência a Rembrandt Harmenszoon van Rijn (1606-69), pintor e gravador holandês célebre pela sua técnica detalhista e dramática na aplicação das nuances de luz.

espíritas e, por fim, o perfil firme e nobre da moça sentada a seu lado. De repente, o mundo inteiro estreitara-se a esse único grupinho, tão intensamente concentrado em seu próprio objetivo.

Sobre a mesa, havia uma curiosa coleção de objetos, todos com a mesma aparência de ferramentas que eram usadas há muito tempo. Via-se um castigado megafone de latão, muito desbotado, um pandeiro, uma caixa de música e vários itens menores.

– Nunca sabemos o que eles podem querer – disse Bolsover, a mão pairando sobre os objetos. – Se a Pequenina pede uma coisa e ela não está aí, sabemos logo o que está sentindo; ah, sim, é chocante!

– Ela é geniosa, a Pequenina – comentou a sra. Bolsover.

– Por que não seria, a queridinha? – retrucou a senhora austera. – Suponho que tenha o suficiente para atormentá-la, com pesquisadores e gente do tipo. Muitas vezes me pergunto por que ainda se dá ao trabalho de vir.

– A Pequenina é nossa menininha guia – disse Bolsover. – Logo os senhores a ouvirão.

– Espero realmente que venha – disse Enid.

– Ela nunca nos faltou, exceto quando aquele tal de Meadows passou a mão no megafone e o tirou do círculo.

– Quem é o médium? – perguntou Malone.

– Bem, nós mesmos não sabemos. Acho que todos nós ajudamos. Talvez eu contribua mais que os outros. E a mãe, ela é uma auxiliar.

– Nossa família é como uma cooperativa – completou sua esposa, e todos riram.

– Pensei que era necessário haver um médium.

– É o mais comum, mas não é necessário – respondeu Mailey com sua voz grave e autoritária. – Crawford[54] mostrou isso de maneira muito clara nas sessões de Gallagher, quando provou, pesando as cadeiras, que to-

---

54. Provavelmente William Jackson Crawford (1881-1920), professor de engenharia da Queens University, em Belfast, Irlanda, e pesquisador de fenômenos psíquicos. Entre 1914 e 1920, dedicou-se à investigação dos fênomenos paranormais de Kathleen Goligher e seu grupo, conhecido como o Círculo de Goligher.

dos no círculo perdiam cerca de duzentos e cinquenta gramas a um quilo em uma sessão, embora a médium, srta. Kathleen, tivesse perdido nada menos que uns quatro ou cinco quilos. Aqui, a longa série de sessões... Quanto tempo, sr. Bolsover?

– Quatro anos sem interrupção.

– A longa série de sessões desenvolveu todas as pessoas em alguma medida, de modo que há uma média alta de produção de cada uma, em vez de uma quantidade extraordinária de uma só.

– Produção de quê?

– Magnetismo animal,[55] ectoplasma. Na verdade, força é a palavra mais abrangente. Foi a palavra que Cristo usou. "Muita força emanou de mim."[56] Em grego é *dynamis*, mas os tradutores não entenderam e traduziram por "virtude". Se um bom especialista em grego que fosse também um profundo estudioso do oculto retraduzisse o Novo Testamento, teríamos algumas surpresas. O caro Ellis Powell[57] trabalhou um pouco nesse sentido. Sua morte foi uma perda para o mundo.

– Sem dúvida – disse Bolsover num tom reverente. – Mas agora, antes que comecemos a trabalhar, sr. Malone, quero apenas que observe uma ou duas coisas. Está vendo os pontos brancos no megafone e no pandeiro? São pontos luminosos, de modo que podemos saber onde estão. A mesa é apenas a nossa mesa de jantar, bom carvalho britânico. Pode examiná-la se quiser. Mas verá coisas que não dependerão da mesa. Agora, sr. Smiley, a luz vai se apagar e eu lhe peço "Rocha das eras".[58]

---

55. Expressão cunhada pelo medico alemão Franz Anton Mesmer no séc.XVIII para designar a suposta energia natural e invisível exercida pelos animais, que pode ter efeitos físicos, inclusive de cura – teoria que nunca obteve o reconhecimento científico.

56. Referência à passagem bíblica encontrada em Lucas 8:46.

57. Ellis Thomas Powell (1869-1922) foi um jornalista, advogado e espírita britânico. Viajou pela Grã-Bretanha dando palestras sobre o espiritismo e fenômenos psíquicos e foi membro do British College of Psychic Science. Amigo de Conan Doyle, participou de sessões espíritas conduzidas pelo autor e sua esposa.

58. "Rock of Ages", hino cristão composto pelo reverendo Augustus Montague Toplady em 1763.

O harmônio ressoou na escuridão, e o grupo cantou. Foi bastante agradável, aliás, pois as meninas tinham vozes doces e bons ouvidos. Grave e vibrante, o ritmo solene tornava-se mais impressionante quando nenhum sentido exceto o da audição estava livre para atuar. Todos, segundo instrução, tinham as mãos levemente pousadas sobre a mesa e haviam sido orientados a não cruzar as pernas. Malone, com a mão tocando a de Enid, podia sentir os leves estremecimentos que mostravam que os nervos da jovem estavam extremamente tensos. A voz simples e jovial de Bolsover aliviou a ansiedade.

— Isso deve bastar — disse ele. — Tenho a impressão de que as condições são boas esta noite. E não está muito frio, também. Vou lhes pedir que se unam a mim numa oração.

A prece simples e sincera na escuridão foi eficaz — uma escuridão negra, quebrada apenas pelo último fulgor vermelho de um fogo que morria.

— Ó grande Pai de todos nós. Vós que estais além de nossos pensamentos e que, no entanto, impregnas nossa vida, concedei-nos que o mal fique afastado de nós esta noite e que possamos ter o privilégio de entrar em contato, ainda que apenas por uma hora, com aqueles que residem num plano mais elevado que o nosso. Vós sois nosso Pai assim como deles. Permiti-nos, durante um breve período, encontrarmo-nos com eles em fraternidade, para que possamos ter um maior conhecimento dessa vida eterna que nos aguarda e sejamos assim ajudados durante nossos anos de espera neste mundo inferior.

Ele encerrou com o "Pai-Nosso", em que todos o acompanhamos. Em seguida, ficaram todos sentados em expectativa. Lá fora, ouvia-se o ronco surdo do tráfego e o ocasional ruído enfurecido de um carro que passava. Dentro, a absoluta quietude. Enid e Malone tinham todos os sentidos em alerta e todos os nervos tensos enquanto fitavam a escuridão.

— Nada acontece, mãe — disse Bolsover, por fim. — É a companhia desconhecida. Novas vibrações. Eles precisam sintonizá-los para obter harmonia. Dê-nos mais uma melodia, sr. Smiley.

Novamente o harmônio ressoou. Ainda tocava quando uma voz de mulher gritou:

— Pare! Pare! Eles estão aqui!

Mais uma vez eles esperaram, sem resultado.

— Sim! Sim! Ouvi a Pequenina. Ela está aqui, sem dúvida. Tenho certeza.

Silêncio de novo, e depois aconteceu — tamanho assombro para os visitantes, coisa tão natural para o círculo.

— Boa noite! — exclamou uma voz.

Houve uma explosão de cumprimentos e risos de boas-vindas da parte do círculo. Todos falavam ao mesmo tempo.

— Boa noite, Pequenina!

— Você chegou, querida!

— Eu sabia que você viria!

— Muito bem, menina guia!

— Boa noite, todo mundo! — respondeu a voz. — Pequenina tão contente ver papai e mamãe e os outros. Nossa, que homem grande e barbudo! Mailey, sr. Mailey, estive com ele antes. Ele grande, eu pequenina. Prazer em vê-lo, sr. Grandalhão.

Enid e Malone ouviam com espanto, mas era impossível ficar nervoso em face da naturalidade com que o grupo aceitava aquilo. A voz era muito fina e aguda — mais do que qualquer falsete artificial poderia produzir. Era a voz de uma criança do sexo feminino. Isso era certo. Também não havia criança alguma na sala, a menos que uma tivesse sido furtivamente introduzida depois que a luz se apagara. Isso era possível. Mas a voz parecia estar no meio da mesa. Como uma menina teria podido chegar ali?

— Fácil chegar aqui, sr. Cavalheiro — disse a voz, respondendo a seu pensamento não formulado. — Papai homem forte. Papai levantou Pequenina e pôs na mesa. Agora mostro o que papai não pode fazer.

— O megafone subiu! — exclamou Bolsover.

O pequeno círculo de tinta luminosa elevou-se silenciosamente no ar. Agora balançava sobre suas cabeças.

— Suba mais e bata no teto! — exclamou Bolsover.

Ele subiu, e todos ouviram a batida metálica acima de si. Em seguida, a voz aguda veio de cima:

– Papai esperto! Papai pegou vara de pescar e levantou megafone até o teto. Mas como papai fez a voz, hein? O que diz você, linda senhorita inglesa? Toma um presente da Pequenina.

Algo macio caiu no colo de Enid. Ela baixou a mão e investigou.

– É uma flor, um crisântemo. Obrigada, Pequenina!

– Uma materialização? – perguntou Mailey.

– Não, não, sr. Mailey – disse Bolsover. – Elas estavam no vaso sobre o harmônio. Fale com ela, srta. Challenger. Mantenha as vibrações fluindo.

– Quem é você, Pequenina? – perguntou Enid, olhando para o ponto móvel acima de si.

– Sou menininha negra. Uma menininha negra de oito anos.

– Ora, vamos, querida – disse a mãe, com sua voz cheia e agradável, persuasiva. – Você tinha oito quando veio até nós pela primeira vez, e isso foi anos atrás.

– Anos atrás para vocês. Todas ao mesmo tempo para mim. Faço meu trabalho como criança de oito anos. Quando o trabalho termina, Pequenina vira Grande num dia só. Não tem tempo aqui, como vocês têm. Tenho sempre oito anos.

– De maneira geral, eles envelhecem exatamente como nós aqui – disse Mailey. – Mas quando têm um servicinho especial para o qual uma criança é necessária, permanecem como crianças. É uma espécie de desenvolvimento sustado.

– Sou eu. "Envolvimento assustado" – disse a voz, orgulhosa. – Aprendo bem Inglaterra quando o homem grande está aqui.

Todos riram. Era a congregação mais cordial, relaxada e informal possível. Malone ouviu a voz de Enid sussurrando em seu ouvido.

– Belisque-me de vez em quando, Edward, só para eu ter certeza de que não estou sonhando.

– Tenho de beliscar a mim mesmo, também.

– E a sua música, Pequenina? – perguntou Bolsover.

– Ah, sim, é mesmo! Pequenina canta para vocês.

Ela entoou uma canção simples, mas sua voz foi se apagando num chiado, ao mesmo tempo em que o megafone batia sobre a mesa.

– Ah, a força se esgotou! – disse Mailey. – Creio que um pouco mais de música vai nos restaurar. "Guia, luz amável".[59]

Eles cantaram juntos o belo hino. Quando os versos se encerravam, algo espantoso aconteceu – espantoso para os noviços, embora não tenha suscitado nenhum comentário do grupo. O megafone ainda brilhava sobre a mesa, mas duas vozes, aparentemente de um homem e de uma mulher, surgiram no ar acima deles e juntaram-se muito melodiosamente ao canto. O hino extinguiu-se, e tudo foi silêncio e expectativa mais uma vez.

Ele foi quebrado por uma grave voz masculina vinda da escuridão. Era uma voz inglesa educada, bem-modulada e que falava de uma maneira totalmente fora do alcance do bom Bolsover.

– Boa noite, amigos. A força parece boa esta noite.

– Boa noite, Luke. Boa noite! – exclamaram todos.

– Esse é nosso guia mestre – explicou Bolsover. – É um espírito elevado da sexta esfera[60] que nos dá instrução.

– Posso parecer elevado para vocês – disse a voz. – Mas o que sou para aqueles que, por sua vez, me instruem! A sabedoria não é minha. Não me atribuam mérito algum. Eu tão somente a transmito.

– É sempre assim – disse Bolsover. – Nenhuma presunção. É um sinal de sua elevação.

– Vejo que há dois investigadores presentes. Boa noite, senhorita! Você nada sabe sobre seus próprios poderes ou destino. Vai descobri-los. Boa noite, senhor, está no limiar de grande conhecimento. Há algum assunto sobre o qual deseje que eu diga algumas palavras? Vejo que está tomando notas.

De fato, Malone desprendera sua mão na escuridão e passara a anotar taquigraficamente a sequência dos eventos.

– Sobre o que devo falar?

– Sobre amor e casamento – sugeriu a sra. Bolsover, cutucando o marido.

---

59. "Lead, kindly light", hino composto por John Henry Newman em 1833.

60. Os espíritas desenvolveram nos sécs.XIX e XX uma doutrina das esferas baseada e informada na comunicação com os espíritos. Em geral, acredita-se que haja um total de sete esferas: 1) Inferno, 2) A esfera dos desejos, 3) A terra do verão, 4) Mente, 5) Abstração, 6) O encontro dos sexos e 7) A união dos sexos. Quanto mais esferas um espírito iluminado galgar, mais elevado ele será.

– Bem, direi algumas palavras sobre isso. Não me estenderei por muito tempo, porque outros estão esperando. A sala está repleta de espíritos. Desejo que compreendam que há um homem, e somente um, para cada mulher, e uma mulher para cada homem. Quando os dois se encontram, voam juntos e são uma só coisa através de toda a interminável cadeia da existência. Até que se encontrem, todas as uniões são meros acidentes sem sentido. Mais cedo ou mais tarde, cada casal se completa. Pode não ser aqui. Pode ser na próxima esfera em que os sexos se encontrem como na Terra. Ou o encontro pode ser adiado ainda mais. Mas todo homem e toda mulher têm sua afinidade, e a encontrarão. Dos casamentos terrenos talvez apenas um em cinco seja permanente. Os outros são acidentais. O verdadeiro casamento é da alma e do espírito. Atos sexuais são um mero símbolo externo que nada significa e são tolos, ou até perniciosos, quando o que simbolizam está ausente. Estou sendo claro?

– Muito claro – disse Mailey.

– Alguns têm o parceiro errado neste plano. Outros não têm parceiro nenhum, o que é mais auspicioso. Mas todos, mais cedo ou mais tarde, encontrarão o parceiro certo. Isso é garantido. Não pense que você terá necessariamente seu atual marido quando morrer.

– Deus seja louvado! Demos graças a Deus! – clamou uma voz.

– Não, sra. Melder, é amor, amor verdadeiro, que nos une aqui. Ele segue o caminho dele. Você segue o seu. Vocês estão em planos separados, talvez. Um dia cada um de vocês encontrará o seu parceiro, quando sua juventude tiver retornado como retornará por aqui.

– Você fala de amor. Está se referindo a amor sexual? – perguntou Mailey.

– Aonde vamos chegar? – murmurou a sra. Bolsover.

– As crianças não nascem aqui. Isso é só no plano terreno. Foi a esse aspecto do casamento que o grande Mestre se referiu quando disse: "Não haverá nem casamento nem dar em casamento."[61] Não! É mais puro, mais pro-

---

61. Alusão à seguinte passagem bíblica: "Porquanto, quando ressuscitarem dentre os mortos, nem casarão, nem se darão em casamento, mas serão como os anjos que estão nos céus." (Marcos 12:25)

fundo, mais maravilhoso, uma unidade de almas, uma completa fusão de interesses e conhecimento sem perda de individualidade. O mais perto que vocês algum dia chegam disso é a primeira paixão elevada, bela demais para expressão física, quando dois amantes de almas elevadas encontram-se em seu plano. Eles descobrem a expressão inferior mais tarde, mas saberão para sempre em seus corações que a primeira união de almas delicada, requintada, foi a mais bela. Assim é conosco. Alguma pergunta?

— E se uma mulher ama dois homens igualmente? — perguntou Malone.

— É raro que isso aconteça. Quase sempre ela sabe qual deles está realmente mais próximo de si. Se isso de fato ocorresse, seria uma prova de que nenhum dos dois era a verdadeira afinidade, pois ela está fadada a elevar-se muito acima de tudo. Evidentemente, se ela...

A voz diminuiu pouco a pouco e o megafone caiu.

— Cantem "Anjos pairam à nossa volta"![62] — exclamou Bolsover. — Smiley, toque forte. As vibrações estão a zero.

Mais um turno de música, mais um de silêncio, e depois uma voz extremamente triste. Enid nunca ouvira uma voz tão desconsolada. Reverberava como terra batendo sobre um caixão. A princípio foi um murmúrio grave. Depois, uma prece — uma prece em latim, ao que parecia, pois duas vezes a palavra *Domine* soou e uma vez a palavra *peccavimus*.[63] Instalou-se na sala uma atmosfera indescritível de depressão e desolação.

— Pelo amor de Deus, o que é isso? — exclamou Malone.

O círculo estava igualmente perplexo.

— Algum pobre coitado saído das esferas inferiores, creio — disse Bolsover. — Os ortodoxos dizem que deveríamos evitá-los. Creio que devemos nos apressar a ajudá-los.

---

62. Hino popular de autoria desconhecida, cujo texto trata do Segundo Advento de Cristo.
63. Em latim no original: "Senhor, senhor, pecamos."

— Isso mesmo, Bolsover! — concordou Mailey, calorosamente. — Vamos em frente com isso, rápido!

— Podemos fazer algo por você, amigo?

Silêncio.

— Ele não sabe. Não entende as condições. Onde está Luke? Ele saberá o que fazer.

— O que foi, amigo? — perguntou a voz agradável do guia.

— Há um pobre sujeito aqui. Queremos ajudá-lo.

— Ah, sim! Veio das trevas exteriores — respondeu Luke num tom solidário. — Ele não sabe. Não compreende. Eles vêm para cá com uma ideia fixa, e quando descobrem que a coisa real é muito diferente de tudo o que as Igrejas lhes ensinaram, ficam sem saber o que fazer. Alguns se adaptam e seguem em frente. Outros não, e simplesmente continuam vagando, inalterados, como esse homem. Ele era um sacerdote, um sacerdote muito tacanho, intolerante. Esse é o fruto de sua própria semente mental lançada sobre a Terra, o que foi semeado em ignorância é colhido em sofrimento.

— O que há de errado com ele?

— Ele não sabe que está morto. Caminha na bruma. Pensa que é um pesadelo. Há anos que está nisso. Para ele, parece uma eternidade.

— Por que você não lhe diz, não lhe ensina?

— Não podemos. Nós...

O megafone caiu.

— Música, Smiley, música! Agora as vibrações devem melhorar.

— Os espíritos mais elevados não podem alcançar as pessoas presas à Terra — disse Mailey. — Eles se encontram em zonas muito diferentes de vibração. Nós é que estamos perto deles e podemos ajudá-los.

— Sim, vocês! Vocês! — exclamou a voz de Luke. — Sr. Mailey, fale com ele. O senhor o conhece!

O murmúrio baixo recomeçara na mesma ladainha monótona.

— Amigo, gostaria de lhe dizer uma palavra — disse Mailey, em alto e bom som. O murmúrio cessou e sentiu-se que a presença invisível se esforçava para prestar atenção. — Amigo, lamentamos sua condição. Você

77

faleceu. Você nos vê e não entende por que não o vemos. Você está no outro mundo. Mas não sabe disso, porque ele não é como esperava. Você não foi recebido como imaginara. É que imaginara errado. Compreenda que está tudo bem, que Deus é bom, e que toda a felicidade está à sua espera, bastando apenas que você eleve sua mente e ore pedindo ajuda, e, acima de tudo, que pense menos em sua própria condição e mais naquelas outras pobres almas que estão à sua volta.

Houve um silêncio, e Luke falou de novo.

– Ele o ouviu, e quer lhe agradecer. Tem agora algum vislumbre de sua condição. Esse vislumbre crescerá dentro dele. Ele quer saber se pode vir novamente.

– Sim! Sim! – exclamou Bolsover. – Temos muitos que relatam progresso de tempos em tempos. Que Deus o abençoe, amigo. Venha sempre que puder.

O murmúrio havia cessado, e parecia haver uma nova sensação de paz no ar. A voz aguda da Pequenina foi ouvida.

– Muita força ainda. Nuvem Vermelha aqui. Ele mostra o que pode fazer, se papai quiser.

– Nuvem Vermelha é o nosso guia indígena. Ele trabalha quando um fenômeno puramente físico precisa ser realizado. Você está aí, Nuvem Vermelha?

Três batidas altas, como de marteladas na madeira, soaram na escuridão.

– Boa noite, Nuvem Vermelha!

Uma nova voz, baixa, entrecortada, falando com dificuldade, soou acima deles.

– Bom dia, Chefe! Como vai índia mãe? Como vai índias meninas? Rostos estranhos na tenda esta noite.

– Buscando conhecimento, Nuvem Vermelha. Pode mostrar o que você é capaz fazer?

– Eu tentar. Espera um pouco. Faz tudo que pode.

Mais uma vez houve um longo silêncio, cheio de expectativa. Em seguida, os novatos viram-se de novo diante de um milagre.

Um brilho opaco surgiu na escuridão. Tratava-se, ao que parecia, de um rastro de vapor luminoso. Ele riscou o espaço de um lado ao outro e depois formou um círculo no ar. Pouco a pouco, condensou-se num disco circular de radiação de alguns centímetros de diâmetro. Não projetava reflexos à sua volta – era simplesmente um círculo nítido na escuridão. Quando aproximou-se do rosto de Enid, Malone o viu nitidamente de lado.

– Ei! Alguém o está segurando pela mão! – exclamou, com súbita desconfiança.

– Sim, ela foi materializada – disse Mailey. – Posso vê-la claramente. Gostaria que ela o tocasse, sr. Malone?

– Sim, se ela quiser.

A luz desapareceu, e, um instante depois, Malone sentiu uma pressão sobre sua mão. Ele virou a palma para cima e teve a nítida sensação de que três dedos pousavam sobre ela, dedos macios e mornos de um adulto. Quando fechou seus próprios dedos, teve a sensação de que a mão se desmanchava sob eles.

– Desapareceu! – balbuciou ele.

– Sim! Nuvem Vermelha não é muito bom em materializações. Talvez não estejamos lhe dando o tipo apropriado de força. Mas suas luzes são excelentes.

Várias outras haviam surgido. Eram de tipos diferentes, nuvens que se moviam lentamente e pequenas faíscas que lembravam pirilampos. Ao mesmo tempo os dois visitantes perceberam um vento frio que soprava em seus rostos. Não era uma ilusão, pois Enid sentiu o cabelo lhe varrer a testa.

– Os senhores alimentaram a rajada de vento – disse Mailey. – Algumas dessas luzes passariam por línguas de fogo, não? Pentecostes não parece tão remoto ou impossível, parece?[64]

---

64. "E foram vistas por eles línguas repartidas, como que de fogo, as quais pousaram sobre cada um deles." (Atos dos Apóstolos 2:3) Pentecostes é festa cristã que se realiza no quinquagésimo dia após a Páscoa para celebrar a descida do Espírito Santo sobre os apóstolos, que ocorreu durante o Pentecostes judaico, após a morte, ressurreição e ascensão de Cristo.

O pandeiro erguera-se no ar, e o ponto de tinta luminosa mostrava que ele estava girando. Logo em seguida, baixou e tocou-lhes as cabeças, uma de cada vez. Depois, caiu na mesa, onde girou até parar.

– Por que um pandeiro? Parece sempre haver um pandeiro – observou Malone.

– É um instrumentozinho conveniente – explicou Mailey. – Indica automaticamente por seu som onde está voando. Não conheço nenhum outro que pudesse sugerir, exceto uma caixa de música.

– Esta nossa caixa voa por aí que é um espanto – disse a sra. Bolsover. – Ela não acha nada demais ter de dar corda em si mesma no ar enquanto voa. E olhe que é uma caixa pesada.

– Quatro quilos – complementou Bolsover. – Bem, parece que chegamos ao final. Acho que não conseguiremos muito mais esta noite. Não foi uma sessão ruim, diria que foi mediana. Devemos esperar um pouco antes de acender a luz. Bem, sr. Malone, o que achou? Prefiro ouvir objeções agora, antes de nos separarmos. Isso é o pior de vocês, investigadores, sabia? Muitas vezes guardam o que estão pensando para soltar depois, quando teria sido mais fácil resolver na hora. São aparentemente muito gentis e polidos, e depois, no jornal, um bando de trapaceiros.

Sentindo a cabeça pulsar, Malone passou a mão sobre a testa quente.

– Estou confuso – respondeu ele –, mas impressionado. Ah, sim, certamente impressionado. Li sobre essas coisas, mas é muito diferente quando as vemos. O que pesa mais para mim é a óbvia sinceridade e sanidade de todos vocês aqui. Ninguém poderia duvidar disso.

– Ora! Estamos fazendo progresso – disse Bolsover.

– Tento pensar nas objeções que seriam levantadas por outros que não estiveram presentes. Terei de lhes dar respostas. Primeiro, há a esquisitice de tudo isso. É tão diferente das ideias preconcebidas que temos sobre os espíritos.

– Devemos adequar as teorias aos fatos – disse Mailey. – Até agora adequamos os fatos às nossas teorias. O senhor deve se lembrar que, com todo respeito para com nossos caros e bondosos anfitriões, esta noite, lidamos com um tipo de espírito simples, prosaico, que tem suas funções muito definidas, mas não deve ser tomado pela média. Seria o mesmo que considerar o estivador que vemos no cais como representativo do homem inglês.

— Há o Luke — disse Bolsover.

— Ah, sim, ele é muito mais elevado, é claro. O senhor o ouviu e pôde julgar. O que mais, sr. Malone?

— Bem, a escuridão! Tudo é feito na escuridão. Por que toda a mediunidade deveria estar associada ao escuro?

— Você quer dizer toda mediunidade física. Esse é o único ramo do assunto que requer escuridão. É algo puramente químico, como a escuridão da sala de revelação fotográfica. A ausência de luz preserva a delicada substância física que, extraída do corpo humano, é a base desses fenômenos. Uma cabine é usada para o objetivo de condensar essa mesma substância vaporosa e ajudá-la a se solidificar. Estou sendo claro?

— Sim, mas de todo modo é uma pena. Confere um aspecto horrível de fraude à coisa toda.

— Conseguimos de vez em quando na luz, sr. Malone — disse Bolsover. — Não sei se a Pequenina já foi embora. Espere um pouco! Onde estão os fósforos? — Ele acendeu a vela, o que fez todos piscarem depois da longa escuridão. — Agora vamos ver o que podemos fazer.

Havia uma bandeja de madeira entre os diferentes objetos espalhados sobre a mesa para servir de brinquedo às forças estranhas. Bolsover fixou os olhos nela. Todos fizeram o mesmo. Eles haviam se levantado, mas ninguém estava a menos de noventa centímetros da bandeja.

— Por favor, Pequenina, por favor! — exclamou a sra. Bolsover.

Malone mal pôde acreditar em seus olhos. A bandeja começou a se mover. Ela tremeu e depois chocalhou sobre a mesa, exatamente como a tampa de uma chaleira fervente poderia fazer.

— Levante-a, Pequenina! — Estavam todos batendo palmas.

A bandeja de madeira, plenamente iluminada pela vela, ergueu-se sobre a própria lateral e ficou ali se sacudindo, como se tentasse manter o equilíbrio.

— Incline a bandeja três vezes, Pequenina.

A bandeja pendeu três vezes para a frente. Depois caiu de cheio sobre a mesa e assim permaneceu.

— Estou tão contente por terem visto isso – disse Mailey. – É telecinesia[65] em sua forma mais simples e mais inconfundível.

— Eu não poderia ter acreditado nisto! – exclamou Enid.

— Nem eu – disse Malone. – Ampliei meu conhecimento do que é possível. Sr. Bolsover, o senhor alargou minhas ideias.

— Bom, sr. Malone!

— Com relação ao poder por trás desses eventos, continuo ignorante. Quanto aos próprios eventos, não tenho agora e não terei doravante a menor dúvida no mundo. Sei que são verdadeiros. Desejo boa noite a todos. É improvável que a srta. Challenger ou eu venhamos algum dia a esquecer a noite que passamos sob seu teto!

Quando saíram no ar frio e viram as pessoas voltando para casa de táxi depois de uma sessão de teatro ou de cinema, foi como se tivessem mergulhado em outro mundo. Mailey postou-se ao lado deles enquanto esperava um táxi.

— Sei exatamente como se sente – disse, sorrindo. – O senhor olha para toda essa gente agitada, complacente, e assombra-se ao pensar quão pouco eles sabem das possibilidades da vida. Não tem vontade de detê-los? Não tem vontade de contar a eles? No entanto, pensariam que o senhor não passa de um mentiroso ou um lunático. Situação estranha, não?

— Sinto-me completamente desorientado neste momento.

— Reencontrará seu norte amanhã de manhã. É curioso como essas impressões são fugazes. O senhor se convencerá de que esteve sonhando. Bem, até logo, e avise-me se eu puder ajudar com seus estudos no futuro.

Os amigos – ainda não poderíamos chamá-los propriamente de amantes – permaneceram absortos em seus pensamentos durante a volta para casa. Quando chegaram a Victoria Gardens, Malone acompanhou Enid

---

65. A telecinese é a faculdade de mover objetos à distância, sem contato, por meio da força psíquica. Para os espíritas, o agente desses fenômenos é um espírito desencarnado.

até a porta do apartamento, mas não entrou com ela. De algum modo, as zombarias de Challenger, que em geral via com simpatia, nesse momento o incomodariam.

Porém ouviu como o pai recebeu a filha no corredor.

— E então, Enid. Onde está o seu fantasma? Despeje-o da bolsa no chão para podermos dar uma olhada nele.

A aventura noturna de Malone terminou como começara, com uma gargalhada ruidosa que o perseguiu enquanto o elevador descia.

5

Em que nossos enviados especiais
têm uma notável experiência

Malone estava sentado à mesa no canto da sala de fumantes do Literary Club. Tinha diante de si as impressões da sessão registradas por Enid – impressões muito sutis e perspicazes – e esforçava-se para fundi-las com sua própria experiência. Um grupo de homens fumava e conversava ao redor da lareira. Isso não incomodava o jornalista, que achava, como muitos outros, que às vezes seu cérebro e sua pena funcionavam melhor quando estimulados pela ideia de que faziam parte de um mundo agitado. Desta vez, no entanto, assim que notaram sua presença a conversa voltou-se para os assuntos psíquicos, e a partir de então Malone teve mais dificuldade em permanecer distante. Decidiu recostar-se em sua cadeira e ouvir.

Polter, o famoso romancista, estava lá, um homem brilhante, dono de uma mente sutil e que, com demasiada frequência, costumava evitar a verdade óbvia para defender uma posição impossível pelo simples prazer do exercício dialético vazio. Ele falava longamente para uma plateia tomada pela admiração, mas não de todo subserviente.

– A ciência – disse ele – está limpando o mundo pouco a pouco dessas velhas teias de aranha da superstição. O mundo era como um sótão velho e empoeirado, e o sol da ciência o invadiu de súbito, inundando-o de luz, enquanto a poeira acomoda-se pouco a pouco no piso.

– Por ciência, você se refere, é claro, a homens como Sir William Crookes, Sir Oliver Lodge, Sir William Barrett,[66] Lombroso,[67] Richet[68] e assim por diante – disse alguém com malícia.

Sem o hábito de ser contrariado, Polter não raro tornava-se rude.

– Não, senhor, não me refiro a nada tão absurdo – respondeu com um olhar furioso. – Nome nenhum, por mais eminente que seja, pode ter a pretensão de representar a ciência na medida em que é membro de uma minoria insignificante de cientistas.

– Trata-se, portanto, de um excêntrico – acrescentou Pollifex, o artista, que sempre fazia o papel de cúmplice de Polter.

Millworthy, o jornalista freelance que os confrontava, não se deixava silenciar tão facilmente.

– Então Galileu[69] foi um excêntrico em seu tempo – argumentou. – E Harvey[70] foi um excêntrico quando riram dele por causa da circulação do sangue.

– É a circulação da *Daily Gazette* que está em jogo – disse Marrible, o humorista do clube. – Contanto que saiam de sua estagnação, creio que não dão a mínima para o que é ou não verdade.

---

66. Sir William Fletcher Barrett (1844-1925) foi um dos mais importantes pesquisadores pioneiros da investigação psíquica e fundador da Society for Psychical Research (ver nota 150). Seus estudos sobre o mesmerismo o conduziram à investigação dos fenômenos psíquicos do espiritismo. Seu artigo "Alguns fenômenos associados às condições anormais da mente", recusado pela comunidade científica, expunha os resultados da sua pesquisa com a telepatia, sustentando que esse tipo de comunicação poderia ser explicado por uma forma até então desconhecida de indução nervosa.
67. Cesare Lombroso (1836-1909) foi um psiquiatra italiano, antropologista criminal e investigador dos fenômenos psíquicos, cujas observações foram reunidas e publicadas no livro *Hipnotismo e mediunidade*, de 1909.
68. Charles Richet (1850-1935) foi professor de fisiologia da Faculdade de Medicina de Paris e pioneiro da investigação psíquica, tendo ganhado o Prêmio Nobel de Medicina e Fisiologia em 1913. Ver também nota 48.
69. Galileu Galilei (1564-1642) foi um físico, matemático e astrônomo italiano, cujas observações astronômicas confirmaram a teoria de Copérnico de que a Terra e os outros planetas giravam em torno do Sol, causando grande escândalo à época.
70. William Harvey (1578-1657), médico inglês, foi o primeiro a descrever em detalhes o sistema circulatório humano.

– Não consigo entender por que cargas-d'água investigar essas coisas, a menos que fosse num tribunal de polícia – disse Polter. – É uma dispersão de energia, um emprego indevido do pensamento em canais que não levam a nada. Não nos faltam assuntos óbvios, materiais, para estudar. Continuemos com nosso trabalho.

Atkinson, o cirurgião, fazia parte do grupo e estivera ouvindo em silêncio. Nesse momento, ele falou:

– Penso que as associações eruditas deveriam encontrar mais tempo para a consideração de questões psíquicas.

– Menos – disse Polter.

– Não se pode ter menos do que nada. Elas as ignoram por completo. Algum tempo atrás tive uma série de casos de comunicação telepática que desejei expor perante a Royal Society.[71] Meu colega Wilson, o zoólogo, também tinha um artigo que pretendia ler. Eles foram inscritos juntos. O dele foi aceito e o meu rejeitado. O título de seu artigo era "O sistema reprodutor do besouro-rola-bosta".

Houve uma risada geral.

– E com toda razão – interveio Polter. – O humilde besouro da bosta pelo menos era um fato. Essa bobagem psíquica não é.

– Certamente você tem bons fundamentos para suas ideias – trinou o malicioso Millworthy, um jovem meigo de maneiras polidas. – Tenho pouco tempo para leituras substanciais, por isso gostaria de lhe perguntar: qual dos três livros do dr. Crawford lhe parece o melhor?

– Nunca ouvi falar desse sujeito.

Millworthy simulou intensa surpresa.

– Por Deus, homem! Ora, ele é a autoridade. Se deseja experimentos puros de laboratório, esses são os livros. É como ditar a lei sobre zoologia e confessar que nunca ouviu falar de Darwin.

– Isso não é ciência – respondeu Polter enfaticamente.

---

71. A Royal Society of London for Improving Natural Knowledge foi fundada em 1660, sendo uma das mais antigas e reputadas sociedades para o avanço da ciência.

– O que realmente não é ciência é determinar a lei sobre assuntos que você não estudou – retrucou Atkinson, com certa irritação. – Foi esse tipo de discurso que me aproximou das fronteiras do espiritismo, quando comparo essa ignorância dogmática com a busca séria da verdade levada a cabo pelos grandes espíritas. Muitos deles precisaram de vinte anos de trabalho antes de formar suas conclusões.

– Mas suas conclusões não têm valor algum, porque estão sustentando uma opinião preestabelecida.

– Mas cada um deles travou uma longa luta antes de formar essa opinião. Conheço alguns deles, e não há um que não tenha precisado de muito convencimento.

Polter deu de ombros.

– Bem, eles podem ter os seus fantasmas, se isso os torna mais felizes, contanto que me deixem manter os pés firmes na terra.

– Ou atolados na lama – disse Atkinson.

– Prefiro estar na lama com pessoas sensatas que no ar com lunáticos – retrucou Polter. – Conheço alguns desses espíritas e creio que é possível dividi-los igualmente em tolos e trapaceiros.

Malone ouvira com interesse e depois com crescente indignação. Nesse ponto, ele se inflamou de repente.

– Escute aqui, Polter – disse, virando sua cadeira para o grupo –, são tolos e patetas como você que estão empatando o progresso do mundo. Você admite que não leu nada sobre o assunto, e garanto que não viu nada. No entanto, usa a posição e o nome que conquistou em outras áreas para desacreditar muitas pessoas que, sejam lá o que forem, são certamente muito sinceras e sensatas.

– Ah – disse Polter. – Não imaginava que você tivesse ido tão longe. Não se atreve a admiti-lo em seus artigos. Então você é espírita. Isso sem dúvida reduz o valor de suas ideias, não é?

– Não sou espírita, mas sou um investigador honesto, e isso é mais do que você já foi algum dia. Você os chama de trapaceiros e tolos, mas, pelo pouco que sei, estou certo de que alguns deles são homens e mulheres cujas botas você não é digno de limpar.

– Ora, pare com isso, Malone! – exclamaram uma ou duas vozes, mas o insultado Polter já estava de pé.

– São homens como você que esvaziam este clube – exclamou ele, saindo majestosamente. – Certamente nunca voltarei aqui para ser insultado.

– Muito bem, você conseguiu, Malone!

– Minha vontade foi ajudá-lo com um pontapé. Que direito ele tem de pisotear brutalmente os sentimentos e as crenças dos outros? Ele alcançou um sucesso que a maioria de nós não conseguiu, por isso pensa que é um gesto condescendente misturar-se a nós.

– Meu velho e caro irlandês! – disse Atkinson, batendo-lhe de leve no ombro. – Repouse, espírito perturbado, repouse![72] Mas eu queria trocar algumas palavras com você. Na verdade, esperava aqui porque não queria interrompê-lo.

– Tive interrupções suficientes! – exclamou Malone. – Como podia trabalhar com aquele maldito asno zurrando no meu ouvido?

– Bem, tenho só uma palavra a dizer. Consegui uma sessão com Linden, o famoso médium de quem lhe falei, hoje à noite, no Psychic College.[73] Tenho um ingresso sobrando. Você gostaria de ir?

– Se eu gostaria? Claro que sim!

– Na verdade, tenho dois ingressos. Teria convidado Polter se ele não tivesse sido tão ofensivo. Linden não se incomoda com céticos, mas não admite deboche. Quem eu deveria chamar?

– A srta. Enid Challenger. Nós trabalhamos juntos, você sabe.

– Claro. Você pode avisá-la?

– Certamente.

– É hoje, às sete horas da noite. No Psychic College. Você conhece o lugar, em Holland Park.

– Sim, tenho o endereço. Certo, a srta. Challenger e eu estaremos lá sem dúvida.

---

72. Palavras de Hamlet ao Fantasma, no clássico de Shakespeare: *"Rest, rest, perturbed spirit!"* (*Hamlet*, Ato I, Cena V).

73. Provável referência ao British College of Psychic Science, instituição fundada em 1920, em Londres, por mr. e mrs. Hewat McKenzie.

Observemos o casal, portanto, numa nova aventura psíquica. Eles pegaram Atkinson em Wimpole Street e depois atravessaram aquele longo trecho de ruas movimentadas e barulhentas do centro da grande cidade que se estende de Oxford Street e Bayswater até Notting Hill e as majestosas casas vitorianas de Holland Park. O táxi parou em frente a uma delas, uma construção grande e imponente um pouco afastada da rua. Eles foram recebidos por uma criada elegante, e a luz tênue da lâmpada do saguão caía sobre o piso de linóleo reluzente e as vigas de madeira polida com o brilho das estátuas de mármore branco num dos cantos. A percepção feminina de Enid indicou-lhe tratar-se de um estabelecimento bem-administrado e bem-mobiliado, subordinado a uma direção capaz. Tal direção tomou a forma de uma gentil senhora escocesa que foi ao encontro deles no saguão e cumprimentou o sr. Atkinson como um velho amigo. Ela foi, por sua vez, apresentada aos jornalistas como a sra. Ogilvy. Malone já ouvira falar de como essa senhora e seu marido fundaram e dirigiam esse notável instituto, que estava no centro da experimentação psíquica em Londres, a um grande custo, tanto em trabalho quanto em dinheiro, para eles mesmos.

– Linden e sua esposa subiram – informou a sra. Ogilvy. – Parece que ele julga que as condições são favoráveis. Os outros estão na sala de visitas. Não querem se juntar a eles por alguns minutos?

Um bom número de pessoas havia se reunido para a sessão, algumas delas velhos estudiosos psíquicos que pareciam relativamente interessados, outras iniciantes que inspecionavam ao seu redor com olhos muito espantados, perguntando-se o que iria acontecer em seguida. Um homem alto parado perto da porta virou-se, revelando a barba fulva e o semblante aberto de Algernon Mailey. Ele trocou apertos de mão com os recém-chegados.

– Mais uma experiência, sr. Malone? Bem, pareceu-me que fez um relato muito justo da última. O senhor ainda é um neófito, mas já bem ambientado. Está alarmada, srta. Challenger?

– Creio que não poderia estar enquanto o senhor estiver por perto – respondeu ela.

Ele riu.

– É claro, uma sessão de materialização é um pouco diferente de qualquer outra, mais impressionante, de certo modo. Isso lhe parecerá muito instrutivo, Malone, pois está relacionado à fotografia psíquica[74] e a outros assuntos. A propósito, os senhores deveriam tentar conseguir uma fotografia psíquica. O famoso Hope trabalha no andar superior.

– Sempre pensei que pelo menos isso fosse fraude.

– Ao contrário, eu diria que é o mais bem-estabelecido de todos os fenômenos, o que deixa a prova mais permanente. Estive uma dúzia de vezes sob todas as condições de teste possíveis. O real problema não é isso se prestar a fraude, mas se prestar a exploração por aquele jornalismo vil e sensacionalista. Conhecem alguém aqui?

– Não, não conhecemos.

– A senhora alta e elegante é a duquesa de Rossland. O casal de meia-idade perto da lareira são lorde e lady Montnoir. Gente muito verdadeira e boa, e entre os pouquíssimos da aristocracia que mostraram seriedade e coragem moral nesse assunto. A jovem falante é a srta. Badley, que vive para sessões espíritas, uma mulher da sociedade entediada e em busca de novas sensações, sempre visível, sempre audível e sempre vazia. Não conheço os dois homens. Ouvi alguém dizer que eram pesquisadores da universidade. O homem robusto com a senhora de preto é Sir James Smith, eles perderam dois filhos na guerra. Aquele sujeito alto e moreno é um homem estranho chamado Barclay, que pelo que entendi mora num quarto e raramente sai exceto para uma sessão.

– E o homem com óculos de aro de tartaruga?

– Aquele é uma besta pomposa. Chama-se Weatherby. É um dos que vagam em torno dos obscurantismos da maçonaria, falando em sussurros e com reverência sobre mistérios onde não há nenhum. Para ele, o espiritismo, com seus mistérios muito reais e terríveis, é algo vulgar, porque trouxe consolo para pessoas comuns, mas agrada-lhe ler artigos sobre o

---

74. Conan Doyle investigou as fotografias psíquicas e escreveu um livro intitulado *The Case for Spirit Photography* (1922).

culto paladista,[75] antigos ritos escoceses já estabelecidos e figuras bafométicas.[76] Seu profeta é Eliphas Levi.[77]

— Soa muito erudito — disse Enid.

— Ou muito absurdo. Mas, olá! Temos aqui amigos em comum.

Os dois Bolsover tinham chegado, muito empolgados, desmazelados e afáveis. Não há melhor nivelador de classes que o espiritismo, em que a faxineira com força psíquica é superior ao milionário dela desprovido. Os Bolsover e os aristocratas confraternizaram instantaneamente. A duquesa acabava de pedir para ser admitida nas reuniões do comerciante quando a sra. Ogilvy entrou alvoroçada.

— Acho que já estão todos aqui — disse ela. — Está na hora de subir.

A sala da sessão era uma câmara ampla e confortável no primeiro andar, com um círculo de poltronas e um divã cercado por cortinas que servia como uma cabine. O médium e a esposa esperavam ali. O sr. Linden era um homem de meia-idade gentil, de traços amplos, constituição corpulenta, peito largo, barba feita, olhos azuis sonhadores e uma cabeleira loura e encaracolada que se elevava piramidal no alto de sua cabeça. Sua esposa, bastante jovem, tinha a expressão aguçada e queixosa da dona de casa cansada, olhos rápidos e críticos, que se abrandavam em algo semelhante à adoração quando fitava o marido. Seu papel era explicar os assuntos e defender os interesses dele quando ele estava inconsciente.

— Os participantes deveriam escolher seus próprios lugares — disse o médium. — Se puderem alternar os sexos é melhor. Não cruzem as pernas,

---

75. Suposta seita ou culto esotérico anticristão, de cunho teísta e satanista, aparentemente forjado como uma farsa deliberada pelo escritor anticatólico e pornógrafo Gabriel Jorgand-Pagès, sob o pseudônimo de Leo Taxil. A Ordem Paladista, cujo nome remete a Palas, deusa grega da sabedoria e do conhecimento, seria, segundo Taxil, uma organização satanista cujos ritos envolviam toda sorte de blasfêmias e sacrilégios assim como a prática de atos sexuais obscenos e a invocação do demônio.

76. Ligadas a Bafomet, espécie de demônio em forma de bode supostamente idolatrado pelos templários e posteriormente incorporado em certas doutrinas e ritos ocultistas.

77. Pseudônimo do francês Alphonse-Louis Constant (1810-75), um dos mais célebres ocultistas do séc.XIX e principal responsável pelo ressurgimento do interesse contemporâneo pela magia.

isso quebra a corrente. Se ocorrer uma materialização, não tentem pegá-la. Se o fizerem, poderão me ferir.

Os dois investigadores da Research Society trocaram um olhar de cumplicidade. Mailey observou isso.

– É verdade – disse ele. – Vi dois casos de hemorragia perigosa no médium provocada exatamente por isso.

– Por quê? – perguntou Malone.

– Porque o ectoplasma utilizado é liberado pelo médium. E se retrai bruscamente chicoteando como um elástico que arrebenta. Nos pontos em que ele emana através da pele, forma-se um hematoma. Se vier de uma membrana mucosa, dá-se uma hemorragia.

– E quando ele vem de nada, não acontece nada – disse o pesquisador, com um sorriso debochado.

– Vou explicar o procedimento em poucas palavras – disse a sra. Ogilvy quando todos estavam sentados. – O sr. Linden não entra na cabine de maneira alguma. Fica sentado fora dela, e como ele concorda em manter uma luz vermelha acesa, vocês poderão testemunhar que ele não deixa seu assento. A sra. Linden senta-se do outro lado. Ela está ali para dirigir e explicar. Em primeiro lugar, gostaríamos que vocês tivessem a bondade de examinar a cabine. Um de vocês queira também, por favor, trancar a porta do cômodo por dentro e responsabilizar-se pela chave.

A cabine era uma mera tenda de cortinas, afastada da parede e apoiada sobre uma plataforma sólida. Os pesquisadores esquadrinharam-na por dentro e bateram o pé nas tábuas. Tudo parecia sólido.

– Para que serve aquilo? – cochichou Malone para Mailey.

– Serve como um reservatório e lugar de condensação para o vapor ectoplásmico emanado do médium, que de outra forma se dispersaria pela sala.

– Pelo que se sabe, já serviu para outros fins também – comentou um dos pesquisadores que ouvira a conversa.

– É verdade – disse Mailey filosoficamente. – Sou a favor de cautela e supervisão.

– Bem, se o médium ficar sentado do lado de fora, parece uma cabine à prova de fraudes. – Os dois pesquisadores estavam de acordo com isso.

O médium estava sentado de um lado da pequena tenda, sua mulher do outro. A luz foi apagada, e uma lampadazinha vermelha perto do teto mal permitia que se vissem os contornos. À medida que os olhos se acostumaram com ela, foi possível observar alguns detalhes.

– O sr. Linden vai começar com algumas clarividências – anunciou a sra. Linden. Toda a sua postura, sentada ao lado da cabine com as mãos no colo e ar de autoridade, fez Enid sorrir, pois pensou nas figuras de cera da sra. Jarley.[78]

Linden, que não estava em transe, começou a dar descrições através da clarividência. Não eram muito precisas. Talvez a influência misturada de tantos participantes de vários tipos ali tão perto fosse perturbadora demais. Essa foi a desculpa que ele próprio deu quando várias de suas descrições não foram reconhecidas. Mas Malone ficou mais chocado com as que foram, pois estava muito claro que a palavra fora posta na boca do médium. O problema era mais a tolice do participante que a deficiência do médium, mas ainda assim era desconcertante.

– Vejo um rapaz de olhos castanhos e um bigode muito caído.

– Ah, querido, querido, então você voltou! – exclamou a srta. Badley. – Ele tem uma mensagem?

– Ele diz que a ama e não a esquece.

– Ah, que comprovação! É exatamente isso que o querido menino teria dito! Meu primeiro namorado, sabem – acrescentou para o grupo, numa voz afetada. – Ele nunca deixa de vir. O sr. Linden o trouxe muitas e muitas vezes.

– Há um rapaz de roupa cáqui formando-se à esquerda. Vejo um símbolo sobre sua cabeça. Talvez seja uma cruz grega.[79]

---

78. Personagem de um romance de Charles Dickens, *A loja de curiosidades* (1840-41). A sra. Jarley é a proprietária de um exposição itinerante de modelos de cera, muito populares no séc.XIX.

79. A cruz grega é um dos mais antigos tipos de cruz, na qual os braços têm a mesma longitude quando cruzados, ou seja, é formada por duas hastes iguais que se encontram perpendicularmente em seu ponto médio. Sua simbologia está ligada à divisão do mundo em dois planos: o vertical é a dimensão divina, e o horizontal representa a dimensão terrena ou mundana.

– Jim, com certeza é Jim! – exclamou lady Smith.

– Sim. Ele confirma com a cabeça.

– E a cruz grega é provavelmente uma hélice – disse Sir James. – Ele serviu na Força Aérea.

Malone e Enid ficaram ambos bastante chocados. Mailey também se sentiu constrangido.

– Isso não está bom – sussurrou para Enid. – Espere um pouco! Vai melhorar.

Houve vários outros reconhecimentos, e em seguida alguém parecido com Summerlee foi descrito para Malone. Ele o descartou sensatamente, pois Linden poderia ter estado na plateia na ocasião anterior. A exibição da sra. Debbs parecera-lhe muito mais convincente que a de Linden.

– Espere um pouco! – repetiu Mailey.

– Agora o médium tentará realizar materializações – disse a sra. Linden. – Se aparecerem figuras, eu lhes peço que não as toquem, exceto se isso for solicitado. Victor lhes dirá se podem fazê-lo. Victor é o guia do médium.

O médium, que se imobilizara em sua cadeira, começou nesse momento a aspirar longa e profundamente, soltando o ar pela boca. Por fim, aquietou-se e pareceu mergulhar num coma profundo, o queixo sobre o peito. De repente, falou, mas sua voz pareceu mais bem modulada e refinada que antes.

– Boa noite a todos! – disse.

Houve um murmúrio geral de "Boa noite, Victor".

– Receio que as vibrações não estejam muito harmoniosas. O elemento cético está presente, mas creio que não é predominante, de modo que podemos ter esperança de obter resultados. Martin Pé Leve faz o que pode.

– É o guia indígena – sussurrou Mailey.

– Creio que se quiserem acionar o gramofone seria útil. Um hino é sempre melhor, embora não haja nenhuma objeção real a música secular. Dê-nos o que considerar melhor, sra. Ogilvy.

Depois do som de arranhão de uma agulha que ainda não encontrou seus sulcos, ouviu-se "Guia, luz amável". A plateia cantou junto suavemente. Em seguida, a sra. Ogilvy mudou a música para "Ó Deus, nosso auxílio em eras passadas".

– Muitas vezes eles mesmos trocam os discos – disse a sra. Ogilvy –, mas esta noite não há força suficiente.

– Ah, sim – disse a voz. – Há força suficiente, sra. Ogilvy, mas estamos ansiosos para conservá-la toda para as materializações. Martin diz que elas estão se formando muito bem.

Nesse momento a cortina em frente à cabine começou a balançar, inflando-se como se soprada por trás por um vento forte. Ao mesmo tempo, uma brisa foi sentida por todos que estavam no círculo, junto com uma sensação de frio.

– Está gelado – sussurrou Enid, com um calafrio.

– Não é uma sensação subjetiva – respondeu Mailey. – O sr. Harry Price a confrontou com leituras termométricas. O professor Crawford também.

– Meu Deus! – exclamou uma voz alarmada.

Ela pertencia ao pomposo apreciador diletante de enigmas, que se via subitamente confrontado com um mistério real. As cortinas da cabine haviam se afastado e uma figura humana saíra silenciosamente. De um dos seus lados, era possível ver o médium claramente delineado. Do outro, estava a sra. Linden, que se levantara de um salto. E entre eles, a pequena figura morena, hesitante, que parecia aterrorizada com sua própria situação. A sra. Linden acalmou-a e encorajou-a.

– Não se assuste, querida. Está tudo bem. Ninguém lhe fará mal. – Em seguida, explicou ao grupo: – É alguém que nunca esteve por aqui antes. Naturalmente isso lhe parece muito estranho. Tão estranho como se invadíssemos de repente o mundo deles. Isso mesmo, querida. Você está ganhando força, estou vendo. Muito bem!

A figura estava avançando. Todos olhavam fixamente, fascinados. A srta. Badley começou a soltar risadinhas histéricas. Weatherby recuou em sua cadeira, arfando de horror. Nem Malone nem Enid sentiram medo, mas ardiam de curiosidade. Como era maravilhoso ouvir o fluxo monótono da vida na rua lá fora e estar face a face com uma visão como aquela.

Pouco a pouco a figura começou a circular. Agora estava próxima a Enid, entre ela e a luz vermelha. Aproximando-se, a jovem pôde perceber a silhueta nitidamente delineada. Era a de uma mulher idosa pequena, com traços marcados, bem-definidos.

– É Susan! – exclamou a sra. Bolsover. – Ah, Susan, você não me reconhece?

A figura virou-se e assentiu com a cabeça.

– Sim, sim, querida, é sua irmã Susie – exclamou o comerciante. – Nunca a vi senão vestida de preto. Susan, fale conosco!

Ela fez que não com a cabeça.

– Eles raramente falam a primeira vez que vêm – disse a sra. Linden, cujo ar indiferente e pragmático contrastava com a intensa emoção do grupo. – Temo que não consiga manter-se conosco por muito tempo. Ah, aí está! Foi embora!

A figura tinha desaparecido. Chegou a voltar em direção à cabine, mas os observadores tiveram a impressão de que ela afundou no chão antes de alcançá-la. De uma maneira ou de outra, sumira.

– Gramofone, por favor! – disse a sra. Linden.

Todos relaxaram e recostaram-se com um suspiro. O gramofone começou a tocar uma ária animada. De repente, as cortinas separaram-se e uma segunda figura apareceu.

Era uma menina, com o cabelo solto caindo nas costas. Ela avançou rapidamente e com plena segurança até o centro do círculo.

A sra. Linden riu, satisfeita.

– Agora vocês terão algo bom – disse ela. – Aqui está Lucille.

– Boa noite, Lucille! – exclamou a duquesa. – Estive com você mês passado, deve se lembrar, quando seu médium foi a Maltraver Towers.

– Sim, sim, senhora, lembro-me bem. A senhora tem um menininho, Tommy, do nosso lado da vida. Não, não, não morto, senhora! Estamos muito mais vivos do que os senhores. Toda a diversão e a brincadeira estão conosco! – Ela falava numa voz alta e clara e em perfeito inglês. – Quer que eu lhe mostre o que fazemos por aqui? – E começou uma dança graciosa, deslizante, enquanto assobiava melodiosamente como um pássaro. – A pobre Susan não pôde fazer isso. Ela não tem prática. Lucille sabe como usar um corpo materializado.

– Lembra-se de mim, Lucille? – perguntou Mailey.

– Lembro-me, sr. Mailey. Homem grande de barba amarela.

Pela segunda vez em sua vida, Enid teve de se beliscar com força para se convencer de que não estava sonhando. Essa graciosa criatura, que agora havia se sentado no meio do círculo, era uma real materialização de ectoplasma, usada momentaneamente como uma máquina de expressão por uma alma que passara, ou uma ilusão dos sentidos, ou uma fraude? Estas eram as três possibilidades. Não podia ser uma ilusão, pois todos tinham a mesma impressão. Era uma fraude? Mas essa certamente não era a velhinha. Era muitos centímetros mais alta e loura, não morena. E a cabine era à prova de fraudes. Havia sido examinada meticulosamente. Então era verdade. Mas se era verdade, que vastidão de possibilidades se abria! Não era esse, de longe, o assunto mais importante que podia reivindicar a atenção do mundo?

Nesse meio-tempo, Lucille havia sido tão natural e a situação era tão normal que até os mais nervosos tinham relaxado. A menina respondia muito alegremente a todas as perguntas, que choviam sobre ela de todos os lados.

– Onde você vivia, Lucille?

– Talvez seja melhor que eu responda a isso – interveio a sra. Linden. – Isso poupará a força. Lucille foi criada em Dakota do Sul, nos Estados Unidos, e faleceu aos quatorze anos. Verificamos algumas de suas declarações.

– Está feliz por ter morrido, Lucille?

– Feliz por mim mesma. Triste por minha mãe.

– Sua mãe já a viu desde então?

– Minha pobre mãe é uma caixa fechada. Lucille não consegue destampá-la.

– Você é feliz?

– Ah, sim, muito feliz.

– É certo que você pode voltar?

– Por acaso Deus o permitiria, se não fosse certo? Que homem maldoso o senhor deve ser para perguntar isso!

– De que religião você era?

– Éramos católicos romanos.

– Essa é a religião correta?

– Todas as religiões são corretas se fazem de você uma pessoa melhor.

– Então não importa.

– É o que as pessoas fazem na vida diária, não aquilo em que acreditam.

– Conte-nos mais, Lucille.

– Lucille tem pouco tempo. Há outros que desejam vir. Se Lucille usar força demais, os outros terão menos. Deus é muito bom e compreensivo! Vocês, pobres pessoas na Terra, não sabem o quanto Ele é bom e compreensivo porque é sombrio aí embaixo. Mas é sombrio para seu próprio bem. É para lhes dar uma chance de conquistar todas as belas coisas que os esperam. Mas vocês só perceberão como Ele é maravilhoso quando chegarem aqui.

– Você o viu?

– Vê-Lo! Como se poderia ver Deus? Não, não, Ele está por toda parte à nossa volta e em nós e em todas as coisas, mas não O vemos. Mas vi o Cristo. Ah, Ele era maravilhoso, maravilhoso! Agora, adeus! – Ela recuou rumo à cabine e mergulhou nas sombras.

Em seguida, Malone teve uma experiência tremenda. Uma figura feminina baixa, morena e robusta emergiu lentamente da cabine. A sra. Linden encorajou-a e em seguida dirigiu-se ao jornalista.

– É para você. Pode quebrar o círculo. Aproxime-se dela.

Malone avançou e, boquiaberto, perscrutou o rosto da aparição. Não havia trinta centímetros entre eles. Certamente aquela cabeça grande, aquele contorno sólido, quadrado, era familiar! Ele aproximou o rosto ainda mais dela – estava quase tocando-a. Apertou os olhos. Parecia-lhe que os traços eram semifluidos, moldando-se numa forma, como se mãos invisíveis os estivessem modelando em massa de vidraceiro.

– Mãe! – exclamou ele. – Mãe!

No mesmo instante, a figura jogou as duas mãos para o alto num gesto arrebatado de alegria. O movimento pareceu destruir seu equilíbrio, e ela desapareceu.

– Ela nunca se materializara antes. Não podia falar – disse a sra. Linden, com seu jeito pragmático. – Era a sua mãe.

Malone voltou atordoado para o seu lugar. As pessoas só compreendem toda a força de uma experiência como essa quando acontece com elas. Sua mãe! Dez anos no túmulo, e, no entanto, bem na frente dele. Será que podia jurar que era mesmo sua mãe? Não, não podia. Estava moralmente certo de que era sua mãe? Sim, estava. Estava abalado até o âmago de seu ser.

Mas outros assombros desviaram seus pensamentos. Um rapaz emergira rapidamente da cabine e avançara até a frente de Mailey, onde parara.

– Olá, Jock! Meu querido Jock! – disse Mailey. – Meu sobrinho – explicou ele ao grupo. – Ele sempre vem quando estou com Linden.

– A força está caindo – disse o rapaz numa voz clara. – Não posso ficar muito tempo. Estou tão contente por vê-lo, tio. Sabe, nós podemos ver com muita clareza nesta luz, ainda que vocês não possam.

– Sim, sei que podem. Ouça, Jock. Queria lhe dizer que contei à sua mãe que havia visto você. Ela disse que a Igreja dela lhe ensinou que isso é errado.

– Eu sei. E que eu era um demônio. Ah, é horrível, horrível, horrível, e coisas horríveis vão acontecer! – Sua voz embargou-se num soluço.

– Não a censure, Jock, ela acredita nisso.

– Não, não, não a censuro! Um dia ela descobrirá que não devia acreditar. Logo chegará o dia em que toda a verdade será manifestada e essas Igrejas corruptas serão varridas da Terra com suas doutrinas cruéis e suas caricaturas de Deus.

– Minha nossa, Jock! Você está se tornando um verdadeiro herege!

– Amor, tio. Amor! É só isso que conta. O que importa aquilo em que você acredita se for doce, bondoso e altruísta como Cristo foi outrora?

– Você viu Cristo? – perguntou alguém.

– Ainda não. Talvez a hora possa chegar.

— Então ele não está no Céu?

— Há muitos céus. Estou em um muito humilde. Mas ainda assim, é glorioso.

Enid inclinara a cabeça para a frente durante o diálogo. Seus olhos estavam se acostumando à luz, e ela podia ver com mais clareza que antes. O homem postado a cerca de um metro dela não era humano. Disso ela não tinha dúvidas, no entanto as diferenças eram muito sutis. Algo em seu colorido parecia estranho, de um amarelo esbranquiçado quando a jovem o comparava aos rostos dos vizinhos. Algo, também, na curiosa inflexibilidade de sua postura, parecendo a de um homem enfiado num espartilho muito rígido.

— Agora, Jock — disse Mailey —, fale com o grupo. Diga-lhes algumas palavras sobre a sua vida.

A figura baixou a cabeça, exatamente como um jovem tímido faria em vida.

— Ah, tio, não posso.

— Vamos, Jock, gostamos de ouvi-lo.

— Ensinar às pessoas o que é a morte — começou a figura. — Deus quer que elas saibam. É por isso que Ele permite que voltemos. Ela não é nada. Você não muda mais do que se passasse para a sala ao lado. Você não pode acreditar que está morto. Eu não acreditava. Só soube quando vi o velho Sam, pois tinha certeza de que ele estava morto. Depois voltei para a minha mãe. E... — sua voz ficou embargada — ela não quis me receber.

— Não se inquiete, meu caro Jock — disse Mailey. — Ela vai adquirir sabedoria.

— Ensinar-lhes a verdade! Ensiná-la para eles! Ah, ela é tão mais importante que todas as coisas sobre as quais os homens falam. Se durante uma semana os jornais dessem mais atenção aos temas psíquicos do que ao futebol, eles seriam do conhecimento de todos. É a ignorância que está...

Os observadores perceberam uma espécie de lampejo em direção à cabine, mas o jovem desaparecera.

— A força se esgotou — disse Mailey. — Pobre rapaz, resistiu até o fim. Sempre o fez. Foi assim que morreu.

Houve uma longa pausa. O gramofone começou de novo. Depois houve um movimento das cortinas. Algo estava emergindo. A sra. Linden levantou-se bruscamente e acenou para que a figura recuasse. Pela primeira vez, o médium se mexeu na cadeira e gemeu.

– O que está havendo, sra. Linden?

– Apenas semiformado – respondeu ela. – A parte inferior do rosto não se materializara. Alguns de vocês teriam ficado alarmados. Penso que não teremos mais nada esta noite. A força caiu muito.

Foi o que se confirmou. As luzes foram acesas pouco a pouco. O médium permaneceu em sua cadeira, com o rosto lívido e a testa úmida, enquanto sua mulher cuidava dele diligentemente, desabotoando-lhe a camisa e banhando-lhe o rosto com a água de um copo. Os presentes dispersaram-se em pequenos grupos, discutindo o que tinham visto.

– Não foi emocionante? – exclamou a srta. Badley. – Foi de fato extremamente empolgante. Mas foi uma pena que não tenhamos podido ver aquele com o rosto semimaterializado.

– Eu vi o suficiente, obrigado – disse o místico pomposo, que perdera toda a pompa. – Confesso que foi um pouco demais para os meus nervos.

O sr. Atkinson viu-se perto dos pesquisadores psíquicos.

– Bem, o que acharam?

– Vi isso mais bem-feito no Maskelyne Hall[80] – disse um deles.

– Ora, vamos, Scott! – disse o outro. – Não tem o direito de dizer isso. Você admitiu que a cabine era à prova de fraudes.

– O mesmo fazem as pessoas que sobem ao palco do Maskelyne Hall.

– Sim, mas aquele é o palco do próprio Maskelyne. Este não é o palco de Linden. Ele não tem equipamentos.

– *Populus vult decipi*[81] – respondeu o outro, dando de ombros. – Meu julgamento deve sem dúvida aguardar mais informações. – E afastou-se

---

80. Referência ao lugar das apresentações de John Nevil Maskelyne (1839-1917), mágico inglês e inventor. Em 1914, Maskelyne fundou o Occult Committee, sociedade dedicada à investigação de supostos poderes sobrenaturais com vista a expor os charlatões e suas fraudes.

81. Em latim no original: redução da máxima *"Populus vult decipi, ergo decipiatur"*, ou seja, "O povo quer ser enganado, portanto que ele seja enganado".

com a dignidade de quem não se deixa enganar, enquanto seu companheiro mais racional continuava discutindo com ele à medida que avançavam.

— Você ouviu aquilo? — disse Atkinson. — Alguns pesquisadores psíquicos são simplesmente incapazes de admitir as evidências. Eles maltratam seus cérebros, forçando-os a encontrar um desvio quando a estrada se abre muito clara à sua frente. Quando a raça humana avançar para seu novo reino, esses intelectuais ficarão em último lugar.

— Não, não — disse Mailey, rindo. — Esse privilégio será dos bispos. Vejo-os marchando num mesmo passo, um corpo sólido, com suas polainas e batinas, os últimos no mundo inteiro a alcançar a verdade espiritual.

— Ora, vamos — disse Enid —, isso é severo demais. Eles são todos bons homens.

— Claro que são. É completamente fisiológico. Eles são um corpo de homens idosos, e o cérebro idoso é esclerosado, incapaz de registrar novas impressões. Não é culpa deles, mas o fato não se altera. Você está muito calado, Malone.

Malone, porém, pensava numa pequena figura morena e atarracada que levantara as mãos de alegria quando ele lhe falara. Foi com essa imagem em sua mente que ele deu as costas a essa sala de assombros e dirigiu-se para a rua.

6

Em que o leitor tem uma amostra dos hábitos de um notório criminoso

Deixemos agora o pequeno grupo com que fizemos nossa primeira exploração dessas regiões cinzentas e mal definidas, mas imensamente importantes, do pensamento e das experiências humanas. Voltemo-nos dos pesquisadores para o pesquisado. Venham comigo, e vamos visitar o sr. Linden em casa e examinar as luzes e as sombras que compõem a vida de um médium profissional.

Para chegar a ele, temos de descer pela movimentada Tottenham Court Road, onde enormes lojas de móveis flanqueiam o caminho, e virar numa ruazinha de casas desbotadas que segue para leste em direção ao Brittish Museum. Tullis Street é o nome, e 40 o número. Aqui está, uma de uma fileira de casas de fachada insípida, cor baça e aspecto banal, com degraus ladeados por corrimãos que levam a uma porta descolorida e à janela da sala de estar, na qual uma enorme Bíblia de bordas douradas sobre uma mesinha redonda intimida o visitante. Com a chave-mestra universal da imaginação, abrimos a porta encardida, atravessamos um corredor escuro e subimos uma escada estreita. São quase dez horas da manhã, e não obstante é em seu quarto que devemos procurar o famoso operador de milagres. O fato é que ele tivera, como vimos, uma sessão exaustiva na noite anterior, e precisava conservar sua força durante as manhãs.

No momento de nossa visita inoportuna, mas invisível, estava sentado, escorado por travesseiros, com uma bandeja de café da manhã sobre os joelhos. A visão que apresentava teria divertido aqueles que rezaram com ele no burburinho dos centros espíritas, ou participado com assombro das sessões em que exibira os equivalentes modernos dos dons do espírito. Linden parecia doente de tão pálido à luz fraca da manhã, e seu cabelo encaracolado elevava-se numa pirâmide, embaraçado sobre a testa ampla e intelectual. A gola aberta do pijama exibia um pescoço grosso, taurino, e a dimensão de seu peito e a largura dos ombros mostravam ser um homem de considerável força física. O médium comia seu café da manhã com avidez enquanto conversava com a pequena mulher ansiosa, de olhos escuros, sentada ao lado da cama.

— E você, acha que foi uma boa reunião, Mary?

— Entre boa e média, Tom. Aqueles dois pesquisadores ficaram examinando tudo com os pés e perturbando todo mundo. Você acha que o povo da Bíblia teria conseguido seus fenômenos com tipos como aqueles à sua volta? "De comum acordo", é o que eles dizem no Livro.

— É claro! — exclamou Linden calorosamente. — A duquesa ficou satisfeita?

— Sim, creio que ficou muito satisfeita. Assim também o sr. Atkinson, o cirurgião. Havia um homem novo lá, chamado Malone, da imprensa. E lorde e lady Montnoir obtiveram provas, e Sir James Smith e o sr. Mailey também.

— Não fiquei satisfeito com a clarividência — disse o médium. — Os idiotas não param de pôr coisas na minha mente. "Com certeza é o meu tio Sam", e assim por diante. Isso me confunde tanto que não consigo ver nada com clareza.

— E pensam que estão ajudando! Ajudando a atrapalhar você e a enganar a si mesmos. Conheço o tipo.

— Mas suportei muito bem, e estou satisfeito por ter havido algumas boas materializações. Embora aquilo tenha me deixado exausto. Estou um trapo esta manhã.

— Eles exigem muito de você, querido. Vou levá-lo a Margate,[82] para você ganhar força.

---

82. Margate, cidade costeira do distrito de Thanet, em East Kent, Inglaterra, é um destino popular de fim de semana para os londrinos, por causa de suas praias.

– Bem, talvez na Páscoa possamos passar uma semana lá. Seria ótimo. Reuniões e clarividência não me incomodam, mas as materializações realmente me esgotam. Não sou tão ruim quanto Hallows. Dizem que fica prostrado no chão, lívido e arfando, depois delas.

– Pois é – exclamou a mulher amargamente. – E depois eles correm até ele com uísque, e assim o ensinam a depender da garrafa e temos mais um caso de médium bêbado. Eu os conheço. Trate de ficar fora disso, Tom!

– Uma pessoa do nosso ofício deveria se limitar a refrigerantes. Se puder se ater a legumes e verduras, também, melhor, mas não posso pregar isso quando estou devorando ovos com presunto. Meu Deus, Mary! Passa das dez e já tem uma fila para atender esta manhã. Ganharei um pouquinho hoje.

– Você desembolsa com a mesma rapidez com que ganha, Tom.

– Bem, meu caminho é cheio de percalços. Contanto que o dinheiro dê para as despesas, o que mais queremos? Confio que eles cuidarão de nós direitinho.

– Eles deixaram na mão muitos outros pobres médiuns que fizeram um bom trabalho.

– São os ricos que devemos censurar, não os espíritos – disse Tom Linden acaloradamente. – Fico furioso quando me lembro dessas pessoas, lady Isso e condessa Aquilo, declarando todo o conforto que obtiveram, e depois deixando aqueles que o proporcionaram morrer na sarjeta ou apodrecer no asilo. Pobre Tweedy e Soames e os outros, todos vivendo de pensão por velhice, e os jornais falando do dinheiro que os médiuns fazem, enquanto um maldito mágico ganha mais do que todos nós juntos por uma pífia imitação com duas toneladas de máquinas para ajudá-lo.

– Não se inquiete, querido – exclamou sua esposa, pousando a mão magra afetuosamente sobre a cabeleira embaraçada do homem. – Tudo se nivela com o tempo e todos pagam o preço pelo que fizeram.

Linden riu alto.

– É meu lado galês que aflora quando fico irritado. Que os mágicos ganhem seu dinheiro sujo e os ricos mantenham as bolsas fechadas. Eu me pergunto para que pensam que serve o dinheiro. Pagar impostos por herança é praticamente o único divertimento que alguns parecem tirar dele. Se eu tivesse o dinheiro deles...

Ouviu-se uma batida à porta.

– Com licença, senhor, seu irmão Silas está lá embaixo.

Os dois se entreolharam com certa consternação.

– Mais problemas – disse a sra. Linden com tristeza.

Linden deu de ombros.

– Está certo, Susan! – exclamou. – Diga-lhe que vou descer. Agora, querida, procure entretê-lo e estarei com vocês em quinze minutos.

Em menos tempo do que anunciara Linden desceu para a sala de estar – sua sala de consulta –, onde sua mulher passava evidente dificuldade para manter uma conversa agradável com o visitante. Era um homem alto, pesado, não muito diferente do irmão mais velho, mas nele toda a corpulência afável do médium assumia o aspecto grosseiro da pura brutalidade. Tinha a mesma cabeleira encaracolada, mas sob o rosto barbeado exibia uma pesada e obstinada papada. Estava sentado junto à janela, com as mãos enormes e sardentas sobre os joelhos. Uma parte muito importante do sr. Silas Linden consistia naquelas mãos, pois fora boxeador profissional e chegara a ser cogitado para o título de campeão dos pesos meio-médios da Inglaterra. Agora, como seu terno de *tweed* manchado e as botas surradas evidenciavam, o homem vivia seus maus dias, o que se esforçava para mitigar pedindo dinheiro ao irmão.

– Bom dia, Tom – disse ele com uma voz áspera. Depois, quando a mulher saiu da sala: – Tem uma gota de scotch por aí? Estou com dor de cabeça esta manhã. Encontrei uns sujeitos do velho grupo ontem à noite no Admiral Vernon. Foi uma reunião e tanto, caras que não via desde meus melhores dias no ringue.

– Sinto muito, Silas – respondeu o médium, sentando-se atrás de sua escrivaninha. – Não guardo bebida em casa.

– Não faltam espíritos,[83] mas não do tipo certo – disse Silas. – Bem, o preço de um trago também serve. Se tiver um Bradbury[84] aí, eu me arranjaria com ele, pois estou a zero.

Tom Linden tirou uma nota de uma libra da escrivaninha.

– Aqui está, Silas. Enquanto eu tiver algum, você tem sua parte. Mas você tinha duas libras semana passada. Já acabaram?

– Acabaram? Eu que o diga! – Silas enfiou a nota no bolso. – Agora ouça, Tom, quero ter uma conversa séria com você, de homem para homem.

– Sim, Silas, o que é?

– Veja isto! – Ele apontou para um caroço nas costas da mão. – Isto é um osso! Está vendo? Isto nunca vai endireitar. Foi quando golpeei Curly Jenkins no terceiro round e o nocauteei no NSC.[85] Naquela noite, nocauteei a mim mesmo para o resto da vida. Posso armar uma luta como espetáculo e exibição, mas a coisa de verdade acabou para mim. Minha direita ficou destruída.

– É uma situação difícil, Silas.

– Dificílima! Mas isso não importa. A questão é que tenho de ganhar a vida e quero saber como. Um velho lutador não encontra muitas oportunidades. Trabalhar como segurança de bar com direito a bebida grátis, isso eu me recuso. O que quero saber, Tom, é qual o problema de eu me tornar um médium?

– Um médium?

– Por que diabo me olha com essa cara? Se isso é bom o bastante para você, é bom o bastante para mim.

– Mas você não é médium.

---

83. Trocadilho com as acepções da palavra inglesa "*spirit*", que além de espírito (alma) também designa qualquer bebida álcoolica. Em português, essa acepção de "espírito" caiu em desuso.

84. Designação informal das notas de uma libra, assim chamadas porque foram postas em circulação por Sir John Bradbury, secretário do Tesouro, em 1914. Foram recolhidas em 1928.

85. O National Sporting Club, associação dedicada à promoção e profissionalização do boxe, fundada em Londres em 1891.

– Ora, vamos! Guarde essa conversa para os jornais. Está tudo em família, e, cá entre nós, como você faz aquilo?

– Eu não faço aquilo. Não faço nada.

– E ganha quatro ou cinco libras por semana. Bela lorota. A mim você não engana. Não sou um desses patetas que lhe pagam um soberano de ouro[86] por uma hora na penumbra, Tom. Estamos falando francamente, você e eu. Como você faz aquilo?

– Como faço o quê?

– Bem, aquelas batidas, por exemplo. Vi você sentado lá na sua cadeira, como deve ser, e as batidas começam a responder a perguntas lá longe, em cima da estante. É um bocado engenhoso, deixa os sujeitos intrigados toda vez. Como você consegue essas batidas?

– Estou lhe dizendo que não faço nada. Isso está fora de mim.

– Droga! Pode me contar, Tom. Eu sou Griffiths, o homem seguro.[87] Se eu conseguisse fazer aquilo, estaria arranjado pelo resto da vida.

Pela segunda vez na mesma manhã a irritabilidade galesa do médium tomou conta dele.

– Você é um cafajeste despudorado e blasfemo, Silas Linden. São homens como você que entram em nosso movimento e lhe dão má fama. Deveria me conhecer melhor, saber que não sou um trapaceiro. Saia da minha casa, seu velhaco ingrato!

– Agora você deu para falar grosso, é? – rosnou o larápio.

– Saia daqui agora, ou eu mesmo lhe ponho para fora, irmão ou não.

Silas cerrou os grandes punhos e fechou a cara por um momento. Em seguida, a antecipação de favores vindouros amansou-lhe o ânimo.

– Bem, não falei por mal – rosnou, rumando para a porta. – Suponho que posso fazer uma tentativa sem a sua ajuda. – Subitamente seu ressentimento falou mais alto que a prudência, e ele parou no vão da porta. – Seu trapaceiro maldito, fingido e hipócrita. Ainda vou ajustar as contas com você.

---

86. Moeda de ouro inglesa que equivale a uma libra esterlina.
87. Alusão ao conto "Griffiths the Safe Man", de Rudyard Kipling, publicado pela primeira vez na *Civil and Military Gazette*, em 1890.

A porta pesada bateu atrás dele.

A sra. Linden viera correndo para junto do marido.

– Que canalha! – exclamou ela. – Eu ouvi. O que ele queria?

– Queria que eu lhe desse informações sobre mediunidade. Pensa que é uma espécie de truque que eu poderia ensinar.

– Idiota! Bem, isso foi bom, porque ele não vai se atrever a mostrar a cara aqui de novo.

– Ah, será que não?

– Se mostrar, vou estapeá-la. E pensar que ele o perturba dessa maneira. Olhe só! Você está tremendo!

– Suponho que eu não seria um médium se não fosse um feixe de nervos. Alguém disse que éramos poetas, só que somos bem mais. Péssima hora para isso acontecer, logo quando o trabalho está começando.

– Deixe-me ajudá-lo.

Ela pôs as pequenas mãos calejadas pelo trabalho sobre a testa alta do marido e as manteve ali, em silêncio.

– Bem melhor agora! – disse ele. – Certo, Mary. Vou fumar um cigarro na cozinha. Com isso, estarei pronto.

– Não, há alguém aqui. – Ela olhou pela janela. – Está em condições de atender? É uma mulher.

– Sim, sim. Estou bem agora. Faça-a entrar.

Um instante depois uma mulher entrou, uma figura pálida e trágica vestida de preto, cuja aparência revelava sua história. Linden apontou-lhe uma cadeira longe da luz. Depois examinou seus papéis.

– É a sra. Blount, não é? Tinha hora marcada?

– Sim... eu queria perguntar...

– Por favor, não me pergunte nada. Isso me confunde.

Ele a fitava com o olhar de médium em seus olhos cinza-claro – aquela expressão que parece ver ao redor de uma coisa e através dela, mas não a própria coisa.

– Fez bem em vir, muito bem. Há alguém ao seu lado que tem uma mensagem urgente que não pode ser adiada. Capto um nome... Francis, sim, Francis.

A mulher bateu palmas.

– Sim, sim, esse é o nome.

– Um homem moreno, muito triste, muito sério. Tão sério. Ele vai falar. Ele tem de falar! É urgente. Ele diz: "Tink-a-bell". Quem é Tink-a-bell?

– Sim, sim, ele me chamava assim. Ah, Frank, Frank, fale comigo! Fale!

– Ele está falando. Tem a mão na sua testa. "Tink-a-bell", diz ele, "se você fizer o que pretende, abrirá uma lacuna que levará muitos anos para atravessar." Isso significa alguma coisa?

Ela saltou de sua cadeira.

– Significa tudo. Ah, sr. Linden, esta era minha última chance. Se isto tivesse falhado, se eu descobrisse que o tinha perdido de vez, minha intenção era partir em busca dele. Teria tomado veneno esta noite.

– Graças a Deus eu a salvei. Tirar a própria vida é algo terrível, madame. Viola a lei da Natureza, e as leis da Natureza não podem ser violadas sem punição. Alegro-me por ter sido capaz de salvá-la. Ele tem mais a lhe dizer. Sua mensagem é: "Se você viver e cumprir o seu dever, estarei para sempre ao seu lado, muito mais perto de você do que jamais estive em vida. Minha presença a envolverá e protegerá tanto a você quanto a nossos três pequenos."

A mudança foi maravilhosa! A mulher pálida e esgotada que entrara na sala estava agora de pé com faces ruborizadas e lábios sorridentes. É verdade que lágrimas lhe corriam pelo rosto, mas eram lágrimas de alegria. Ela batia palmas, fazia pequeninos movimentos convulsivos como se fosse dançar.

– Ele não está morto! Ele não está morto! Como pode estar morto se consegue falar comigo e estar mais perto de mim do que nunca? Ah, que maravilha! Sr. Linden, que posso fazer para ajudá-lo? O senhor me salvou de uma morte vergonhosa! Trouxe meu marido de volta! Que poder divino o senhor tem!

O médium era um homem emotivo, e agora suas próprias lágrimas lhe molhavam as faces.

– Minha cara senhora, não diga mais nada. Não sou eu. Não faço nada. Pode agradecer a Deus que em Sua misericórdia permite a alguns de Seus mortais discernir um espírito ou transmitir uma mensagem. Bem, um guinéu são meus honorários, se puder pagar. Volte a mim sempre que estiver em apuros.

– Estou satisfeita agora em esperar a vontade de Deus e cumprir meu dever no mundo até a hora em que será ordenado que nos unamos mais uma vez – exclamou ela.

A viúva deixou a casa não cabendo em si de felicidade. Tom Linden também sentiu que as nuvens deixadas pela visita do irmão haviam sido dissipadas por esse alegre incidente, pois não há felicidade maior do que dar felicidade e ver os efeitos benéficos de nosso próprio poder. Mal se acomodara em sua cadeira, contudo, outro cliente entrou. Dessa vez era um homem da alta sociedade elegantemente vestido, de sobrecasaca e polainas brancas, com o ar agitado de alguém para quem minutos são preciosos.

– Sr. Linden, suponho? Ouvi falar de seus poderes, senhor. Contaram-me que ao manusear um objeto pode muitas vezes obter algumas pistas da pessoa que o possuía.

– Às vezes acontece. Não é algo que eu possa controlar.

– Eu gostaria de testá-lo. Tenho aqui uma carta que recebi esta manhã. Poria seus poderes à prova com ela?

O médium pegou a carta dobrada e, recostando-se em sua cadeira, apertou-a contra a testa. Permaneceu de olhos fechados por um minuto ou mais. Em seguida devolveu o papel.

– Não gosto dela – disse. – Tenho uma sensação de mal. Vejo um homem todo vestido de branco. Ele tem um rosto sombrio. Escreve numa mesa de bambu. Tenho uma sensação de calor. A carta vem dos trópicos.

– Sim, da América Central.

– Não posso lhe dizer mais nada.

– Os espíritos são assim tão limitados? Pensei que sabiam tudo.

– Eles não sabem tudo. Seu poder e conhecimento são tão estreitamente limitados quanto os nossos. Mas esta não é uma questão para os espíritos. O que fiz foi psicometria,[88] que, até onde sabemos, é um poder da alma humana.

— Bem, você estava certo até onde foi. Esse homem, meu correspondente, quer que eu ponha dinheiro para uma participação meio a meio num poço de petróleo. Devo fazê-lo?

Tom Linden fez que não com a cabeça.

— Esses poderes são dados a alguns de nós, senhor, para consolo da humanidade e como uma prova da imortalidade. Nunca foram destinados a uso mundano. Transtornos sempre resultam desse uso, tanto para o médium quanto para o cliente. Não entrarei nessa questão.

— Dinheiro não é empecilho — disse o homem, puxando uma carteira de seu bolso interno.

— Não, senhor, nem para mim. Sou pobre, mas nunca fiz mau uso de meu dom.

— Então o dom não lhe serve para nada! — disse o visitante, levantando-se. — Posso obter todo o resto dos párocos, que são licenciados, e você não é. Aqui está seu guinéu, mas não recebi aquilo pelo que estou pagando.

— Lamento, senhor, mas não posso quebrar uma regra. Há uma senhora ao seu lado, junto de seu ombro esquerdo, uma senhora idosa...

— Balela! — disse o financista, virando-se para a porta.

— Ela usa um grande medalhão de ouro com uma cruz de esmeraldas sobre o peito.

O homem parou, virou-se e fixou os olhos nele.

— Onde ficou sabendo disso?

— Vejo diante de mim, agora.

— Ora, deixe disso, homem, isso é o que minha mãe sempre usava! Está me dizendo que pode vê-la?

— Não, ela desapareceu.

---

88. A faculdade de conhecer pessoas, lugares e acontecimentos por meio do contato do médium com um objeto que pertenceu ou foi manipulado pelo indivíduo de quem se quer obter informações.

– Como ela era? O que estava fazendo?

– Era sua mãe. Disse-me isso. Estava chorando.

– Chorando! Minha mãe! Ora, ela está no céu, se algum dia uma mulher foi para o céu. Eles não choram no céu.

– Não no céu imaginário. No céu real, choram. Só nós é que os fazemos chorar. Ela deixou uma mensagem.

– Diga-me o que é!

– A mensagem foi: "Oh, Jack! Jack! Você está se afastando ainda mais de meu alcance."

O homem fez um gesto de desdém.

– Fui um grande idiota ao lhe dar meu nome quando marquei a hora. Você andou fazendo indagações. Não me pega com seus truques. Para mim chega, estou mais do que farto disso!

Pela segunda vez naquela manhã a porta foi batida com violência por um visitante furioso.

– Ele não gostou da mensagem – Linden explicou para a mulher. – Era sua pobre mãe. Está inquieta por causa dele. Senhor! Se as pessoas apenas soubessem essas coisas, isso lhes faria mais bem que todas as formalidades e cerimônias.

– Bem, Tom, não é culpa sua se não sabem – respondeu a mulher. – Há duas mulheres esperando para vê-lo. Não se apresentaram, mas parecem em grande dificuldade.

– Estou com um pouco de dor de cabeça. Não me recuperei da noite passada. Silas e eu somos iguais nisso. Nosso trabalho noturno nos afeta na manhã seguinte. Vou atender só mais estas e mais ninguém, pois é ruim mandar alguém embora sofrendo se podemos ajudá-lo.

As duas entraram na sala, ambas figuras austeras, vestidas de preto, uma delas uma senhora de ar carrancudo de cinquenta anos, a outra parecendo ter mais ou menos a metade dessa idade.

– Acredito que seus honorários são um guinéu – disse a mais velha, pondo a soma sobre a mesa.

– Para os que podem pagar – respondeu Linden.

Na verdade, o guinéu muitas vezes ia no sentido contrário.

– Ah, sim, posso pagar – disse a mulher. – Estou em lamentável dificuldade, e disseram-me que talvez o senhor pudesse me ajudar.

– Bem, farei o possível. É para isso que estou aqui.

– Perdi meu pobre marido na guerra, foi morto em Ypres.[89] Eu poderia entrar em contato com ele?

– A senhora não parece trazer nenhuma influência consigo. Não recebo nada. Lamento, mas não podemos comandar essas coisas. Percebo o nome Edmund. Era esse o nome dele?

– Não.

– Ou Albert?

– Não.

– Sinto muito, mas parece confuso. Vibrações cruzadas, talvez, e uma mistura de mensagens, como fios de telégrafo cruzados.

– Acaso o nome Pedro o ajuda?

– Pedro! Pedro! Não, não capto nada. Pedro era um homem idoso?

– Não, não era idoso.

– Não consigo ter nenhuma impressão.

– Era sobre esta minha filha que eu realmente queria um conselho. Meu marido me diria o que fazer. Ela ficou noiva de um rapaz, um mecânico por profissão, mas há um ou dois obstáculos e quero saber o que fazer.

– Dê-nos algum conselho – disse a jovem, lançando ao médium um olhar duro.

– Eu daria se pudesse, minha cara. Você ama esse homem?

– Ah, sim, não tenho do que me queixar.

– Bem, se você não sente mais do que isso por ele, no seu lugar eu o deixaria de lado. De um casamento assim só pode resultar infelicidade.

– Então vê infelicidade esperando por ela?

– Vejo uma boa chance disso. Penso que ela deveria ser cautelosa.

– Vê alguma outra pessoa aparecendo?

---

89. Referência à batalha travada em Ypres, cidade da Bélgica, durante a Primeira Guerra Mundial, entre outubro e novembro de 1914.

— Todo mundo, homem ou mulher, encontra seu parceiro em algum momento em algum lugar.

— Então ela encontrará um parceiro?

— Com toda certeza.

— Gostaria de saber se vou ter uma família – disse a moça.

— Não, isso é mais do que posso dizer.

— E dinheiro, ela terá dinheiro? Estamos muito desalentadas, sr. Linden, e queremos um pouco.

Nesse momento ocorreu uma interrupção muitíssimo surpreendente. A porta abriu-se e a pequena sra. Linden entrou afobada na sala com o rosto pálido e os olhos em chama.

— Elas são da polícia, Tom. Recebi um aviso sobre elas. Acaba de chegar. Saiam desta casa, sua dupla de hipócritas choronas. Ah, que tola! Que tola eu fui ao não reconhecer o que vocês eram.

As duas mulheres tinham se levantado.

— Sim, está um pouco atrasada, sra. Linden – disse a mais velha. – O dinheiro já foi entregue.

— Pegue de volta! Pegue de volta! Está na mesa!

— Não, não, o dinheiro foi entregue. Ele já previu a nossa sorte. Terá outras notícias nossas, sr. Linden.

— Farsantes! Vocês falam de fraude quando vocês é que são as farsantes o tempo todo! Ele só as atendeu por compaixão.

— É inútil nos repreender – respondeu a mulher. – Cumprimos nossa obrigação e não criamos a lei. Enquanto ela estiver no Livro dos Estatutos, temos de executá-la. Temos de relatar o caso na delegacia.

Tom Linden parecia atordoado pelo golpe, mas depois que as policiais saíram abraçou a mulher chorosa e a consolou como pôde.

— O escrivão da delegacia enviou-nos o aviso – disse ela. – Ah, Tom, é a segunda vez! – exclamou. – Isso significa cadeia e trabalhos forçados para você.

— Bem, querida, enquanto tivermos consciência de não ter feito nada de errado e de ter realizado o trabalho de Deus tão bem quanto nos foi possível, devemos aceitar de bom grado o que recebemos.

– Mas onde estavam eles? Como puderam abandoná-lo assim? Onde estava o seu guia?

– Sim, Victor – disse Tom Linden, balançando a cabeça para os céus –, onde você estava? Temos contas a acertar! Sabe, querida – acrescentou ele –, assim como um médico nunca pode tratar seu próprio caso, um médium é muito impotente quando as coisas se dirigem a ele mesmo. Essa é a lei. E, no entanto, eu deveria ter percebido. Estava me sentindo no escuro. Não tinha nenhuma inspiração de qualquer espécie. Foi apenas uma tola piedade e comiseração que me impeliu, quando eu não tinha nenhum tipo de mensagem real. Bem, querida Mary, vamos enfrentar o que está vindo para nós com coragem. Talvez não tenham provas suficientes para abrir um processo, e talvez o juiz não seja tão ignorante quanto a maioria deles. Vamos esperar o melhor.

Apesar de suas palavras corajosas, o médium estava trêmulo com o choque. Com as mãos sobre ele, sua esposa esforçava-se para acalmá-lo quando Susan, a criada, que nada sabia sobre o problema, fez entrar um novo visitante na sala. Não era outro senão Edward Malone.

– Ele não pode atendê-lo – disse a sra. Linden. – O médium está doente. Não verá ninguém esta manhã.

Mas Linden havia reconhecido o visitante.

– É o sr. Malone, minha querida, da *Daily Gazette*. Ele esteve conosco ontem à noite. Tivemos uma boa sessão, não foi, senhor?

– Maravilhosa! – disse Malone. – Mas qual é o problema?

Marido e esposa desfiaram os seus pesares.

– Que negócio sujo! – exclamou Malone, enojado. – Tenho certeza de que o povo não imagina como essa lei é executada, ou haveria briga. Esse uso de agentes provocadores não condiz com a justiça britânica. Mas de qualquer maneira, Linden, você é um médium verdadeiro. A lei foi feita para reprimir os falsos.

– Segundo a lei britânica, não há médiuns verdadeiros – disse Linden com tristeza. – Suponho que quanto mais real ele for, maior o crime. Se você for algum tipo de médium e receber dinheiro, é passível de punição. Mas como pode um médium viver se não recebe dinheiro? É o único trabalho de um homem e requer toda a sua energia. Não é possível ser carpinteiro durante o dia e um médium de primeira classe à noite.

– Que lei perversa! Ela parece estar asfixiando deliberadamente todas as provas físicas de poder espiritual.

– Sim, é isso mesmo que ela é. Se o Demônio baixasse uma lei, seria exatamente essa. Ela se destina supostamente à proteção do público, mas nunca se teve notícia de uma queixa do público. Todos os casos são uma armadilha policial. E, no entanto, a polícia sabe tão bem quanto você ou eu que toda festa de caridade da Igreja tem sua vidente ou sua cartomante.

– Isso parece de fato monstruoso. O que vai acontecer agora?

– Suponho que receberei uma intimação judicial. Depois um processo num tribunal de polícia. Por fim, multa ou prisão. É a segunda vez, sabe.

– Bem, seus amigos vão testemunhar a seu favor, e teremos um bom homem para defendê-lo.

Linden encolheu os ombros.

– Nunca sabemos quem são nossos amigos. Eles escapolem como água no momento crítico.

– Ora, pode contar comigo – disse Malone com entusiasmo. – Mantenha-me a par do que está acontecendo. Mas vim aqui porque tinha algo a lhe perguntar.

– Sinto muito, mas realmente não estou em condições. – Linden estendeu a mão trêmula.

– Não, não, nada de psíquico. Queria lhe perguntar apenas se a presença de alguém extremamente cético impediria todos os seus fenômenos.

– Não necessariamente. Mas, é claro, isso dificulta muito. Se eles ficarem quietos e forem razoáveis, podemos obter resultados. Mas eles não sabem nada, violam todas as regras e arruínam suas próprias sessões. Outro dia, por exemplo, recebi o velho Sherbank, o médico. Quando as batidas na mesa começaram, ele pulou em pé, pôs a mão na parede e exclamou: "Agora faça as batidas acontecerem na palma da minha mão em cinco segundos." Como ele não sentiu nada, declarou que era tudo tapeação e saiu da sala pisando duro. Eles não admitem que haja leis fixas nisso, como em tudo o mais.

– Bem, devo confessar que o homem em quem estou pensando poderia ser muito insensato. É o grande professor Challenger.

– Ah, sim, ouvi falar que é um caso difícil.

– Você o atenderia numa sessão?

– Sim, se você o desejasse.

– Ele não virá à sua casa nem a qualquer lugar que você sugira. Imagina toda espécie de fios e dispositivos. Você teria de ir à casa de campo dele.

– Eu não me recusaria, se isso pudesse convertê-lo.

– E quando?

– Não posso fazer nada até que este horrível caso esteja encerrado. Isso levará um mês ou dois.

– Bem, eu me manterei em contato com você até lá. Quando tudo estiver bem de novo, faremos nossos planos e veremos se podemos pôr esses fatos diante dele, como foram postos diante de mim. Enquanto isso, saiba que sou totalmente solidário. Vamos formar um comitê dos seus amigos e certamente tudo que for possível será feito.

7

Em que o notório criminoso recebe o que a lei britânica considera lhe ser devido

Antes de levarmos adiante as aventuras psíquicas de nosso herói e nossa heroína, seria bom ver como a lei britânica lidou com esse malfeitor, o sr. Tom Linden.

As duas policiais retornaram em triunfo à delegacia de Bardsley Square, onde o inspetor Murphy, que as havia enviado, esperava seu relato. Murphy era um homem extrovertido, de rosto vermelho e bigode preto, que tinha com as mulheres um jeito alegre e protetor que não era de modo algum justificado por sua idade ou virilidade. Ele estava sentado à sua mesa, seus papéis espalhados diante de si.

— Bem, meninas — disse quando as duas entraram —, tiveram sorte?

— Acho que foi um sucesso, sr. Murphy — disse a policial mais velha. — Temos a prova que deseja.

O inspetor pegou uma lista de perguntas em sua mesa.

— Vocês seguiram as linhas gerais que sugeri? — perguntou.

— Sim, senhor. Eu disse que meu marido foi morto em Ypres.

— E o que ele fez?

— Bem, pareceu ter pena de mim.

— Isso, claro, é parte do jogo. Ele terá pena de si mesmo antes de sair desta. Ele não falou: "Você é solteira e nunca teve um marido?"

— Não, senhor.

— Ótimo, é um ponto contra seus espíritos, não é? Isso deverá impressionar o Tribunal. O que mais?

— Ele tateou à procura de nomes. Estavam todos errados.

— Bom!

— Acreditou em mim quando disse que a srta. Bellinger aqui era minha filha.

— Bom de novo! Você tentou o truque do Pedro?

— Sim, ele considerou o nome, mas não consegui nada.

— Ah, que pena. De qualquer maneira, ele não sabia que Pedro era o seu pastor-alemão. Considerou o nome. Já é o suficiente. Vai fazer o júri dar umas risadas antes do veredito. E quanto à predição da sorte? Vocês fizeram o que sugeri?

— Sim, perguntei sobre o rapaz de Amy. Ele não disse nada de muito concreto.

— Demônio astuto! Conhece o seu ofício.

— Mas disse que ela seria infeliz se seguisse com o casamento.

— Ah, ele disse, é? Bem, se esticarmos isso um pouco, temos tudo o que queremos. Agora sente-se e dite seu relatório enquanto ele ainda está fresco na memória. Depois podemos repassá-lo juntos e ver como melhorá-lo. Amy deve redigir um, também.

— Certo, sr. Murphy.

— Depois devemos solicitar o mandado de prisão. Você sabe, tudo depende do magistrado a que isso for apresentado. O sr. Dallert, por exemplo, perdoou um médium mês passado, não é um dos nossos. E o sr. Lancing andou misturado com essa gente. O sr. Melrose é um materialista rígido. Podemos contar com ele, e escolhi o momento da detenção de acordo. Seria péssimo não conseguir uma condenação.

— O senhor não poderia arranjar algumas pessoas do povo para testemunhar?

O inspetor riu.

— Supostamente estamos protegendo o povo, mas cá entre nós, até hoje ninguém pediu para ser protegido. Não há queixas. Resta-nos, portanto, defender a lei o melhor que pudermos. Enquanto ela existir, temos de impô-la. Bem, até logo, meninas! Entreguem-me o relatório até as quatro horas.

– Nada a receber por isso, imagino? – disse a mulher mais velha, com um sorriso.

– Vamos esperar, minha cara. Se conseguirmos uma multa de vinte e cinco libras, ela tem de ir para algum lugar. O Fundo da Polícia, é claro, mas pode haver algo mais. Seja como for, vá, prepare esse relatório e depois veremos.

Na manhã seguinte, uma criada assustada invadiu o modesto escritório de Linden.

– Com licença, senhor. É um policial.

O homem de azul entrou logo atrás dela.

– Linden? – perguntou e, depois de entregar uma folha de papel dobrada, foi embora.

Abatidos, tendo dedicado as vidas a levar conforto aos outros agora eram eles que precisavam de amparo. A mulher abraçou o marido enquanto os dois liam o deplorável documento:

PARA THOMAS LINDEN, DE TULLIS STREET, 40, N.W.

Foi hoje apresentada por Patrick Murphy, inspetor da Polícia, a informação de que Vossa Senhoria, o citado Thomas Linden, no dia 10 de novembro, na residência acima, professou a Henrietta Dresser e a Amy Bellinger ler a sorte para enganar e tirar vantagem de certos súditos de Sua Majestade, a saber, aquelas supramencionadas. Vossa senhoria encontra-se, portanto, intimado a comparecer perante o Tribunal de Polícia de Bardsley Square, na próxima quarta-feira, dia 17, às 11h para responder à referida informação.

Datado de 10 de novembro
(assinado) B.J. WHITHERS

Na mesma tarde, Mailey visitou Malone, e ambos se sentaram para discutir o documento. Em seguida, foram consultar Summerway Jones, um advogado perspicaz e estudioso dedicado de assuntos psíquicos. Jones era também um vigoroso caçador de raposas, um bom boxeador e um homem que levava um sopro de juventude para as mais bolorentas câmaras da lei. Ele arqueou as sobrancelhas ao ver a intimação.

– O pobre coitado não faz ideia! – disse. – Teve sorte de receber uma intimação. Em geral, eles chegam com um mandado de prisão. Nesse caso, o homem é levado imediatamente, passa a noite numa cela e é julgado na manhã seguinte, sem ninguém para defendê-lo. A polícia é astuta o bastante, é claro, para escolher um juiz católico romano ou materialista. Depois, segundo a bela determinação de Lawrence,[90] presidente do Supremo Tribunal, a primeira, creio, que proferiu ao alcançar tal elevada posição, o exercício da profissão de médium ou milagreiro é em si mesmo um crime, quer o profissional seja genuíno ou não, de modo que nenhuma defesa com base em bons resultados é levada em conta. É uma mistura de perseguição religiosa e chantagem da polícia. Quanto ao povo, ninguém se importa. Por que deveria? Quem não quer que leiam sua sorte, não vai lá. A coisa toda é a mais absoluta bobagem e uma vergonha para a nossa legislatura.

– Vou publicar isso – disse Malone, fulgurante de exaltação celta. – Qual o nome desta lei?

– Bem, há duas leis, uma mais pútrida que a outra, e ambas aprovadas muito antes que se tivesse ouvido falar de espiritismo. Há a Lei da Bruxaria,[91] que remonta a Jorge II. Como essa se tornou absurda demais, eles só a utilizam como um segundo recurso. E há a Lei da Vadiagem,[92] de 1824. Ela foi aprovada para controlar a perambulação de ciganos à margem das estradas e nunca foi destinada, é claro, a ser usada dessa forma. – Ele procurou entre seus papéis. – Aqui está a coisa abominável:

---

90. Provável referência a Alfred Tristram Lawrence (1843-1936), juiz e advogado britânico, que foi juiz da Suprema Corte entre 1921 e 1922.

91. Referência ao Witchcraft Act, de 1735, instituído durante o reinado de Jorge II (1683-1760), com vista à regulação legal e aplicação de penalidades para supostos atos de bruxaria e feitiçaria. Durante o séc.XIX a lei foi invocada com frequência contra os médiuns.

92. O Vagrancy Act, lei promulgada em 1824 pelo Parlamento britânico que tornou ilegal dormir em lugares públicos e mendigar. Foi usada contra os médiuns que cobravam pelos seus serviços.

122

"Toda pessoa que professe prever a sorte ou usar qualquer astúcia, meio ou estratagema para enganar e tirar proveito de um súdito de Sua Majestade será considerada um trapaceiro e um vagabundo", e assim por diante. As duas leis juntas teriam reprimido todo o movimento cristão primitivo tão certamente quanto a perseguição romana o fez.

— Felizmente não há leões agora – disse Malone.

— Idiotas! – exclamou Mailey. – Esse é o equivalente moderno dos leões. Mas o que podemos fazer?

— Não tenho a menor ideia! – disse o advogado, coçando a cabeça. – É totalmente desesperador!

— Com os diabos! – exclamou Malone. – Não podemos desistir tão facilmente. Sabemos que o homem é uma pessoa honesta.

Mailey virou-se e agarrou a mão de Malone.

— Não sei se você já se intitula um espírita – disse ele –, mas é o tipo de sujeito que queremos. Há muitas pessoas covardes em nosso movimento que bajulam um médium quando ele está bem e o abandonam ao primeiro sinal de acusação. Mas, graças a Deus, há alguns homens resolutos! Temos Brookes, Rodwin e Sir James Smith. Talvez sejamos uma ou duas centenas entre nós.

— Certo! – disse o advogado, alegremente. – Se vocês pensam assim, temos alguma chance.

— Que tal convocar um Conselheiro do Rei?[93]

— Eles não advogam em tribunais de polícia. Se vocês deixarem em minhas mãos, creio que posso lidar com isso melhor do que ninguém, pois vi muitos casos como esse. Manterei os custos baixos, também.

— Bem, estamos nas suas mãos. E teremos alguns bons homens para auxiliá-lo.

— E temos que divulgar isso – disse Malone.

---

93. Ou Queen's Counsel (Conselho da Rainha), conforme o gênero do soberano em questão, são os juristas apontados oficialmente para o conselho real. Trata-se de um status conferido pela Coroa, reconhecido pelas cortes do Reino Unido, a cujos detentores é reservado o direito de ocupar assento no tribunal ao lado dos outros magistrados.

– Acredito no bom povo britânico. Lento e estúpido, mas, no fundo, sensato. Eles não apoiarão uma injustiça se conseguirmos enfiar a verdade em suas cabeças.

– Para isso, seria preciso uma verdadeira trepanação – disse o advogado. – Bem, façam a sua parte, eu farei a minha, e veremos o que podemos conseguir.

A manhã fatídica chegou, e Linden viu-se no banco dos réus diante de um elegante homem de meia-idade de queixo quadrado, sr. Melrose, o renomado magistrado da polícia. O sr. Melrose tinha uma reputação de severidade com adivinhos e todos que previam o futuro, embora passasse os intervalos em seu tribunal lendo os profetas esportivos, pois era um entusiasta do turfe, e seu alinhado paletó castanho-claro e garboso chapéu estivessem presentes em toda corrida da região. Nessa manhã, ao passar os olhos pela folha de acusação e examinar o acusado, não estava de humor particularmente bom. A sra. Linden, que conseguira um lugar sob o banco dos réus, volta e meia estendia a mão para afagar a do marido, repousada sobre o peitoril. O tribunal estava lotado, e muitos clientes do réu haviam comparecido para demonstrar solidariedade.

– Este caso está sendo defendido? – perguntou o sr. Melrose.

– Sim, Meritíssimo – respondeu Summerway Jones. – Posso, antes que ele seja aberto, fazer uma objeção?

– Se pensa que vale a pena, sr. Jones.

– Gostaria de solicitar respeitosamente sua decisão antes que se prossiga com o caso. Meu cliente não é um vagabundo, mas um respeitável membro da comunidade, vivendo em sua própria casa, pagando taxas e impostos, e em pé de igualdade com qualquer outro cidadão. Ele está sendo processado sob o artigo quarto da Lei da Vadiagem, de 1824, descrita como "uma lei para punir pessoas ociosas e desordeiras, e trapaceiros e vagabundos". Tal lei se destinava, como essas palavras sugerem, a coibir ciganos indisciplinados e outros, que na época infestavam o país. Peço a Vossa Excelência que declare que meu cliente evidentemente não é uma pessoa dentro do alcance dessa lei ou sujeita às suas penalidades.

O magistrado negou com a cabeça.

– Temo, sr. Jones, que tenha havido precedentes demais para que a lei seja agora interpretada dessa maneira limitada. Peço ao promotor em nome do comissário de Polícia que apresente suas evidências.

Um homenzinho de suíças e aspecto taurino levantou-se de um salto e disse, com voz rouca:

– Convoco Henrietta Dresser.

A policial mais velha apareceu no banco com a vivacidade de quem está habituado a isso. Segurava um caderno aberto na mão.

– É uma policial, estou certo?

– Sim, senhor.

– Entendo que observou a casa do réu na véspera de visitá-lo?

– Sim, senhor.

– Quantas pessoas entraram?

– Quatorze pessoas, senhor.

– Quatorze pessoas. E acredito que a remuneração média do réu é de dez xelins e seis pence.

– Sim, senhor.

– Sete libras em um dia! Um salário bastante bom quando muito homem honesto fica satisfeito com cinco xelins.

– Aquelas pessoas eram entregadores! – exclamou Linden.

– Devo lhe pedir para não interromper. O senhor já está sendo representado com muita eficiência – disse o juiz, severamente.

– Agora, Henrietta Dresser – continuou o promotor, abanando seu pincenê –, vamos ouvir o que aconteceu quando a senhora e Amy Bellinger visitaram o réu.

A policial fez um relato verdadeiro em sua maior parte, lendo-o em seu caderno. Não era casada, mas o médium aceitara sua declaração de que era. Ele havia se atrapalhado com muitos nomes e parecido muito confuso. O nome de um cão – Pedro – lhe fora apresentado, mas ele não o reconhecera como tal. Por fim, tinha respondido a questões sobre o futuro de sua pretensa filha, que na verdade, não tinha com ela qualquer parentesco, e previra que a jovem seria infeliz em seu casamento.

– Alguma pergunta, sr. Jones? – indagou o magistrado.

– A senhora procurou esse homem como alguém que precisava de consolo? E ele tentou proporcioná-lo?

– Pode-se dizer que sim.

– Pelo que entendo, a senhora evocou profundo pesar.

– Tentei dar essa impressão.

– Não lhe parece que isso seja hipocrisia?

– Fiz o que era meu dever.

– Não viu nenhum sinal de poder psíquico, ou algo de anormal? – perguntou o promotor.

– Não, ele pareceu um sujeito muito simpático e comum.

Amy Bellinger foi a testemunha seguinte. Ela apareceu com seu caderno na mão.

– Posso lhe perguntar, Meritíssimo, se é regulamentar que essas testemunhas leiam suas evidências? – perguntou o sr. Jones.

– Por que não? – retorquiu o magistrado. – Desejamos os fatos exatos, não?

– Nós desejamos. Talvez o sr. Jones não – disse o promotor.

– Isso é claramente um método para assegurar que as evidências fornecidas por essas duas testemunhas estejam de acordo – argumentou Jones. – Afirmo que esses relatos são cuidadosamente preparados e comparados.

– Naturalmente, a polícia prepara sua argumentação – disse o magistrado. – Não me parece que tenha motivo de queixa, sr. Jones. Agora, testemunha, vamos ouvir suas evidências.

O relato seguiu exatamente as mesmas linhas do anterior.

– A senhora fez perguntas sobre seu noivo? Não tinha nenhum noivo – disse o sr. Jones.

– Isso mesmo.

– De fato, ambas as senhoras contaram uma longa sequência de mentiras?

– Com um bom objetivo em vista.

– Pensaram que o fim justificava os meios?

– Segui minhas instruções.

– Que lhe foram dadas previamente?

– Sim, disseram-nos o que perguntar.

– Penso que as policiais forneceram suas provas de maneira muito clara. – disse o magistrado. – Tem testemunhas para a defesa, sr. Jones?

– Há várias pessoas no tribunal, Meritíssimo, que receberam grande benefício da mediunidade do réu. Convoquei uma senhora que, naquela mesma manhã, segundo seu próprio relato, foi salva do suicídio pelas palavras do sr. Linden. Tenho outro homem que era ateu e perdera toda fé na vida futura. Ele foi completamente convertido por sua experiência de fenômenos psíquicos. Posso apresentar homens da mais elevada eminência na ciência e na literatura que darão testemunho da verdadeira natureza dos poderes do sr. Linden.

O magistrado balançou a cabeça.

– Deve saber, sr. Jones, que tais evidências não teriam nenhuma pertinência. Foi claramente estabelecido pela decisão do presidente do Supremo Tribunal de Justiça e de outros que a lei deste país não reconhece poderes sobrenaturais de absolutamente nenhuma espécie, e que uma simulação desses poderes que envolve um pagamento constitui um crime em si mesma. Portanto, sua sugestão de convocar testemunhas não conduziria possivelmente a nada exceto a uma perda de tempo do tribunal. Ao mesmo tempo, estou pronto, é claro, para ouvir quaisquer observações que queira fazer depois que o advogado de acusação tiver falado.

– Poderia eu me aventurar a ressaltar, Meritíssimo, que tal decisão teria significado a condenação de qualquer santo de que tenhamos algum registro, uma vez que até os santos têm que viver, precisando, portanto, receber dinheiro?

– Se o senhor se refere aos tempos apostólicos, sr. Jones – disse o magistrado com aspereza –, posso apenas lhe lembrar que a era apostólica passou e também que a rainha Ana está morta.[94] Esse argumento não é digno de sua inteligência. Agora, senhor, se tem algo a acrescentar...

---

94. Ana Stuart (1665-1714), rainha da Inglaterra, Escócia e Irlanda entre 1702 e 1714, foi patrona da Igreja Anglicana e organizou um fundo para complementar a renda da parte mais humilde do clero.

Assim encorajado, o promotor fez um breve discurso, apunhalando o ar a intervalos com seu pincenê como se cada punhalada furasse mais uma vez todas as reivindicações do espírito. Ele descreveu a indigência em meio à classe trabalhadora, quando, não obstante, charlatões, fazendo alegações perversas e blasfemas, eram capazes de levar uma vida regalada. Que tivessem poderes reais, como fora observado, não vinha ao caso, mas mesmo essa desculpa era anulada pelo fato de que essas policiais, que haviam se desincumbido de uma missão desagradável da maneira mais exemplar, não receberam nada senão tolices em troca de seu dinheiro. Seria provável que outros clientes recebessem coisa melhor? Esses parasitas estavam se multiplicando, comercializando com os melhores sentimentos de pais enlutados, e estava mais do que na hora de uma punição exemplar adverti-los de que deveriam ter a prudência de passar a se dedicar a algum ofício mais honesto.

O sr. Summerway Jones respondeu tão bem como pôde. Começou assinalando que as leis estavam sendo usadas para uma finalidade à qual nunca se haviam destinado.

– Essa questão já foi considerada! – redarguiu o magistrado.

E continuou estabelecendo que toda a situação era passível de crítica. As condenações eram obtidas por meio de evidências colhidas por agentes provocadores, os quais, se algum crime fora cometido, obviamente haviam sido seus incitadores e também participantes. As multas arrecadadas eram muitas vezes desviadas para fins em que a polícia tinha um interesse direto.

– Quero crer, sr. Jones, que não pretende fazer reparos à honestidade da polícia!

Os policiais eram humanos e, naturalmente, propensos a exagerar onde seus próprios interesses eram afetados. Todos os casos haviam sido artificiais. Nunca houve registro em tempo algum de qualquer queixa real do povo ou qualquer pedido de proteção. Havia fraudes em todas as profissões, e se um homem investia deliberadamente num falso médium e perdia um guinéu, ele não tinha mais direito a proteção que o homem que investia seu dinheiro numa má empresa na bolsa de valores.

Enquanto a polícia perdia tempo com esses casos, e seus agentes derramavam lágrimas de crocodilo fazendo-se passar por enlutados em desespero, muitos de seus ramos dedicados aos crimes de verdade recebiam menos atenção do que mereciam. A lei era inteiramente arbitrária em sua ação. Toda grande festa, até mesmo toda festa da polícia, como ele fora informado, era considerada incompleta sem seu adivinho ou quiromante.

Alguns anos antes, o *Daily Mail* havia suscitado um clamor contra adivinhos. Aquele grande homem, o falecido lorde Northcliffe,[95] fora posto no banco dos réus pela defesa, e fora demonstrado que um de seus outros jornais publicava uma coluna de quiromancia, e que as remunerações recebidas eram igualmente divididas entre o quiromante e os proprietários do jornal. O sr. Jones mencionava isso sem nenhuma intenção de depreciar a memória desse grande homem, mas meramente como um exemplo do absurdo da lei tal como era agora administrada. Qualquer que fosse a opinião individual dos membros daquele tribunal, era incontestável que um grande número de cidadãos inteligentes e úteis considerava a mediunidade como uma manifestação extraordinária do poder do espírito, contribuindo para o grande aperfeiçoamento da raça. Não era uma política extremamente nefasta, nesses dias de materialismo, coibir pela lei aquilo que em sua mais elevada manifestação poderia contribuir para a regeneração da humanidade? Com relação ao fato indubitável de que a informação recebida pelas policiais era incorreta e que suas declarações mentirosas não foram detectadas pelo médium, era uma lei psíquica que condições harmoniosas eram essenciais para resultados verdadeiros, e que engano em um lado produzia confusão no outro. Se o tribunal adotasse por um momento a hipótese espírita, perceberia como seria absurdo esperar que hostes angélicas descessem para responder às questões de duas inquiridoras mercenárias e hipócritas.

---

95. Alfred Charles William Harmsworth (1865-1922), um dos mais célebres proprietários de jornais da Inglaterra, considerado o criador do jornalismo popular moderno. Suas publicações mais importantes foram o *Daily Mail* e *Daily Mirror*.

Este, numa breve sinopse, foi o teor geral da defesa do sr. Summerway Jones, que reduziu a sra. Linden a lágrimas e lançou o escrivão do magistrado num sono profundo. O próprio magistrado tratou de levar o assunto rapidamente a uma conclusão.

– Sua disputa, sr. Jones, parece ser com a lei, e isso está fora de minha alçada. Eu a administro tal como a encontro, embora possa observar que estou de pleno acordo com ela. Homens como o réu são fungos nocivos que se acumulam numa sociedade corrupta, e a tentativa de comparar suas vulgaridades com os homens santos de outrora, ou de reivindicar para eles dons semelhantes, deve ser rejeitada por todo homem de pensamento correto.

Em seguida, fixando seu olhar severo no réu, acrescentou:

– Quanto a você, Linden, temo que seja um criminoso contumaz, uma vez que uma condenação anterior não lhe alterou a conduta. Eu o sentencio, portanto, a dois meses de trabalhos forçados, sem a opção de multa.

Ouviu-se um grito da sra. Linden.

– Adeus, querida, não se aflija – disse o médium, olhando de relance sobre o peitoril do banco dos réus.

Um instante depois, havia sido conduzido às pressas para a cela.

Summerway Jones, Mailey e Malone encontraram-se no saguão, e Mailey ofereceu-se para levar a pobre mulher para casa.

– O que ele fez senão levar conforto a todos? – gemeu ela. – Haverá melhor homem em toda a grande cidade de Londres?

– Não creio que haja um mais útil – respondeu Mailey. – Arrisco-me a dizer que todo o *Crockford's Directory*,[96] com os arcebispos no topo, não poderia provar as coisas da religião tal como vi Tom Linden prová-las, ou converter um ateu como vi Linden converter.

– É uma vergonha! Uma grande vergonha! – exclamou Malone, inflamado.

---

96. O *Crockford's Clerical Directory*, publicado pela primeira vez em 1858 pelo editor e impressor londrino John Crockford, é um abrangente catálogo da Comunhão Anglicana no Reino Unido, contendo atualmente as biografias de mais 27 mil clérigos, além de informações sobre igrejas e paróquias.

– O toque sobre vulgaridade foi engraçado – disse Jones. – Será que ele pensa que os apóstolos eram cultos? Bem, fiz o que pude. Não tinha esperanças, e as coisas aconteceram como eu previa. Foi pura perda de tempo.

– Em absoluto – respondeu Malone. – Isso ventilou um mal. Havia repórteres no tribunal. Certamente alguns deles têm algum bom senso. Vão notar a injustiça.

– Não – disse Mailey. – A imprensa é um caso perdido. Meu Deus, quanta responsabilidade essas pessoas assumem, e quão pouco adivinham o preço que vão pagar! Eu sei. Conversei com um deles enquanto o estavam pagando.

– Bem, eu, de minha parte, vou me manifestar – disse Malone. – E acredito que outros o farão também. A imprensa é mais independente e inteligente do que você parece acreditar.

Mas, no fim das contas, Mailey tinha razão. Depois de deixar a sra. Linden em sua casa solitária e voltar a Fleet Street, Malone comprou um *Planet*. Quando o abriu, uma manchete alarmante saltou-lhe aos olhos:

IMPOSTOR NO TRIBUNAL DE POLÍCIA

Cão tomado por homem. QUEM ERA PEDRO? Sentença exemplar.

Ele amassou o jornal na mão.

– Não admira que os espíritas se ressintam – pensou. – Têm uma boa causa.

Sim, o pobre Tom Linden estava sendo criticado pela imprensa. E foi para sua cela deprimente em meio à censura universal. O *Planet*, um jornal vespertino cuja circulação dependia das previsões esportivas do Capitão Profeta, comentava sobre o absurdo de se prever o futuro. *Honest John*, uma revista semanal que estivera envolvida em algumas das maiores fraudes do século, era da opinião de que a desonestidade de Linden era um escândalo público. Um abastado pároco rural escreveu ao *Times* para expressar sua indignação diante de quem quer que professasse vender os dons do espírito. O padre observava que esses incidentes decorriam da crescente infidelidade, enquanto o livre-pensador via neles uma regressão à superstição. Por fim, o sr. Maskelyne mostrou ao público, para grande proveito de sua bilheteria, exatamente como a fraude fora perpetrada. Assim, durante alguns dias, Tom Linden foi o que os franceses chamam de um *"succès d'exécration"*.[97] Depois o mundo foi adiante e ele, deixado à própria sorte.

---

97. Em francês no original: literalmente um "sucesso (caso notório) de execração".

8

Em que três investigadores se deparam com uma alma sombria

Imediatamente após retornar de uma expedição de caça pesada na América Central, lorde Roxton realizara uma série de escaladas nos Alpes que havia contentado e satisfeito a todos, exceto ele próprio.

– O topo dos Alpes está se transformando numa perfeita baderna – declarou ele. – Afora o Everest, parece não restar mais nenhum isolamento decente.

Sua chegada a Londres foi saudada com um grande jantar em sua homenagem organizado pela Sociedade de Caça Pesada no Travellers Club.[98] Foi um evento privado e não havia repórteres, mas o discurso de lorde Roxton ficou gravado palavra por palavra na mente de todos os seus ouvintes, perenemente preservado. Após contorcer-se durante vinte minutos sob as frases pomposas e os elogios do presidente, ergueu-se ele mesmo no estado de confusa indignação que se apossa do britânico quando é aprovado publicamente.

– Ora, francamente! Pelo amor de Deus! O que é isso? – foi sua declaração, após a qual ele retomou seu assento e perspirou profusamente.

Malone tomara conhecimento do retorno de lorde Roxton através de McArdle, o editor de notícias ranzinza, idoso e ruivo, cujo domo calvo pro-

---

98. O Travellers Club é um dos mais tradicionais clubes de cavalheiros de Londres, fundado em 1819. O estatuto original não permitia o ingresso de nenhum membro que não tivesse comprovadamente viajado para fora das ilhas britânicas e para quatro países estrangeiros, ao menos.

jetava-se cada vez mais de sua franja avermelhada, à medida que os anos ainda o encontravam labutando na mais desgastante das tarefas. Ele conservava seu faro apurado para o que geraria notícia, e foi esse faro que o levou, numa manhã de inverno, a convocar Malone à sua presença. Tirou dos lábios o longo tubo de vidro que usava como piteira e piscou para o subordinado através de seus grandes óculos redondos.

— Sabe que lorde Roxton está de volta a Londres?

— Não sabia.

— Sim, ele voltou. Sem dúvida você ouviu falar que foi ferido na guerra. Ele comandou uma pequena coluna na África Oriental e travou uma breve guerra própria até que uma bala para elefante lhe atravessou o peito. Ah, agora ele está bem, do contrário não poderia escalar essas montanhas. É um diabo de homem, sempre provocando alguma coisa nova.

— E qual é a última? — perguntou Malone, vendo uma tira de papel que McArdle sacudia entre o indicador e o polegar.

— Bem, é aí que ele se choca com você. Estive pensando que talvez vocês pudessem sair numa caçada, e que isso poderia render um bom material. O *Evening Standard* publicou um pequeno editorial.

Ele o entregou a Malone, que o leu em voz alta:

— Um inusitado anúncio nas colunas de um jornal rival mostra que o famoso lorde John Roxton, terceiro filho do duque de Pomfret, está em busca de novos mundos a conquistar. Tendo esgotado as aventuras esportivas deste globo terrestre, está se voltando agora para as turvas, escuras e dúbias regiões da pesquisa psíquica. Está interessado em comprar qualquer espécime genuíno de casa assombrada, e aberto a receber informações referentes a qualquer manifestação violenta ou perigosa que requeira investigação. Sendo lorde John Roxton um homem de caráter resoluto e um dos melhores atiradores da Inglaterra, advertiríamos qualquer brincalhão que seria de todo conveniente afastar-se e deixar esse assunto para aqueles considerados tão impenetráveis a balas quanto os que neles creem o são ao senso comum.

McArdle soltou uma risadinha seca ao som das últimas palavras.

— Creio que estão sendo pessoais aí, amigo Malone, pois se você não é um crente, está no caminho de se tornar um. Mas não acha que esse rapaz e você poderiam, os dois, encontrar um fantasma e extrair dele duas estimulantes colunas?

— Bem, posso procurar lorde Roxton — respondeu Malone. — Ele continua, suponho, em seus antigos aposentos no Albany.[99] De qualquer maneira, gostaria de visitá-lo, portanto posso tratar disso também.

Foi assim que, no fim da tarde, exatamente quando a escuridão de Londres se quebrava em turvos círculos de prata, o jornalista viu-se mais uma vez descendo a Vigo Street e abordando o porteiro na escura entrada das antiquadas câmaras do Albany. Sim, lorde John Roxton estava em casa, mas havia um cavalheiro com ele. O porteiro lhe levaria um cartão. Logo em seguida, ele voltou dizendo que, apesar do visitante anterior, lorde Roxton o receberia de imediato. Um instante depois, Malone foi conduzido até os antigos e luxuosos aposentos, com seus troféus de guerra e de caça. Comprido, magro, austero, com o mesmo rosto seco e excêntrico de Dom Quixote de outrora, seu proprietário estava parado à porta, com a mão estendida. Não mudara em nada, exceto pelo fato de que tornara-se mais aquilino, e suas sobrancelhas projetavam-se mais densamente sobre os olhos destemidos e inquietos.

— Olá, meu jovem! — exclamou ele. — Estava torcendo para que farejasse este velho esconderijo mais uma vez. Estava prestes a lhe fazer uma visita no escritório. Entre! Entre! Deixe-me apresentá-lo ao reverendo Charles Mason.

Um clérigo muito alto e magro, enroscado numa funda poltrona de vime, desenrolou-se pouco a pouco e estendeu a mão ossuda ao recém-chegado. Malone observou os dois olhos cinzentos muito sérios e humanos, fitando inquisitivamente os seus, e o sorriso largo e acolhedor que revelava uma dupla fileira de dentes muito bem cuidados. Era um rosto gasto e abatido, as feições cansadas do combatente espiritual, mas ainda

---

99. O Albany foi um antigo palácio de Londres, situado em Piccadilly, e posteriormente transformado, no início do séc.XIX, num complexo residencial.

assim muito bondoso e amigável. Malone já ouvira falar do homem, um vigário da Igreja Anglicana, que deixara sua paróquia e a igreja que ele próprio construíra para pregar livremente as doutrinas do cristianismo, acrescidas do novo conhecimento psíquico.

— Ora, parece que nunca escapo dos espíritas! — exclamou ele.

— Nunca escapará, sr. Malone — disse o esguio clérigo, com uma risadinha. — O mundo nunca escapará, até que tenha absorvido esse novo conhecimento que Deus enviou. Não há como fugir dele. É grande demais. Neste momento, nesta grande cidade, não há um lugar sequer onde homens ou mulheres se encontram em que ele não venha à baila. No entanto, o senhor não ficaria sabendo disso pela imprensa.

— Bem, o senhor não pode dirigir essa acusação à *Daily Gazette* — disse Malone. — Talvez tenha lido meus artigos.

— Sim, eu os li. São no mínimo melhores que as tolices medonhas e sensacionalistas que a imprensa de Londres costuma fornecer, quando não ignora o assunto por completo. Lendo um jornal como o *Times*, nunca se saberia que esse movimento vital sequer existe. A única alusão a ele de que consigo me lembrar foi num editorial, quando o grande jornal anunciou que acreditaria no espiritismo quando constatasse que podia, por seu intermédio, identificar mais vencedores num programa de corridas de cavalos que por outros meios.

— Extremamente útil, também — comentou lorde Roxton. — É exatamente o que eu mesmo teria dito. Ora!

O semblante do clérigo estava grave, e ele balançava a cabeça.

— Isso me leva de volta ao objetivo de minha vinda aqui — disse ele. E, virando-se para Malone: — Tomei a liberdade de visitar lorde Roxton em conexão com seu anúncio para dizer que, se ele estivesse entrando nessa busca com boa intenção, não se poderia encontrar melhor trabalho no mundo, mas se o fazia por amor ao esporte poderia estar brincando com fogo.

— Bem, padre, passei a vida toda brincando com fogo, e isso não é novidade. O que quero dizer é, se o senhor deseja que eu examine esse assunto de fantasmas do ponto de vista religioso, não há nada que eu possa fazer, pois a Igreja Anglicana em que fui criado preenche minha muito modesta necessidade. Mas se houver aí um tempero de perigo, como o senhor diz, então vale a pena, ora!

O reverendo Charles Mason abriu seu sorriso bondoso e cativante.

— Ele é incorrigível, não acha? — disse a Malone. — Bem, só posso lhe desejar uma compreensão mais completa do assunto. — Levantou-se, como se para partir.

— Espere um pouco, padre! — exclamou lorde Roxton, afobado. — Quando saio numa caçada, começo aliciando um nativo amistoso. Creio que o senhor é o homem certo. Não quer vir comigo?

— Para onde?

— Bem, sente-se e vou lhe contar. — Ele remexeu uma pilha de cartas sobre a escrivaninha. — Excelente seleção de fantasmas! — disse. — Recebi mais de vinte propostas pelo primeiro correio. Mas esta é de longe a melhor. Leia por si mesmo. Casa abandonada, homem que ficou louco, locatários fugindo no meio da noite, espectro terrível. Parece muito bom, ora!

O clérigo leu a carta com sobrancelhas franzidas.

— Parece um caso ruim — observou.

— Bem, suponha que o senhor vá junto. Ora! Talvez possa ajudar a elucidá-lo.

O reverendo Mason sacou um calendário de bolso.

— Tenho um serviço para ex-membros das Forças Armadas na quarta-feira e uma conferência na mesma noite.

— Mas poderíamos começar hoje.

— É longe.

— É em Dorsetshire. Três horas apenas.

— Qual é o seu plano?

— Bem, suponho que uma noite na casa seja o bastante.

— Se há alguma pobre alma em dificuldade, isso se torna um dever. Muito bem, irei.

— E certamente haverá lugar para mim — pediu Malone.

— Claro, meu jovem! Isto é, suponho que aquela velha ave ruiva no escritório não o tenha mandado aqui com outro propósito. Ah, foi o que

137

pensei. Ora, você pode escrever uma aventura que não seja uma bobagem, para variar! Há um trem que parte de Victoria às oito. Podemos nos encontrar lá, e no caminho vou fazer uma visita ao velho Challenger.

Eles jantaram juntos no trem e depois do jantar se reuniram em seu vagão de primeira classe, que é o modo de viagem mais confortável de que o mundo dispõe. Roxton, atrás de um grande charuto preto, falava com entusiasmo de seu encontro com Challenger.

– O prezado velho está o mesmo de sempre. Quase me arranca a cabeça fora umas duas vezes, como costuma fazer. Falou as mais puras tolices. Segundo ele, estou ficando de miolo mole se acho que pode existir algo como um fantasma de verdade. "Quando a pessoa morre, está morta." Esse é o mote encorajador do velho. A julgar pelo exame de seus contemporâneos, disse ele, a extinção era algo excelente! "É a única esperança do mundo", afirmou. "Imagine que horrível perspectiva se eles sobrevivessem." Quis me dar uma garrafa de cloro para jogar no fantasma. Respondi-lhe que se minha pistola automática não desse conta deles, nada mais daria. Diga-me, padre, é a primeira vez que participa de um safári como esse?

– O senhor trata o assunto com demasiada leviandade, lorde John – respondeu o clérigo gravemente. – Está claro que não teve nenhuma experiência com ele. Em resposta à sua pergunta, posso dizer que tentei ajudar em diversos casos semelhantes.

– E leva isso a sério? – perguntou Malone, tomando notas para seu artigo.

– Sim, muito a sério.

– O que pensa que essas influências são?

– Não sou uma autoridade na questão. Conhece Algernon Mailey, o advogado, não? Ele poderia lhe dar fatos e números. Eu talvez aborde o assunto mais do ponto de vista do instinto e da emoção. Lembro-me de Mailey discorrendo acerca do livro sobre fantasmas do professor Bozzano,[100] em que mais de quinhentos casos bem autenticados foram forneci-

---

100. Ernesto Bozzano (1862-1943), um dos mais renomados e prolíficos pesquisadores italianos dos fenômenos psíquicos, publicou mais de vinte livros e centenas de artigos sobre o assunto ao longo de trinta anos.

dos, cada um deles suficiente para estabelecer uma defesa a priori. Fora o trabalho de Flammarion.[101] Não se pode rir de provas desse tipo.

– Li tanto Bozzano quanto Flammarion – disse Malone –, mas são suas próprias experiências e conclusões que desejo.

– Bem, se me citar, lembre-se de que não me considero uma grande autoridade em pesquisa psíquica. Cérebros mais sábios que o meu podem dar outra explicação. Ainda assim, o que vi levou-me a certas conclusões. Uma delas é considerar que há alguma verdade na ideia teosófica de cascas.

– Do que se trata?

– Eles imaginaram que todos os corpos espirituais próximos da Terra eram cascas vazias da qual a verdadeira entidade havia saído. Ora, sabemos, é claro, que uma afirmação geral desse tipo é absurda, pois não poderíamos receber as gloriosas comunicações que nos chegam senão de inteligências elevadas. Mas também devemos tomar cuidado com as generalizações. Nem todas elas são elevadas. Algumas são tão inferiores que penso que a criatura é puramente externa, uma mera aparência e não uma realidade.

– Mas por que ela estaria ali?

– Sim, essa é a questão. Admite-se em geral que há o corpo natural, como são Paulo o chamou, que é dissolvido na morte, e o corpo etéreo ou espiritual, que sobrevive e funciona num plano etéreo.[102] Isso é o essencial. Mas, na verdade, podemos ter tantas camadas quanto uma cebola, e talvez haja um corpo mental que pode se desprender no caso de uma grande tensão mental ou emocional. Ele pode ser um simulacro insípido e automático, e apesar disso carregar algo de nossa aparência e pensamentos.

– Bem – disse Malone –, em certa medida, isso contornaria a dificuldade, pois nunca consegui conceber que um assassino ou sua vítima

---

101. Camille Flammarion (1842-1925), importante astrônomo francês e pesquisador dos fenômenos psíquicos.
102. Conceito teosófico introduzido por Charles Webster Leadbeater e Annie Besant para designar a matéria sutil do plano inferior da existência: é o quarto grau do plano físico, acima dos planos sólido, líquido e gasoso.

pudessem passar séculos inteiros reencenando o velho crime. Que sentido teria isso?

— Tem razão, meu jovem — disse lorde Roxton. — Um amigo meu, Archie Soames, o cavalheiro Jock, tinha uma velha casa em Berkshire. Bem, Nell Gwynne[103] havia morado ali outrora, e ele jurava tê-la encontrado uma dúzia de vezes no corredor. Archie nunca vacilou ante o maior salto no Grand National,[104] mas tremia diante daqueles corredores depois que escurecia. Ela era uma mulher belíssima e tudo o mais, mas por Deus! O que quero dizer é: é preciso um limite, ora!

— Isso mesmo! — respondeu o clérigo. — Não se pode imaginar que a verdadeira alma de uma personalidade vívida como Nell poderia passar séculos percorrendo aqueles corredores. Mas se por acaso ela tivesse sofrido naquela casa, vagando inquieta, poderíamos pensar que talvez tivesse abandonado uma casca ali e deixado alguma imagem mental de si mesma para trás.

— O senhor disse que teve suas próprias experiências.

— Tive uma quando ainda não sabia nada sobre espiritismo. Quase nem espero que acreditem em mim, mas asseguro-lhes que é verdade. Eu era um cura muito jovem no Norte. Havia uma casa na aldeia que tinha um *poltergeist*, uma daquelas influências travessas que causam tanto transtorno. Ofereci-me para exorcizá-lo. Temos uma fórmula oficial de exorcismo na Igreja, como sabem, portanto pensei que estava bem armado. Postei-me na sala de visitas, que era o centro das perturbações, com toda a família de joelhos ao meu lado, e li o serviço. Que pensam que aconteceu?

O rosto magro de Mason abriu-se num riso divertido.

— Assim que cheguei ao "Amém", quando a criatura deveria estar se esgueirando envergonhada, o grande tapete de pele de urso da lareira ergueu-se sobre uma ponta e simplesmente me envolveu. Envergonho-me

---

103. Eleanor "Nell" Gwynne (1650-87), atriz e amante do rei Carlos II.
104. Corrida de cavalos com obstáculos disputada em Aintree, na Inglaterra, desde o séc.XIX.

de dizer que saí daquela casa em dois pulos. Foi então que aprendi que procedimento religioso formal nenhum surte efeito.

— E o que surte efeito?

— Bem, delicadeza e bom senso ajudam. Sabem, eles variam enormemente. Algumas dessas criaturas confinadas à Terra ou interessadas na Terra são neutras, como esses simulacros ou cascas de que falo. Outras são essencialmente boas, como os monges de Glastonbury,[105] que se manifestaram tão maravilhosamente nos últimos anos e são registrados por Bligh Bond.[106] Elas são mantidas na Terra por uma lembrança piedosa. Algumas são crianças travessas como os *poltergeists*. E algumas, poucas, espero, são indescritivelmente nefastas, criaturas fortes e malévolas, carregadas demais de matéria para elevar-se acima do plano terrestre. Tão carregadas de matéria que suas vibrações podem ser baixas o suficiente para afetar a retina humana, tornando-as visíveis. Se tiverem sido cruéis e astutas em vida, são cruéis e astutas com ainda mais poder de ferir. São monstros perversos desse tipo que são deixados às soltas por nosso sistema de punição capital, pois morrem com uma vitalidade não usada que pode ser empregada em vingança.

— Esse espectro de Dryfont tem um péssimo histórico — disse lorde Roxton.

— Precisamente. É por isso que desaprovo a leviandade. Ele me parece ser o tipo exato de criatura de que estou falando. Assim como um polvo pode ter sua toca numa caverna no oceano e emergir como uma imagem silenciosa de horror para atacar um nadador, assim imagino um espírito

---

105. Vilarejo de Somerset, na Inglaterra, que abriga as ruínas da abadia de Glastonbury, associada à lenda de José de Arimateia, do Cálice Sagrado e dos cavaleiros do Rei Arthur. O vilarejo é célebre como palco de várias lendas românticas associadas ao paganismo e ao cristianismo.

106. Frederick Bligh Bond (1864-1945), arquiteto e arqueólogo responsável pelas escavações das capelas da abadia de Glastonbury (ver nota anterior). Foi editor do *Psychic Science*, do *Journal of the Society for Psychical Research* e autor de vários livros psicografados, ou seja, cujo conteúdo foi ditado por espíritos, dos quais os mais famosos são os *Glastonbury Scripts*, reunindo mensagens sobre as histórias relacionadas à abadia.

como esse se emboscando na escuridão da casa que amaldiçoa com sua presença, pronto para se lançar sobre todos que pode ferir.

O queixo de Malone começou a cair.

– Mas como? – exclamou ele. – Não temos proteção alguma?

– Sim, creio que temos. Se não tivéssemos, uma criatura como essa poderia devastar a Terra. Nossa proteção reside no fato de haver forças brancas, assim como forças escuras. Podemos chamá-las de "anjos da guarda", como os católicos, ou "guias" e "controles", mas seja qual for o nome que lhes damos, elas realmente existem e nos protegem do mal no plano espiritual.

– E o sujeito que ficou louco, padre? E onde estava o seu guia quando o fantasma o enrolou no tapete? Ora!

– O poder de nossos guias pode depender de nosso próprio mérito. O mal pode sempre vencer por um tempo. O bem vence no fim. Essa é a minha experiência na vida.

Lorde Roxton sacudiu a cabeça.

– Se o bem vence, é depois de uma longuíssima disputa, e muitos de nós não viveremos para ver o fim. Esses demônios da borracha, por exemplo, com quem tive uma briga no rio Putomayo.[107] Onde estão eles? Ora! A maioria está em Paris, divertindo-se. E os pobres negros que assassinaram?[108] Que dizer sobre eles?

– Sim, por vezes precisamos de fé. Temos de lembrar que não vemos o fim. "Continua na nossa próxima vida", esta é a conclusão de toda história. É aí que entra o enorme valor dos relatos sobre o outro mundo. Eles nos dão pelo menos um capítulo a mais.

– Onde posso ler esse capítulo? – perguntou Malone.

---

107. Rio Içá ou Putomayo, um dos mais importantes afluentes do Amazonas, importante rota de transporte durante o Ciclo da Borracha (1879-1912). Os "dêmonios da borracha" a que Lord Roxton se refere é provavelmente o grupo de mercenários arregimentado pelo empreendedor peruano Julio César Arana del Águila para a exploração da borracha na região do rio Putomayo.

108. Na verdade, referência aos povos indígenas, principalmente os boras, andoques e witotos, que foram escravizados e usados na extração da borracha.

– Há muitos livros maravilhosos, embora o mundo ainda não tenha aprendido a apreciá-los. Registros da vida além da morte. Lembro-me de um incidente, podem tomá-lo como uma parábola, se quiserem, mas é realmente mais do que isso. O homem rico morto se detém diante de uma linda residência. Seu guia, triste, o afasta dali. "Isso não é para você. É para o seu jardineiro." E mostra-lhe uma cabana miserável: "Você não nos deu nada com que construir. Isso foi o melhor que pudemos fazer." Esse pode ser o próximo capítulo da história de nossos milionários da borracha.

Roxton soltou um riso sinistro.

– Dei a alguns deles uma morada de um metro e oitenta de comprimento por sessenta centímetros de profundidade – disse. – Não adianta sacudir a cabeça, padre. Quero dizer, não amo o meu próximo como a mim mesmo, e nunca amarei. Odeio alguns deles como veneno.

– Bem, deveríamos odiar o pecado, e, de minha parte, nunca fui forte o suficiente para distinguir o pecado do pecador. Como posso pregar quando sou tão humano e fraco quanto qualquer um?

– Ah, essa é a única pregação que aceito ouvir – afirmou lorde Roxton. – O sujeito no púlpito está acima de minha cabeça. Se ele descer ao meu nível, será de alguma serventia para mim. Bem, acaba de me ocorrer que não teremos muito tempo para dormir esta noite. Resta-nos apenas uma hora para chegar a Dryfont. Talvez possamos utilizá-la melhor.

Passava das onze horas de uma noite gélida quando o grupo chegou ao seu destino. A estação da pequena estância hidromineral estava quase deserta, mas um homenzinho gordo num sobretudo de pele correu ao encontro deles e os cumprimentou calorosamente.

– Sou o sr. Belchamber, proprietário da casa. Como estão passando, cavalheiros? Recebi seu telegrama, lorde Roxton, e tudo está em ordem. É realmente uma gentileza da parte dos senhores terem vindo. Se puderem fazer algo para aliviar meu fardo, ficarei muito agradecido.

O sr. Belchamber guiou-os até o pequeno Station Hotel, onde partilharam os sanduíches e o café que ele prestimosamente encomendara.

Enquanto os recém-chegados comiam, contou-lhes algumas de suas atribulações.

— Não é que eu seja um homem rico, cavalheiros. Sou um invernador de gado aposentado e todas as minhas economias estão em três casas. Essa é uma delas, a Villa Maggiore. Sim, ela me custou barato, é verdade. Mas como eu poderia imaginar que havia alguma verdade nessa lenda do médico louco?

— Conte-nos a história — disse lorde Roxton, mastigando ruidosamente um sanduíche.

— Ele morou lá, no tempo da rainha Vitória.[109] Eu mesmo o vi. Um tipo alto e magro, de rosto moreno, com as costas arqueadas e uma maneira de andar esquisita, arrastada. Dizem que havia passado a vida toda na Índia, e alguns achavam que estava escondendo algum crime, pois nunca mostrava a cara na aldeia e raramente saía antes que escurecesse. Ele quebrou a pata de um cachorro com uma pedra, e falou-se sobre fazê-lo responder por isso, mas as pessoas tinham medo dele, e ninguém quis processá-lo. As crianças passavam diante da casa correndo, porque ele ficava com um ar furioso e carrancudo à janela da frente. Até que, um dia, não recolheu o leite, e o mesmo se deu no dia seguinte, por isso arromba-ram a porta e o encontraram morto na banheira. Mas ele estava tomando um banho de sangue, porque cortara as veias do braço. Seu nome era Tremayne. Ninguém aqui se esquece disso.

— E o senhor comprou a propriedade?

— Bem, o papel de parede havia sido trocado, e a casa fora pintada e fumigada, com reforma da fachada. Era praticamente uma casa nova. Em seguida, eu a aluguei para o sr. Jenkins, da cervejaria. Ele passou três dias lá. Reduzi o aluguel, e o sr. Beale, o merceeiro aposentado, a alugou. Foi ele que ficou louco depois de passar uma semana, completamente louco. E a casa está parada desde então. Sessenta libras a menos em minha ren-

---

109. A rainha Vitória (1819-1901) foi a monarca do Reino Unido e Irlanda de 1837 a 1901. O seu longo e marcante reinado, de mais de 63 anos, ficou conhecido como a Era Vitoriana.

da, fora os impostos. Se os cavalheiros puderem fazer algo, pelo amor de Deus, façam! Se não, eu sairia ganhando se a incendiasse.

A Villa Maggiore ficava a cerca de oitocentos metros da cidade, na encosta de um morro baixo. O sr. Belchamber os conduziu até lá, e chegou até a porta do vestíbulo. Era sem dúvida um lugar deprimente, com um enorme telhado em estilo holandês que descia sobre as janelas do andar de cima e quase as obscurecia. Sob a luz da lua crescente eles puderam ver que o jardim era um emaranhado de vegetação de inverno descuidada que, em alguns lugares, quase encobrira o caminho. Tudo parecia muito melancólico e agourento.

– A porta não está trancada – disse o proprietário. – Os senhores encontrarão algumas cadeiras e uma mesa na sala de visitas à esquerda do vestíbulo. Mandei acender a lareira, e há um balde cheio de carvão. Ficarão bem acomodados, espero. Não me censurem por não entrar, mas meus nervos não são mais tão bons como antes. – Com algumas palavras de desculpas, o proprietário escapuliu, e eles ficaram sozinhos com sua tarefa.

Lorde Roxton trouxera uma possante lanterna elétrica. Ao abrir a porta embolorada, iluminou o corredor não atapetado e lúgubre, que terminava numa escada de madeira larga e reta que levava ao andar superior. Havia portas dos dois lados do corredor. A da direita dava para uma sala grande, vazia e soturna, com um cortador de grama abandonado num canto e uma pilha de jornais e revistas velhas. À esquerda, havia um aposento equivalente, muito mais acolhedor. Um fogo vivo ardia na lareira, havia três poltronas confortáveis e uma mesa de pinho com uma garrafa d'água, um balde de carvão e algumas outras comodidades. A sala era iluminada por uma grande lâmpada a óleo. O clérigo e Malone aproximaram-se do fogo, pois fazia muito frio, mas lorde Roxton completou seus preparativos. De uma pequena bolsa de mão, tirou sua pistola automática, que pousou sobre o aparador da lareira. Depois pegou um pacote de velas, colocando duas delas no corredor. Por fim, pegou um novelo de lã e amarrou o fio através do corredor dos fundos e diante da porta em frente.

– Faremos uma vistoria na casa – disse ele quando seus preparativos estavam prontos. – Depois podemos esperar aqui embaixo e ver o que acontece.

O corredor do andar de cima começava no topo da escada reta e se bifurcava perpendicularmente em dois. À direita, havia dois quartos grandes, vazios e empoeirados, com o papel de parede pendendo em tiras e reboco espalhado pelo piso. À esquerda, havia um único quarto grande na mesma condição de abandono e o banheiro de triste memória, com a alta banheira de zinco ainda na mesma posição. Dentro dela viam-se grandes manchas vermelhas que, embora fossem apenas marcas de ferrugem, pareciam terríveis lembretes do passado. Malone ficou surpreso ao ver o clérigo cambalear e se apoiar contra a porta. Seu rosto estava horrivelmente pálido, e a testa suada. Os dois companheiros o sustentaram na descida da escada, e ele ficou algum tempo sentado, exausto, antes de falar.

– Vocês dois realmente não sentiram nada? – perguntou. – O fato é que eu mesmo tenho poderes mediúnicos e sou muito aberto a impressões psíquicas. Esta de agora foi horrível, indescritível.

– O que sentiu, padre?

– É difícil descrever essas coisas. Foi um desfalecimento do meu coração, um sentimento de absoluta desolação. Todos os meus sentidos foram afetados. Minha vista escureceu. Senti um cheiro horrível de putrescência. Minhas forças pareceram esvair-se. Acredite em mim, lorde Roxton, o que estamos enfrentando esta noite não é pouca coisa.

O esportista estava insolitamente sério.

– É o que começo a pensar – disse ele. – Acha que está apto para a tarefa?

– Lamento ter sido tão fraco – respondeu o sr. Mason. – Certamente levarei isto até o fim. Quanto pior o caso, mais necessidade haverá de minha ajuda. Estou bem agora – acrescentou ele, com sua risada alegre, tirando do bolso um cachimbo velho e queimado. – Este é o melhor remédio para nervos abalados. Vou me sentar aqui e fumar até que precisem de mim.

– Que forma espera que isso assuma? – perguntou Malone a lorde Roxton.

– Bem, é algo que se pode ver. Isso é certo.

– Isso é o que não consigo entender, apesar de todas as minhas leituras – comentou Malone. – Todas as autoridades concordam que há uma base material, e que essa base material é extraída do corpo humano. Quer a chamemos de ectoplasma ou de qualquer outro nome, ela é de origem humana, não é?

– Certamente – respondeu Mason.

– Bem, nesse caso, devemos supor que esse dr. Tremayne forma sua própria aparência extraindo material de mim e do senhor?

– Penso, até onde vai minha compreensão do assunto, que na maioria dos casos um espírito faz exatamente isso. Creio que quando o espectador sente que está ficando gelado, que seu cabelo se arrepia e tudo o mais, ele está na verdade sentindo esse saque de sua própria vitalidade que pode ser suficiente para fazê-lo desmaiar ou até para matá-lo. Talvez ele estivesse me sugando naquele momento.

– E se não tivermos poderes mediúnicos? E se não fornecermos nada?

– Li recentemente um caso muito completo – respondeu o sr. Mason. – Foi observado atentamente e relatado pelo professor Neillson, da Islândia. O espírito maligno costumava baixar num infeliz fotógrafo da cidade, sugar seus suprimentos e depois voltar e usá-los. Ele dizia abertamente: "Dê-me tempo para baixar em Fulano e Sicrano. Então vou lhe mostrar o que posso fazer." Tratava-se de uma criatura extremamente temível, e tiveram grande dificuldade em dominá-la.

– Tenho a impressão, meu rapaz, de que nos metemos numa empreitada mais difícil do que supúnhamos – acrescentou lorde Roxton. – Bem, fizemos o que podíamos. O corredor está bem iluminado. Ninguém pode vir até nós sem romper o fio, exceto se descer a escada. Não há mais nada que possamos fazer senão esperar.

Assim fizeram. Foi uma espera desgastante. Um relógio portátil de pêndulo fora posto sobre o desbotado aparador de madeira da lareira, e seus ponteiros arrastaram-se lentamente de um para dois e de dois para três.

Lá fora, uma coruja piava lugubremente na escuridão. A casa ficava numa estrada secundária, e não se ouvia nenhum som humano para ligá-los à vida. O padre cochilava em sua cadeira. Malone fumava sem parar. Lorde Roxton virava as páginas de uma revista. Vez ou outra se ouviam batidas estranhas, rangidos que surgem no silêncio da noite. Mais nada, até que...

Alguém descia a escada.

Não podia haver dúvida disso. Era um passo furtivo, mas nítido. Bam! Bam! Bam! Um instante depois, chegara ao térreo. No seguinte, alcançara a porta. Estavam todos aprumados em suas cadeiras. Roxton segurava sua automática. A coisa tinha entrado? A porta abrira ligeiramente, mas não muito. No entanto, todos tinham a sensação de que não estavam sozinhos, de estarem sendo observados. De repente pareceu mais frio, e Malone tremia. Mais um instante e os passos estavam recuando. Eram baixos e rápidos – muito mais rápidos que antes. Podia-se imaginar que um mensageiro voltava às pressas com informação para algum grande amo que se emboscava nas trevas acima.

Os três continuaram em silêncio, entreolhando-se.

– Meu Deus! – exclamou lorde Roxton por fim. Seu rosto estava pálido, mas firme.

Malone rabiscou algumas anotações e a hora. O clérigo rezava.

– Bem, ao que tudo indica vamos ter sérias dificuldades – disse Roxton após uma pausa. – Não podemos deixar isto neste pé. Temos de ir até o fim. Fique o senhor sabendo, padre, que já segui um tigre ferido através de uma selva densa e nunca senti o que sinto agora. Se era de sensações que eu estava à procura, já as consegui. Mas vou até o andar de cima.

– Nós também – exclamaram seus companheiros, levantando-se de suas cadeiras.

– Fique aqui, meu rapaz! E o senhor também, padre. Nós três faríamos barulho demais. Se precisar de vocês, eu os chamo. Minha ideia é apenas sair furtivamente e esperar quieto na escada. Se essa coisa, seja lá o que for, vier de novo, terá de passar por mim.

Todos os três foram para o corredor. As duas velas produziam pequenos círculos de luz, e boa parte da escada estava iluminada, com densas sombras no alto. Roxton sentou-se no meio da escada, a pistola na mão. Levando o dedo aos lábios, acenou com impaciência, mandando os companheiros voltarem para a sala de visitas. Ali eles se sentaram perto do fogo e esperaram, esperaram.

Meia hora, três quartos de hora – e então, subitamente, a coisa veio. Ouviu-se um som como o de pés a correr, o estrondo de um tiro, um ruído de briga e uma queda pesada, com um grito por socorro. Trêmulos de horror, eles correram para o corredor. Lorde Roxton estava caído de bruços em meio a uma pilha de reboco e lixo. Parecia atordoado quando os companheiros o levantaram, e sangrava nos pontos em que ralara a pele, na bochecha e nas mãos. Olhando para o alto da escada, tinha-se a impressão de que as sombras ali estavam mais escuras e mais densas.

– Estou bem – disse Roxton quando eles o conduziram para sua poltrona. – Deem-me apenas um minuto para recobrar o fôlego, e terei mais um round com o demônio. Porque se isso não é o demônio, então nenhum jamais andou pela Terra.

– Não irá sozinho desta vez – disse Malone.

– Nunca deveria ter ido – acrescentou o clérigo. – Mas conte-nos o que aconteceu.

– Eu não sei bem. Sentei-me, como vocês viram, com as costas para o andar de cima. De repente ouvi alguém correndo. Percebi algo escuro logo acima de mim. Dei meia-volta e atirei. No instante seguinte, fui jogado cá embaixo como se fosse um bebê. Todo aquele reboco despencou em cima de mim. É só isso que posso lhes contar.

– Por que deveríamos ir adiante com isso? – perguntou Malone. – Você está convencido de que se trata de algo sobre-humano, não?

– Quanto a isso, não há dúvida.

– Bem, então já teve sua experiência. O que mais pode querer?

– Ora, eu, pelo menos, quero algo mais – disse o sr. Mason. – Creio que nossa ajuda é necessária.

– Tenho a impressão de que nós é que vamos precisar de ajuda – disse lorde Roxton, esfregando o joelho. – Vamos necessitar de um médico antes do final da noite. Mas estou com o senhor, padre. Sinto que devemos levar isto até o fim. Se não gosta da ideia, meu jovem...

A mera sugestão foi demais para o sangue irlandês de Malone.

– Vou subir sozinho! – exclamou ele, rumando para a porta.

– Não, de maneira alguma. Vou com você. – E o clérigo correu atrás dele.

– E não vão sem mim! – completou lorde Roxton, mancando atrás.

Eles pararam juntos no corredor iluminado pelas velas e envolto em sombras. Malone tinha a mão na balaustrada e o pé no primeiro degrau, quando a coisa aconteceu.

O que foi? Eles mesmos não sabiam dizer. Só sabiam que as sombras negras no alto da escada tornaram-se mais espessas, como se tivessem se aglutinado e tomado uma forma definida, semelhante à de um morcego. Santo Deus! Elas estavam se movendo! Estavam descendo rápida e silenciosamente! Negras, negras como a noite, enormes, mal definidas, semi-humanas e completamente malignas e malditas. Os três gritaram e saíram às cegas à procura da porta. Lorde Roxton agarrou a maçaneta e abriu-a. Foi tarde demais: a coisa estava sobre eles. Eles tiveram consciência de um contato morno e viscoso, um cheiro purulento, um rosto semiformado, hediondo, e membros enroscados. Um instante depois, estavam os três caídos do lado de fora da casa, atordoados e aterrorizados, sobre o cascalho do jardim. A porta se fechara com um estrondo.

Malone lamuriava-se e Roxton praguejava, mas o clérigo ficou em silêncio enquanto eles se recompunham, todos extremamente abalados e machucados, mas imbuídos de um horror que fazia qualquer mal físico parecer insignificante. Ali permaneceram à luz da lua que se punha, os olhos voltados para o retângulo negro da porta.

– Foi o suficiente – disse Roxton, por fim.

– Mais do que suficiente – concordou Malone. – Eu não entraria nessa casa de novo por nada que Fleet Street pudesse oferecer.

– Você está ferido?

– Desonrado, degradado. Ah, foi asqueroso!

– Hediondo! – disse Roxton. – Vocês sentiram o fedor daquilo? E o calor purulento?

Malone soltou um grito de nojo.

– Nenhuma feição, exceto pelos olhos medonhos! Semimaterializado! Horrível!

– E as velas?

– Ah, danem-se as velas! Que queimem até acabar. Eu não entro lá de novo!

– Bem, Belchamber pode entrar de manhã. Talvez ele esteja à nossa espera na hospedaria.

– Certo, vamos até a hospedaria. Voltemos à humanidade.

Malone e Roxton viraram-se, mas o clérigo não arredou pé do lugar. Ele tirou um crucifixo do bolso.

– Podem ir – disse. – Vou voltar.

– O quê? Para a casa?

– Sim, para a casa.

– Padre, isso é loucura! A coisa vai lhe quebrar o pescoço. Todos nós parecíamos bonecos de pano nas suas garras.

– Bem, que me quebre o pescoço. Estou indo.

– O senhor não vai! Aqui, Malone, segure-o!

Mas era tarde demais. Com passos rápidos, o sr. Mason chegara à porta, abrira-a, entrara e fechara-a atrás de si. Quando tentaram segui-lo, seus companheiros ouviram um rangido metálico do outro lado. O padre os trancara do lado de fora. Havia uma grande fenda no lugar em que antes houvera uma caixa de correspondência. Através dela, lorde Roxton suplicou-lhe que voltasse.

– Fiquem aí! – disse o clérigo, rápido e severo. – Tenho meu trabalho a fazer. Sairei quando ele tiver sido feito.

Um momento depois, ele começou a falar. Sua inflexão doce e despretensiosa ecoou no vestíbulo. Do lado de fora, seus companheiros só conseguiam ouvir fragmentos, trechos de oração, pedaços de exortação, saudações afetuosas. Olhando pela estreita abertura, Malone pôde ver a figura ereta, escura à luz da vela, de costas para a porta, de frente para as sombras da escada, segurando o crucifixo no ar com a mão direita.

A voz do sacerdote sumiu no silêncio, e, em seguida, aconteceu mais um dos milagres dessa acidentada noite. Outra voz lhe respondeu. Foi um som como nenhum dos ouvintes testemunhara antes – uma fala gutural, estridente e rouca, indescritivelmente ameaçadora. O que disse foi breve, mas o clérigo respondeu imediatamente, num tom muito aguçado pela emoção. Sua fala pareceu uma exortação, e foi respondida de imediato pela execrável voz vinda de cima. Muitas e muitas vezes a voz se pronunciou e o padre respondeu, em algumas delas ele foi breve, em outras, demorou-se mais, variando entre tons de súplica, argumentação, prece, aplacamento e tudo o mais, exceto o de reprimenda. Gelados até a medula, Roxton e Malone agacharam-se junto à porta, apreendendo fragmentos daquele diálogo inconcebível. Por fim, após o que lhes pareceu um tempo fatigante, embora tivesse sido menos de uma hora, o sr. Mason, num tom alto, pleno e exultante recitou o "Pai-Nosso". Foi imaginação, ou eco, ou sua voz foi mesmo acompanhada por outra da escuridão acima dele? Um momento depois, a luz se apagou na janela da esquerda, o ferrolho foi puxado e o clérigo apareceu carregando a bolsa de lorde Roxton. Seu rosto parecia lívido ao luar, mas suas maneiras eram ágeis e felizes.

– Creio que encontrará tudo aqui – disse ele, entregando-lhe a bolsa.

Roxton e Malone o seguraram pelos braços e o levaram depressa pela estrada.

– Por Deus! Não fuja de nós novamente! – exclamou o nobre. – Padre, deveria receber uma fileira de cruzes Vitória.[110]

– Não, não, era meu dever. Pobre sujeito, precisava tanto de ajuda. Não sou mais que outro pecador, mas pude oferecê-la.

– O senhor lhe fez bem?

– Espero humildemente que sim. Fui apenas o instrumento das forças superiores. A casa não está mais assombrada. Ele prometeu. Mas não vou falar disso agora. Talvez seja mais fácil daqui a alguns dias.

O proprietário e as criadas olharam com espanto para os três aventureiros quando, à luz fria da madrugada de inverno, eles se apresentaram de

---

110. A cruz Vitória é a mais alta condecoração militar, concedida por bravura aos integrantes das forças armadas dos países da Commonwealth.

novo na hospedaria. Cada um parecia ter envelhecido cinco anos aquela noite. O sr. Mason, exausto pela experiência que acabara de enfrentar, jogou-se no sofá forrado com crina de cavalo na humilde cafeteria e adormeceu no mesmo instante.

– Pobre homem! Parece muito mal! – disse Malone.

De fato, o rosto pálido e extenuado do clérigo e seus membros longos e flácidos mais pareciam os de um cadáver.

– Vamos lhe dar uma xícara de chá quente – respondeu lorde Roxton, aquecendo as mãos ao fogo que a criada acabara de acender. – Por Deus! Um chá quente também nos cairia muito bem. Certo, meu jovem, tivemos o que viemos buscar. Experimentei minha sensação, e você colheu seu material.

– E ele levou a cabo a salvação de uma alma. Bem devemos admitir que nossos objetivos eram muito modestos comparados ao dele.

Os três pegaram o primeiro trem para Londres e tiveram um vagão só para si. Mason pouco falara e parecia perdido em pensamentos. Subitamente, virou-se para os companheiros.

– Ouçam-me, vocês dois, poderiam unir-se a mim numa prece?

Lorde Roxton fez uma careta.

– Eu o advirto, padre, que estou muito sem prática.

– Por favor, ajoelhem-se comigo. Quero sua ajuda.

Eles se ajoelharam, lado a lado, o padre no meio. Malone anotou a prece mentalmente.

– Pai, somos todos Vossos filhos, pobres, fracas e impotentes criaturas, influenciadas pelo destino e as circunstâncias. Eu Vos imploro que volteis um olhar de compaixão sobre o homem, Rupert Tremayne, que vagava longe de Vós, e agora está nas trevas. Ele mergulhou fundo, muito fundo, pois tinha um coração orgulhoso que não se abrandava, e uma mente cruel, cheia de ódio. Mas agora ele prometeu se voltar para a luz, por isso, imploro ajuda para ele e para a mulher, Emma, que, por amor a ele, desceu à escuridão. Que ela possa erguê-lo, como tentou fazer. Que eles possam romper os grilhões de lembrança maligna que os prendem à

Terra. Que possam, a partir desta noite, elevar-se em direção àquela luz gloriosa que mais cedo ou mais tarde brilha até sobre os mais baixos.

Eles se levantaram.

– Melhor assim! – exclamou o padre, batendo no peito com a mão ossuda e abrindo seu sorriso expansivo e cativante. – Que noite, bom Deus, que noite!

9

Que introduz alguns
fenômenos muito físicos

Malone parecia destinado a enredar-se nos assuntos da família Linden, pois, mal saíra de sua aventura com o desventurado Tom, envolveu-se de maneira muito mais desagradável com seu repugnante irmão.

O episódio começou com um toque de telefone de manhã e a voz de Algernon Mailey do outro lado do fio.

— Está livre esta tarde?

— A seu dispor.

— Ouça, Malone, você é um homem grandalhão. Jogou rúgbi pela seleção da Irlanda, não foi? Não se incomoda com uma possível briga, não é?

Malone sorriu para o fone.

— Pode contar comigo.

— Talvez seja algo um tanto desafiador. Possivelmente teremos de nos engalfinhar com um pugilista.

— Ótimo! – disse Malone, muito alegre.

— E precisamos de mais um homem para o serviço. Conhece algum sujeito que também iria por amor à aventura? Se souber algo sobre assuntos psíquicos, melhor.

Malone pensou por um momento. Em seguida, teve uma inspiração.

— O Roxton – respondeu. – Não é medroso, e é útil numa briga. Creio que eu poderia convencê-lo. Ele tem estado entusiasmado com o assunto desde a experiência que teve em Dorsetshire.

– Combinado! Traga-o também! Se ele não puder ir, teremos de enfrentar o serviço nós mesmos. Belshaw Gardens, número 41, S.W. Perto da estação de Earl's Court. Às três da tarde. Certo?

Malone ligou na mesma hora para lorde Roxton e logo ouviu a voz familiar.

– O que há, meu jovem? Uma briga? Ora, certamente. Bem... quero dizer, eu tinha uma partida de golfe em Richmond Deer Park, mas isso parece mais atraente... O quê? Muito bom. Eu o encontro lá.

E foi assim que às três horas, Mailey, lorde Roxton e Malone viram-se sentados em volta da lareira na confortável sala de visitas do advogado. Sua esposa, uma mulher doce e bonita, que era sua assistente tanto em sua vida espiritual quanto na material, estava lá para recebê-los.

– Querida, você não participa deste ato – disse Mailey. – Trate de se retirar discretamente para os bastidores. Não se inquiete se ouvir sons de briga.

– Claro que me inquieto, querido. Você vai se machucar.

Mailey riu.

– Acho que talvez seus móveis se machuquem. Você não tem nada a temer, querida. E é tudo pelo bem da Causa. – Enquanto sua mulher deixava a sala com relutância, ele explicou: – Isso sempre decide a questão. Eu realmente penso que ela iria para a fogueira pela Causa. Seu grande e amoroso coração feminino sabe o que significaria para esta Terra cinzenta se as pessoas pudessem sair da sombra da morte e compreender a grande felicidade que está por vir. Por Deus! Ela é uma inspiração para mim... Bem – continuou com uma risada –, não devo me alongar muito nisso. Temos algo muito diferente em que pensar, algo que é tão hediondo e vil quanto ela é bela e boa. E diz respeito ao irmão de Tom Linden.

– Ouvi falar do sujeito – disse Malone. – Eu costumava praticar um pouco de boxe e até hoje sou membro do National Sporting Club. Silas Linden chegou muito perto de ser o campeão dos pesos meio-médios.

– Ele mesmo. Está desempregado e decidiu se dedicar à mediunidade. Naturalmente, outros espíritas e eu o levamos a sério, pois todos nós amamos seu irmão, e como esses poderes muitas vezes se manifestam em vários membros de uma mesma família, sua pretensão parecia razoável. Assim sendo, nós o deixamos fazer uma tentativa ontem à noite.

— Bem, o que aconteceu?

— Suspeitei do sujeito desde o início. Vocês sabem que dificilmente se pode enganar um espírita experiente. Quando há trapaça, é à custa de pessoas alheias ao meio. Observei-o atentamente desde o começo, e sentei-me perto da cabine. Logo ele emergiu, vestido de branco. Quebrei a cadeia, como combinara previamente com minha mulher, que se sentava ao meu lado, e toquei-o quando passou. Ele estava, é claro, de branco. Eu tinha um par de tesouras no bolso e cortei um pedacinho da bainha.

Mailey tirou do bolso um pedaço triangular de linho.

— Aqui está, como podem ver. Linho muito ordinário. Não tenho dúvida de que o sujeito estava usando sua camisola de dormir.

— Por que você não o denunciou de imediato? — perguntou lorde Roxton.

— Havia várias senhoras lá, e eu era o único homem de fato fisicamente apto na sala.

— Bem, o que propõe?

— Marquei com ele aqui às três e meia. Ele deve estar chegando. A menos que tenha notado o pequeno corte em seu linho, não creio que tenha qualquer suspeita da razão por que o chamei.

— O que vai fazer?

— Bem, isso depende dele. Temos de detê-lo, custe o que custar. É esse tipo de coisa que suja a nossa Causa. Um patife que nada sabe sobre ela a utiliza para ganhar dinheiro, e assim os esforços dos médiuns honestos são depreciados. O público, muito naturalmente, inclui tudo na mesma categoria. Com a ajuda de vocês, posso falar com esse sujeito em igualdade de condições, o que certamente não poderia fazer se estivesse sozinho. Por Deus, aqui está ele!

Ouviram-se passos pesados lá fora. A porta foi aberta, e Silas Linden, falso médium e ex-lutador, entrou. Seus olhos cinzentos e miúdos sob sobrancelhas desgrenhadas examinaram os três homens com desconfiança. Em seguida ele forçou um sorriso e acenou com a cabeça para Mailey.

– Boa tarde, sr. Mailey. Tivemos uma boa noite ontem, não?

– Sente-se, Linden – disse Mailey, indicando uma cadeira. – É sobre a noite de ontem que quero lhe falar. Você nos trapaceou.

O rosto grosseiro de Silas Linden ficou rubro de raiva.

– O que é isso? – exclamou, com brusquidão.

– Você nos trapaceou. Fantasiou-se e fingiu ser um espírito.

– Você é um maldito mentiroso! – gritou Linden. – Não fiz nada disso.

Mailey tirou o farrapo de linho do bolso e abriu-o sobre o joelho.

– Que me diz disto? – perguntou.

– Bem, o que tem isso?

– Foi cortado da camisola branca que você estava usando. Eu próprio cortei quando você parou na minha frente. Se examinar a camisola, encontrará o buraco. Não adianta, Linden. O jogo terminou. Você não pode negar isto.

Por um instante, o homem ficou completamente desconcertado. Depois irrompeu numa torrente de obscenidades terríveis.

– Qual é o jogo? – gritou ele, lançando olhares ferozes à sua volta. – Pensa que sou uma presa fácil e que pode me fazer de idiota? Isto é uma armação ou o quê? Você escolheu o homem errado para um teste desse tipo.

– É inútil gritar ou ser violento, Linden – disse Mailey, muito calmo. – Eu poderia levá-lo ao tribunal de polícia amanhã mesmo. Em atenção a seu irmão, não quero um escândalo público. Mas você não sai desta sala enquanto não tiver assinado um papel que tenho aqui na minha escrivaninha.

– Ah, não saio? Quem vai me impedir?

– Nós.

Os três homens estavam entre ele e a porta.

– Vocês vão me impedir? Muito bem, podem tentar! – Ele se plantou diante deles com ira nos olhos e os punhos cerrados. – Vão sair do caminho?

Eles não responderam, mas todos os três soltaram o rosnado de luta que é talvez a mais antiga das expressões humanas. No instante seguinte,

Linden estava em cima deles, disparando socos com enorme força. Mailey, que lutara boxe na juventude, aparou um golpe, mas o seguinte furou sua defesa, e ele caiu com um estrondo contra a porta. Lorde Roxton foi arremessado para um lado, mas Malone, com um instinto de jogador de rúgbi, abaixou a cabeça e agarrou o lutador pelos joelhos. Se um homem for bom demais para você de pé, ponha-o de costas no chão, pois não há o que ele possa fazer nessa posição. Linden desabou, colidindo com uma poltrona antes de bater no piso. Ele cambaleou, erguendo-se sobre um dos joelhos, e desferiu um golpe curto no queixo do oponente, mas Malone derrubou-o de novo, e a mão ossuda de Roxton fechou-se sobre sua garganta. Silas Linden era um covarde e intimidou-se.

— Soltem! – gritou. – Basta!

Agora, estava estatelado de costas no chão, braços e pernas abertos. Malone e Roxton debruçavam-se sobre ele. Pálido e trêmulo, Mailey se recompusera da queda.

— Estou bem! – gritou em resposta a uma voz feminina do outro lado da porta. – Não, ainda não, querida, mas logo estaremos prontos para você. Agora, Linden, não há necessidade de você se levantar, pois pode falar muito bem onde está. Tem de assinar este papel antes de sair da sala.

— Que papel é esse? – perguntou Linden com a voz rouca, quando Roxton afrouxou as mãos sobre sua garganta.

— Vou ler para você.

Mailey pegou o documento sobre a escrivaninha e leu em voz alta.

— Eu, Silas Linden, admito por meio deste que agi como um trapaceiro e um canalha ao simular ser um espírito, e juro que nunca mais em minha vida fingirei ser médium. Caso viole este juramento, esta confissão assinada poderá ser usada para minha condenação no tribunal de polícia. – E Mailey concluiu: – Vai assinar?

— De jeito nenhum!

— Devo lhe dar outro aperto? – perguntou lorde Roxton. – Talvez eu possa lhe infundir algum bom senso estrangulando-o, ora!

— Absolutamente – disse Mailey. – Acho que agora seu caso seria benéfico no tribunal de polícia, pois mostraria ao público que estamos determinados a manter nossa casa limpa. Vou lhe dar um minuto para refletir, Linden, e em seguida chamar a polícia.

Mas o impostor não precisou de um minuto.

– Está bem – respondeu com irritação –, eu assino.

Eles permitiram que Linden se levantasse, com uma advertência de que, se tentasse algum truque, não escaparia tão facilmente da segunda vez. Mas não lhe restava energia, e ele rabiscou um grande e tosco "Silas Linden" no pé da página sem dizer palavra. Os três homens assinaram como testemunhas.

– Agora, dê o fora daqui! – disse Mailey com aspereza. – Encontre um ofício honesto e deixe as coisas sagradas em paz!

– Guarde sua maldita carolice para si mesmo! – respondeu Linden, e partiu, resmungando e blasfemando, para as trevas exteriores de onde viera.

Ele mal saíra quando a sra. Mailey entrou apressada na sala para se certificar de que o marido estava bem. Uma vez convencida disso, lamentou a cadeira quebrada, pois, como para todas as boas mulheres, tinha em cada detalhe de seu pequeno lar uma fonte de orgulho e alegria.

– Isso não tem importância, querida. É um preço barato a pagar para extirpar aquele canalha do movimento. Não vão embora, companheiros. Quero conversar com vocês.

– E o chá já está quase pronto.

– Talvez algo mais forte seja melhor – comentou Mailey, e de fato os três estavam exaustos, pois a luta fora intensa enquanto durara.

Roxton, que apreciara imensamente todo o episódio, estava cheio de vitalidade, mas Malone sentia-se abalado, e Mailey escapara por pouco de um ferimento sério com aquele pesado soco.

Assim que todos se acomodaram em volta do fogo, Mailey falou:

– Fiquei sabendo que esse patife arrancou dinheiro do pobre Tom Linden durante anos. Era uma forma de chantagem, pois ele era perfeitamente capaz de denunciá-lo. Meu Deus! – exclamou o advogado, após uma súbita inspiração. – Isso explicaria a incursão da polícia. Por que teriam escolhido Linden entre todos os médiuns de Londres? Lembro-me agora de que Tom me contou que o sujeito lhe pedira que o ensinasse a ser médium, e que ele se recusara a fazê-lo.

— Ele teria podido lhe ensinar? – perguntou Malone.

A pergunta deixou Mailey pensativo.

— Bem, talvez pudesse – disse por fim. – Mas Silas Linden como um falso médium seria muito menos perigoso que Silas Linden como um médium verdadeiro.

— Não entendo.

— A mediunidade pode ser desenvolvida – respondeu a sra. Mailey. – Podemos quase dizer que é contagiosa.

— Foi esse o significado da imposição de mãos na Igreja primitiva[111] – explicou Mailey. – Através dela conferiam-se poderes taumatúrgicos. Não podemos fazer isso agora com a mesma rapidez. Mas se um homem ou uma mulher participa de uma sessão com o desejo de se desenvolver, e especialmente se essa sessão se dá na presença de um médium verdadeiro, é provável que os poderes venham.

— Mas por que diz que isso seria pior que a falsa mediunidade?

— Porque seria usado para o mal. Eu lhe asseguro, Malone, que essa história de magia negra e entidades perversas não é uma invenção do inimigo. Acontece de verdade e se concentra no médium perverso. É possível descer a uma região que se assemelha à ideia popular de bruxaria. Seria desonesto negar isso.

— Os semelhantes se atraem – explicou a sra. Mailey, uma expoente tão capaz quanto o marido. – Você recebe o que merece. Se convive com pessoas ruins, recebe visitantes ruins.

— Então isso tem um lado perigoso?

— Você conhece algo na Terra que não tenha um lado perigoso se for exagerado ou manipulado de forma inadequada ? Esse lado perigoso exis-

---

111. Na imposição de mãos – prática ritual comum a várias religiões, seitas e outras manifestações religiosas –, os médiuns, sacerdotes, curandeiros, xamãs etc. põem suas mãos sobre um ou mais indivíduos com o objetivo de canalizar energia para a cura, sobretudo, ou para a ordenação daquele que a recebe. No espiritismo é chamada de passe ou passe espírita e confere ao indivíduo que o recebe fluidos e energias positivas ou benfazejas.

te independentemente do espiritismo ortodoxo, e nosso conhecimento é a maneira mais segura de neutralizá-lo. Acredito que a bruxaria da Idade Média era algo muito real e que a melhor maneira de enfrentar essas práticas é cultivar os poderes mais elevados do espírito. Deixar tudo isso inteiramente de lado é abrir as portas para as forças do mal.

Lorde Roxton interveio de maneira inesperada.

– Quando estive em Paris, no ano passado – disse ele –, havia um sujeito chamado La Paix que se metia no negócio de magia negra. Mantinha círculos e coisas do gênero. O que quero dizer é que a coisa não era muito prejudicial, mas tampouco era o que você chamaria de muito espiritual.

– Como jornalista, se tenho a intenção de escrever imparcialmente sobre o assunto, gostaria de ver alguma manifestação desse outro lado – comentou Malone.

– Tem toda razão! – concordou Mailey. – Queremos todas as cartas na mesa.

– Bem, rapazes, se me derem uma semana de seu tempo e forem a Paris, eu os apresentarei a La Paix – disse Roxton.

– É curioso, mas também tinha uma visita a Paris em mente para nosso amigo aqui – disse Mailey. – Fui convidado pelo dr. Maupuis,[112] do Institut Métapsychique,[113] para ver alguns dos experimentos que ele está conduzindo com um médium galego. O que realmente me interessa na questão é o lado religioso, o qual está notoriamente ausente nas mentes dos cientistas da Europa continental; mas para um exame acurado e cuidadoso dos fatos psíquicos, eles estão à frente de qualquer um, exceto o pobre Crawford, de Belfast,[114] que se situava numa categoria exclusiva.

---

112. Alusão a Gustave Geley (1868-1924), médico francês, importante pesquisador dos fenômenos psíquicos e autor de *L'Être subconscient*, de 1899, entre outros. Ver "Nota ao Capítulo 12", na p. 276 do presente volume.

113. O Institut Métapsychique International, fundado por Jean Meyer, em Paris, em 1918, e cujo primeiro diretor foi Gustav Geley (ver nota anterior). Responsável pela publicação do periódico *La Revue Métapsychique*, o instituto ficou conhecido por convidar personalidades públicas de ciência e literatura para testemunhar as investigações dos fenômenos psíquicos lá realizadas.

114. Ver nota 54.

Prometi a Maupuis que iria até lá, e ele certamente tem obtido alguns resultados maravilhosos e, sob certos aspectos, um tanto alarmantes.

– Por que alarmantes?

– Bem, ultimamente, suas materializações não têm tido nada de humanas. Isso está confirmado por fotografias. Não direi mais nada, pois é melhor que, se vocês forem, encarem a coisa com a mente aberta.

– Irei com certeza – disse Malone. – Não tenho dúvidas de que meu chefe desejaria isso.

O chá foi servido, interrompendo a conversa da mesma maneira irritante com que nossas necessidades físicas intrometem-se em nossas atividades mais elevadas. Mas Malone estava entusiasmado demais para se deixar desviar de seu faro de jornalista.

– Você fala de forças malignas. Já entrou em contato com elas alguma vez?

Mailey olhou para sua mulher e sorriu.

– A todo instante – disse. – É parte de nosso trabalho. Especializamo-nos nisso.

– Achava que quando havia uma intromissão desse tipo vocês a afugentavam.

– Não necessariamente. Quando podemos ajudar algum espírito inferior, nós o fazemos, e a única forma de fazê-lo é encorajando-o a nos contar suas atribulações. A maioria não é perversa. São pobres criaturas ignorantes, atrofiadas, que estão sofrendo os efeitos das ideias estreitas e falsas que aprenderam neste mundo. Nós tentamos ajudá-las, e ajudamos.

– Como sabe disso?

– Porque eles se comunicam conosco posteriormente e indicam seus progressos. Esses métodos são usados com frequência por nossos companheiros. Eles são chamados de "círculos de resgate".[115]

---

115. Segundo o espiritismo, algumas almas (ou espíritos) estão mais próximos ou ligados ao plano material do que ao mundo espiritual e amiúde não se dão conta de que estão mortos, vivendo em estado de confusão e assombro, condição particularmente comum entre as almas de pessoas que morreram de forma brusca e violenta. Quando auxiliados e iluminados pelas orações de um círculo de resgate, podem se libertar e passar finalmente a um plano existencial mais elevado.

– Já ouvi falar de círculos de resgate. Onde eu poderia assistir a um? Isso tudo me atrai cada vez mais. É como se novos abismos fossem abertos o tempo todo. Se você me ajudasse a ver esse novo lado da questão, eu consideraria isso um grande favor.

Mailey ficou pensativo.

– Não queremos transformar essas pobres criaturas num espetáculo. Por outro lado, embora não possamos declará-lo ainda um espírita, você tratou do assunto com alguma compreensão e simpatia.

Ele lançou um olhar incisivo para a esposa, que sorriu e assentiu com a cabeça.

– Ah, você tem permissão. Pois bem, deve saber que organizamos um pequeno círculo de resgate, e que hoje, às cinco horas, teremos nossa sessão semanal. O sr. Terbane é o nosso médium. Em geral não contamos com a presença de ninguém, exceto o sr. Charles Mason, o clérigo. Mas se vocês dois estiverem interessados na experiência e quiserem ficar, teremos muito prazer. Terbane deverá chegar logo após o chá. Ele trabalha como carregador na estação de trem, sabem, por isso não é dono de seu tempo. Sim, o poder psíquico em suas variadas manifestações é encontrado entre gente humilde, mas essa foi sem dúvida sua característica desde o início. Pescadores, carpinteiros, fabricantes de barracas, condutores de camelos, esses foram os profetas de antigamente. Hoje, alguns dos dons psíquicos mais elevados na Inglaterra pertencem a um mineiro, um tecelão, um carregador de estação de trem, um barqueiro e uma faxineira. Portanto a história se repete, e aquele tolo juiz, com Tom Linden diante de si, não era outro senão Félix julgando Paulo.[116] A velha roda gira.

---

116. Alusão a Marco Antônio Félix, governante da Judeia entre 52 e 60 d.C., citado nos Atos dos Apóstolos, capítulo 24, no episódio da custódia de Paulo de Tarso em Cesareia. A comparação procura ressaltar a incredulidade tanto de Félix (com relação aos cristãos) como a do juiz de Tom Linden (com relação ao espiritismo).

10

De profundis[117]

Eles ainda tomavam chá quando o sr. Charles Mason foi anunciado na sala. Nada une tanto as pessoas num relacionamento íntimo de alma para alma quanto a investigação psíquica, e, por isso, Roxton e Malone, que só haviam-no visto em um episódio, sentiam-se mais próximos do homem que de outros com quem conviveram durante anos. Tal amizade estreita e vital é uma das características extraordinárias desse tipo de comunhão. Quando a figura clerical desconjuntada e esguia apareceu no vão da porta, com o rosto abatido e cansado iluminado pelo sorriso humano, e enobrecido pelos olhos sérios, ambos se sentiram como se um velho amigo tivesse chegado. O cumprimento do próprio sacerdote foi igualmente cordial.

– Ainda explorando! – exclamou, apertando suas mãos. – Vamos esperar que suas novas experiências não sejam tão angustiantes quanto as nossas últimas.

– Pelo amor de Deus, padre! – disse Roxton. – Desde então não faço outra coisa senão admirá-lo.

– Por quê, o que ele fez? – perguntou a sra. Mailey.

– Nada demais, nada demais! – exclamou Mason. – Tentei à minha modesta maneira guiar uma alma pouco esclarecida. Deixemos isso de lado. Mas é exatamente para isso que estamos aqui agora, e é a isso que

---

117. Em latim no original: das profundezas. Provável alusão ao Salmo 130 do Velho Testamento, cujo versículo inicial é "Das profundezas a ti clamo, ó Senhor".

estas caras pessoas se dedicam todas as semanas de suas vidas. Foi com o sr. Mailey aqui que aprendi como tentar fazê-lo.

— Bem, sem dúvida temos muita prática – disse Mailey. – Você já viu o suficiente, Mason, para saber disso.

— Mas não consigo entender o objetivo! – exclamou Malone. – Vocês poderiam me elucidar a questão? Aceito, provisoriamente, sua hipótese de que estamos cercados por espíritos presos à Terra pela matéria, que se encontram sob estranhas condições que não compreendem e querem conselho e orientação. Isso mais ou menos expressa a ideia, não é?

Ambos os Mailey fizeram um sinal de assentimento.

— Bem, os amigos e os parentes mortos desses espíritos encontram-se presumivelmente do outro lado, cônscios de sua condição de ignorância. Eles sabem a verdade. Não poderiam atender às necessidades dessas almas aflitas muito melhor do que nós?

— É uma questão muitíssimo natural – respondeu Mailey. – É claro que apresentamos essa objeção a eles e só podemos aceitar sua resposta. Eles parecem estar realmente ancorados na superfície da Terra, pesados e ignorantes demais para se elevar. Os outros estão, presumivelmente, num nível espiritual superior distante. Eles nos explicam que esses espíritos estão muito mais próximos de nós, e que têm conhecimento de nós, mas não de qualquer coisa mais elevada. Portanto, somos nós que podemos alcançá-los melhor.

— Houve uma pobre e querida alma sombria…

— Minha esposa ama tudo e todos – explicou Mailey. – Ela é capaz de se referir ao pobre e querido diabo.

— Ora, é claro que eles devem ser objeto de amor e piedade! – exclamou a senhora. – Esse pobre sujeito foi auxiliado por nós, semana após semana. Ele realmente viera das profundezas. Depois, um dia, exclamou extasiado: "Minha mãe veio! Minha mãe está aqui!" Naturalmente, perguntamos: "Mas por que ela não veio antes?" "Como teria podido", respondeu ele, "quando eu estava num lugar tão escuro que ela não podia me ver?"

— Certo, mas, até onde posso acompanhar seus métodos, é um guia ou orientador ou espírito mais elevado que regula toda a questão e traz o sofredor para vocês – argumentou Malone. – Se ele tem conhecimento desse espírito, seria de se imaginar que outros espíritos elevados também tenham.

– Não, pois essa é sua missão específica – disse Mailey. – Para mostrar como as divisões podem ser distintas, posso evocar uma ocasião em que tivemos uma alma sombria aqui. Nossos próprios trabalhadores apareceram e não souberam que ela estava conosco até lhes chamarmos a atenção para isso. Quando perguntamos à alma sombria "Não está vendo nossos amigos ao seu lado?", ela respondeu: "Posso ver uma luz, nada mais."

Nesse ponto a conversa foi interrompida pela chegada do sr. John Terbane, de Victoria Station, onde exercia suas obrigações mundanas. Vestindo agora trajes civis, era um homem de feições rechonchudas, escanhoado, semblante pálido e triste; tinha olhos sonhadores e pensativos, mas não se via nele nenhum outro indício dos extraordinários serviços que prestava.

– Meu relato está pronto? – foi sua primeira pergunta.

A sra. Mailey, sorrindo, entregou-lhe um envelope.

– Nós o guardamos prontinho para você, mas pode lê-lo em casa. Ocorre que o pobre sr. Terbane fica em transe e nada sabe sobre o maravilhoso trabalho do qual é instrumento – explicou ela. – Assim, após cada sessão, meu marido e eu redigimos um relato para ele.

– E fico estupefato quando o leio – disse Terbane.

– E muito orgulhoso, suponho – acrescentou Mason.

– Bem, isso eu não sei – respondeu Terbane com humildade. – Não me parece que a ferramenta deva sentir orgulho porque o trabalhador por acaso a utiliza. No entanto, é um privilégio, claro.

– O bom e velho Terbane! – exclamou Mailey, pousando a mão afetuosamente no ombro do carregador. – Quanto melhor o médium, mais altruísta. Essa é a minha experiência. O conceito de médium é alguém que se doa para o uso de outros, e isso é incompatível com egoísmo. Bem, suponho que deveríamos começar a trabalhar, ou o sr. Chang vai nos repreender.

– Quem é ele? – perguntou Malone.

– Ah, logo você irá conhecer o sr. Chang! Não precisamos nos sentar em volta da mesa. Um semicírculo em torno do fogo é suficiente. Apenas meia-luz. Assim está ótimo. Acomode-se confortavelmente, Terbane. Aninhe-se entre as almofadas.

O médium, sentado no canto de um confortável sofá, caíra de imediato num cochilo. Mailey e Malone, ambos com cadernos sobre os joelhos, aguardavam o desenrolar dos trabalhos.

Este não demorou a ocorrer. De repente, Terbane sentou-se, seu jeito sonhador transformado numa individualidade muito alerta e dominadora. Uma mudança sutil operara-se em sua face. Um sorriso ambíguo tremulava em seus lábios, os olhos pareciam mais oblíquos e menos abertos, o rosto se projetou. As duas mãos estavam enfiadas nas mangas do paletó azul.

– Boa noite – disse, falando vivamente e em frases curtas e ritmadas. – Novos rostos! Quem são?

– Boa noite, Chang – disse o dono da casa. – Você conhece o sr. Mason. Este é o sr. Malone, que estuda o nosso assunto. E este é lorde Roxton, que me ajudou hoje.

A cada nome que era mencionado, Terbane fazia um amplo gesto oriental de saudação, abaixando a mão a partir da testa. Toda a sua postura era de magnífica dignidade e muito diferente da do homenzinho humilde que se sentara ali minutos antes.

– Lorde Roxton! – repetiu ele. – Um lorde inglês! Conheci o lorde... lorde Macart... Não... eu... eu não consigo dizer isso. Ai de mim, eu chamava ele de "demônio estrangeiro" naquele tempo. Chang, também, tinha muito que aprender.

– Está falando de lorde Macartney.[118] Isso deve ter sido há mais de cem anos. Chang era um grande filósofo naquela época – explicou Mailey.

---

118. Alusão a George Macartney (1737-1806), 1º conde Macartney, estadista britânico, administrador colonial e diplomata, primeiro enviado britânico à China, em 1792, que estabeleceu embaixada em Pequim.

— Não perder tempo! — exclamou o guia. — Muito que fazer hoje. Multidão esperando. Alguns novos, alguns velhos. Recolho pessoas estranhas em minha rede. Agora eu vou. — Ele se deixou cair de novo entre as almofadas.

Após um minuto, o médium sentou-se subitamente.

— Quero lhes agradecer — disse, falando um inglês perfeito. — Vim duas semanas atrás. Refleti sobre tudo o que me disseram. O caminho está mais leve.

— Você era o espírito que não acreditava em Deus?

— Sim, sim! Eu disse isso em minha raiva. Estava tão extenuado... tão extenuado. Ah, o tempo, o interminável tempo, a bruma cinzenta, o pesado fardo do remorso! Desesperançado! Desesperançado! E vocês me trouxeram conforto, vocês e esse grande espírito chinês. Vocês me disseram as primeiras palavras bondosas que ouvi desde que morri.

— Quando morreu?

— Parece uma eternidade. Não medimos o tempo como vocês. É um longo e horrível sonho sem mudança ou interrupção.

— Quem era rei na Inglaterra?

— Vitória era rainha. Eu tinha harmonizado minha mente com a matéria, e assim ela se manteve presa à matéria. Não acreditava numa vida futura. Agora sei que estava completamente errado, mas não fui capaz de adaptar minha mente às novas condições.

— É ruim onde você está?

— É tudo... tudo cinza. Esse é o pior aspecto. Nosso entorno é tão horrível.

— Mas há muitos outros. Você não está sozinho.

— Não, mas eles não sabem mais do que eu. Também zombam, duvidam e são infelizes.

— Logo você sairá daí.

— Pelo amor de Deus, ajude-me a fazê-lo!

— Pobre alma! — disse a sra. Mailey com sua voz doce, carinhosa, uma voz que poderia trazer qualquer animal para junto de si. — Você sofreu muito. Mas não pense em si mesmo. Pense nesses outros. Tente ajudar um deles, essa será a melhor maneira de ajudar a si próprio.

– Obrigado, senhora, farei isso. Há um aqui que eu trouxe. Ele os ouviu. Nós continuaremos juntos. Talvez um dia possamos encontrar a luz.

– Gosta que rezem por você?

– Sim, sim, gosto muito!

– Vou rezar por você – falou Mason. – Poderia rezar o "Pai-Nosso" agora?

Ele pronunciou a antiga prece universal, mas antes que tivesse terminado Terbane caiu de novo entre as almofadas. Depois voltou a se sentar como Chang.

– Ele veio bem – comentou o guia. – Cede tempo para outros que esperam. Isso é bom. Agora tenho um caso difícil. Ai!

Soltando um cômico grito de desaprovação, ele desmoronou novamente no sofá. Um instante depois estava empertigado, o rosto longo e solene, as mãos palma com palma.

– O que é isto? – perguntou com uma voz precisa e afetada. – Realmente não sei que direito tem esse chinês de me convocar aqui. Talvez os senhores possam me esclarecer.

– É que talvez possamos ajudá-lo.

– Quando desejo ajuda, senhor, eu a solicito. No momento não a desejo. Todo esse procedimento me parece muito ofensivo. Pelo que esse chinês consegue me explicar, concluo que sou o espectador involuntário de uma espécie de serviço religioso.

– Somos um círculo espírita.

– Uma seita extremamente perniciosa. Um procedimento dos mais blasfemos. Como um humilde pároco, protesto contra tais profanações.

– Está sendo contido por essas ideias estreitas, amigo. É você que sofre. Queremos libertá-lo.

– Sofrer? Que quer dizer, senhor?

– Você se dá conta de que faleceu?

– Está dizendo disparates!

– Compreende que está morto?

– Como posso estar morto quando estou falando com o senhor?

– Fala porque está usando o corpo deste homem.

– Com certeza vim parar num hospício.

– Sim, um hospício para casos graves. Temo que você seja um deles. Está feliz onde se encontra?

– Feliz? Não, senhor. Meu atual ambiente me é inteiramente inexplicável.

– Tem alguma lembrança de estar doente?

– Estive de fato muito doente.

– Tão doente que morreu.

– Com certeza não está no seu juízo.

– Como sabe que não está morto?

– Senhor, devo dar-lhe alguma instrução religiosa. Quando uma pessoa morre e levou uma vida honrada, ela assume um corpo glorificado e associa-se com os anjos. Tenho agora exatamente o mesmo corpo que tinha em vida, e encontro-me neste lugar muito enfadonho, sem graça. Os companheiros que tenho não são como aqueles com quem costumava me associar em vida, e certamente ninguém poderia descrevê-los como anjos. Portanto, sua conjectura absurda pode ser descartada.

– Não continue a se enganar. Desejamos ajudá-lo. Nunca poderá avançar até que compreenda sua posição.

– Realmente, o senhor esgota minha paciência. Eu não disse...?

O médium tombou entre as almofadas. Um instante depois, com seu sorriso engraçado e as mãos enfiadas nas mangas, o guia chinês estava falando com o círculo.

– Homem bom... homem tolo... logo ganha juízo. Trago ele de novo. Não perder mais tempo. Ah, meu Deus! Meu Deus! Socorro! Misericórdia! Socorro!

Ele caíra deitado no sofá, o rosto para cima, e seus gritos eram tão terríveis que toda a pequena audiência se levantou de um salto.

– Uma serra! Uma serra! Tragam uma serra! – berrava o médium.

Sua voz foi baixando, transformando-se num gemido. Até Mailey ficou agitado. Os outros estavam horrorizados.

– Alguém o está obsedando. Não entendo. Talvez seja uma forte entidade maligna.

– Devo falar com ele? – perguntou Mason.

– Espere um momento! Deixe que prossiga. Logo veremos.

O médium contorcia-se em agonia.

– Meu Deus! Por que não pegam uma serra? – gritava ele. – Está aqui, sobre meu esterno. Está rachando! Estou sentindo! Hawkin! Tire-me daqui de baixo! Hawkin, levante a viga! Não, não, assim é pior! E está pegando fogo! É horrível! Horrível!

Seus gritos eram de estancar o sangue. Estavam todos gelados de horror. Um instante depois, o chinês piscava para eles com seus olhos apertados.

– O que pensa disso, sr. Mailey?

– Foi terrível, Chang. O que foi?

– Foi para ele – disse o chinês, acenando com o queixo para Malone. – Ele quer notícia de jornal, eu dou notícia de jornal. Ele vai entender. Não tem tempo de explicar agora. Muita gente esperando. Marinheiro é o próximo. Aqui está ele!

O chinês desaparecera, e um sorriso jovial, intrigado, surgiu no rosto do médium. Ele coçou a cabeça.

– Quem diria – comentou ele. – Nunca pensei que fosse receber ordens de um china, mas ele disse "Psiu!", e você tem de calar a boca e ficar quietinho. Bem, aqui estou. O que vocês queriam?

– Nós não queríamos nada.

– Ué, o china parece pensar que queriam, pois me jogou aqui.

– Era você que queria alguma coisa. Queria conhecimento.

– Olhe, fiquei desnorteado, é verdade. Sei que estou morto porque vi o tenente da artilharia, e ele explodiu em pedacinhos diante dos meus olhos. Se ele está morto, eu também estou e todo o resto de nós, pois fomos liquidados até o último homem. Mas viramos o feitiço contra o feiticeiro, porque o nosso capelão está tão perplexo quanto todos nós. Pobre capelão condenado, é como o chamo. Agora estamos todos fazendo nossas próprias sondagens.

– Qual era o seu navio?

– *Monmouth*.[119]

– O que foi afundado em batalha com os alemães?

– Esse mesmo. Águas sul-americanas. Foi um inferno. Sim, foi um inferno. – Havia um mundo de emoção em sua voz. – Bem, ouvi dizer que nossos companheiros acertaram as contas com eles mais tarde – acrescentou ele, num tom mais alegre. – Foi assim, não foi, senhor?

– Sim, todos eles afundaram.

– Não vimos sinal algum deles deste lado. Melhor assim, talvez. Não esquecemos nada.

– Mas deveriam – disse Mailey. – Esse é o seu problema. Foi por isso que o guia chinês o trouxe aqui. Estamos aqui para lhe ensinar. Leve nossa mensagem para seus companheiros.

– Deus o abençoe, senhor, eles estão todos aqui atrás de mim.

– Bem, nesse caso, vou dizer a você e a eles que o tempo para maus pensamentos e lutas mundanas acabou. Devem mirar o futuro, não o passado. Deixem esta Terra que ainda os prende pelas amarras do pensamento e permitam que seu único desejo seja tornarem-se altruístas e dignos de uma vida mais elevada, mais pacífica, mais bela. Está me entendendo?

– Estou ouvindo, senhor. Eles também. Queremos orientação, pois recebemos instruções erradas e nunca esperamos nos ver naufragados assim. Tínhamos ouvido falar do céu e do inferno, mas isto não parece se encaixar em nenhum dos dois. Mas esse chinês diz que o tempo acabou, e podemos vir aqui de novo na semana que vem. Agradeço, senhor, por mim e pelos outros. Eu voltarei.

Fez-se silêncio.

– Que conversa inacreditável! – arfou Malone.

– Se você fosse registrar por escrito a fala e as gírias desse marinheiro como vindo de um mundo de espíritos, o que o público diria?

Mailey deu de ombros.

---

119. Referência ao cruzador couraçado *HMS Monmouth* da Marinha Britânica, afundado pela esquadra alemã na batalha de Coronel, na costa do Chile em novembro de 1914.

– Importa o que o público diz? Comecei como uma pessoa bastante sensível, e hoje em dia dou tanta atenção a ataques dos jornais quanto um tanque dá a um tiro à toa. Sinceramente, nem sequer me interessam. Tratemos apenas de nos ater o máximo possível à verdade, e deixemos que os outros encontrem a posição que melhor lhes convenha.

– Não tenho a pretensão de saber muito sobre esses assuntos – disse Roxton –, mas o que mais me impressiona é que essas pessoas são gente comum, muito decente. E então? Por que deveriam estar vagando na escuridão e ser arrastadas até aqui por esse chinês, quando não fizeram nada de especialmente mau em suas vidas?

– Em todos os casos, é o forte vínculo com a Terra e a ausência de qualquer nexo espiritual – explicou Mailey. – Um sacerdote que tem a mente enredada em fórmulas e rituais. Um materialista que se harmonizou com a matéria. Um marinheiro acalentando pensamentos de vingança. Eles estão lá aos milhões.

– Onde? – perguntou Malone.

– Aqui – respondeu. – Na superfície da Terra. Bem, você viu por si mesmo, pelo que soube, quando foi a Dorsetshire. Aquilo se deu na Terra, não foi? Foi um caso muito brutal, e isso o tornou mais visível e óbvio, mas não escapou da lei geral. Acredito que o globo inteiro está infestado com os presos à Terra, e que quando houver uma grande limpeza, como foi profetizado, isso ocorrerá em benefício deles, bem como em benefício dos vivos.

Malone lembrou o estranho visionário Miromar e seu discurso na igreja espírita na primeira noite de sua investigação.

– Você acredita, portanto, em algum evento iminente? – perguntou.

Mailey sorriu.

– É um assunto vasto demais para explorarmos agora – disse. – Acredito... Mas cá está o sr. Chang novamente!

O guia entrou na conversa.

– Eu os ouvi. Eu sento e ouço – disse ele. – Agora vocês falam do que vai acontecer! Deixem acontecer! Deixem acontecer! O tempo ainda não chegou. Vocês saberão quando for a hora. Lembrem-se disto. Tudo é o melhor. Tudo que acontece é o melhor. Deus não comete erros. Agora outros aqui que desejam sua ajuda, eu saio.

Vários espíritos apareceram em rápida sucessão. Um era um arquiteto que disse ter vivido em Bristol. Não havia sido um homem mau, mas simplesmente nunca pensara sobre o futuro; agora estava no escuro e precisava de orientação. Outro vivera em Birmingham. Era um homem instruído, mas materialista. Recusou-se a aceitar as garantias de Mailey, e não se convenceu em absoluto de que estava realmente morto. Em seguida veio um homem muito barulhento e violento, um tipo grosseiramente religioso, tacanho e intolerante, que falava repetidamente do "sangue".

– Que tolice obscena é esta? – perguntou várias vezes.

– Não é tolice. Estamos aqui para ajudar – disse Mailey.

– Quem quer ser ajudado pelo diabo?

– Você acha que o diabo ajudaria almas em apuros?

– Isto é parte de sua fraude. Eu lhes digo que isto é trama do diabo! Estão avisados! Não participarei mais disto.

O plácido e enigmático chinês voltou com a rapidez de um raio.

– Homem bom. Homem tolo – repetiu ele. – Tempo de sobra. Um dia ele aprende. Agora trago caso ruim, muito ruim. Ai!

Ele reclinou a cabeça na almofada e não a levantou mesmo quando uma voz feminina se fez ouvir:

– Janet! Janet!

Houve uma pausa.

– Janet, estou chamando! Onde está o chá da manhã, Janet? Isto é intolerável! Já a chamei diversas vezes, Janet!

A figura sentou-se, piscando e esfregando os olhos.

– O que é isto? – gritou a voz. – Quem são vocês? Que direito têm de estar aqui? Estão cientes de que esta é a minha casa?

– Não, amiga, esta é a minha casa.

– Sua casa! Como esta pode ser a sua casa quando este é o meu quarto? Retirem-se imediatamente!

– Não, amiga. Não está compreendendo sua posição.

– Vou ter de pô-los para fora. Que insolência! Janet! Janet! Ninguém me servirá esta manhã?

– Olhe à sua volta, senhora. Este é o seu quarto?

Terbane olhou ao redor com uma expressão transtornada.

– Nunca vi este quarto. Onde estou? O que significa isto? A senhora parece gentil. Diga-me, pelo amor de Deus, o que significa isto? Ah, estou com tanto medo, tanto medo! Onde estão John e Janet?

– Qual é sua última lembrança?

– Lembro-me de ter falado severamente com Janet. Ela é minha criada, sabe. Tornou-se tão descuidada. Sim, fiquei muito zangada com ela. Fiquei tão zangada que adoeci. Fui para a cama me sentindo muito mal. Disseram-me que eu não deveria me exaltar. Como pode uma pessoa deixar de se exaltar? Sim, lembro-me de que fiquei sem fôlego. Isso foi depois que a luz apagou. Tentei chamar Janet. Mas por que eu estaria agora num outro aposento?

– A senhora expirou durante a noite.

– Expirei? Está querendo dizer que eu morri?

– Sim, senhora, morreu.

Fez-se um longo silêncio. Depois um grito estridente o quebrou.

– Não, não, não! Isto é um sonho! Um pesadelo! Acordem-me! Acordem-me! Como posso estar morta? Eu não estava pronta para morrer! Nunca pensei nisso. Se estou morta, por que não estou no céu ou no inferno? Que sala é esta? Esta é uma sala real.

– Sim, a senhora foi trazida para cá e foi-lhe permitido usar o corpo deste homem.

– Um homem? – Ela tocou convulsivamente o paletó e passou a mão no rosto. – Sim, é um homem. Ah, estou morta! Estou morta! O que devo fazer?

– Está aqui para que possamos lhe explicar isso. A senhora foi, suponho, uma mulher frívola, uma mulher da sociedade. Viveu sempre para as coisas materiais.

– Eu ia à igreja. Estava sempre na St. Saviour[120] aos domingos.

– Isso não é nada. É a vida interior de todos os dias que conta. A senhora era materialista. Agora está presa ao mundo. Quando deixar o corpo desse homem, estará de volta em seu próprio corpo e em seu antigo ambiente. Mas ninguém a verá. A senhora continuará lá, incapaz de aparecer para as demais pessoas. Seu corpo carnal será enterrado. Mesmo assim a senhora persistirá, como sempre foi.

– O que devo fazer? O que posso fazer?

– Pode aceitar o que acontece de maneira positiva e compreender que é para sua purificação. Só nos livramos da matéria mediante sofrimento. Tudo ficará bem. Vamos rezar pela senhora.

– Ah, façam isso! Preciso tanto! Meu Deus! – A voz foi enfraquecendo.

– Caso ruim – disse o chinês, sentando-se. – Mulher egoísta! Mulher má! Viveu para o prazer. Dura com as pessoas. Tem muito que sofrer. Mas vocês a puseram no caminho. Agora meu médium cansado. Muitos esperando, mas chega por hoje.

– Nós nos saímos bem, Chang?

– Muito bem. Muito bem.

– Onde estão todas essas pessoas, Chang?

– Eu já disse.

– Sim, mas quero que esses cavalheiros ouçam.

– Sete esferas em volta do mundo, mais pesadas embaixo, mais leves em cima. A primeira está na Terra. Essas pessoas pertencem a ela. Cada esfera é separada da outra. Por isso é mais fácil para vocês falar com essas pessoas do que para os que estão em qualquer outra esfera.

– E é mais fácil para elas falar conosco?

– Sim. É por isso que vocês devem tomar muito cuidado quando não sabem com quem estão falando. Sondem os espíritos.

---

120. Referência à Cathedral and Collegiate Church of St. Saviour and St. Mary Overie, em Southwark, Londres, na margem do rio Tâmisa e próxima à London Bridge. É a matriz da diocese anglicana de Southwark.

– A que esfera você pertence, Chang?

– Venho da quarta esfera.

– Qual é a primeira esfera realmente feliz?

– A terceira. A Terra do Verão. Livro Bíblia a chamou de o terceiro céu. Muito bom senso no livro Bíblia, mas as pessoas não entendem.

– E o sétimo céu?[121]

– Ah! É lá que estão os Cristos. Todos vão para lá no final. Vocês, eu, todo mundo.

– E depois?

– Pergunta demais, sr. Mailey. Pobre Chang não sabe tanto assim. Agora adeus! Deus os abençoe! Eu vou.

E assim terminou a sessão do círculo de resgate. Alguns minutos depois Terbane estava sentado, sorridente e alerta, mas sem qualquer lembrança aparente do que ocorrera. Estava apressado e morava longe, por isso teve de ir embora, sem receber nenhum pagamento exceto as bênçãos daqueles a quem ajudara. Homenzinho modesto e incorruptível, onde ficará quando todos nós encontrarmos nossos verdadeiros lugares na ordem da criação do outro lado?

O círculo não se desfez de imediato. Os visitantes queriam falar, e o casal Mailey queria ouvir.

– Isso é extremamente interessante, e tudo o mais – disse Roxton –, mas tem algo de espetáculo de variedades. Ora! É difícil ter certeza de que é mesmo verdade, se vocês me entendem.

– Também sinto assim – concordou Malone. – Claro que, a julgar pela aparência, é simplesmente indescritível. É algo tão magnífico que todos os acontecimentos ordinários se tornam banais. Isso eu admito. Mas a mente humana é muito estranha. Li aquele caso que Morton Prince[122]

---

121. O mais elevados dos Sete Céus, divisão do universo que faz parte da cosmologia de muitas religiões, como islamismo, catolicismo, judaísmo e hinduísmo, e também presente no gnosticismo e no hermetismo.

122. Morton Henry Prince (1854-1929) foi um médico, neurologista e psicólogo americano, importante no estabelecimento da psicologia como disciplina acadêmica e que estudou a obra de Charcot (ver nota 124) e Pierre Janet sobre a histeria e a hipnose.

examinou, sobre a srta. Beauchamp[123] e os outros; e também os resultados de Charcot,[124] a grande Escola Hipnótica de Nancy.[125] Eles eram capazes de transformar um homem em qualquer coisa. A mente parece ser como uma corda que pode ser desemaranhada em seus vários fios. Assim, cada fio é uma personalidade diferente que pode assumir uma forma dramática, e agir e falar como tal. O homem é honesto, e normalmente não poderia produzir esses efeitos. Mas como podemos saber que não está auto-hipnotizado, e que sob essas condições um fio dele se torna o sr. Chang, e um outro se torna um marinheiro, um terceiro, uma dama da sociedade, e assim por diante?

Mailey riu.

– Cada homem seu próprio Cinquevalli[126] – disse ele –, mas esta é uma objeção racional que tem de ser levada em conta.

– Pesquisamos alguns dos casos – disse a sra. Mailey. – Não há dúvidas em relação a eles. Nomes, endereços, tudo.

– Bem, então temos de considerar a questão do conhecimento normal de Terbane. Como vocês poderiam ter certeza do que ele ficou sabendo? Parece-me que um carregador de estação ferroviária é particularmente capaz de colher essas informações.

– Você assistiu a uma sessão – respondeu Mailey. – Se tivesse estado presente em tantas como nós e notado o efeito cumulativo das evidências, não estaria cético.

---

123. Christine Beauchamp é o pseudônimo de uma mulher que foi objeto de um famoso estudo de caso de personalidade múltipla, cujos detalhes foram publicados por Morton Prince (ver nota anterior) em seu livro *The Dissociation of a Personality* (1906).
124. Jean Martin Charcot (1825-93), médico francês que estudou a histeria usando técnicas de hipnose. Seu trabalho nesse campo marca o início das investigações científicas da hipnose em contraponto com os estudos anteriores do mesmerismo, de conotações ocultistas. Sua pesquisa fez com que a hipnose fosse aceita como terapia legítima no tratamento da histeria.
125. A Escola Hipnótica de Nancy (École de Nancy) foi uma instituição de cunho psicoterapêutico destinada ao estudo da hipnose, fundada em 1866 por Ambroise-Auguste Liébeault na cidade francesa.
126. Alusão a Paul Cinquevalli (1859-1918), um dos mais famosos prestidigitadores de sua época, célebre pelos seus truques originais de mágica.

– Isso é bem possível – respondeu Malone. – E suponho que minhas dúvidas sejam muito irritantes para você. No entanto, somos obrigados a ser brutalmente honestos num caso como este. De todo modo, seja qual for sua causa final, raras vezes passei uma hora tão sensacional. Céus! Se isto for mesmo verdade, e se vocês realizassem mil círculos em vez de um, que regeneração resultaria disso?

– Isso ocorrerá – disse Mailey à sua maneira paciente, determinada. – Viveremos para vê-lo. Lamento que a coisa não o tenha convencido. De qualquer forma, deve voltar novamente.

Aconteceu, porém, que uma experiência adicional tornou-se desnecessária. A convicção veio naquela mesma noite, com carga total e de uma maneira muito estranha. Malone acabara de chegar ao escritório e estava sentado à sua mesa redigindo uma espécie de relato, a partir de suas anotações, de tudo que havia acontecido naquela tarde, quando Mailey irrompeu na sala, sua barba loura eriçada de excitação. Tinha um *Evening News* na mão. Sem uma palavra, sentou-se diante de Malone e abriu o jornal. Em seguida, começou a ler.

ACIDENTE NO CENTRO DA CIDADE

Esta tarde, pouco após as cinco horas, uma velha casa, que segundo consta data do século XV, desabou subitamente. A propriedade situava-se entre Lesser Colman Street e Elliot Square, ao lado da sede da Veterinary Society. Algumas rachaduras preliminares preveniram os ocupantes, e a maioria deles teve tempo de fugir. Três pessoas, contudo – James Beale, William Moorson e uma mulher cujo nome não foi averiguado –, foram apanhadas pelos destroços em queda. Duas parecem ter morrido de imediato, mas James Beale ficou preso sob uma grande viga e gritou por socorro. Uma serra foi trazida, e um dos ocupantes da casa, Samuel Hawkin, mostrou grande bravura na tentativa de libertar o pobre homem. Enquanto serrava a viga, contudo, um incêndio teve início, e embora perseverasse com muita valentia, e continuasse até sentir que ele próprio estava gravemente queimado, foi-lhe impossível salvar Beale, que provavelmente morreu asfixiado. Hawkin foi levado para o London Hospital, e foi informado esta noite de que não corre perigo imediato.

– Aí está! – disse Mailey, dobrando o jornal. – Agora, sr. Tomé Dídimo,[127] eu o deixo com suas conclusões – e o entusiasta desapareceu do escritório tão precipitadamente quanto entrara.

---

127. Alusão a são Tomé e sua notória (mas passageira) incredulidade, por ter duvidado da Ressurreição de Cristo (João 20:24-29).

11

Em que Silas Linden colhe o que plantou

Silas Linden, pugilista e falso médium, tivera alguns bons dias em sua vida – dias repletos de incidentes para o bem ou para o mal. Houve a vez em que apostara em Rosalind, a cem para um, na Oaks,[128] e graças a isso passara vinte e quatro horas de brutal devassidão. Houve também o dia em que seu golpe curto preferido, de baixo para cima, acertara o queixo projetado de Bull Wardell, de Whitechapel, com o máximo de precisão, colocando Silas no caminho de um cinturão Lonsdale[129] e na disputa pelo campeonato. Mas nunca em toda a sua variada carreira ele teve um dia tão supremo como este, motivo pelo qual merece que o acompanhemos até o fim. Crentes fanáticos insistem que é perigoso cruzar o caminho de coisas espirituais quando não se tem o coração puro. O nome de Silas Linden poderia ser acrescentado à sua lista de exemplos, mas sua taça de pecados estava cheia e transbordando antes da hora do julgamento.

Ele saiu da sala de Algernon Mailey com a certeza de que as mãos de lorde Roxton continuavam tão vigorosas como sempre. No calor da luta, mal se dera conta de seus ferimentos, mas agora estava parado do lado de fora da casa, com a mão sobre a garganta machucada e um rouco fluxo de

---

128. Referência à corrida de cavalos de Oaks, realizada anualmente em Epsom, Inglaterra, desde 1779.

129. O cinturão Lonsdale é uma premiação de boxe concedida inicialmente por Hugh Lowther, 5º Conde de Lonsdale, aos campeões do esporte.

blasfêmias jorrando dela. Seu peito doía no lugar em que Malone plantara o joelho, e até o golpe bem-sucedido que derrubara Mailey tivera um preço, ferindo a mão já lesionada de que se queixara ao irmão. Em suma, Silas Linden estava de péssimo humor, e tinha bons motivos.

– Vou pegar vocês um a um – rosnou ele, voltando os olhinhos irados para a porta externa do prédio. – Esperem, meus rapazes, e verão! – Em seguida, com súbita determinação, saiu gingando rua abaixo.

Foi para a delegacia de Bardsley Square que ele se dirigiu, e ali encontrou o jovial inspetor Murphy, com seu bigode preto e as faces coradas, sentado à sua mesa.

– Bem, o que você quer? – perguntou o inspetor, numa voz de poucos amigos.

– Ouvi falar que você pegou aquele médium direitinho.

– Sim, pegamos. E soube que ele é seu irmão.

– Isso é irrelevante. Não aprovo essas coisas em homem nenhum. Mas você conseguiu sua condenação. E eu, o que levo nisso?

– Nem um xelim.

– O quê? Não fui eu que forneci a informação? O que você teria podido fazer se eu não lhe tivesse dado o sinal?

– Se ele tivesse sido multado, poderíamos lhe dar alguma coisa. Nós também teríamos recebido algum valor. Mas o sr. Melrose o mandou para a cadeia. Não há nada para ninguém.

– Isso é o que você diz. Tenho certeza de que você e aquelas duas mulheres levaram algum nesse negócio. Por que diabos eu deveria entregar meu próprio irmão pelo bem de gente como você? Da próxima vez, encontre o seu otário sozinho.

Murphy era um homem colérico e cheio de si. Não admitiria ser desafiado dessa maneira em sua própria sala. Levantou-se com o rosto muito vermelho.

– Vou lhe dizer uma coisa, Silas Linden, eu poderia encontrar meu próximo otário sem dar um passo fora desta sala. O melhor que você faz é sumir daqui rápido, ou corre o risco de ficar por mais tempo do que gostaria. Recebemos queixa sobre a maneira como trata aqueles seus dois filhos, e o pessoal da proteção à infância está se interessando pelo caso. Tome cuidado, para que não nos interessemos também.

Silas Linden saiu da delegacia mais enfurecido que nunca, e um par de doses de rum com água a caminho de casa não o ajudou a se acalmar. Pelo contrário, sempre fora um homem que ficava mais perigoso com seus copos. Muitos colegas de profissão recusavam-se a beber com ele.

Morava numa rua de casebres de tijolos enfileirados chamada Bolton's Court, logo atrás de Tottenham Court Road. A sua era a última casa de um beco sem saída e dividia a parede lateral com uma enorme cervejaria. Eram casas muito pequenas, talvez o principal motivo por que os moradores, tanto adultos quanto crianças, ficavam a maior parte do tempo na rua. Quando Silas passou sob o único poste de luz do beco, vários dos velhos que estavam fora de casa fizeram careta para sua figura atarracada, pois embora a moralidade de Bolton's Court não fosse das mais elevadas, não chegava a ser inexistente como a de Silas. Ao lado do lutador morava Rebecca Levi, uma judia alta, magra, aquilina e de olhar feroz. Ela estava de pé à sua porta agora, com uma criança agarrada ao avental.

— Sr. Linden — disse, assim que ele passou —, essas suas crianças precisam de mais cuidado. A pequena Margery esteve aqui hoje. Ela não está se alimentando direito.

— Meta-se com a sua vida, maldita! — rosnou Silas. — Já lhe disse antes para não enfiar esse seu bico judeu comprido nos meus assuntos. Se você fosse um homem, eu saberia melhor como falar com você.

— Se eu fosse um homem, talvez você não se atrevesse a falar assim comigo. Ouça, Silas Linden, é uma vergonha o modo como essas crianças são tratadas. É caso de polícia, é o que eu digo.

— Ah, vá para o inferno! — disse Silas, e abriu sua porta destrancada com um pontapé.

Uma mulher grande e desmazelada, com cabelos fartos e tingidos e alguns resquícios de uma beleza corada, que há muito perdera o viço, olhou para fora da porta da sala de estar.

— Ah, é você? — perguntou.

— Quem pensou que fosse? O duque de Wellington?[130]

— Achei que um touro furioso talvez tivesse se perdido no beco e estivesse dando chifradas na nossa porta.

— Engraçada, você, não é?

— Talvez eu seja, mas não tenho muito com que fazer graça por aqui. Não há um xelim na casa, nem uma caneca de cerveja, e esses seus malditos filhos não param de me amolar.

— O que foi que eles andaram aprontando? – perguntou Silas, carrancudo.

Quando esse respeitável casal não conseguia arrancar nenhum trocado um do outro, costumava unir forças contra as crianças. O homem tinha entrado na sala e se jogado na poltrona de madeira.

— Andaram vendo a Número Um de novo.

— Como sabe?

— Escutei o menino dizendo alguma coisa para a menina. "A mãe estava lá", foi o que ele falou. E depois teve um dos seus ataques de sono.

— É de família.

— Pois é – retrucou a mulher. – Se você não dormisse tanto talvez arranjasse algum trabalho, como outros homens.

— Ah, cala a boca, mulher. O que estou falando é que meu irmão Tom tem uns ataques assim, e dizem que esse meu menino é o tio escarrado. Então ele teve um transe, é? O que você fez?

A mulher abriu um sorriso mau.

— O mesmo que você.

— O quê? Cera de lacre de novo?

— Não muita. Só o suficiente para acordá-lo. É a única maneira de arrancá-lo daquilo.

Silas deu de ombros.

— Tenha cuidado, moça! Andam falando sobre polícia, e se eles virem essas queimaduras você e eu podemos ir juntos para o banco dos réus.

---

130. Arthur Wellesley (1769-1852), 1º duque de Wellington, combatente e estadista britânico que tinha a alcunha de "Duque de Ferro". Foi o responsável pela derrota de Napoleão na Batalha de Waterloo.

— Silas Linden, você é um idiota! Então um pai não pode corrigir o próprio filho?

— Sim, mas ele não é seu próprio filho, e as madrastas têm uma má reputação, entende? Essa judia da casa ao lado, por exemplo. Ela viu quando você entregou a corda de roupas para a pequena Margery no último dia de lavagem. Ela veio me contar, e hoje falou de novo da comida.

— Qual é o problema com a comida? Esses gulosos! Dei um pedaço de pão para cada um na hora do meu almoço. Passar um pouco de fome de verdade não lhes faria mal nenhum, e eu não teria que aguentar desaforo.

— O quê? Willie respondeu para você?

— Sim, quando acordou.

— Depois que você pingou a cera quente nele?

— Bem, fiz isso pelo bem dele, não foi? Para curar ele de um mau hábito.

— O que foi que ele disse?

— Me xingou para valer. Falou da mãe dele, o que ela iria fazer comigo. Já estou farta dessa mãe!

— Não fale muito mal de Amy. Era uma boa mulher.

— Isso é o que você diz agora, Linden, mas até onde sei você tinha uma maneira muito estranha de demonstrar isso quando ela era viva.

— Morda a língua, mulher! Já penei o suficiente hoje sem que você comece com seus acessos de raiva. Você está com ciúme do túmulo. Esse é o seu problema.

— E os pirralhos dela podem me insultar como quiserem? Eu, que cuidei de você esses cinco anos.

— Não, eu não disse isso. Se ele insultou você, cabe a mim resolver isso com ele. Onde está aquela correia? Vá, traga ele aqui!

A mulher aproximou-se do marido e o beijou.

— Só tenho você, Silas!

— Que inferno! Não seja boba. Não estou com disposição para isso. Vá buscar Willie. Pode trazer Margery junto. Isso vai lhe tirar o atrevimento também, porque acho que ela é mais atrevida que ele.

A mulher saiu da sala, mas voltou num instante.

– Ele está desligado de novo! – disse. – Ver esse menino me dá nos nervos. Venha cá, Silas! Dê uma olhada!

Os dois foram juntos até a cozinha, nos fundos da casa. Um fogo baixo ardia na lareira. Próximo dela, aninhado numa cadeira, estava um menino louro de dez anos. Seu rosto delicado estava voltado para o teto. Por entre as pálpebras semicerradas, só se via o branco dos olhos. Seus traços finos e espirituais transmitiam uma grande paz. No canto, uma pobre menina intimidada, um ou dois anos mais nova, fitava o irmão com olhos tristes e assustados.

– É horrível, não é? – disse a mulher. – Não parece coisa deste mundo. Bem que eu gostaria que ele passasse para o outro. Ele não faz muito bem aqui.

– Ei, acorde! – gritou Silas. – Nada das suas manhas! Acorde! Está ouvindo?

Ele sacudiu o filho rudemente pelo ombro, mas o menino continuou dormindo. As costas de suas mãos, apoiadas sobre seu colo, estavam cobertas com vivas manchas escarlate.

– Nossa, você pingou um bocado de cera quente nele. Precisou de tudo isso para ele despertar, Sarah?

– Talvez eu tenha pingado uma ou duas a mais para dar sorte. Ele me irrita tanto que mal consigo me conter. Mas você não acreditaria como esse menino sente pouco quando está assim. Você pode uivar no ouvido dele. Não percebe nada. Veja só!

Ela agarrou o menino pelo cabelo e o sacudiu violentamente. Ele gemeu e estremeceu. Em seguida, mergulhou de volta em seu sereno transe.

– Sabe de uma coisa? – exclamou Silas, alisando a barba espetada do queixo enquanto olhava para o filho, pensativo. – Acho que há dinheiro aí se isso for tratado direito. O que me diz de uma turnê pelas salas de espetáculos, hein? "O menino prodígio ou Como é possível?" É um belo título para os cartazes. Além disso, como as pessoas conhecem o nome do tio, vão acreditar nele.

– Pensei que você mesmo ia entrar no negócio.

– Foi um fiasco – rosnou Silas. – Não me fale disso. Acabou.

– Já foi pego em flagrante?

– Estou lhe dizendo para não falar disso, mulher! – gritou o homem. – Estou com muita disposição para lhe dar a sova da sua vida, por isso não me aborreça, ou vai se arrepender. – Ele deu um passo adiante e beliscou o braço do menino com toda a força. – Cruzes! Ele é um prodígio! Vamos ver até onde aguenta.

Virando-se para o fogo que se apagava, ele pegou com os tenazes uma brasa ainda viva e a pôs sobre a cabeça do menino. Sentiu-se um cheiro de cabelo queimado, depois de carne assando, e, de repente, com um grito de dor, o menino recobrou os sentidos.

– Mãe! Mãe! – gritou ele.

A menina no canto uniu-se ao choro. Pareciam dois cordeiros balindo juntos.

– Para o diabo com a sua mãe! – gritou a mulher, sacudindo Margery pela gola de seu frágil vestido preto. – Pare de guinchar, sua calhordazinha!

Com a mão aberta, ela golpeou a menina em cheio no rosto. O pequeno Willie correu em direção à madrasta e chutou-lhe as canelas, até que um golpe de Silas o derrubou num canto. O bruto pegou uma vara e chicoteou as duas crianças amedrontadas, enquanto elas gritavam por misericórdia e tentavam se proteger dos golpes cruéis.

– Pare com isso! – gritou uma voz no corredor.

– É aquela judia maldita! – disse a mulher e foi até a porta da cozinha. – Que diabos está fazendo na nossa casa? Caia fora, rápido, ou será pior para você!

– Se eu ouvir essas crianças chorarem mais uma vez, vou chamar a polícia.

– Vá embora daqui! Caia fora, estou lhe dizendo!

A madrasta investiu violentamente contra ela, mas a magra e comprida judia não arredou o pé. No instante seguinte, as duas se engalfinharam. A sra. Linden deu um berro e cambaleou para trás com sangue correndo pelo rosto, onde quatro unhas haviam deixado igual número de cortes. Com uma blasfêmia, Silas empurrou a mulher para fora do caminho, agarrou a intrusa pela cintura e arremessou-a porta afora. Rebecca ficou deitada na rua, as pernas magras estiradas como uma ave semimorta. Sem se levantar, ela cerrou as mãos no ar e, aos berros, rogou pragas a Silas, que bateu a porta e deixou-a lá, enquanto os vizinhos acorriam de todos os lados para ouvir os detalhes da briga. Espiando por entre a persiana da frente, a sra. Linden viu com algum alívio que a inimiga foi capaz de se levantar e voltar mancando para sua própria porta, de onde pôde ser ouvida proferindo uma longa e estridente arenga sobre seus agravos. Os agravos de um judeu não são facilmente esquecidos, porque a raça é capaz tanto de amar quanto de odiar.

— Ela está bem, Silas. Pensei que talvez você a tivesse matado.

— É o que ela quer, a maldita judia. Já é ruim o suficiente tê-la na nossa rua sem que ela se atreva a pôr o pé dentro de minha porta. Vou arrancar o couro daquele Willie. Ele é a causa de tudo isto. Onde ele está?

— Os dois correram para o quarto. Ouvi trancarem a porta.

— Isso vai lhes adiantar grande coisa.

— Eu não tocaria neles agora, Silas. A vizinhança está toda andando por aí e não precisamos de mais problemas.

— Tem razão! — rosnou o homem. — Vou deixar para quando eu voltar.

— Aonde vai?

— Até o Admiral Vernon. Tem uma chance de um trabalho como parceiro de treino de Long Davis. Ele começa a treinar segunda-feira e precisa de um homem com o meu peso.

— Bem, então Deus sabe quando vou pôr o olho em você. Conheço muito bem esse seu bar. Sei o que Admiral Vernon significa.

— Significa o único lugar neste mundo de Deus onde encontro um pouco de paz ou repouso — retrucou Silas.

— Eu é que não encontro nenhum, ou nunca mais encontrei desde que me casei com você.

— Isso. Vá resmungando! — rosnou ele. — Se resmungos fizessem um marido feliz, você seria a campeã.

Silas pegou seu chapéu e desceu a rua com os ombros arqueados, e seu passo pesado ressoou sobre a grande tampa de madeira dos porões da cervejaria.

Lá no alto, num sótão encardido, duas figurinhas estavam sentadas na beirada de uma mísera cama com colchão de palha, abraçadas uma à outra, as bochechas encostadas uma na outra e suas lágrimas misturando-se. Tinham de chorar em silêncio, pois qualquer som poderia lembrar sua existência ao monstro lá embaixo. Volta e meia uma deixava escapar um soluço incontrolável, e a outra sussurrava: "Shhh!" Depois, ouviram de repente a porta da rua bater e aquele passo pesado ecoar na madeira. Apertaram-se alegres. Talvez na volta ele as matasse, mas ao menos por algumas breves horas estavam a salvo dele. Quanto à madrasta, era rancorosa e perversa, mas não parecia tão mortífera quanto o marido. De uma maneira obscura, as duas crianças sentiam que ele havia escorraçado sua mãe para o túmulo e poderia fazer o mesmo com elas.

O quarto estava escuro, exceto pela luz que entrava pela única janela. Ela projetava uma barra ao longo do assoalho, mas em volta tudo estava imerso em sombras. De repente, o menino retesou-se, apertou a irmã com mais força e fitou rigidamente a escuridão.

– Ela está chegando! – murmurou. – Ela está chegando!

A pequena Margery agarrou-se a ele.

– É a mamãe, Willie?

– É uma luz, uma luz bonita amarela. Não está vendo, Margery?

Mas a menininha, como o mundo todo, não era dotada da visão. Para ela tudo era escuridão.

– Conte-me, Willie – sussurrou ela, com uma voz solene.

Não estava realmente assustada, porque muitas vezes antes a mãe morta retornara na calada da noite para confortar os filhos espancados.

– Sim. Sim, ela está chegando agora. Ah, mãe! Mãe!

– O que ela está dizendo, Willie?

– Ela é tão bonita. Não está chorando. Está sorrindo. Ela é como a imagem do anjo que vimos. Parece tão feliz. Mamãe querida! Agora ela está falando. "Acabou", ela disse. "Acabou tudo." Disse de novo. Agora está acenando com a mão. Devemos seguir ela. Foi para perto da porta.

— Willie, não tenho coragem.

— Sim, sim, ela está dizendo que sim com a cabeça. Diz para não termos medo de nada. Agora passou pela porta. Venha, Margery, venha, ou vamos perdê-la.

As duas criaturinhas moveram-se furtivamente pelo quarto, e Willie destrancou a porta. A mãe parou no alto da escada, acenando para que avançassem. Passo a passo, elas desceram atrás dela até uma cozinha vazia. A madrasta parecia ter saído. A casa estava mergulhada em silêncio. O fantasma continuava acenando para que avançassem.

— Devemos sair.

— Willie, não estamos de chapéu.

— Temos que ir atrás dela, Madge. Ela está sorrindo e acenando.

— O pai vai nos matar.

— Ela está fazendo que não com a cabeça. Diz para não termos medo de nada. Vamos!

Eles abriram a porta e se viram na rua. Seguiram a presença reluzente e encantadora pelo pátio e por um emaranhado de ruas degradadas, até chegarem à densa correria de Tottenham Court Road. Uma ou duas vezes, em meio a toda aquela torrente cega de gente, um homem ou uma mulher, abençoados com o precioso dom do discernimento, espantava-se e olhava fixamente, como se tivesse consciência da presença de um anjo e de duas criancinhas de rosto pálido que o seguiam, o menino com uma expressão compenetrada e absorta, a menina sempre lançando olhares por sobre o ombro, aterrorizada. Desceram a longa rua, depois se viram de novo entre casas humildes e, por fim, chegaram a uma fileira de casas de tijolos tranquila e desbotada. O espírito parara no degrau diante da porta de uma delas.

— Temos que bater — disse Willie.

— E o que vamos dizer, Willie? Nós não os conhecemos.

— Temos que bater — repetiu ele, corajosamente.

Toc-toc!

– Está tudo bem, Madge. Ela está batendo palmas e rindo.

E assim foi que a esposa de Tom Linden, sozinha em seu sofrimento e preocupada com seu mártir na cadeia, foi subitamente chamada à porta e encontrou duas figurinhas desconsoladas do lado de fora. Algumas palavras, um instinto feminino, e seus braços envolveram as crianças. Esses barquinhos castigados, que haviam começado a viagem de sua vida de maneira tão triste, encontraram um porto de paz onde nenhuma tempestade as atormentaria mais.

Aquela noite, acontecimentos estranhos se deram em Bolton's Court. Algumas pessoas pensaram que não tinham relação uns com os outros. Uma ou duas pensaram que tinham. A lei britânica nada viu e nada tinha a dizer.

Na penúltima casa, um rosto magro e aquilino espiava a rua escura de detrás da persiana de uma janela. Uma vela protegida por um quebra-luz estava atrás desse rosto temível, escuro como a morte, implacável como o túmulo. Atrás de Rebecca Levi, havia um jovem cujos traços mostravam que ele provinha da mesma raça oriental. Por uma hora – por uma segunda hora – a mulher permanecera sentada sem dizer uma palavra, vigiando, vigiando. Uma lâmpada pendurada na entrada do pátio projetava um círculo de luz amarela. Era nesse poço de luminosidade que seus olhos pensativos se fixavam. De repente, ela viu o que estivera esperando. Teve um sobressalto e sibilou uma palavra. O rapaz saiu correndo da sala para a rua e desapareceu dentro da cervejaria por uma porta lateral.

Bêbado, Silas voltava para casa num estado melancólico e amuado de confusão. A sensação de injustiça enchia-lhe o peito. Não conseguira o trabalho que buscara. Sua mão machucada o prejudicara. Ele se demorara no bar, esperando que alguém lhe pagasse uma bebida, e até ganhara algumas, mas não o bastante. Estava numa disposição de espírito perigosa. Ai do homem, mulher ou criança que lhe cruzasse o caminho! Pensou com ira nos judeus que moravam naquela casa agora escura. Eles queriam se interpor entre ele e os filhos, não é? Pois ele iria lhes mostrar. Na manhã seguinte mesmo, levaria as crianças para a rua e as açoitaria com a correia até que suas vidas ficassem por um fio. Isso mostraria a todos o que Silas Linden pensava de suas opiniões. Por que não fazer isso agora? Se ele acordasse os vizinhos com os gritos dos filhos, isso lhes mostraria de uma vez por todas que não podiam desafiá-lo impunemente. A ideia o agradou. Ele apertou o passo. Estava quase na sua porta quando...

Nunca ficou completamente claro por que a tampa do porão não estava presa direito naquela noite. O júri inclinou-se a culpar a cervejaria, mas o investigador criminal salientou que Linden, um homem pesado, poderia ter caído sobre a tampa se estivesse bêbado, e que todo o cuidado possível fora tomado. Foi uma queda de mais de cinco metros sobre pedras pontiagudas, e ele quebrara as costas. Só o encontraram na manhã seguinte, porque, por estranho que fosse, sua vizinha, a judia, não ouviu o acidente. O legista sugeriu que a morte não fora imediata. Havia sinais horríveis de que o padecimento do homem se prolongara. Mergulhado na escuridão, vomitando sangue e cerveja, ele encerrou sua vida imunda com uma morte imunda.

Não precisamos desperdiçar palavras ou piedade com a mulher que ele deixou. Livre de seu terrível companheiro, ela voltou para o teatro de revista que ele, por sua virilidade e força taurina, a induzira a abandonar. Tentou reconquistar seu lugar com a cantiga que lhe valera a fama, "Ei! Ei! Ei! Eu sou o último grito da moda, a garota do chapelão de palha".

Mas tornou-se dolorosamente evidente que ela era o oposto do último grito, e que nunca poderia retornar. Pouco a pouco, trocou as grandes salas de espetáculos por outras menores, e estas por bares e assim foi, afundando sempre mais, sugada pelas medonhas e silenciosas areias movediças da vida, que a puxaram gradualmente para baixo até que aquele inane rosto pintado e a cabeça desgrenhada desapareceram de vez.

12

Há alturas e há profundezas

O Institut Métapsychique era um imponente edifício de pedras na Avenida de Wagram com uma porta alta como a de um castelo. Foi ali que os três amigos se apresentaram no fim da tarde. Um criado os conduziu à recepção, onde logo foram recebidos pelo dr. Maupuis em pessoa. A famosa autoridade em ciência psíquica era um homem baixo e largo, de cabeça grande, barba feita e uma expressão em que se mesclavam sabedoria secular e altruísmo. Ele conversou em francês com Mailey e Roxton, que falavam bem a língua, mas teve de recorrer a um inglês capenga com Malone, que só foi capaz de lhe responder num francês ainda mais capenga. Expressou seu prazer com a visita, como só um francês elegante sabe fazer, disse algumas palavras sobre as excelentes qualidades de Panbek, o médium galego, e por fim guiou-os até a sala em que os experimentos deveriam ser conduzidos, no andar de baixo. Sua expressão de vívida inteligência e penetrante sagacidade já havia mostrado aos estrangeiros como eram absurdas as teorias que tentavam explicar seus maravilhosos resultados pela suposição de que era um homem que se deixava ludibriar facilmente por impostores.

Descendo uma escada em caracol, os visitantes viram-se num amplo aposento que à primeira vista parecia um laboratório químico, pois prateleiras cheias de frascos, retortas, tubos de ensaio, balanças e outros instrumentos forravam as paredes. Era mais elegantemente equipado, porém, que um laboratório comum de trabalho, e uma grande mesa de carvalho ocupava o centro da sala, cercada por cadeiras confortáveis. Numa das extremidades via-se um grande retrato do professor Crookes, flanqueado por um segundo de Lombroso, enquanto entre eles pendia uma extraordinária fotografia de uma das sessões de Eusápia Palladino.[131] Em volta da mesa, um grupo de homens conversava em voz baixa, todos absortos demais em sua própria conversa para tomar muito conhecimento dos recém-chegados.

– Três desses cavalheiros são eminentes visitantes, como os senhores – disse o sr. Maupuis. – Dois outros são meus assistentes de laboratório, dr. Sauvage e dr. Buisson. Os demais são parisienses notáveis. A imprensa está representada hoje pelo sr. Forte, subeditor do *Matin*. Talvez vocês conheçam o homem alto e moreno que parece um general aposentado... Não? É o professor Charles Richet, nosso respeitado decano, que demonstrou grande coragem nesse assunto, embora não tenha chegado às mesmas conclusões que você, monsieur Mailey. Mas isso também pode ocorrer. Devem se lembrar de que temos de mostrar diplomacia, e quanto menos misturarmos isto com religião, menos problemas teremos com a Igreja, que ainda é muito poderosa neste país. O homem de ar distinto e testa alta é o conde de Gramont.[132] O cavalheiro com uma cabeça de Júpiter[133] e barba branca é Flammarion, o astrônomo. Agora, senhores – acrescentou ele num tom mais alto –, se tiverem a bondade de tomar seus lugares, vamos começar a trabalhar.

Eles se sentaram aleatoriamente em volta da mesa comprida, os três britânicos mantendo-se juntos. Numa ponta, uma grande câmera fotográfica estava montada em local elevado. Dois baldes de zinco também ocupavam uma posição proeminente sobre uma mesa lateral. A porta foi

---

131. Eusápia Palladino (1854-1918), pseudônimo da Signora Raphael Delgaiz, célebre médium italiana, objeto de pesquisas de inúmeros cientistas, dentre eles Cesare Lombroso (ver nota 67), durante mais de vinte anos na Europa e nos Estados Unidos.
132. Louis-René Alexandre de Gramont (1883-1963), conde de Gramont, condecorado com a Ordem Nacional da Legião de Honra e a Cruz de Guerra pela sua atuação durante a Primeira Guerra Mundial.
133. Divindade itálica e romana assimilada do Zeus grego. Principal divindade do panteão romano até o advento do cristianismo, Júpiter é o deus dos céus, da luz e dos elementos.

trancada e a chave entregue ao professor Richet. O dr. Maupuis sentou-se numa extremidade da mesa, tendo à sua direita um homenzinho de meia-idade, calvo e de ar inteligente.

– Alguns dos senhores não conhecem o monsieur Panbek – disse o doutor. – Permitam-me apresentá-lo. Cavalheiros, o monsieur Panbek pôs seus notáveis poderes à nossa disposição para investigação científica, e todos temos uma dívida de gratidão para com ele. Aos cinquenta e sete anos, é um homem de saúde normal, de disposição neuroartrítica. Existem indícios de hiperexcitabilidade de seu sistema nervoso, e seus reflexos são exagerados, mas a pressão sanguínea é normal. O pulso está agora em setenta e dois, mas eleva-se a cem sob condições de transe. Há zonas de acentuada hiperestesia em seus membros. Seu campo visual e reação pupilar são normais. Parece-me que não há nada a acrescentar.

– Eu poderia dizer que essa hipersensibilidade é tanto moral quanto física – observou o professor Richet. – Panbek é impressionável e muito emotivo, com o temperamento de um poeta e todas aquelas pequenas fraquezas, se podemos chamá-las assim, que o poeta paga por seus dons. Um grande médium é um grande artista e deve ser julgado pelos mesmos padrões.

– Parece-me, cavalheiros, que ele os está preparando para o pior – disse o médium com um sorriso encantador, enquanto o grupo ria, com simpatia.

– Estamos reunidos na esperança de que algumas notáveis materializações que tivemos recentemente venham a se renovar, de tal maneira que possamos obter delas um registro permanente. – A voz do dr. Maupuis era seca, impassível. – Essas materializações assumiram formas muito inesperadas ultimamente, e eu pediria aos presentes para reprimir quaisquer sentimentos de medo, por mais estranhas que as formas possam ser, pois uma atmosfera calma e judiciosa é extremamente necessária. Vamos desligar agora a luz branca e iniciar com o mais baixo grau de luz vermelha, até que as condições permitam mais iluminação.

O dr. Maupuis controlava as lâmpadas a partir de seu assento. Por um momento, o grupo foi mergulhado em completa escuridão. Em seguida, uma débil luz surgiu no canto, o bastante para lhes mostrar os vagos contornos dos homens em volta da mesa. Não havia música nem atmosfera religiosa de qualquer tipo. O grupo conversava aos sussurros.

— Isto é diferente do procedimento de vocês na Inglaterra — disse Malone.

— Muito — respondeu Mailey. — Parece-me que estamos completamente expostos a qualquer coisa que possa vir. Está tudo errado. Eles não percebem o perigo.

— Que perigo pode haver?

— Bem, do meu ponto de vista, é como sentar-se à margem de uma lagoa que pode conter tanto sapos inofensivos, quanto crocodilos devoradores de homens. Não é possível prever o que virá.

O professor Richet, que falava excelente inglês, ouviu essas palavras.

— Conheço suas ideias, sr. Mailey — disse ele. — Não pense que as trato com leviandade. Algumas coisas que vi me fazem compreender sua comparação do sapo e do crocodilo. Nesta mesma sala, já me dei conta da presença de criaturas que, se levadas a se irritar, poderiam fazer nossos experimentos parecerem bastante perigosos. Creio, como você, que pessoas más aqui poderiam trazer um reflexo mau para o nosso círculo.

— Fico satisfeito, senhor, por saber que está se movendo na nossa direção — disse Mailey, pois, como todos, considerava Richet um dos grandes homens do mundo.

— Movendo-me, talvez, embora ainda não possa afirmar estar completamente de acordo com você. Os poderes latentes do espírito humano encarnado podem ser tão maravilhosos que são capazes de se estender a regiões que no momento parecem completamente além de seu alcance. Como um velho materialista, defendo cada centímetro do terreno, embora admita que perdi várias linhas de trincheiras. Meu ilustre amigo Challenger ainda mantém sua frente intacta, pelo que entendo.

— Sim, senhor — disse Malone —, apesar disso, tenho alguma esperança...

— Silêncio! — exclamou Maupuis com a voz ansiosa.

Todos se calaram. Depois, ouviu-se um som de movimento constrangido, com um estranho ruflar.

– A ave! – disse alguém, num cochicho pasmo.

Fez-se silêncio e mais uma vez ouviu-se o som de movimento e um ruflar impaciente.

– Tudo pronto, René? – perguntou o médico.

– Sim.

– Então fotografe!

O clarão da mistura iluminadora[134] encheu a sala, quando o obturador da câmera se abriu. Nesse súbito lampejo, os visitantes vislumbraram momentaneamente algo esplêndido. O médium mantinha-se com a cabeça apoiada nas mãos, em aparente indiferença. Sobre seus ombros curvados empoleirava-se uma enorme ave de rapina – um grande falcão ou uma águia. Por um instante, a estranha imagem estampou-se em suas retinas, ao mesmo tempo em que o fazia sobre a placa fotográfica. Depois, a escuridão voltou a tomar o lugar, exceto pelas duas luzes vermelhas num canto, como os olhos de um maléfico demônio emboscado.

– Deus meu! – arquejou Malone. – Você viu aquilo?

– Um crocodilo saído da lagoa – disse Mailey.

– Mas inofensivo – acrescentou o professor Richet. – A ave esteve conosco várias vezes. Ela bate as asas, como viram, mas não faz mais que isso. Temos um visitante mais perigoso.

O clarão, obviamente, havia dispersado todo o ectoplasma. Foi necessário recomeçar. O grupo estava sentado há talvez um quarto de hora quando Richet tocou o braço de Mailey.

– Está sentindo algum cheiro, monsieur Mailey?

Mailey farejou o ar.

– Sim, sem dúvida, parece o cheiro do nosso Zoológico de Londres.

– Há outra analogia, mais banal. Já esteve numa sala quente com um cachorro molhado?

– Exatamente – concordou Mailey. – É uma descrição perfeita. Mas onde está o cachorro?

---

134. Referência às lâmpadas de flash usadas antes da invenção do flash eletrônico, que continham filamentos de magnésio encapsulados com oxigênio nas lâmpadas, e cuja ignição elétrica pelo disparador da câmera causava o clarão do flash.

– Não é um cachorro. Espere um pouco! Espere!

O cheiro animal tornou-se mais pronunciado. Era avassalador. Depois, subitamente, Malone deu-se conta de algo movendo-se em volta da mesa. À pálida luz vermelha, percebeu uma figura disforme, agachada, malformada, com alguma semelhança com um homem. Viu a silhueta do vulto contra a débil luminosidade. Era grande, a cabeça pontuda, o pescoço curto, os ombros pesados e caídos. Arqueado, movia-se lentamente em volta do círculo. Depois parou, e um dos presentes soltou um grito de surpresa e medo.

– Não se alarmem! – disse a voz tranquila do dr. Maupuis. – É o pitecantropo.[135] Ele é inofensivo. – Se um gato tivesse surgido na sala, o cientista não poderia ter falado mais calmamente.

– Ele tem garras longas. Pousou-as no meu pescoço – exclamou uma voz.

– Sim, sim. Faz isso como uma carícia.

– Pode ficar com as carícias – replicou a pessoa, com a voz trêmula.

– Não o repudie. Isso seria grave. Ele tem boa intenção. Mas tem seus sentimentos, sem dúvida, como todos nós.

A criatura recomeçara a avançar furtivamente. Em seguida, virou-se para a ponta da mesa e postou-se atrás dos três amigos. Eles sentiam seu hálito em rápidas baforadas na nuca. De repente, lorde Roxton soltou uma ruidosa exclamação de nojo.

– Quieto! Quieto! – disse Maupuis.

– Está lambendo a minha mão! – exclamou Roxton.

Um instante depois, Malone deu-se conta de uma cabeça desgrenhada enfiada entre lorde Roxton e si mesmo. Com a mão esquerda pôde sentir o cabelo comprido, áspero. A criatura voltou-se para ele, e foi-lhe necessário todo o seu autocontrole para manter a mão parada quando uma língua longa e macia a acariciou. Em seguida, o ser desapareceu.

– Pelo amor de Deus, o que é isso? – perguntou ele.

---

135. Designação comum aos hominídeos fósseis do antigo gênero *Pithecanthropus*, considerados atualmente como membros da espécie *Homo erectus*.

— Fomos solicitados a não fotografá-lo. Possivelmente a luz o enfureceria. A ordem dada através do médium foi clara. Só podemos dizer que se trata de um homem simiesco ou de um símio humanoide. Já o vimos mais claramente do que esta noite. O rosto é simiesco, mas a fronte é reta; os braços são longos, as mãos, enormes, e o corpo, coberto de pelo.

— Tom Linden nos deu algo melhor do que isso — sussurrou Mailey. Embora falasse baixo, Richet captou as palavras.

— Nosso campo de estudo é toda a Natureza, sr. Mailey. Não nos cabe escolher. Deveríamos classificar as flores mas negligenciar os fungos?

— Admite, contudo, que é perigoso.

— Os raios X eram perigosos. Quantos mártires perderam seus braços, articulação por articulação, antes que esses perigos fossem compreendidos? No entanto, foi necessário. Dá-se o mesmo conosco. Ainda não sabemos o que estamos fazendo. Mas se pudermos realmente mostrar ao mundo que esse pitecantropo pode vir do Invisível até nós, e assim como veio partir, o conhecimento será tão colossal que mesmo que ele nos rasgasse em pedaços com aquelas garras formidáveis, ainda assim seria nosso dever ir adiante com nossos experimentos.

— A ciência pode ser heroica — disse Mailey. — Quem o negaria? Contudo, soube que esses mesmos cientistas nos dizem que pomos nossa razão em perigo quando tentamos entrar em contato com forças espirituais. Sacrificaríamos de bom grado nossa razão, ou nossas vidas, se pudéssemos ajudar a humanidade. Não deveríamos fazer tanto pelo avanço espiritual quanto eles fazem pelo material?

As luzes haviam sido acesas, e houve uma pausa para relaxamento antes que o grande experimento da noite fosse tentado. Os homens dividiram-se em pequenos grupos, conversando em voz baixa sobre sua recente experiência. Quando se corria os olhos pela sala confortável, com seus aparelhos de última geração, a ave estranha e o monstro furtivo pareciam sonhos. No entanto, tinham sido muito reais, como logo foi mostrado pelo fotógrafo, que tivera permissão para sair e agora entrava alvoroçado, vindo do quarto escuro adjacente, acenando a placa que acabara de revelar e fixar. Segurou-a contra a luz, e ali estava, sem dúvida, a cabeça calva do médium mergulhada entre suas mãos e, empoleirado sobre seus ombros, o esboço daquela figura agourenta. O dr. Maupuis esfregou as mãozinhas gordas, exultante. Como todos os pioneiros, suportara muita perseguição da imprensa parisiense, e cada novo fenômeno era mais uma arma para sua própria defesa.

— *Nous marchons! Hein! Nous marchons!* — repetia ele sem parar, enquanto Richet, perdido em pensamentos, respondia mecanicamente:

— *Oui, mon ami, vous marchez!*[136]

O pequeno galego estava sentado, mordiscando uma bolacha e com uma taça de vinho tinto diante de si. Malone aproximou-se dele e descobriu que estivera nos Estados Unidos e falava um pouco de inglês.

— Está cansado? Isso o exaure?

— Se eu for comedido, não. Duas sessões por semana. Fico dentro dos meus limites. O médico não permite mais que isso.

— Lembra-se de alguma coisa?

— Em sonhos. Um pouco aqui… um pouco ali.

— Sempre teve esse poder?

— Sim, sim, desde criança. Meu pai também, e meu tio. A conversa deles era sobre visões. Comigo, eu me sentava nas matas e estranhos animais aproximavam-se de mim. Tive uma surpresa tão grande quando descobri que as outras crianças não podiam vê-los!

— *Est-ce que vous êtes prêt?* — perguntou o dr. Maupuis.

— *Parfaitement* — respondeu o médium, sacudindo as migalhas.[137]

O médico acendeu uma lamparina debaixo de um dos baldes de zinco.

— Estamos prestes a cooperar num experimento, cavalheiros, que deveria convencer o mundo, de uma vez por todas, da existência dessas formas ectoplásmicas. Sua natureza pode ser discutida, mas sua objetividade será doravante indubitável, a menos que meus planos malogrem. Primeiramen-

---

136. Em francês no original: "Estamos fazendo progressos", "Sim, meu amigo, você está fazendo progressos".
137. Em francês no original: "Você está pronto?", "Perfeitamente".

te, quero lhes explicar estes dois baldes. Este, que estou aquecendo, contém parafina, que está agora em processo de liquefação. O outro contém água. Os que não estiveram presentes antes devem compreender que os fenômenos de Panbek costumam ocorrer na mesma ordem, e que neste estágio da noite podemos esperar a aparição do velho. Hoje aguardamos o velho e iremos, espero, imortalizá-lo na história da pesquisa psíquica. Volto ao meu assento e acendo a luz vermelha, a de número três, que nos permite maior visibilidade.

Agora o círculo estava completamente visível. A cabeça do médium tombara para a frente, e seu profundo ressonar mostrava que já estava em transe. Todos os rostos estavam voltados para ele, pois o maravilhoso processo de materialização ocorria diante de seus próprios olhos. A princípio, foi uma leve espiral de vapor, semelhante a fumaça, que lhe envolveu a cabeça. Depois se viu uma ondulação, como de um tecido branco e diáfano, atrás dele. A ondulação adensou-se. Aglutinou-se. Enrijeceu-se em seus contornos e assumiu uma forma definida. Apareceu uma cabeça. Ombros. Braços cresceram deles. Sim, não havia dúvida, ali estava um homem, um velho, de pé atrás da cadeira. Ele moveu a cabeça lentamente de um lado para o outro. Parecia estar espiando o grupo com indecisão. Podia-se imaginar que perguntava a si mesmo: "Quem sou eu e por que estou aqui?"

– Ele não fala, mas ouve e é inteligente – disse o dr. Maupuis, olhando para a aparição por sobre seu ombro. – Estamos aqui, senhor, na esperança de que queira nos ajudar num experimento muito importante. Podemos contar com sua cooperação?

A figura assentiu com a cabeça.

– Nós lhe agradecemos. Quando o senhor tiver atingido seu pleno poder, irá sem dúvida afastar-se do médium.

A figura assentiu mais uma vez, mas permaneceu imóvel. Malone tinha a impressão de que ela ficava mais densa a cada instante. Teve vislumbres do rosto. Era sem dúvida um velho, de rosto grande, nariz comprido, o lábio superior curiosamente projetado. De súbito, com um movimento brusco, ele se afastou de Panbek e avançou pela sala.

– Agora, senhor – disse Maupuis à sua maneira precisa. – Perceberá um balde de zinco à esquerda. Eu lhe pediria para ter a bondade de se aproximar dele e enfiar ali sua mão direita.

O vulto aproximou-se dos baldes. Pareceu interessado neles, pois os examinou com alguma atenção. Em seguida, enfiou uma das mãos naquele indicado pelo médico.

– Excelente! – exclamou Maupuis, a voz esganiçada com o entusiasmo. – Agora, senhor, posso lhe pedir para ter a bondade de mergulhar a mesma mão na água fria do outro balde?

A forma obedeceu.

– Agora, senhor, levaria nosso experimento ao sucesso completo se pousasse sua mão sobre a mesa e, enquanto ela estivesse pousada ali, o senhor se desmaterializasse e retornasse ao médium.

A figura curvou-se em sinal de compreensão e anuência. Em seguida, avançou lentamente rumo à mesa, inclinou-se sobre ela, estendeu a mão… e desapareceu. A respiração pesada do médium cessou enquanto ele se movia desconfortavelmente, como se prestes a despertar. Maupuis acendeu a luz branca e jogou as mãos para o alto com um grito alto de assombro e alegria que foi ecoado pelo grupo.

Na lustrosa superfície de madeira da mesa via-se uma delicada luva de parafina rosa-amarela, larga nas juntas, fina no punho, dois dos dedos curvados sobre a palma. Maupuis estava fora de si de contentamento. Ele quebrou um pedacinho da cera do pulso e entregou-o para um assistente, que saiu apressado da sala.

– É definitivo! – gritou. – O que eles podem dizer agora? Cavalheiros, apelo para vocês. Viram o que ocorreu. Podem dar alguma explicação razoável para esse molde de parafina, exceto que resultou da desmaterialização da mão em seu interior?

– Não posso ver nenhuma outra explicação – respondeu Richet. – Mas terá de enfrentar pessoas muito obstinadas e preconceituosas. Se não puderem negar isso, provavelmente irão ignorá-lo.

– A imprensa está aqui e a imprensa representa o público – disse Maupuis. – Em nome da imprensa inglesa, monsieur Malone – continuou ele com seu inglês estropiado –, por acaso pode ver alguma explicação?

– Não posso ver nenhuma – respondeu Malone.

– E monsieur? – perguntou, dirigindo-se ao representante do *Matin*.

O francês deu de ombros.

– Para nós que tivemos o privilégio de estar presentes, foi de fato convincente – disse ele –, contudo, o senhor certamente encontrará objeções. Eles não compreenderão o quanto essa coisa é frágil. Dirão que o médium a trouxe consigo e a depositou sobre a mesa.

Maupuis bateu palmas, triunfante. Seu assistente acabara de trazer uma tira de papel da sala ao lado.

– Sua objeção já está respondida – exclamou ele, acenando o papel no ar. – Eu havia previsto isso e tinha posto um pouco de colesterina[138] no balde com parafina. Talvez tenham observado que quebrei uma beirada do molde. Foi para fins de análise química. Agora ela está concluída. Está aqui, e a presença de colesterina foi detectada.

– Excelente! – disse o jornalista francês. – Tapou o último buraco. Mas qual é o próximo passo?

– O que fizemos uma vez, podemos fazer de novo – respondeu Maupuis. – Vou preparar muitos desses moldes. Em alguns casos, terei punhos e mãos. Em seguida, mandarei fazer modelos a partir deles, colocando gesso dentro do molde. É delicado, mas pode ser feito. Serão dezenas de exemplares, e os enviarei a todas as capitais no mundo, para que as pessoas possam vê-los com seus próprios olhos. Será que isso não os convencerá por fim da realidade de nossas conclusões?

– Não espere demais, meu pobre amigo – disse Richet, a mão sobre o ombro do entusiasta. – Você ainda não compreendeu a enorme *vis inertiae*[139] do mundo. Mas como disse: "*Vous marchez, vous marchez toujours.*"

– E nossa marcha é regulada – disse Mailey. – Há uma liberação gradual para acomodá-la à receptividade da humanidade.

Richet sorriu e sacudiu a cabeça.

---

138. O mesmo que colesterol: esteroide animal normalmente sintetizado no fígado, encontrado nas membranas celulares e transportado no plasma sanguíneo de todos os animais.

139. Em latim no original: literalmente, "força da inércia".

– Sempre transcendental, monsieur Mailey! Sempre vendo além do que a vista alcança e transformando ciência em filosofia! Presumo que é incorrigível. Sua posição é razoável?

– Professor Richet – respondeu Mailey num tom muito grave –, eu lhe pediria que respondesse à mesma pergunta. Tenho profundo respeito por seus talentos e aprovo plenamente sua cautela, mas não terá o senhor chegado ao divisor dos caminhos? Encontra-se agora na posição de admitir, tem de admitir, que uma aparição inteligente sob forma humana, composta da substância que o senhor mesmo denominou de ectoplasma, pode andar pela sala e cumprir instruções enquanto o médium estava prostrado sem sentidos sob os seus olhos; no entanto, hesita em afirmar que o espírito tem uma existência independente. Isso é razoável?

Richet sorriu e negou com a cabeça. Sem responder, virou-se para se despedir do dr. Maupuis e congratulá-lo. Minutos depois o grupo se dispersara, e nossos amigos estavam num táxi rumando velozmente para seu hotel.

Profundamente impressionado com o que vira, Malone passou metade da noite acordado, redigindo um relato completo para a Central News,[140] com os nomes daqueles que haviam endossado o resultado – nomes honrados que ninguém no mundo poderia associar a asneira ou trapaça.

“Sem dúvida, sem dúvida isto marcará uma virada decisiva e uma época.” Assim sonhava ele. Dois dias depois, abriu os grandes diários de Londres, um após outro. Colunas sobre futebol. Colunas sobre golfe. Uma página inteira com os valores das ações. Uma longa e séria correspondência no *Times* sobre os hábitos do quero-quero. Nem uma palavra referente às maravilhas que ele tinha visto e relatado. Mailey riu de sua cara desalentada.

– Um mundo louco, meus senhores[141] – disse ele. – Um mundo maluco! Mas ele ainda não acabou!

---

140. A Central News Agency foi uma agência de notícias fundada em 1863 por William Saunders e Edward Spender.

141. Alusão à peça *Mad World, My Masters*, de Thomas Middleton, comédia publicada em 1608.

13

Em que o professor Challenger
parte para a batalha

O professor Challenger estava de mau humor, e quando isso acontecia todos em sua casa ficavam sabendo. Os efeitos de sua cólera tampouco se confinavam aos que o cercavam, pois a maior parte daquelas cartas furiosas que apareciam de tempos em tempos na imprensa, fustigando e atormentando algum adversário infeliz, eram raios lançados por um Júpiter ofendido sentado em sombria majestade em seu trono, num gabinete nas alturas de um apartamento em Victoria. Os criados mal ousavam entrar na sala onde, de cara feia e rubro de raiva, ele levantava o olhar de seus papéis, como um leão de um osso, a cabeça envolta por juba e barba. Só Enid podia enfrentá-lo nesses momentos, e mesmo ela sentia ocasionalmente o desânimo que os mais corajosos dos domadores podem experimentar ao abrir o portão da jaula. Ela não estava a salvo da língua cáustica do pai, mas pelo menos não precisava temer violência física, sempre uma possibilidade para os outros.

Por vezes, esses acessos frenéticos do famoso professor decorriam de causas materiais.

– É o fígado, senhor, é o fígado – explicava ele extenuado após um ataque mais violento.

Mas nessa ocasião particular ele tinha uma causa muito definida de insatisfação. O espiritismo!

Parecia-lhe que nunca conseguia escapar da maldita superstição – algo que ia contra o trabalho e a filosofia que elaborara durante toda a vida. Tentava desdenhar do espiritismo, rir dele, ignorá-lo com desprezo, mas a maldita coisa insistia em importuná-lo mais uma vez. Na segunda-feira ele a eliminava finalmente de seus livros, e antes de sábado já estava enfiado nela até o pescoço de novo. E a coisa era tão absurda! Ele tinha a impressão de que sua mente estava sendo desviada dos grandes e urgentes problemas fundamentais do Universo e sendo desperdiçada em contos dos Grimm[142] ou com os fantasmas de um autor de romances sensacionalistas.

Depois as coisas pioraram. Primeiro Malone – que, à sua maneira simples, tinha sido um paradigma do ser humano normal – havia de algum modo sido enfeitiçado por essa gente e se comprometido com suas ideias perniciosas. Depois Enid, seu cordeirinho, seu único vínculo real com a humanidade, também fora corrompida. Ela concordara com as conclusões de Malone. Chegara até a colher uma boa quantidade de evidências por si mesma. Em vão, ele mesmo investigara um caso e provara de maneira indubitável que o médium era um bandido maquinador que trazia mensagens do marido morto de uma viúva para submeter a mulher a seu domínio. Era um caso claro, e Enid o admitia. Mas nem ela nem Malone aprovavam nenhuma aplicação geral.

– Há trapaceiros em todas as atividades – diziam eles. – Devemos julgar cada movimento pelos melhores, não pelos piores.

Tudo isso era suficientemente ruim, mas o pior ainda estava por vir. Ele havia sido publicamente humilhado pelos espíritas – e isso por um homem que admitia não ter tido nenhuma instrução e, em qualquer outro assunto no mundo, teria se sentado aos pés do professor como uma criança. No entanto, no debate público... mas essa história precisa ser contada.

Fique-se sabendo, portanto, que Challenger, abominando qualquer oposição e sem nenhum conhecimento da real dimensão do desafio a ser enfrentado, afirmou de fato que se dispunha a descer do Olimpo e se encontrar para um debate com qualquer representante que o outro lado escolhesse. "Sei bem", escreveu ele, "que, com essa condescendência, eu,

---

142. Referência aos contos de fadas dos irmãos Jacob e Wilhelm Grimm publicados pela primeira vez em 1812 sob o título original de *Kinder- und Hausmärchen*.

como qualquer outro homem de ciência de igual prestígio, corro o risco de conferir a essas absurdas e grotescas aberrações do cérebro humano uma dignidade que elas de outro modo não poderiam reivindicar, mas devemos cumprir nosso dever para com o público e, desviando-nos ocasionalmente de nosso trabalho sério, ceder um momento para varrer essas efêmeras teias de aranha que podem se formar e se tornar prejudiciais se não forem dispersadas pela vassoura da ciência." Assim, com extrema autoconfiança, Golias saiu ao encontro de seu antagonista, um ex-assistente de impressor e agora editor do que Challenger descreveria como uma obscura publicação dedicada aos assuntos do espírito.

Os detalhes do debate são de conhecimento público, não sendo necessário descrever em pormenores o penoso evento. Todos se lembrarão de que o grande homem de ciência chegou ao Queen's Hall[143] acompanhado por muitos simpatizantes dos racionalistas que desejavam ver a destruição dos visionários. Um grande número dessas pobres criaturas iludidas também compareceu, na esperança de que seu defensor pudesse não ser inteiramente imolado no altar da ciência ultrajada. Entre elas, as duas facções encheram a sala, e olhavam uma para a outra com tanta inimizade quanto os Azuis e os Verdes mil anos antes no Hipódromo de Constantinopla.[144]

À esquerda do palco estavam as sólidas fileiras daqueles racionalistas firmes e inflexíveis que veem os agnósticos vitorianos como crédulos, e refrescam sua fé pelo escrutínio periódico da *Literary Gazette* e do *Freethinker*.[145] Lá estava também o dr. Joseph Baumer, famoso por suas conferências sobre os absurdos da religião, juntamente com o sr. Edward

---

143. Sala de concerto em Langham Place, Londres, inaugurada em 1893, com capacidade para 2.500 pessoas, e que também era usada como local de palestras e outros eventos.
144. O Hipódromo de Constantinopla foi o centro social e esportivo mais importante da capital do Império Bizantino, onde a população se reunia para assistir e apostar nas corridas de bigas. Havia grande rivalidade entre as equipes dos Verdes e dos Azuis, patrocinados por diferentes facções políticas do Senado.
145. *The Literary Gazette* foi uma revista literária britânica que circulou em Londres de 1817 a 1863, famosa principalmente por suas resenhas de livros. *The Freethinker* é uma revista de cunho secular e humanista, marcadamente antirreligiosa e ateísta, fundada por G.W. Foote em 1881 e em circulação até hoje.

Mould, que com tanta eloquência insistiu no direito do homem à putrefação final do corpo e à extinção da alma.

Na outra ponta, a barba loura de Mailey chamejava como uma auriflama.[146] De um de seus lados estava sua mulher, do outro Mervin, o jornalista, junto das densas fileiras de homens e mulheres convictos da Spiritual Alliance[147] da Queen Square, do Psychic College, do Stead Bureau[148] e das igrejas distantes, reunidas para estimular seu defensor em sua missão impossível. Os semblantes afáveis de Bolsover, o comerciante, com seus amigos de Hammersmith; Terbane, o médium que trabalhava na estação ferroviária; o reverendo Charles Mason, com seus traços ascéticos; Tom Linden, agora felizmente libertado da prisão, ao lado da sra. Linden; o Crewe Circle;[149] o dr. Atkinson; lorde Roxton; Malone e muitas outras famílias podiam ser reconhecidas em meio a essa densa parede de gente.

Entre os dois grupos, solene, imperturbável e gordo, sentava-se o juiz Gaverson, da Corte Superior de Justiça, que consentira em presidir a mesa. Era um fato interessante e sugestivo que nesse debate decisivo, em que estava em jogo o próprio âmago ou o centro vital da verdadeira religião, as igrejas organizadas estivessem inteiramente distantes e neutras. Sonolentas e semiconscientes, talvez não discernissem que o intelecto vivo da nação estava efetivamente promovendo uma inquisição sobre seus corpos para determinar se estavam fadadas à extinção, para a qual eram rapidamente arrastadas, ou se uma ressurreição sob outras formas estava entre as possibilidades do futuro.

---

146. Estandarte vermelho que os reis da França ostentavam durante as batalhas.

147. Referência aos leitores do periódico *Light*, o mais antigo semanário espírita inglês, órgão oficial da London Spiritualist Alliance, organização britânica fundada em 1884 e rebatizada de College of Psychic Science em 1955, dedicada a promover e fornecer subsídios para as investigações dos fenômenos psíquicos.

148. Referência a W.T. Stead Borderland Library, biblioteca fundada em 1914 por Estelle W. Stead com o objetivo de reunir acervo sobre o espiritismo.

149. O Crewe Circle é como se denominava o círculo de amigos do médium William Hope, grupo dedicado à fotografia psíquica e que se reunia em Crewe, Inglaterra, a partir de 1906.

Na frente, de um lado, com seus discípulos de testas largas atrás de si, sentava-se o professor Challenger, portentoso e ameaçador, a barba projetada da maneira mais agressiva, um meio-sorriso nos lábios e as pálpebras pendendo insolentemente sobre seus intolerantes olhos cinzentos. Na posição correspondente do outro lado empoleirava-se um sujeito despretensioso sobre cuja humilde cabeça o chapéu de Challenger teria descido até os ombros. Estava pálido e apreensivo, lançando ocasionalmente um olhar desolado e contrito na direção de seu adversário leonino. Os que conheciam bem James Smith, no entanto, eram os menos alarmados, pois estavam cientes de que atrás daquela aparência banal e democrática havia um conhecimento prático e teórico de seu tema como poucos homens vivos possuíam. Os sábios da Psychical Research Society[150] não passam de crianças em matéria de conhecimento psíquico quando comparados com espíritas praticantes como James Smith — pessoas cujas vidas são passadas em várias formas de comunhão com o invisível. Esses homens muitas vezes perdem contato com o mundo que habitam e são inúteis para seus fins corriqueiros, mas o trabalho de editor de um jornal ativo e a administração de uma extensa comunidade haviam mantido os pés de Smith firmemente plantados na terra, enquanto suas excelentes faculdades naturais, não corrompidas por instrução inútil, haviam lhe permitido concentrar-se no único campo de conhecimento que oferece por si só escopo suficiente para o maior intelecto humano. Embora Challenger não pudesse imaginar, a disputa se dava realmente entre um amador brilhante e digressivo e um profissional extremamente especializado e concentrado.

Admitiu-se dos dois lados que a primeira meia hora de fala de Challenger foi uma magnífica exibição de oratória e argumentação. Sua voz troante como um órgão de igreja — uma voz como só um homem com um metro e trinta de peito pode produzir — subia e descia numa cadên-

---

150. Trata-se da Society for Psychical Research (SPR), de Londres, organização britânica fundada em 1882 por Sir William Barrett (ver nota 66) e uma das mais ativas sociedades de estudo dos fenômenos espíritas do séc.XIX, cujos quadros eram formados por espíritas e não espíritas.

cia perfeita que encantou sua plateia. Ele nascera para impressionar o público – um óbvio líder da humanidade. Era didático, divertido e convincente ao mesmo tempo. Descreveu a evolução natural do animismo entre selvagens encolhidos sob o céu nu que, incapazes de explicar a chuva ou o estrondo do trovão, enxergavam uma inteligência benévola ou maligna por trás dessas operações da natureza que a ciência havia agora classificado e explicado.

Assim, sobre falsas premissas, foi construída essa crença em espíritos ou em seres invisíveis independentes de nós, que por um curioso atavismo reemergia nos dias atuais em meio aos estratos menos instruídos da humanidade. Era dever da ciência resistir a tendências retrógradas desse tipo, e fora um sentimento desse dever que o afastara relutantemente da privacidade de seu gabinete para a publicidade daquele palco. Rapidamente ele esboçou o movimento tal como descrito por seus difamadores. Contada por ele, era uma história extremamente repugnante que envolvia estalos das juntas dos dedos do pé, tinta fosforescente, fantasmas de musselina e uma troca comercial nauseantemente sórdida entre os ossos de homens mortos de um lado e as lágrimas de viúvas de outro. Essas pessoas eram as hienas da raça humana, prosperando à custa de túmulos. (Vivas do lado dos racionalistas e riso irônico dos espíritas.) Nem todas eram trapaceiras. ("Obrigado, professor!", da parte de um adversário de voz potente.) Mas as outras eram tolas (risos). Era exagero chamar de tolo um homem que acreditava que sua avó podia transmitir mensagens absurdas mediante batidinhas da perna de uma mesa de jantar? Havia algum selvagem descido a tão grotesca superstição? Essas pessoas haviam retirado a dignidade da morte e levado sua própria vulgaridade para o sereno esquecimento do túmulo. Era um negócio odioso. Ele lamentava ter de falar com tanta veemência, mas só a faca ou o cautério podiam lidar com tumor tão maligno. Por certo o homem não precisava se inquietar com grotescas especulações sobre a natureza da vida além do túmulo. Tínhamos o bastante a fazer neste mundo. A vida era algo belo. O homem que reconhecia as obrigações que ela impunha e suas belezas teria o suficiente para absorvê-lo sem se aventurar em pseudociências que tinham suas raízes em fraudes, já denunciadas uma centena de vezes e não obstante encontrando novas multidões de devotos estúpidos cuja credulidade insana e preconceito irracional os tornavam impermeáveis a toda argumentação.

Este é um sumário muito cru desse poderoso raciocínio inicial. Os materialistas aplaudiram aos brados; os espíritas pareciam irritados e constrangidos quando seu porta-voz se levantou, pálido, mas resoluto, para responder ao violento ataque.

Sua voz e aparência não tinham nenhuma das qualidades que tornavam Challenger magnético, mas era claramente audível, e ele expressou suas ideias de maneira precisa, como um trabalhador que conhece bem suas ferramentas. A princípio, mostrou-se tão educado e contrito que deu a impressão de ter ficado intimidado. Sentia ser quase presunçoso da parte de alguém tão pouco beneficiado por instrução medir forças mentais por um instante com um antagonista tão renomado, alguém que ele há muito reverenciava. Parecia-lhe, contudo, que na longa lista das realizações do professor – realizações que fizeram dele um nome conhecido no mundo todo – faltava uma, e infelizmente essa era exatamente aquela sobre a qual ele se sentira tentado a falar. Ele ouvira o discurso do professor com admiração no que dizia respeito à eloquência, mas com surpresa, e quase podia acrescentar desdém, quando analisou as asserções nele contidas. Estava claro que ele preparara sua argumentação lendo toda a literatura antiespírita sobre a qual pôde pôr as mãos – uma fonte de informação extremamente contaminada –, negligenciando ao mesmo tempo as obras daqueles que falaram com base na experiência e na convicção.

Toda essa conversa de estalar juntas e outros truques fraudulentos parecia saída do período vitoriano médio de tão velha em sua ignorância, e quanto à avó falando por meio da perna de uma mesa, o orador não podia reconhecer isso como uma descrição justa de fenômenos espíritas. Essas comparações lembravam as piadas sobre sapos dançantes[151] que impedi-

---

151. Alusão ao experimento realizado por Luigi Galvani (1737-98), médico e físico italiano que descobriu em 1771 que os músculos de sapos mortos se movimentavam ao

ram o reconhecimento dos primeiros experimentos elétricos de Volta e eram indignas do professor Challenger. Ele devia por certo estar ciente de que médiuns fraudulentos eram o pior inimigo do espiritismo, que seus nomes eram denunciados nos jornais psíquicos sempre que descoberto, e que tais denúncias eram feitas em geral pelos próprios espíritas, que haviam falado de "hienas humanas" com tanta indignação quanto seu adversário. Não se condenavam os bancos porque falsários os usavam por vezes para fins abomináveis. Era perda de tempo para uma plateia tão seleta descer a esse nível de argumentação. Caso o professor Challenger tivesse negado as implicações religiosas do espiritismo admitindo ao mesmo tempo os fenômenos, teria sido mais difícil contestá-lo, mas ao negar tudo ele se colocava numa posição absolutamente insustentável. Sem dúvida o professor Challenger havia lido a recente obra do professor Richet, o famoso fisiologista. Esse trabalho estendera-se por trinta anos. Richet verificara todos os fenômenos.

Talvez o professor Challenger quisesse informar à plateia que experiência pessoal ele mesmo tivera, o que lhe dava o direito de falar de Richet, Lombroso ou Crookes como se fossem selvagens supersticiosos. Talvez seu adversário tivesse conduzido experimentos privados dos quais o mundo nada sabia. Nesse caso, deveria divulgá-los. Até que o fizesse, era anticientífico e realmente indecente escarnecer de homens cuja reputação científica não ficava abaixo da sua própria e que realizaram tais experimentos e os expuseram perante o público.

Quanto à autossuficiência deste mundo, um professor de sucesso com um sistema digestivo saudável podia esposar essa ideia, mas, quando uma pessoa se via com câncer de estômago num sótão de Londres, talvez questionasse a doutrina de que não havia necessidade de ansiar por nenhum estado de existência a não ser aquele em que se encontrava.

---

serem estimulados eletricamente, dando início assim aos estudos da bioeletricidade, que ele chamara inicialmente de "eletricidade animal". Conan Doyle parece atribuir erroneamente a origem do experimento a Alessandro Volta (1745-1827), físico conhecido pela invenção da primeira pilha elétrica por volta de 1800 a partir da investigação do experimento de Galvani.

Foi um esforço hábil, ilustrado com fatos, datas e números. Embora não se elevasse a píncaros de eloquência, continha grande parte do que precisava uma resposta. E evidenciou-se o triste fato de que Challenger não estava em condições de responder. Ele estudara a sua própria argumentação, mas negligenciara a do adversário, aceitando com demasiada facilidade as presunções superficiais e enganosas de escritores incompetentes que tratavam de um assunto que eles próprios não haviam investigado. Em vez de responder, Challenger perdeu as estribeiras. O leão começou a rugir. Sacudiu sua juba escura, e seus olhos fulguraram, enquanto sua voz grave reverberava pelo salão. Quem eram essas pessoas que se abrigavam atrás de alguns nomes honrados, mas equivocados? Que direito tinham de esperar que homens sérios da ciência suspendessem seus trabalhos para perder tempo investigando suas conjecturas estapafúrdias? Algumas coisas eram evidentes por si mesmas e não requeriam prova. O ônus da prova cabia aos que faziam as afirmações. Se esse cavalheiro, cujo nome é desconhecido, afirma que pode suscitar espíritos, que faça aparecer um agora diante de uma plateia sensata e livre de preconceitos. Se ele diz que recebe mensagens, que nos dê antecipadamente as notícias das agências gerais.

— Isso foi feito muitas vezes! – bradaram espíritas.

— É o que vocês dizem, mas eu o nego. Estou acostumado demais às suas asserções absurdas para levá-las a sério. – Houve tumulto na plateia, e o juiz Gaverson se levantou. – Se ele afirma ter uma inspiração superior, que solucione o assassinato de Peckham Rye, se está em contato com seres angelicais, que nos dê uma filosofia que seja mais elevada do que a mente humana pode elaborar. Essa falsa exibição de ciência, essa camuflagem da ignorância, esse blablablá sobre ectoplasma e outros produtos míticos da imaginação psíquica são mero obscurantismo, os filhos bastardos da superstição e das trevas. Sempre que a matéria era investigada deparava-se com corrupção e putrescência mental. Todo médium é um impostor deliberado.

— Mentira! – gritou uma voz feminina perto dos Linden.

— As vozes dos mortos não pronunciaram coisa alguma exceto asneiras pueris. Os hospícios estão cheios de defensores do culto e ficarão ainda mais cheios se todos tiverem o que lhes convém.

Foi um discurso violento, mas ineficaz. Evidentemente o grande homem estava aturdido. Percebia que havia uma argumentação a ser enfrentada e que não se munira do material com que fazê-lo. Por isso refugiara-se em palavras iradas e afirmações genéricas, que só podem ser feitas com segurança quando não há nenhum antagonista presente para tirar partido delas. Os espíritas pareciam mais divertidos que zangados. Incomodados, os materialistas mexiam-se nas cadeiras. Em seguida, James Smith levantou-se para suas colocações finais. Ele exibia um sorriso malicioso. Havia uma ameaça serena em toda a sua atitude.

Ele exigia, disse, uma atitude mais científica da parte de seu ilustre adversário. Era um fato extraordinário que, quando suas paixões e preconceitos eram despertados, muitos cientistas mostravam uma cômica indiferença por todos os seus próprios princípios. Entre esses princípios, não havia nenhum mais rígido do que o que prescrevia que um assunto devia ser examinado antes de ser condenado. Temos visto nos últimos anos, em questões como a transmissão por ondas de rádio ou aparelhos de voo mais pesados que o ar, que as coisas mais improváveis podem vir a acontecer. É extremamente perigoso dizer a priori que algo é impossível. No entanto, fora nesse erro que o professor Challenger caíra. Ele usara a fama que conquistara merecidamente em assuntos que havia dominado para lançar descrédito sobre um tema que não conhecia. O fato de um homem ser um grande fisiologista e físico não fazia dele por si só uma autoridade em ciência psíquica.

Estava perfeitamente claro que o professor Challenger não havia lido as obras clássicas sobre o assunto em que posava como autoridade. Podia ele dizer à plateia qual era o nome do médium de Schrenck-Notzing?[152] Smith fez uma pausa, aguardando uma resposta. Podia então dizer o nome da médium do dr. Crawford? Não? Podia lhes dizer quem havia sido o sujeito dos experimentos do professor Zöllner, em

---

152. Barão Albert von Schrenck-Notzing (1862-1929), médico e psiquiatra alemão, pioneiro da investigação dos fenômenos psíquicos.

Leipzig?[153] Como, ainda em silêncio? Mas esses eram os pontos essenciais da discussão. Smith hesitara em ser pessoal, mas a linguagem veemente do professor exigia correspondente franqueza de sua parte. Tinha o professor conhecimento de que esse ectoplasma de que zombava havia sido examinado recentemente por vinte professores alemães – ele tinha os nomes, para referência – e que todos haviam comprovado sua existência? Como podia o professor Challenger negar aquilo que esses cavalheiros afirmaram? Iria sustentar que eles também eram criminosos ou loucos? A questão era que o professor chegara àquele salão inteiramente ignorante dos fatos e inteirava-se deles agora pela primeira vez. Ele claramente não tinha percepção alguma de que a ciência psíquica tivesse quaisquer leis, ou não teria formulado solicitações tão infantis de que uma figura ectoplásmica se manifestasse em plena luz naquele palco, quando todo estudante sabia que um ectoplasma é solúvel em luz. Quanto ao assassinato de Peckham Rye, nunca se afirmara que o mundo dos anjos era um anexo da Scotland Yard. Para um homem como o professor Challenger, isso era meramente ludibriar a plateia...

Foi nesse momento que a explosão aconteceu. Challenger se contorcera em sua cadeira. Fuzilara o orador com os olhos. Até que, de repente, lançou-se na direção da mesa do moderador com o salto de um leão ferido. O juiz, que estivera recostado, semiadormecido, as mãos gordas agarradas à imensa barriga, teve um sobressalto convulsivo ante essa súbita aparição que quase o derrubou no fosso da orquestra.

– Sente-se, senhor! Sente-se – gritou.

– Recuso-me a sentar – rugiu Challenger. – Apelo ao senhor como moderador! Estou aqui para ser insultado? Estes procedimentos são intoleráveis. Não vou suportar mais. Minha honra pessoal foi atingida, tenho motivos para tomar a questão em minhas próprias mãos.

Como muitos homens que desprezam a opinião de outros, Challenger ficava extremamente sensível quando alguém tomava alguma liberdade

---

153. Johann C.F. Zöllner (1834-82), professor de física e astronomia da Universidade de Leipzig que também se dedicou ao estudo dos fenômenos psíquicos.

com a sua própria. Cada frase incisiva de seu adversário fora como uma bandarilha nos flancos de um touro enraivecido. Agora, em sua fúria muda, ele sacudia seu enorme pulso peludo sobre a cabeça do moderador na direção do adversário, cujo sorriso zombeteiro o estimulava a arremetidas mais furiosas com que cabeceava o gordo moderador ao longo do palco. Num instante, a plateia se transformara num pandemônio. Metade dos racionalistas estava escandalizada, e a outra metade gritava em sinal de solidariedade com seu defensor:

– Vergonha! Vergonha!

Os espíritas haviam irrompido em gritos zombeteiros, enquanto alguns avançavam às pressas para proteger seu paladino de um ataque físico.

– Temos de tirar o velho daqui – disse lorde Roxton a Malone. – Ele vai ser preso por homicídio se não o fizermos. Ele não é responsável, vai esmurrar alguém e será preso por isso.

O palco havia sido tomado por uma multidão em ebulição, e o auditório estava pouco melhor. Malone e Roxton abriram caminho com os cotovelos por entre a aglomeração até se aproximarem de Challenger, e em parte à força, em parte por hábil persuasão, conseguiram levá-lo, ainda gritando suas queixas, para fora do prédio. Houve uma votação apenas para constar e a reunião se dispersou em tumulto e confusão.

"Todo o episódio", observou o *Times* na manhã seguinte, "foi deplorável, e ilustra muito bem o perigo de debates públicos quando os assuntos são de molde a inflamar os preconceitos, seja de oradores ou da plateia. Expressões como 'microcéfalo idiota!' ou 'sobrevivente simiesco!', quando aplicadas por um professor de renome mundial a um adversário, ilustram até onde esses debatedores podem se permitir chegar."

Assim, após uma longa interpolação, voltamos ao fato de que o professor Challenger estava no pior dos humores quando se sentou com um exemplar do acima mencionado *The Times* na mão e uma pesada carranca no rosto. No entanto, foi exatamente esse momento que o insensato Malone escolheu para lhe fazer a pergunta mais íntima que um homem pode fazer a outro.

Mas talvez não seja muito justo para com a diplomacia de nosso amigo dizer que ele "escolheu" o momento. Ele fora até ali para ver por si mesmo se o homem por quem alimentava profunda reverência e afeição, a despeito de suas excentricidades, não se ressentira dos eventos da noite anterior. Sobre esse ponto, foi rapidamente tranquilizado.

– Intolerável! – urrou o professor, num tom tão inalterado que parecia ter passado a noite toda nele. – Você mesmo estava lá, Malone. Apesar de sua inexplicável e equivocada simpatia pelas ideias néscias dessa gente, tem de admitir que toda a condução dos procedimentos foi intolerável, e que meu merecido protesto foi mais do que justificado. É possível que eu tenha passado dos limites quando joguei a mesa do moderador em cima do presidente do Psychic College, mas a provocação tinha sido excessiva. Você deve lembrar que esse sujeito, Smith ou Brown, o nome é absolutamente irrelevante, ousou me acusar de ignorância e de querer ludibriar a plateia.

– Sem dúvida – disse Malone, em tom apaziguador. – Mas não se inquiete, professor. O senhor também fez uma ou duas críticas bastante severas.

A expressão carrancuda de Challenger desanuviou-se e ele esfregou as mãos alegremente.

– Sim, sim, suponho que alguns de meus golpes foram certeiros. Imagino que não serão esquecidos. Quando disse que os hospícios ficariam cheios se cada homem entre eles tivesse o que lhe convinha, pude vê-los estremecer. Eles todos uivaram, eu lembro, como um canil cheio de filhotes. Foi a afirmação absurda de que eu deveria ler sua literatura simplória que me fez exibir um bocadinho de vigor. Mas espero, meu rapaz, que você tenha vindo aqui esta manhã para me contar que o que eu disse ontem à noite teve algum efeito sobre sua mente, e que reconsiderou essas ideias que são, confesso, um considerável fardo sobre nossa amizade.

Como um homem de coragem, Malone resolveu seguir adiante.

– Eu tinha outra coisa em mente quando vim aqui – disse. – O senhor deve estar ciente de que sua filha Enid e eu temos convivido bastante um com o outro ultimamente. Para mim, senhor, ela se tornou a única mulher no mundo, e nunca serei feliz até que se torne minha esposa. Não sou rico, mas recebi uma boa proposta de um cargo de subeditor, e teria por certo condições de me casar. O senhor me conhece há algum tempo e espero que não tenha nada contra mim. Confio, portanto, que posso contar com sua aprovação no que estou prestes a fazer.

Challenger alisou a barba e suas pálpebras lhe caíram perigosamente sobre os olhos.

— Minhas percepções não são tão débeis que eu tenha deixado de observar as relações que se estabeleceram entre minha filha e você — disse ele. — Essa questão, contudo, misturou-se com a outra que estávamos discutindo. Temo que vocês dois tenham absorvido essa falácia venenosa a cuja extirpação sinto-me cada vez mais inclinado a dedicar minha vida. Ainda que pelo menos no interesse da eugenia, eu não poderia dar minha aprovação a uma união construída sobre tal base. Devo lhe pedir, portanto, uma garantia segura de que suas ideias se tornaram mais sensatas. Pedirei o mesmo a ela.

E assim Malone se viu também subitamente alistado no nobre exército dos mártires. Era um dilema espinhoso, mas ele o enfrentou como o homem que era.

— Estou certo, senhor, de que não faria melhor conceito de mim se eu permitisse que minhas ideias acerca da verdade, quer elas estejam certas ou erradas, fossem influenciadas por considerações materiais. Não posso mudar minhas opiniões, nem mesmo para conquistar Enid. Estou certo de que ela será da mesma opinião.

— Você não achou que levei a melhor ontem à noite?

— Sua fala pareceu-me muito eloquente.

— Não o convenci?

— Não em face da evidência de meus próprios sentidos.

— Qualquer mágico poderia enganar os seus sentidos.

— Temo, senhor, já ter formado minha opinião nesse ponto.

— Então eu também já formei a minha — rugiu Challenger, com um súbito brilho nos olhos. — O senhor deixará esta casa e retornará quando tiver recobrado a sanidade.

– Um momento! – exclamou Malone. – Peço-lhe, senhor, que não se precipite. Valorizo demais sua amizade para me arriscar a perdê-la se isso puder ser evitado de alguma maneira. Sob sua orientação, talvez pudesse compreender melhor as coisas que me desconcertam. Se eu fosse capaz de organizar uma demonstração, o senhor se importaria de comparecer pessoalmente, de modo que seus poderes treinados de observação pudessem lançar uma luz sobre as coisas que me confundiram?

Challenger era imensamente suscetível à lisonja. Nesse momento ele se empertigou e alisou as plumas como uma grande ave.

– Meu caro Malone, se eu puder ajudá-lo a extirpar esse infecto, como devemos chamá-lo?, *microbius spiritualensis*[154] do seu sistema, estou a seu dispor. Ficarei feliz ao devotar um pouco de meu tempo livre para denunciar essas falácias ilusórias de que você se tornou uma vítima tão fácil. Eu não diria que você é inteiramente desprovido de miolos, mas que sua boa natureza é sujeita a se deixar enganar. Eu o advirto de que serei um investigador exigente e levarei para a investigação aqueles métodos de laboratório em que geralmente se admite que sou um mestre.

– É o que desejo.

– Então prepare a ocasião, e estarei lá. Mas nesse meio-tempo você compreenderá claramente que insisto numa promessa de que essa conexão com minha filha não será levada adiante.

Malone hesitou.

– Dou-lhe minha promessa por seis meses – disse ele, por fim.

– E o que fará ao final desse prazo?

– Decidirei quando a ocasião chegar – respondeu Malone diplomaticamente, e assim escapou de uma situação perigosa com mais crédito do que pareceu provável em qualquer momento.

Por força do destino, quando emergiu no corredor do prédio, Enid, que estivera envolvida em suas compras matinais, apareceu no elevador. A complacente consciência irlandesa de Malone permitiu-lhe pensar que os seis meses não precisavam começar naquele instante, e assim ele a

---

154. Em latim no original: "micróbio espiritual".

persuadiu a descer consigo no elevador. Era um desses elevadores mano-
brados por quem os utiliza, e nessa ocasião aconteceu que, de uma maneira que talvez somente Malone pudesse explicar, ele parou entre dois
andares, e apesar de vários toques impacientes de campainha assim permaneceu por um bom quarto de hora. Quando o maquinismo retomou
suas funções, e Enid pôde finalmente chegar em casa e Malone à rua, os
amantes haviam se preparado para esperar por seis meses, com todas as
esperanças de um final bem-sucedido para seu experimento.

14

Em que Challenger encontra
um estranho colega

O professor Challenger não era homem de fazer amigos com facilidade. Para ser seu amigo, era preciso ser seu dependente. Ele não admitia iguais. Mas, como patrono, era esplêndido. Com seu ar de Júpiter, sua colossal condescendência, o sorriso divertido e a impressão geral que transmitia de um deus na Terra, podia ser absolutamente esmagador em sua amabilidade. Mas exigia certas qualidades em retribuição. A estupidez o repugnava. A feiura física o afastava. A independência o repelia. O professor cobiçava um homem a quem o mundo inteiro admirasse, mas que admirasse por sua vez o super-homem acima de si. Assim era o dr. Ross Scotton, que por essa razão havia sido o aluno favorito de Challenger.

E agora ele estava mortalmente doente. O dr. Atkinson do St. Mary's Hospital, que já desempenhou um pequeno papel neste registro, estava tratando dele, e seus informes eram cada vez mais desalentadores. O mal era aquela pavorosa enfermidade, a esclerose múltipla, e Challenger sabia que Atkinson não estava sendo alarmista ao dizer que uma cura era uma possibilidade extremamente remota e improvável. Parecia uma terrível manifestação da natureza injusta das coisas que um jovem cientista, capaz de produzir obras como *A embriologia do sistema nervoso simpático* ou *A falácia do índice opsônico,* antes mesmo de chegar à flor da idade, devesse ser dissolvido em seus elementos químicos sem deixar absolutamente nenhum resíduo pessoal ou espiritual. No entanto, o professor encolhia seus enormes ombros, sacudia a cabeçorra e aceitava o inevitável. Cada nova mensagem era pior que a última, e por fim fez-se um agourento silêncio. Challenger dirigiu-se uma vez aos aposentos em que o amigo residia em Gower Street. Foi uma experiência angustiante, e ele não a repetiu. O enfermo se contorcia com as câimbras musculares características da doença, mordendo os lábios para calar os gritos que talvez aliviassem sua agonia à custa de sua virilidade. Ele segurou seu mentor pela mão como um homem que se afoga e se agarra a uma tábua.

– É realmente como você disse? Não há esperança além dos seis meses de tortura que vejo se estenderem à minha frente? Você não pode, com toda a sua sabedoria e conhecimento, ver nenhum rastro de luz ou vida na sombra escura da dissolução eterna?

– Encare isso, meu rapaz, encare isso! – disse Challenger. – Melhor olhar os fatos de frente que se consolar com fantasias.

Em seguida, os lábios do doente se abriram, e o grito há tanto tempo contido explodiu. Challenger levantou-se e saiu depressa do quarto.

Mas agora as coisas tomavam um novo e incrível rumo. A começar pela aparição da srta. Delicia Freeman.

Uma manhã, ouviu-se uma batida à porta do apartamento em Victoria. Ao olhar para a frente, o austero e taciturno mordomo Austin não viu ninguém diante de si. Ao abaixar os olhos, porém, notou uma moça miúda, cujo rosto delicado e os luminosos olhos de ave estavam voltados para os seus.

– Desejo ver o professor – disse ela, procurando um cartão na bolsa.

– Ele não pode recebê-la – respondeu Austin.

– Ah, sim, ele pode – respondeu a moça serenamente.

Não havia um escritório de jornal, um gabinete de estadista ou uma chancelaria política que tivesse algum dia representado uma barreira forte o bastante para detê-la quando acreditava haver uma boa obra a ser realizada.

– Ele não pode recebê-la – repetiu Austin.

– Ah, mas eu realmente preciso, sabe? – disse a srta. Freeman e, abaixando-se subitamente, passou pelo mordomo. Com infalível instinto, rumou para a porta do sagrado gabinete, bateu e foi entrando.

Atrás de uma escrivaninha apinhada de papéis, a cabeça de leão ergueu os olhos. Os olhos de leão cintilaram.

– O que significa esta invasão? – rugiu o leão.

A moça, contudo, manteve-se inteiramente imperturbável. Ela sorriu docemente para o rosto irado.

– Estou tão contente por conhecê-lo – disse. – Meu nome é Delicia Freeman.

– Austin! – gritou o professor. O rosto impassível do mordomo surgiu junto ao batente da porta. – O que é isto, Austin? Como esta pessoa entrou aqui?

– Não consegui impedi-la – lamuriou-se Austin. – Venha, senhorita, já foi o suficiente.

– Não, não! Não deve se zangar, não mesmo – disse a dama docemente. – Disseram-me que o senhor era uma pessoa realmente terrível, mas na verdade é encantador.

– Quem é você? O que quer? Está ciente de que sou um dos homens mais ocupados de Londres?

A srta. Freeman procurou alguma coisa na bolsa mais uma vez. Estava sempre vasculhando aquela bolsa, para extrair um folheto sobre a Armênia ou a Grécia, ou uma nota sobre missões zenanas,[155] ou quem sabe ainda um manifesto psíquico. Na presente ocasião, o que emergiu foi um pedaço de papel de carta dobrado.

– Do dr. Ross Scotton – disse ela.

O bilhete fora dobrado de qualquer jeito e parecia escrito às pressas – de maneira tão atabalhoada que mal era legível. Challenger curvou suas pesadas sobrancelhas sobre ele.

Por favor, caro amigo e guia, ouça o que essa senhora diz. Sei que é contra todas as suas ideias. Apesar disso, tenho de fazê-lo. Você mesmo disse que eu não tinha esperanças. Testei isso, e funciona. Sei que parece extravagante

---

155. Missões de cunho religioso e médico destinadas a converter as mulheres indianas ao cristianismo e instruí-las sobre higiene e cuidados femininos, iniciadas pela Baptist Missionary Society no início do séc.XIX.

e louco. Mas qualquer esperança é melhor que nada. Se estivesse em meu lugar, teria feito o mesmo. Não quer banir o preconceito e ver por si mesmo? O dr. Felkin virá às três horas.

J. ROSS SCOTTON

Challenger leu isso duas vezes e suspirou. O cérebro do amigo estava claramente afetado pela lesão.

— Ele diz que devo ouvi-la. Do que se trata? Resuma o mais que puder.

— É um médico espiritual – disse a senhorita.

Challenger deu um pulo na cadeira.

— Meu Deus, será que nunca vou me livrar desse despautério? – exclamou. – Será que não podem deixar o pobre-diabo em paz em seu leito de morte sem ficarem encenando seus truques em cima dele?

A srta. Freeman bateu palmas e seus olhinhos rápidos cintilaram de alegria.

— Não é em seu leito de morte. Ele vai ficar bom.

— Quem disse isso?

— O dr. Felkin. Ele nunca erra.

Challenger bufou.

— O senhor o tem visto ultimamente? – perguntou ela.

— Faz algumas semanas que não.

— Então não iria reconhecê-lo. Está quase curado.

— Curado! Curado de esclerose múltipla em poucas semanas!

— Vá lá e veja.

— Quer que eu ajude e seja cúmplice de uma charlatanice infernal? O próximo passo seria esse trapaceiro incluir meu nome entre seus admiradores. Conheço a raça. Se eu fosse lá, provavelmente o agarraria pelo colarinho e o jogaria escada abaixo.

A senhora riu com gosto.

— E ele responderia como Aristides: "Bate, mas ouve-me."[156] No entanto, tenho certeza de que primeiro o senhor o ouvirá. Tal mestre, tal

---

156. Na verdade, a frase é atribuída, segundo Plutarco, a Temístocles, político e general ateniense do séc.VI-V a.C., que a teria proferido quando seu oponente, Euribíades, discordando da estratégia militar proposta por aquele, o ameaçou com um bastão.

discípulo. Ele parece muito envergonhado de estar melhorando de uma maneira tão pouco ortodoxa. Fui eu que chamei o dr. Felkin, contra a sua vontade.

— Ah, fez isso, é? Tomou uma iniciativa muito importante por sua própria conta.

— Estou pronta a arcar com qualquer responsabilidade, pois sei que estou certa. Falei com o dr. Atkinson. Ele tem um conhecimento limitado de assuntos psíquicos, mas é bem menos preconceituoso que a maioria dos senhores, cavalheiros cientistas. Foi da opinião de que, quando um homem está morrendo, o que se faz importa muito pouco em qualquer circunstância. Assim sendo, o dr. Felkin foi lá.

— Mas diga-me, como procedeu esse charlatão para tratar o caso?

— É isso que o dr. Ross Scotton quer que o senhor veja. — Ela consultou um relógio que pescara das profundezas da bolsa. — Dentro de uma hora ele estará lá. Vou dizer ao seu amigo que o senhor irá. Tenho certeza de que não o decepcionará. Ah! — E enfiou a mão na bolsa de novo. — Aqui está um comentário recente sobre a questão da Bessarábia.[157] É bem mais séria do que as pessoas pensam. É o tempo certo de o senhor ler o panfleto antes de sair. Portanto, até logo, caro professor, e *au revoir*!

Delicia Freeman lançou um sorriso radiante para o carrancudo leão e partiu.

Mas, como sempre lhe acontecia, tivera sucesso em sua missão. Havia algo de irresistível no entusiasmo absolutamente desinteressado dessa pessoinha que, num instante, ganhava qualquer um, de um ancião mórmon a um bandoleiro albanês, amando o culpado e deplorando o pecado. Challenger sucumbiu ao seu feitiço e, pouco depois das três horas, subiu pesadamente a escada estreita e bloqueou a porta do quarto humilde em que seu aluno favorito estava acamado. Ross Scotton jazia estendido no leito vestindo um roupão vermelho, e seu professor viu, com um sobres-

---

157. Alusão ao conflito da Bessarábia, região da Europa oriental, palco desde o séc. XVIII de várias invasões pelos russos, que a ocuparam após o Congresso de Berlim em 1878.

salto de alegria, que tinha o rosto mais cheio e que a luz da vida e da esperança voltara a seus olhos.

– Sim, estou derrotando isto! – exclamou ele. – Desde que Felkin realizou sua primeira consulta junto com Atkinson, senti a força vital me inundar novamente. Ah, chefe, é uma coisa tenebrosa passar a noite acordado e sentir esses malditos micróbios corroendo as próprias raízes da sua vida! Quase conseguia ouvi-los em ação. E as câimbras, quando meu corpo ficava todo torcido, como um esqueleto mal articulado! Mas agora, salvo alguma dispepsia e urticária das palmas, estou livre de dor. E tudo graças a este caro companheiro aqui que me ajudou.

Ele fez um gesto com a mão, como se aludisse a alguém ali presente. Challenger lançou um olhar furioso à sua volta, esperando encontrar algum presumido charlatão atrás de si. Mas não havia médico algum. Uma jovem frágil, que parecia ser uma enfermeira, silenciosa, discreta e com uma abundante cabeleira castanha, cochilava num canto. A srta. Delicia, sorrindo timidamente, estava de pé à janela.

– Estou feliz por vê-lo melhor, meu caro rapaz – disse Challenger. – Mas não brinque com a sua razão. Essa enfermidade tem altos e baixos.

– Fale com ele, dr. Felkin. Clareie-lhe a mente – disse o inválido.

Challenger levantou os olhos para a cornija e em seguida correu-os pelo rodapé. Seu aluno dirigia-se claramente a um médico na sala; no entanto, não se via nenhum. Seu desatino certamente não podia ter se agravado a ponto de fazê-lo pensar que aparições flutuantes estavam conduzindo sua cura.

– De fato, isso requer alguma elucidação – disse uma voz grave e viril a seu lado. Ele se virou de um salto. Era a moça frágil que falava.

– Permita-me apresentá-lo ao dr. Felkin – disse a srta. Delicia, com um riso malicioso.

– Que palhaçada é essa? – gritou Challenger.

A jovem levantou-se e tateou desajeitadamente a lateral do vestido. Em seguida, fez um gesto impaciente com a mão.

– Houve um tempo, meu caro colega, em que uma caixa de rapé era parte tão essencial de meu equipamento quanto meu estojo de flebotomia. Vivi antes dos dias de Laennec,[158] e não usávamos estetoscópio, mas ainda assim tínhamos nossa pequena bateria cirúrgica. A caixa de rapé, contudo, era uma oferta de paz, e eu estava prestes a oferecê-la a você, mas, infelizmente, ela já não existe.

Challenger ficou parado, enquanto esse discurso era proferido, os olhos fixos e as narinas dilatadas. Em seguida, voltou-se para a cama.

– Você está querendo dizer que esse é o seu médico, que você segue os conselhos dessa pessoa?

A moça aproximou-se dele, muito rígida.

– Cavalheiro, não vou discutir com você. Percebo muito claramente que é um daqueles que têm estado tão mergulhados no conhecimento material que não teve tempo para se dedicar às possibilidades do espírito.

– Por certo não tenho tempo para disparates – disse Challenger.

– Meu caro chefe! – gritou uma voz da cama. – Peço-lhe para ter em mente tudo que o dr. Felkin já fez por mim. Viu como eu estava um mês atrás e vê como estou agora. Não deveria ofender meu melhor amigo.

– Sem dúvida, professor, acho que deve um pedido de desculpas ao dr. Felkin – disse a srta. Delicia.

– Um hospício privado! – bufou Challenger.

Em seguida, entrando no jogo, ele assumiu a ironia paquidérmica que era uma de suas armas mais eficazes para lidar com alunos recalcitrantes.

– Talvez, jovem senhora, ou devo dizer idoso e venerável professor?, possa permitir a um mero e rude estudioso terreno, que não possui conhecimento algum além do que este mundo pode oferecer, sentar-se humildemente num canto e, quem sabe, aprender um pouco de seus métodos e seu ensinamento. – Challenger pronunciou esta fala com os ombros erguidos até as orelhas, as pálpebras sobre os olhos e as palmas estendidas à sua frente: uma alarmante estátua do sarcasmo. O dr. Felkin, porém, andava com passos pesados e impacientes pelo quarto e quase não lhe deu atenção.

---

158. René-Théophile-Hyacinthe Laennec (1781-1826) foi um médico francês e inventor do estetoscópio.

– Perfeitamente! Perfeitamente! – respondeu, com displicência. – Vá para o canto e fique lá. Acima de tudo, pare de falar, pois este caso requer todas as minhas faculdades. – E virou-se com um ar imperioso para o paciente. – Certo, você está fazendo progresso. Em dois meses estará na sala de aula.

– Mas isso é impossível! – exclamou Ross Scotton, a voz embargada.

– Não. Eu garanto. Não faço falsas promessas.

– Responderei por isso – disse a srta. Delicia. – Ouça, caro doutor, conte-nos quem foi o senhor e quando viveu.

– Tsc, tsc! A mulher inalterável. Meu tempo foi uma época de mexericos e isso não mudou. Não! Vamos dar uma olhada em nosso jovem amigo aqui. Pulso! A batida intermitente desapareceu. Isso foi um ganho. Temperatura, obviamente normal. Pressão sanguínea, continua mais alta do que eu gostaria. Digestão, deixando muito a desejar. O que vocês modernos chamam de greve de fome não seria inoportuno. Bem, as condições gerais são toleráveis. Vejamos o centro local do dano. Puxe a camisa para baixo, senhor! Deite-se de bruços. Excelente! – Ela desceu os dedos com grande força e precisão pela parte superior da coluna, e depois calcou as juntas com súbita força, fazendo o doente uivar. – Bem melhor! Como expliquei, há um ligeiro desalinhamento nas vértebras cervicais que, a meu ver, reduz os forâmens através dos quais as raízes dos nervos emergem. Isso causou compressão e, como esses nervos são realmente os condutores da força vital, perturbou todo o equilíbrio das partes supridas. Meus olhos são a mesma coisa que seus desastrados raios X, e percebo claramente que a posição está quase restaurada e a constrição fatal removida. Espero, cavalheiro – comentou, voltando-se para Challenger –, estar tornando a patologia deste interessante caso inteligível para você.

Challenger grunhiu sua hostilidade e discordância geral.

– Elucidarei quaisquer pequenas dificuldades que possam subsistir em sua mente. Mas, nesse meio-tempo, meu rapaz, você é um motivo de glória para mim, e alegro-me com seu progresso. Você apresentará meus cumprimentos a meu colega da Terra, dr. Atkinson, e lhe dirá que não posso sugerir mais nada. A médium está um pouco fatigada, pobre moça, por isso não me demorarei mais tempo hoje.

— Mas disse que nos contaria quem é.

— Na verdade, não há muito a dizer. Eu era um clínico muito sem expressão. Trabalhei com o grande Abernethy[159] em minha juventude e talvez tenha assimilado um pouco de seus métodos. Quando fiz a passagem, mal tendo entrado na meia-idade, continuei meus estudos, e foi-me permitido, se eu pudesse encontrar algum meio de expressão adequado, fazer algo para ajudar a humanidade. Você compreende, é claro, que é apenas servindo e exercendo a abnegação que avançamos no mundo superior. Este é o meu serviço, e posso apenas agradecer ao bondoso destino por ter sido capaz de encontrar nesta moça um ser cujas vibrações correspondem tão bem às minhas próprias que posso facilmente assumir o controle de seu corpo.

— E onde ela está? — perguntou o paciente.

— Ela está esperando ao meu lado e logo entrará de novo em seu próprio corpo. Quanto a você, cavalheiro — voltando-se para Challenger —, é um homem de caráter e sabedoria, mas está claramente imbuído do materialismo que é a maldição especial de seu tempo. Permita-me assegurar-lhe que a profissão médica, que é suprema sobre a Terra pelo trabalho altruísta de seus membros, cedeu demais ao dogmatismo de homens como você, e negligenciou indevidamente o fato de que o elemento espiritual no ser humano é muito mais importante que suas ervas e seus minerais. Existe uma força vital, senhor, e é no controle dessa força que reside a medicina do futuro. Se fechar sua mente para ela, isso só poderá significar que a confiança do público se voltará para aqueles que estiverem dispostos a adotar todos os meios de cura, quer eles tenham a aprovação de suas autoridades ou não.

O jovem Ross Scotton nunca pôde esquecer a cena. O professor, o mestre, o chefe supremo, aquele com que se devia falar com a respiração

---

159. John Abernethy (1764-1831), eminente cirurgião inglês e fundador da St. Bartholomew's Hospital Medical School.

suspensa, permaneceu sentado, a boca entreaberta e os olhos fixos, inclinado para a frente em sua cadeira, enquanto diante de si a delgada jovem, sacudindo sua basta cabeleira castanha e brandindo um dedo indicador admonitório, falava com ele como um pai fala com uma criança teimosa. Seu poder era tão intenso que, naquele instante, Challenger viu-se compelido a aceitar a situação. Ele arfou e grunhiu, mas nenhuma contestação lhe veio aos lábios. A moça virou-se e sentou-se numa cadeira.

– Ele está indo embora – disse a srta. Delicia.

– Mas ainda não foi – respondeu a moça com um sorriso. – Sim, devo ir, porque tenho muito a fazer. Este não é meu único meio de expressão, preciso estar em Edimburgo dentro de poucos minutos. Mas anime-se, rapaz. Vou equipar minha assistente com duas baterias extras para aumentar sua vitalidade até onde seu sistema permita. Quanto ao cavalheiro – para Challenger –, eu lhe imploraria que tomasse cuidado com o egotismo do cérebro e a concentração do intelecto em si mesmo. Armazene o que é velho, mas seja sempre receptivo ao que é novo, e não o julgue como poderia desejar que fosse, mas como Deus o planejou.

Após soltar um suspiro profundo, ela caiu de volta em sua cadeira. Houve um minuto de silêncio mortal enquanto a jovem permanecia com a cabeça pendendo sobre o peito. Em seguida, com mais um suspiro e um estremecimento, ela abriu um par de perplexos olhos azuis.

– E então, ele veio? – perguntou com uma suave voz feminina.

– Claro que sim! – exclamou o paciente. – Ele foi ótimo. Diz que vou estar na sala de aula em dois meses.

– Esplêndido! Alguma orientação para mim?

– Apenas a massagem especial como antes. Mas ele vai acrescentar mais duas novas baterias espirituais, se eu puder suportar isso.

– Ora! Ele não vai demorar desta vez!

De repente, os olhos da moça pousaram em Challenger, e ela se calou, confusa.

– Esta é a enfermeira Ursula – disse a srta. Delicia. – Enfermeira, permita que eu lhe apresente o famoso professor Challenger.

Challenger tinha maneiras primorosas com as mulheres, em especial se a moça em questão calhasse de ser jovem e bonita. Nesse momento, ele avançou como Salomão deve ter avançado para a rainha de Sabá,[160] tomou-lhe a mão e afagou-lhe o cabelo com patriarcal segurança.

– Minha cara, é jovem e encantadora demais para uma fraude como esta. Abandone isto para sempre. Contente-se em ser uma enfermeira encantadora e renuncie a toda pretensão às funções mais elevadas de médico. Onde foi, se posso lhe perguntar, que aprendeu todo esse jargão sobre vértebras cervicais e forâmens posteriores?

A enfermeira Ursula lançava olhares impotentes à sua volta como uma pessoa que se vê de repente nas garras de um gorila.

– Ela não entende uma palavra do que você diz! – gritou o homem na cama. – Ah, chefe, tem de fazer um esforço para encarar a real situação! Sei que readaptação isso exige! À minha maneira modesta, eu mesmo tive de passar por isso. Mas, acredite em mim, uma vez que compreende o fator espiritual, você vê tudo através de um prisma, e não de uma vidraça.

Challenger continuou a prodigalizar suas atenções paternais, embora a jovem tivesse começado a se esquivar dele.

– Vamos – disse ele –, quem foi o hábil médico com quem trabalhou como enfermeira, o homem que lhe ensinou todas essas belas palavras? Precisa se convencer de que é inútil tentar me enganar. Será muito mais feliz, querida, quando tiver contado a verdade sobre tudo isso, e quando pudermos rir juntos do sermão que me passou.

Uma interrupção inesperada deteve a exploração que Challenger empreendia da consciência ou dos motivos da jovem. O doente estava se sentando, seu rosto era uma vívida mancha vermelha contra os travesseiros brancos, e falava com uma energia que era em si mesma um indício de sua próxima cura.

– Professor Challenger! – exclamou ele. – Está insultando minha melhor amiga. Pelo menos sob este teto ela estará a salvo do escárnio do pre-

---

160. Alusão ao episódio bíblico descrito em 1 Reis 10.

conceito científico. Peço-lhe que se retire do quarto se não puder se dirigir à enfermeira Ursula de maneira mais respeitosa.

Challenger olhou-o fixamente, mas a pacificadora Delicia entrou em ação de imediato.

– Está sendo precipitado, caro dr. Ross Scotton! – exclamou ela. – O professor Challenger não teve tempo para compreender isto. Você mesmo foi igualmente cético a princípio. Como pode censurá-lo?

– Sim, sim, é verdade – concordou o jovem médico. – Isso me parecia abrir a porta para toda a charlatanice do Universo, e de fato abre, mas nem por isso deixa de ser verdade.

– "Uma coisa eu sei: eu era cego e agora vejo"[161] – citou a srta. Delicia. – Ah, professor, pode erguer suas sobrancelhas e encolher os ombros, mas esta tarde colocamos algo em sua grande mente que crescerá sem cessar. – E procurou alguma coisa na bolsa. – Há um papelzinho aqui, "Cérebro *versus* alma". Espero realmente, caro professor, que o leia e depois passe adiante.

---

161. Alusão à seguinte passagem bíblica: "Respondeu ele pois, e disse: Se é pecador, não sei; uma coisa sei, é que, havendo eu sido cego, agora vejo." (João 9:25)

15

Em que são preparadas armadilhas para uma presa formidável

Malone estava sob o compromisso de honra de não falar de amor com Enid Challenger, mas como olhares podem ser eloquentes, suas conversas não haviam sido de todo interrompidas. Sob todos os demais aspectos ele obedecia estritamente ao combinado, embora fosse uma situação difícil. Era mais complicado ainda porque ele era um visitante assíduo do professor, e agora que a irritação do debate fora superada, um visitante muito bem-vindo. O único objetivo da vida de Malone era levar o grande homem a considerar com simpatia os assuntos psíquicos que haviam ganhado um domínio tão grande sobre ele próprio. Perseguia esse fim com diligência, mas também com grande cautela, pois sabia que a lava era fina e que uma explosão impetuosa era sempre possível. Uma ou duas vezes ela ocorreu, e obrigou o jornalista a abandonar o assunto por uns quinze dias, até que o terreno parecesse um pouco mais firme.

Malone desenvolveu uma extraordinária astúcia em suas abordagens. Um estratagema favorito era consultar Challenger com relação a alguma questão científica – sobre a importância zoológica dos estreitos de Banda,[162] por exemplo, ou dos insetos do arquipélago malaio, e fazê-lo prosseguir até que Challenger, no devido tempo, explicasse que nosso conhecimento sobre o ponto em questão era devido a Alfred Russel Wallace.[163]

---

162. Estreito do mar de Banda, onde se situa o arquipélago indonésio de mesmo nome, no centro das Molucas.
163. Alfred Russel Wallace (1823-1913), naturalista britânico que descobriu de forma independente os princípios da evolução biológica. Cético a princípio, acabou conven-

– Ah, é verdade! Wallace, o espírita! – dizia Malone num tom inocente, diante do que Challenger o fuzilava com os olhos e mudava de assunto.

Por vezes era Lodge que Malone usava como armadilha.

– Suponho que o tenha em alta conta.

– O primeiro cérebro da Europa – dizia Challenger.

– A maior autoridade sobre éter,[164] não é mesmo?

– Sem dúvida.

– É claro, só o conheço por suas obras psíquicas.

Challenger fechava-se como um molusco. Em seguida, Malone esperava alguns dias e comentava em tom casual:

– Já esteve algum dia com Lombroso?

– Sim, num congresso em Milão.

– Estive lendo um livro dele.

– Criminologia, presumo?

– Não, intitulava-se *Hipnotismo e mediunidade*.

– Não ouvi falar.

– Discute a questão psíquica.

– Ah, um homem com o cérebro penetrante de Lombroso acabaria com as falácias dos charlatões em dois tempos.

– Não, foi escrito para apoiá-los.

– Bem, até a melhor das mentes tem sua inexplicável fraqueza.

Assim, com infinita paciência e astúcia, Malone pingava suas gotinhas de razão na esperança de desgastar pouco a pouco a carapaça de preconceito, mas não se podiam ver quaisquer efeitos. Uma medida mais forte precisava ser adotada, e Malone decidiu-se pela demonstração direta. Mas como, quando e onde? Esses eram os pontos de importância capital com relação aos quais decidiu consultar Algernon Mailey. Numa tarde de

---

cido da existência dos fenômenos psíquicos ligados ao espiritismo. Sua conversão é descrita no livro *Milagres e o espiritismo moderno* (1874).

164. O éter, segundo teoria dos físicos do séc.XIX, seria um fluido imaterial que permearia o espaço e que se acreditava necessário à propagação das ondas eletromagnéticas, hipótese refutada pelos físicos Albert Abraham Michelson e E.W. Morley. Com a teoria contestada pela ciência, o conceito também foi abandonado pelos espíritas.

primavera, viu-se de volta àquela sala onde havia certa vez rolado sobre o tapete no abraço de Silas Linden. Lá encontrou o reverendo Charles Mason e Smith, o herói do debate do Queen's Hall, em profunda confabulação com Mailey sobre um assunto que talvez seja muito mais fundamental para nossos descendentes do que os tópicos que atualmente parecem de extrema importância aos olhos do público. Tratava-se de nada menos que discutir se o movimento psíquico no Reino Unido estava destinado a assumir um curso unitariano ou um curso trinitariano.[165] Smith sempre fora a favor do primeiro, assim como os antigos líderes do movimento e as Igrejas Espíritas organizadas atuais. Por outro lado, Charles Mason, um filho leal da Igreja Anglicana e porta-voz de um grande número de nomes – inclusive alguns de peso como Lodge e Barrett entre os laicos, ou Wilberforce, Haweis e Chambers entre os clérigos[166] – que aderiam firmemente aos velhos ensinamentos ao mesmo tempo em que admitiam como fato a comunicação com espíritos. Mailey estava em cima do muro, e, como o zeloso juiz de uma partida de boxe que separa os dois combatentes, sempre corria o risco de receber socos de ambos. Malone ficou extremamente feliz por ouvi-los, pois agora que compreendia que o futuro do mundo poderia estar estreitamente associado a esse movimento, cada aspecto dele lhe parecia de grande interesse. Quando entrou, Mason discorria à sua maneira séria, mas bem-humorada.

– As pessoas não estão prontas para uma grande mudança. Isso não é necessário. Basta acrescentarmos nosso conhecimento vivo e a comunhão direta com os santos à esplêndida liturgia e às tradições da igreja, e teremos uma força motriz que revitalizará toda a religião. Não se pode arrancar uma coisa das raízes dessa maneira. Até os cristãos primitivos

---

165. Trinitariano diz respeito ao dogma cristão segundo o qual Deus se manifesta em três pessoas: o Pai, o Filho e o Espírito Santo. Já a doutrina protestante do unitarismo rejeita a Santíssima Trindade e crê apenas na unidade pessoal divina.

166. William Wilberforce (1759-1833), político britânico, filantropo e líder do movimento abolicionista que converteu-se ao evangelismo cristão e se dedicou à reforma evangélica. Thomas Haweis (1732-1820), ministro da Igreja da Inglaterra e uma das figuras de proa do ressurgimento do evangelismo no séc.XVIII na Inglaterra.

descobriram que não podiam, e por isso fizeram toda sorte de concessões às religiões à sua volta.

– E foi exatamente isso que os arruinou – disse Smith. – Esse foi o verdadeiro fim da igreja em sua força e pureza original.

– Mas ela sobreviveu de todo modo.

– Porém nunca foi a mesma desde o momento em que aquele canalha do Constantino pôs as mãos sobre ela.[167]

– Ora, vamos! – disse Mailey. – Não se deve rebaixar o primeiro imperador cristão a um canalha.

Mas Smith era um antagonista franco, inflexível e pertinaz.

– Que outro nome você dá a um homem que assassinou metade da própria família?

– Bem, seu caráter pessoal não está em questão. Estávamos falando da organização da Igreja cristã.

– Não se incomoda com minha franqueza, sr. Mason?

Mason abriu seu sorriso alegre.

– Contanto que admita a existência do Novo Testamento, não me importo com o que faça. Se provasse que nosso Senhor era um mito, como aquele Drews[168] alemão tentou fazer, isso não me afetaria em nada, contanto que eu pudesse apontar para aquele corpo de sublime ensinamento. Ele deve ter vindo de algum lugar, e eu o adoto e digo: "Este é meu credo."

– Bem, não há tanta divergência entre nós sobre esse ponto – disse Smith. – Se existe algum ensinamento melhor, nunca o vi. Em todo caso, é bom o bastante para continuarmos com ele. Mas queremos eliminar os

---

167. Flavius Valerius Aurelius Constantinus Augustus, mais conhecido por Constantino o Grande (c.272-337), o primeiro imperador romano cristão, que governou de 306 a 337. Em 325 convocou o Concílio de Niceia, no qual reuniu os bispos mais importantes do império com o objetivo de reorganizar a doutrina cristã e institucionalizá-la – segundo os interesses do império –, transformando o imperador no chefe terreno da religião cristã, o que entrava em choque com os princípios do cristianismo primitivo, daí Mailey chamá-lo de "canalha".
168. Christian Heinrich Arthur Drews (1865-1935), historiador e filósofo alemão, célebre por sua negação de Jesus como figura histórica, divulgada em seu livro *O mito de Cristo* (1909).

adornos desnecessários e as superfluidades. De onde vieram todos eles? Foram soluções conciliatórias com muitas religiões, de modo que nosso amigo Constantino pudesse obter uniformidade em seu império de extensão mundial. Ele transformou a coisa numa colcha de retalhos. Pegou um ritual egípcio: vestimentas, mitra, báculo, tonsura, aliança de casamento, tudo egípcio. As cerimônias de Páscoa são pagãs e referem-se ao equinócio de primavera. A confirmação é mitraísmo.[169] Assim também o batismo, só que era sangue em vez de água. Quanto à carne do sacrifício...

Mason pôs os dedos nos ouvidos.

— Já conheço esse seu discurso — disse, rindo. — Alugue um auditório, mas não o imponha numa residência privada. Agora falando sério, Smith, nada disso vem ao caso. Se for verdade, não afetará de maneira alguma minha posição: a de que temos um magnífico corpo de doutrina que está funcionando bem, e que é visto com veneração por muitos, inclusive este seu humilde servo, razão por que seria errado e estúpido descartá-lo. Com certeza você deve concordar.

— Não, não concordo — respondeu Smith, endurecendo seu obstinado maxilar. — Você está pensando demais nas suscetibilidades de seus abençoados praticantes. Mas tem de pensar também nas nove pessoas em dez que nunca entram numa igreja. Sentiram-se desestimuladas pelo que elas, inclusive este seu humilde servo, consideram insensato e extravagante. Como as conquistará se continuar a lhes oferecer as mesmas coisas, mesmo que misture a elas ensinamentos sobre os espíritos? No entanto, se você abordar esses agnósticos e ateus e lhes disser: "Concordo perfeitamente que tudo isso é irreal e maculado por uma longa história de violência e reação. Mas aqui temos algo de puro e novo. Venham co-

---

169. Culto religioso oriental, de caráter iniciático e sacrificial, tendo como base a devoção a Mitra, divindade persa, deus da justiça e da luz, protetor dos homens e animais. O culto mitraico, vedado às mulheres, não era público e exigia a superação de árduas etapas pelos seus iniciados. Foi popular entre os soldados romanos e obteve a simpatia de alguns imperadores romanos, como Cômodo e Diocleciano, que o tinham em alta estima, mas desapareceu por volta do séc.V.

nhecê-lo!" Dessa maneira eu poderia induzi-los a retornar a uma crença em Deus e em todos os fundamentos da religião sem que tenham que violentar a própria razão aceitando sua teologia.

Mailey estivera puxando sua barba fulva enquanto ouvia esses conselhos conflitantes. Conhecendo os dois homens, sabia bem que não havia de fato muita coisa a separá-los quando se ia além de meras palavras, pois Smith reverenciava o Cristo como a um homem divino e Mason como a um Deus humano, e o resultado era mais ou menos igual. Ao mesmo tempo, sabia que seus seguidores mais extremos de ambos os lados estavam na verdade enormemente separados, de tal modo que a conciliação se tornava impossível.

— O que não posso compreender — disse Malone — é por que vocês não fazem essas perguntas para os seus amigos, os espíritos, e acatam suas decisões.

— Não é tão simples quanto pensa — respondeu Mailey. — Todos nós conservamos nossos preconceitos terrenos após a morte, e todos nos vemos numa atmosfera que mais ou menos os representa. Assim, a princípio, cada um repetiria suas velhas ideias. Depois, com o tempo, o espírito se alarga e termina num credo universal que inclui apenas a fraternidade do homem e a paternidade de Deus. Mas isso requer tempo. Já ouvi os mais furiosos fanáticos falando através do véu.

— De fato, eu também — disse Malone —, e aqui mesmo nesta sala. Mas e quanto aos materialistas? Pelo menos eles não podem continuar inalterados.

— Creio que sua mente influencia seu estado e que por vezes eles permanecem inertes durante eras, sob sua própria obsessão de que nada pode ocorrer. Depois, finalmente despertam, percebem a perda de tempo e, por fim, em muitos casos, vão para o início da procissão, uma vez que são com frequência homens de excelente caráter e influenciados por motivos elevados, ainda que equivocados, em suas ideias.

— Sim, eles estão muitas vezes entre o sal da terra — disse o clérigo com entusiasmo.

— E oferecem os melhores recrutas para nosso movimento — acrescentou Smith. — Quando descobrem, pelas evidências de seus próprios sentidos, que realmente existe uma força inteligente fora de si mesmos, a reação é tão intensa que ela incute um fervor que faz deles missionários ideais. Vocês que têm uma religião e depois fazem um acréscimo a ela não podem sequer imaginar o que isso significa para o homem que tem um completo vácuo e subitamente encontra algo para preenchê-lo. Quando conheço um pobre sujeito sincero tateando no escuro, realmente anseio por lhe pôr isso na mão.

Nessa altura, o chá e a sra. Mailey apareceram juntos. Mas a conversa não esmoreceu. Uma das características dos que exploram as possibilidades psíquicas é que o assunto tem tantas facetas e o interesse é tão intenso que quando eles se encontram, mergulham na mais fascinante troca de ideias e experiências. Foi com alguma dificuldade que Malone conseguiu conduzir a conversa para o que havia sido o objetivo específico de sua visita. Ele não teria podido encontrar um grupo de homens mais adequado para aconselhá-lo, e todos ficaram igualmente ansiosos em proporcionar o melhor disponível a um homem tão notável quanto Challenger.

Onde deveria ser? Quanto a isso, foram unânimes. A vasta sala de sessões do Psychic College era a mais seleta, a mais confortável e em todos os aspectos a mais bem equipada de Londres. Quando? Quanto mais cedo, melhor. Todo espírita e todo médium poria certamente qualquer compromisso de lado para ajudar numa ocasião como essa.

Quem deveria ser o médium? Ah! Esse era o cerne da questão. Claro que o círculo de Bolsover seria o ideal. Era privado e não remunerado, mas Bolsover era um homem irritadiço, e Challenger podia sem dúvida ser muito ofensivo e inconveniente. A reunião poderia terminar em tumulto e fiasco. Tal risco deveria ser evitado. Valeria a pena levá-lo para Paris? Mas quem assumiria a responsabilidade de soltar semelhante touro na loja de louça do dr. Maupuis?

– Ele provavelmente agarraria o pitecantropo pelo pescoço e poria em risco a vida de todos na sala – disse Mailey. – Não, não, isso não daria certo.

– Não há dúvida de que Banderby é o médium mais forte na Inglaterra – disse Smith. – Mas todos nós sabemos qual é seu caráter pessoal. Não se poderia contar com ele.

– Por que não? – perguntou Malone. – Qual é o problema?

Smith fez o gesto de beber com o polegar.

– Ficou como muitos médiuns antes dele.

– Sem dúvida, é um forte argumento contra nossa causa – disse Malone. – Como pode uma coisa ser boa se leva a tal resultado?

– Considera a poesia boa?

– Ora, claro que sim!

– No entanto, Poe era um bêbado; Coleridge, um viciado; Byron, um devasso; e Verlaine, um degenerado. É preciso separar o homem da coisa. O gênio tem de pagar um preço por sua genialidade na instabilidade de seu temperamento. Um grande médium é ainda mais sensível que um gênio. Alguns são admiráveis em suas vidas. Outros não. Têm muito para desculpá-los. Exercem uma profissão extremamente exaustiva e precisam de estimulantes. Depois perdem o controle. Mas sua mediunidade física continua inalterada.

– Isso me lembra uma história sobre Banderby – disse Mailey. – Talvez você nunca o tenha visto, Malone. É sempre uma figura engraçada: um homenzinho redondo, saltitante, que há anos não vê os dedos dos próprios pés. Quando bêbado, é mais engraçado ainda. Semanas atrás recebi uma mensagem urgente de que estava no bar de certo hotel, muito alto para voltar para casa sem ajuda. Fui buscá-lo com um amigo. Só conseguimos deixá-lo em casa após algumas aventuras desagradáveis. Você acredita que o homem não parava de insistir em realizar uma sessão? Tentamos impedi-lo, mas o megafone estava na mesinha lateral, e ele de repente apagou a luz. Num instante, os fenômenos começaram. Nunca foram mais poderosos. Mas foram interrompidos por Princeps, seu guia, que se apossou do megafone e começou a lhe passar uma descompostura com ele. "Seu velhaco! Seu bêbado! Como se atreve?" O megafone ficou todo amassado com os golpes. Banderby saiu correndo da sala, aos gritos, e fomos embora.

– Bem, de todo modo, dessa vez não foi encenação do médium – disse Mason. – Mas, com relação ao professor Challenger, é melhor não correr o risco.

– Que tal Tom Linden? – perguntou a sra. Mailey.

Seu marido negou com a cabeça.

– Tom nunca mais foi o mesmo desde sua prisão. Esses idiotas não só perseguem nossos preciosos médiuns como destroem seus poderes. É como deixar uma navalha num lugar úmido e depois esperar que ela esteja afiada.

– O quê? Ele perdeu os poderes?

– Bem, eu não iria tão longe. Mas eles não são tão bons quanto antes. Ele vê um policial disfarçado em cada participante da sessão, e isso o distrai. Ainda assim, é confiável até onde vai. Bem, considerando tudo, seria melhor ter Tom.

– E os participantes?

– Suponho que o professor Challenger pode desejar trazer um ou dois amigos.

– Eles formarão um terrível bloqueio de vibrações! Precisamos de alguns de nossos simpatizantes para neutralizar isso. Por exemplo, Delicia Freeman. Ela iria. Eu mesmo poderia ir. Você iria, Mason?

– Claro que sim.

– E você, Smith?

– Não, não! Preciso cuidar de meu artigo, de três serviços, dois enterros, um casamento e cinco reuniões, tudo isso na semana que vem.

– Bem, poderemos facilmente conseguir mais uns dois. Oito é o número favorito de Linden. Portanto, Malone, agora só lhe resta obter do grande homem o consentimento e a data.

– E o espírito de confirmação – disse Mason seriamente. – Devemos consultar nossos parceiros.

– Claro que sim, padre. Essa é a coisa certa a fazer. Bem, está combinado, Malone, e só nos resta esperar o evento.

Por acaso, no entanto, um evento muito diferente estava à espera de Malone aquela noite, e ele deparou com um daqueles abismos que se abrem inesperadamente no curso da vida. Quando chegou ao escritório da *Gazette* no horário de sempre, foi informado pelo porteiro de que o sr. Beaumont desejava vê-lo. O superior imediato de Malone era o velho subeditor escocês, sr. McArdle, e era realmente raro que o editor-chefe baixasse os olhos dos píncaros de que inspecionava os reinos do mundo ou revelasse algum conhecimento de seus humildes colegas de trabalho nos declives abaixo de si. O grande homem, barba feita, próspero e capaz, estava sentado em seu santuário luxuoso em meio a um rico sortimento de móveis antigos de carvalho e couro cor de cera de lacre. Ele continuou sua carta quando Malone entrou, só erguendo seus sagazes olhos cinzentos após alguns minutos.

– Ah, sr. Malone, boa noite! Já faz um tempo que queria vê-lo. Não quer se sentar? É com relação a esses artigos sobre assuntos psíquicos que tem escrito. Você os abriu num tom de ceticismo saudável, temperado com humor, o que era muito aceitável, tanto por mim quanto por nosso público. Lamento observar, no entanto, que sua concepção mudou à medida que foi avançando, e que você assumiu agora uma posição em que realmente parece aprovar algumas dessas práticas. Essa, não preciso dizer, não é a política da *Gazette*, e nós teríamos interrompido os artigos, se não tivéssemos anunciado uma série da autoria de um investigador imparcial. Temos de continuar, mas o tom dever mudar.

– O que deseja que eu faça, senhor?

– Deve captar o lado engraçado da coisa novamente. É disso que nosso público gosta. Zombar disso tudo. Evoque a tia solteirona e faça-a falar de uma maneira divertida. Entende o que quero dizer?

– Temo, senhor, que a questão tenha deixado de ser engraçada a meus olhos. Ao contrário, levo-a cada vez mais a sério.

Beaumont balançou a cabeça solene.

– O mesmo, infelizmente, fazem nossos assinantes. – Ele tinha uma pequena pilha de cartas sobre a escrivaninha a seu lado e pegou uma. – Veja isto: "Sempre considerei seu jornal uma publicação temente a Deus, e gostaria de lhe lembrar que essas práticas que seu correspondente parece aprovar são expressamente proibidas tanto no Levítico quanto no Deuteronômio. Eu compartilharia do seu pecado se continuasse a ser um assinante."

– Besta fanática! – murmurou Malone.

— Pode ser, mas o centavo de um fanático é tão bom quanto qualquer outro. Eis aqui mais uma carta: "Suponho que, nesta era de livre-pensamento e de esclarecimento, os senhores não estejam ajudando um movimento que tenta nos conduzir de volta à ideia erodida de inteligências angélicas e diabólicas fora de nós mesmos. Se assim for, devo pedir-lhe para cancelar minha assinatura."

— Seria divertido, senhor, trancar esses vários objetores numa sala e deixá-los resolver isso entre si.

— Talvez, sr. Malone, mas o que tenho de considerar é a circulação da *Gazette*.

— Não lhe parece, senhor, que talvez esteja subestimando a inteligência do público e que atrás desses extremistas de vários tipos há um vasto corpo de pessoas que ficaram impressionadas com os pronunciamentos de tantas testemunhas eminentes e honradas? Não é nosso dever manter essas pessoas a par dos fatos reais, sem zombar deles?

O sr. Beaumont deu de ombros.

— Os espíritas devem lutar sua própria luta. Este não é um jornal de propaganda, e não temos a pretensão de guiar o público no tocante a crenças religiosas.

— Não, não, eu me referi apenas aos fatos reais. Veja como são sistematicamente mantidos no escuro. Quando, por exemplo, já se leu um artigo inteligente sobre ectoplasma em algum jornal de Londres? Quem iria imaginar que essa substância de suma importância foi examinada, descrita e endossada por homens de ciência, com inúmeras fotografias para provar suas palavras?

— Bem, bem – disse Beaumont, impaciente. – Desculpe-me, estou ocupado demais para discutir a questão. O objetivo desta reunião é comunicar que recebi uma carta do sr. Cornelius dizendo que devemos adotar outra linha de imediato.

O sr. Cornelius era o dono da *Gazette*, situação que conquistara não por qualquer mérito pessoal, mas porque o pai lhe deixara alguns milhões, parte dos quais ele despendera nessa aquisição. Ele mesmo raramente era visto no escritório, mas por vezes um parágrafo no jornal registrava que seu iate aportara em Menton e que ele fora visto nas mesas de Monte Carlo, ou que era esperado em Leicestershire para a temporada. Era um homem sem força de cérebro ou caráter, ainda que ocasionalmente influenciasse negócios públicos por meio de um manifesto impresso em tipo maior na primeira página de seu próprio jornal. Embora não fosse um dissoluto, era um hedonista, vivendo num luxo constante que o punha sempre à beira do vício e por vezes um pouco além. O sangue quente de Malone subiu-lhe à cabeça quando pensou na criatura frívola, esse inseto, interpondo-se entre a humanidade e uma mensagem de instrução e consolo que descia do alto. No entanto, aqueles dedos desajeitados, infantis, podiam realmente girar a torneira e cortar o fluxo divino, por mais que ele pudesse forçar a passagem em outros lugares.

– Portanto, isto é definitivo, sr. Malone – disse Beaumont, como quem encerra uma discussão.

– Realmente definitivo! – respondeu Malone. – Tanto que marca o fim de minha conexão com seu jornal. Tenho um contrato de seis meses; quando ele terminar, vou embora!

– Como queira, sr. Malone. – O sr. Beaumont continuou com sua escrita.

Ainda tomado pelo ardor da batalha, Malone foi à sala de McArdle e contou-lhe o que acontecera. O velho subeditor escocês ficou muito perturbado.

– Ei, é o seu sangue irlandês. Uma gota de *scotch* vai bem, seja nas suas veias ou no fundo de um copo. Volte lá e diga que reconsiderou!

– Não! A ideia desse Cornelius, com sua pança e sua cara vermelha e… bem, você sabe tudo sobre sua vida privada. A ideia de um homem como ele ditando aquilo em que as pessoas devem acreditar e pedindo-me para zombar da coisa mais sagrada nesta Terra!

– Homem, vai ser a sua ruína!

– Bem, homens melhores foram arruinados em nome dessa causa. Mas vou arranjar outro emprego.

– Não se Cornelius puder impedi-lo. Se ganhar fama de insubordinado, não haverá lugar para você em Fleet Street.

– É uma vergonha! – exclamou Malone. – A maneira como essa coisa foi tratada é uma desgraça para o jornalismo. Não é só o Reino Unido. Nos Estados Unidos é pior. Parece que temos na imprensa as pessoas mais baixas, mais desalmadas que já viveram. Há sujeitos bons, também, mas materiais demais. E esses são os líderes do povo! É horrível!

McArdle pousou a mão fraternalmente no ombro do jovem.

– Bem, rapaz, aceitamos o mundo como o encontramos. Não o fizemos e não somos responsáveis. Dê tempo ao tempo! Dê tempo ao tempo! Somos tão apressados. Vá para casa, reflita sobre isso, lembre-se de sua carreira, de sua jovem dama, e depois volte e peça essas humilhantes desculpas que todos nós temos de pedir se quisermos conservar nossos lugares no mundo.

16

Em que Challenger tem a maior experiência de sua vida

Agora, portanto, as redes estavam armadas, o buraco fora cavado e os caçadores estavam prontos para a grande presa, mas a questão era se a criatura iria se deixar conduzir na direção certa. Se Challenger soubesse que, na verdade, a reunião fora promovida na esperança de lhe expor evidências convincentes com relação à verdade da comunicação com espíritos tendo em vista sua conversão final, isso lhe teria provocado no peito uma mistura de raiva e escárnio. Mas o hábil Malone, ajudado e incentivado por Enid, continuou a lhe sugerir a ideia de que sua presença seria uma proteção contra fraudes, e que ele seria capaz de lhes mostrar como e por que haviam sido enganados. Com esse pensamento em mente, Challenger deu um desdenhoso e condescendente consentimento à proposta de que honrasse com sua presença um procedimento que era, em sua opinião, mais apropriado para a cabana de pedras de um selvagem neolítico do que à séria atenção de um representante da cultura e da sabedoria acumuladas da raça humana.

Enid acompanhou o pai, que também levou consigo um curioso companheiro, estranho tanto para Malone quanto para o restante do grupo. Tratava-se de um jovem escocês grande, de ossos proeminentes e sardas no rosto, uma figura enorme e de uma taciturnidade que nada podia penetrar. Nenhuma pergunta pôde revelar quais eram seus interesses na pesquisa psíquica, e a única informação obtida dele foi que se chamava Nicholl. Malone e Mailey foram juntos para a reunião em Holland Park, onde encontraram, à sua espera, Delicia Freeman, o reverendo Charles Mason, o sr. e a sra. Ogilvy do Psychic College, o sr. Bolsover de Hammersmith e lorde Roxton, que se tornara assíduo em seus estudos psíquicos e progredia rapidamente em conhecimento. Eram nove ao todo, uma assembleia heterogênea, pouco harmoniosa, de que nenhum investigador experiente poderia esperar grandes resultados. Quando entraram na sala de sessões, encontraram Linden sentado na poltrona, sua esposa a seu lado, e ele foi apresentado coletivamente ao grupo, vários membros do qual já eram seus amigos. Challenger enfrentou a questão de imediato com ar de quem não vai tolerar tolices.

— Esse é o médium? — perguntou, lançando sobre Linden um olhar muito desfavorável.

— Sim.

— Ele foi revistado?

— Ainda não.

— Quem vai revistá-lo?

— Dois homens do grupo foram selecionados.

Challenger farejou motivo para suspeitas.

— Que homens? — perguntou.

— Foi sugerido que o senhor e o seu amigo, sr. Nicholl, o façam. Há um quarto aqui ao lado.

O pobre Linden foi conduzido entre os dois para fora da sala de uma maneira que o fez lembrar desagradavelmente suas experiências na prisão. Estivera nervoso naquela ocasião, mas o suplício de agora e a presença esmagadora de Challenger deixavam-no ainda mais desconfortável. Ao reaparecer, sacudiu a cabeça melancolicamente para Mailey.

— Duvido que consigamos alguma coisa hoje. Talvez seja prudente adiar a sessão — disse ele.

Mailey aproximou-se e deu-lhe palmadinhas no ombro, enquanto a sra. Linden lhe tomava a mão.

— Está tudo bem, Tom — disse Mailey. — Lembre-se de que tem à sua volta uma escolta de amigos que não permitirão que você seja maltratado. — Em seguida, Mailey falou com Challenger num tom mais severo do que gostaria: – Peço que se lembre, senhor, de que um médium é um instrumento tão delicado quanto qualquer daqueles que podem ser encontrados em seus laboratórios. Não o maltrate. Presumo que não encontrou nada de comprometedor na pessoa dele?

– Não, senhor, não encontrei. E o resultado é que ele nos afirma que não conseguiremos nada hoje.

– Ele diz isso porque suas maneiras o perturbaram. Deve tratá-lo com mais gentileza.

A expressão de Challenger não prometia nada. Seus olhos caíram sobre a sra. Linden.

– Compreendo que essa pessoa é a esposa do médium. Ela também deveria ser revistada.

– É evidente que sim – disse o escocês Ogilvy. – Minha esposa e sua filha vão levá-la. Mas eu lhe peço, professor Challenger, para ser o mais harmonioso que puder e lembrar-se de que todos nós estamos tão interessados nos resultados quanto o senhor, de modo que todo o grupo será prejudicado caso o senhor perturbe as condições.

O sr. Bolsover, o comerciante, levantou-se com muita dignidade.

– Proponho que o professor Challenger seja revistado – anunciou ele.

A barba de Challenger eriçou-se com a raiva.

– Revistar-me! O que tem em mente, senhor?

Bolsover não se intimidou.

– Está aqui não como nosso amigo, mas como nosso inimigo. Se provasse fraude, seria um triunfo pessoal para você, não é? Portanto, de meu ponto de vista, deveria ser revistado.

– Está pretendendo insinuar, senhor, que sou capaz de trapacear? – trombeteou Challenger.

– Bem, professor, somos todos acusados disso, um após o outro – disse Mailey, sorrindo. – A princípio, todos nos sentimos tão indignados como você agora, mas depois de algum tempo a pessoa se acostuma. Já fui chamado de mentiroso, de lunático. Deus sabe do que mais. Que importância tem isso?

– É uma proposição monstruosa – disse Challenger, fuzilando todos à sua volta com os olhos.

– Bem, senhor – disse Ogilvy, um escocês particularmente tenaz. – É claro que lhe é permitido sair da sala e nos deixar. Mas se ficar aqui, deve fazê-lo sob o que consideramos condições científicas. Não é científico que um homem conhecido por sua acerba hostilidade ao movimento se sente conosco no escuro sem nenhuma verificação do que possa ter em seus bolsos.

– Vamos, vamos! – exclamou Malone. – Certamente podemos confiar na honra do professor Challenger.

– Muito bem – disse Bolsover. – Mas não parece que o professor Challenger tenha confiado tanto na honra do sr. e da sra. Linden.

– Temos motivos para ser cuidadosos – disse Ogilvy. – Posso lhes assegurar que há fraudes praticadas contra médiuns, assim como há fraudes praticadas por eles. Poderia lhes dar muitos exemplos. Não, senhor, será preciso revistá-lo.

– Não levará nem um minuto – disse lorde Roxton. – Isto é, o jovem Malone aqui e eu poderíamos dar uma examinada em você num instante.

– Isso mesmo, vamos! – disse Malone.

E assim Challenger, como um touro de olhos vermelhos e narinas dilatadas, foi retirado da sala. Minutos depois, terminados todos os preparativos, eles foram sentados em círculo, e a sessão começou.

Mas as condições já haviam sido destruídas. Pesquisadores meticulosos que insistem em constranger um médium até que a pobre criatura se assemelhe a uma ave amarrada para ser assada, ou que lhe dirigem olhares cheios de desconfiança antes que as luzes sejam diminuídas, não percebem que são como os que misturam água à pólvora e depois esperam que ela exploda. Eles arruínam os próprios resultados, e depois quando esses resultados não ocorrem, imaginam que a causa foi sua astúcia, não sua falta de compreensão.

É por isso que em reuniões humildes por todo o país, numa atmosfera de simpatia e reverência, produzem-se eventos que o frio homem de "Ciência" nunca tem o privilégio de ver.

Todos os presentes sentiram-se agitados pela altercação preliminar, mas quão mais isso significou para o médium, o sensível centro de tudo aquilo! Para ele, a sala estava cheia de ímpetos e turbilhões conflitantes de força psíquica, rodopiando para cá ou para lá, tão difíceis de navegar quanto as corredeiras sob o Niágara. Ele gemeu em seu desespero. Estava-tudo misturado e confuso. Começou, como de costume, com sua clarividência, mas nomes zumbiam em seus ouvidos etéreos sem sequência ou ordem. A palavra "John" parecia predominar, foi o que ele disse. "John" significava alguma coisa para alguém? Uma risada cavernosa de Challenger foi a única resposta. Depois ele obteve o sobrenome Chapman. Sim, Mailey perdera um amigo chamado Chapman. Mas isso fora anos atrás e parecia não haver razão para sua presença, nem ele podia fornecer seu nome de batismo. "Budworth", não, ninguém declarava ter um amigo chamado Budworth. Mensagens definidas chegaram, mas não pareciam ter qualquer relação com o grupo presente. Estava dando tudo errado, e o ânimo de Malone caiu a zero. Challenger fungava tão ruidosamente que Ogilvy o repreendeu.

— Só faz piorar as coisas, senhor, quando mostra seus sentimentos — disse ele. — Posso lhe assegurar que em dez anos de experiência constante nunca vi o médium tão perturbado, e atribuo isso inteiramente à sua própria conduta.

— Sem dúvida — disse Challenger, com satisfação.

— Temo que seja inútil, Tom — disse a sra. Linden. — Como está se sentindo agora, meu caro? Gostaria de parar?

Mas Linden, sob sua aparência suave, era um lutador. Possuía, sob outra forma, aquelas mesmas qualidades que haviam levado seu irmão até muito perto do cinturão Lonsdale.

— Não, acho que talvez só a parte mental esteja confusa. Se eu estiver em transe, superarei isso. Os efeitos físicos podem ser melhores. De toda maneira, vou tentar.

As luzes foram diminuídas até se tornarem um débil vislumbre rubro. A cortina da cabine foi cerrada. Fora dela, de um lado, vagamente delineado para sua plateia, Tom Linden, respirando ruidosamente em seu transe, estava recostado numa poltrona de madeira. Sua mulher montava guarda do outro lado da cabine.

Mas nada acontecia.

Um quarto de hora se passou. Depois outro quarto de hora. O grupo era paciente, mas Challenger começara a inquietar-se em sua cadeira. Tudo parecia ter ficado frio e morto. Não só nada acontecia, como de algum modo toda expectativa de que alguma coisa fosse acontecer parecia ter desaparecido.

– É inútil! – exclamou Mailey, por fim.

– Acho que sim – disse Malone.

O médium mexeu-se e gemeu; estava acordando. Challenger bocejou com alarde.

– Isto não é uma perda de tempo? – perguntou.

A sra. Linden passava a mão sobre a cabeça e a fronte do médium. Ele abrira os olhos.

– Algum resultado? – perguntou.

– É inútil, Tom. Teremos de adiar.

– Também acho – disse Mailey.

– É uma tensão enorme sobre ele nessas condições adversas – observou Ogilvy, lançando um olhar irritado para Challenger.

– É o que parece – disse este último, com um sorriso complacente.

Mas Linden não queria se dar por vencido.

– As condições são ruins – disse. – As vibrações estão completamente erradas. Mas tentarei dentro da cabine. Isso concentra a força.

– Bem, é a última chance – disse Mailey. – Não custa tentar.

A poltrona foi levada para dentro da tenda de pano e o médium foi atrás, cerrando a cortina.

– Isso condensa as emanações ectoplásmicas – explicou Ogilvy.

– Sem dúvida – disse Challenger. – Ao mesmo tempo, no interesse da verdade, devo salientar que o desaparecimento do médium é extremamente lamentável.

– Pelo amor de Deus, não comece a altercar de novo – exclamou Mailey, com impaciência. – Deixe-nos obter algum resultado, e depois haverá tempo de sobra para discutir seu valor.

Mais uma vez houve uma desgastante espera. Em seguida, ouviram-se alguns gemidos ocos vindos de dentro da cabine. Os espíritas empertigaram-se, impacientes.

— É o ectoplasma — disse Ogilvy. — Sua emissão sempre provoca dor.

As palavras mal haviam saído de sua boca quando as cortinas se abriram com súbita violência, todas as argolas chocalhando. Na abertura escura, delineava-se uma vaga figura branca. Ela avançou devagar e com hesitação para o centro da sala. Na escuridão avermelhada todo contorno definido se perdia, e o vulto era apenas uma mancha branca em movimento. Com uma hesitação sugerindo medo, ela se aproximou, passo a passo, até ficar diante do professor.

— Agora! — bradou ele com sua voz retumbante.

Ouviu-se um grito, um berro, um estrondo.

— Peguei-o! — urrou uma pessoa.

— Acendam as luzes! — gritou outra.

— Tenham cuidado! Vocês podem matar o médium! — exclamou uma terceira.

O círculo foi desfeito. Challenger correu para o interruptor e acendeu todas as luzes. O lugar ficou tão inundado de luminosidade que se passaram alguns segundos antes que os espectadores, aturdidos e semicegos, pudessem ver os detalhes.

Quando recobraram a visão e o equilíbrio, o que viram foi um espetáculo deplorável para a maior parte do grupo. Tom Linden, parecendo branco, atordoado e nauseado, estava sentado no chão. Em cima dele encontrava-se o enorme jovem escocês, que o tinha derrubado no chão, enquanto a sra. Linden, ajoelhada junto ao marido, olhava furiosa para seu agressor. Houve um silêncio enquanto o grupo examinava a cena. Ele foi quebrado pelo professor Challenger.

— Bem, cavalheiros, presumo que não haja mais nada a ser dito. Seu médium foi denunciado, como merecia. Agora podem ver a natureza de seus fantasmas. Devo agradecer ao sr. Nicholl, que, posso observar, é o famoso jogador de futebol conhecido por esse nome, pela agilidade com que levou a cabo suas instruções.

– Eu o agarrei – disse o rapaz alto. – Foi fácil.

– Você foi muito eficiente. Prestou um serviço público ajudando a expor uma trapaça cruel. Não preciso dizer que se seguirá um processo.

Mas nesse momento Mailey interveio com tal autoridade que Challenger foi obrigado a ouvir.

– Seu engano não deixa de ser natural, senhor, embora, em sua ignorância, tenha adotado um curso que certamente podia ter sido fatal ao médium.

– Minha ignorância, realmente! Se fala assim eu o advirto de que vou encará-los não como ludibriados, mas como cúmplices.

– Um momento, professor Challenger. Eu vou lhe fazer uma pergunta direta, e peço-lhe uma resposta igualmente direta. Por acaso a figura que todos nós vimos antes deste penoso episódio não era uma figura branca?

– Sim, era.

– Está vendo agora que o médium está inteiramente vestido de preto. Onde está a roupa branca?

– Para mim é irrelevante. Sem dúvida sua mulher e ele estão preparados para todas as eventualidades. Eles têm seus próprios meios para esconder o lençol, ou o que mais possa ter sido. Esses detalhes podem ser explicados no tribunal de polícia.

– Examine agora. Reviste a sala toda em busca de qualquer coisa branca.

– Nada sei a respeito da sala. Posso apenas usar meu senso comum. O homem foi apanhado fazendo-se passar por um espírito. Em que canto ou fresta enfiou seu disfarce pouco importa.

– Ao contrário, é de importância vital. O que viu não foi uma impostura, mas um fenômeno muito real.

Challenger riu.

– Sim, senhor, um fenômeno muito real. Viu uma transfiguração, que é um estágio intermediário da materialização. O senhor irá gentilmente compreender que guias espirituais, que conduzem esses assuntos, não dão a menor importância às suas dúvidas e desconfianças. Eles se propõem a obter certos resultados, e se são impedidos pelas debilidades do círculo de obtê-los de uma maneira, tratam de obtê-los de outra, sem consultar seu preconceito ou conveniência. Neste caso, sendo incapazes de desenvolver uma forma ectoplásmica em razão das más condições que você mesmo criou, eles envolveram o médium inconsciente numa cobertura ectoplásmica e o expeliram da cabine. Ele é tão inocente de impostura quanto você.

– Eu juro por Deus que desde o momento em que entrei na cabine até aquele em que me vi no chão não tive conhecimento de nada – disse Linden.

Ele se levantara cambaleando e tremia da cabeça aos pés em sua agitação, de tal modo que não conseguiu segurar o copo d'água que sua mulher lhe trouxera.

Challenger deu de ombros.

– Suas desculpas só fazem abrir novos abismos de credulidade – disse ele. – Meu único dever é óbvio, e será cumprido até o fim. Não tenho dúvidas de que tudo o que você tenha a dizer receberá a consideração que merece do juiz.

Em seguida, o professor Challenger virou-se para sair, como alguém que realizou triunfantemente aquilo para que viera.

– Vamos, Enid! – convocou ele.

Nesse instante, porém, seguiu-se algo tão súbito, tão inesperado, tão dramático, que nenhum dos presentes jamais deixará de tê-lo em vívida lembrança.

Não houve resposta para o chamado de Challenger. Todos os demais tinham se levantado. Somente Enid permanecia em sua cadeira. Estava sentada, com a cabeça pendendo sobre um dos ombros, os olhos fechados, o cabelo parcialmente solto, um modelo para um escultor.

– Está dormindo – disse Challenger. – Acorde, Enid. Estou indo embora.

A moça não respondeu. Mailey inclinou-se sobre ela.

– Silêncio! Não a perturbem! Está em transe.

Challenger correu para a filha.

– O que vocês fizeram? Sua velhacaria infernal a amedrontou. Ela desmaiou.

Mailey levantou a pálpebra da moça.

– Não, não, seus olhos estão voltados para cima. Está em transe. Sua filha, senhor, é uma poderosa médium.

– Uma médium! Você está delirando. Acorde, menina! Acorde!

– Pelo amor de Deus, deixe-a! Senão pode se arrepender pelo resto da vida. Não é seguro interromper abruptamente o transe mediúnico.

Challenger calou-se, desnorteado. Desta vez sua rapidez de raciocínio o abandonara. Seria possível que sua filha se encontrasse à beira de um misterioso precipício para o qual ele poderia empurrá-la?

– O que devo fazer? – perguntou, impotente.

– Não tenha medo. Ficará tudo bem. Sente-se! Sentem-se, todos vocês. Ah! Ela está prestes a falar.

A moça mexera-se. Havia se sentado ereta em sua cadeira. Seus lábios tremiam. Tinha uma das mãos estendida:

– Para ele! – exclamou, apontando para Challenger. – Ele não deve ofender meu Medi. É uma mensagem. Para ele!

Fez-se silêncio total entre as pessoas que haviam se reunido em torno da jovem.

– Quem está falando? – perguntou Mailey.

– É Victor que fala. Victor. Ele não deve ofender meu Medi. Tenho uma mensagem. Para ele!

– Sim, sim. Qual é a mensagem?

– A mulher dele está aqui.

– Sim!

– Ela diz que esteve aqui antes uma vez. Veio por meio desta menina. Foi depois que ela foi cremada. Ela bateu e ele ouviu as batidas, mas não compreendeu.

– Isso significa alguma coisa para você, professor Challenger?

Suas grandes sobrancelhas estavam cerradas sobre seus olhos desconfiados e indagativos, e ele olhava fixamente, como um animal acuado, cada um dos rostos à sua volta. Era um truque, um truque sórdido. Haviam subornado sua própria filha. Era infame. Ele os denunciaria, um por um. Não, não tinha perguntas a fazer. Enxergava exatamente o que estava acontecendo ali. Ela fora persuadida. Challenger não poderia acreditar em algo assim vindo da parte da filha, no entanto, era o que devia ter acontecido. Ela estava fazendo aquilo em benefício de Malone. Uma mulher faz qualquer coisa pelo homem que ama. Sim, era infame. Longe de se abrandar, ele se sentiu mais vingativo que nunca. Seu rosto furioso, suas palavras entrecortadas, expressaram suas convicções.

Mais uma vez a moça estendeu o braço diante de si.

— Mais uma mensagem!

— Para quem?

— Para ele. O homem que quis ofender meu Medi. Ele não deve ofender meu Medi. Um homem aqui... dois homens... desejam lhe transmitir uma mensagem.

— Sim, Victor, diga.

— O nome do primeiro homem é... — A cabeça da jovem inclinou-se, e ela virou o ouvido para o alto, como se tentasse escutar. — Sim, sim, entendi! É Al-Al-Aldridge.

— Isso significa alguma coisa para você?

Challenger vacilou. Uma expressão de absoluto assombro apareceu em seu rosto.

— Qual é o segundo homem? — perguntou ele.

— Ware. Sim, é isso. Ware.

Challenger sentou-se de repente. Passou a mão pela testa. Estava mortalmente pálido. Seu rosto estava melado de suor.

— Você os conhece?

— Conheço dois homens com esses nomes.

— Eles têm uma mensagem para você — disse a moça.

Challenger pareceu preparar-se para um golpe.

— Bem, o que é?

— Privado demais. Não falar, toda essa gente aqui.

— Devemos esperar lá fora — disse Mailey. — Venham, amigos, vamos deixar o professor receber sua mensagem.

Eles se dirigiram para a porta, deixando o homem sentado diante da filha. Um nervosismo incomum e súbito pareceu apossar-se dele.

— Malone, fique comigo!

A porta foi fechada e os três foram deixados juntos.

— Qual é a mensagem?

— É sobre um pó.

— Sim, sim.

— Um pó cinza?

— Sim.

— A mensagem que os homens querem que eu transmita é: "Você não nos matou."

— Pergunte-lhes... pergunte-lhes... como morreram? — Ele tinha a voz embargada e seu corpanzil tremia de emoção.

— Eles morrer de doença.

— Que doença?

— Novo... Novo. Hein? Pneumonia.

Challenger caiu sentado em sua cadeira com um enorme suspiro de alívio.

— Meu Deus! — exclamou, enxugando a fronte. Em seguida: — Chame os outros, Malone.

Eles estavam esperando no saguão e voltaram todos para a sala. Challenger levantara-se para recebê-los. Suas primeiras palavras foram para Tom Linden. Ele falou como um homem abalado cujo orgulho fora momentaneamente vencido.

— Quanto ao senhor, cavalheiro, não tenho a presunção de julgá-lo. Ocorreu-me algo que é tão estranho, e também tão certo, já que meus próprios sentidos treinados o atestaram, que não estou em condições de negar qualquer explicação que tenha sido oferecida antes para a sua conduta. Rogo-lhe que me permita retirar quaisquer expressões injuriosas que eu possa ter usado.

Tom Linden tinha o caráter de um verdadeiro cristão. Seu perdão foi instantâneo e sincero.

— Não posso duvidar de que minha filha possua um estranho poder que corrobora muito do que me disse, sr. Mailey. Eu tinha razões para meu ceticismo científico, mas vocês me ofereceram hoje algumas evidências incontestáveis.

– Todos nós passamos pela mesma experiência, professor. Duvidamos e depois somos, por nossa vez, objeto de dúvida.

– Dificilmente posso conceber que se duvidará de minha palavra a esse ponto – disse Challenger com dignidade. – Posso verdadeiramente dizer que recebi esta noite uma informação que nenhuma pessoa viva sobre esta Terra estava em condições de dar. Isso está acima de qualquer dúvida.

– A moça está melhorando – disse a sra. Linden.

Enid endireitava-se na cadeira e olhava à sua volta, espantada.

– O que aconteceu, pai? Parece que adormeci.

– Está tudo bem, querida. Conversaremos sobre isso mais tarde. Venha para casa comigo agora. Tenho muito que refletir. Talvez possa vir conosco, Malone. Sinto que lhe devo alguma explicação.

Ao chegar a seu apartamento, o professor Challenger comunicou a Austin que não queria ser importunado por razão alguma e seguiu para sua biblioteca, onde se sentou em sua grande poltrona, com Malone à sua esquerda e a filha à direita. Ele havia estendido sua manzorra e envolvido a mãozinha de Enid.

– Minha querida – disse após um longo silêncio. – Não posso duvidar de que você é dotada de um estranho poder, pois isso me foi demonstrado esta noite com plenitude e clareza definitivas. Como você o possui, não posso negar que outros também possam tê-lo, e a ideia geral de mediunidade entrou em minhas concepções do que é possível. Não vou discutir a questão, porque meus pensamentos sobre o assunto ainda estão confusos, e precisarei mastigar a coisa com você, jovem Malone, e com seus amigos, antes de chegar a uma ideia mais definida. Direi apenas que minha mente recebeu um choque, e que uma nova avenida de conhecimento parece ter se aberto diante de mim.

– Ficaremos realmente muito felizes se pudermos ajudá-lo – disse Malone.

Challenger abriu um sorriso amargo.

– Sim, não tenho dúvida de que uma manchete em seu jornal, "Conversão do professor Challenger", seria um triunfo. Advirto-o de que não cheguei a esse ponto.

– Certamente não faríamos nada prematuro e suas opiniões podem continuar inteiramente privadas.

– Nunca me faltou coragem moral para proclamar minhas opiniões depois que foram formadas, mas o momento ainda não chegou. No entanto, recebi duas mensagens esta noite, e só posso atribuí-las a uma origem extracorpórea. Estou dando por certo, Enid, que você estava realmente inconsciente.

– Eu lhe asseguro, pai, que não me dava conta de nada.

– É claro. Você sempre foi incapaz de trapacear. Primeiro veio uma mensagem de sua mãe. Ela me assegurou que havia realmente produzido aqueles sons que ouvi e sobre os quais lhe falei. Agora está claro que você foi a médium e que não estava dormindo, mas em transe. É incrível, inconcebível, grotescamente maravilhoso, mas parece ser verdade.

– Crookes usou quase essas mesmas palavras – disse Malone. – Ele escreveu que isso era tudo "perfeitamente impossível e absolutamente verdadeiro".

– Devo-lhe um pedido de desculpas. Talvez deva um pedido de desculpas a muita gente.

– Nenhum será solicitado – disse Malone. – Não é da índole dessas pessoas.

– É o segundo caso que eu gostaria de explicar. – O professor mexeu-se em sua cadeira, constrangido. – É um assunto de grande privacidade, eu jamais teria aludido a ele, e ninguém na Terra poderia ter conhecimento disso. Já que ouviram tanto, vocês podem ouvi-lo todo.

"Aconteceu quando eu era um jovem médico, e não é exagero dizer que projetou uma sombra em minha vida, uma sombra que só foi dissipada esta noite. Outros podem tentar explicar o que se passou hoje por telepatia, ação mental inconsciente, o que quiserem, mas não posso duvidar... é impossível duvidar que uma mensagem proveniente dos mortos chegou a mim.

"Havia uma nova droga em discussão naquela época. É inútil entrar em detalhes que vocês seriam incapazes de apreciar. Basta dizer que vinha de uma planta da família da datura, que fornece venenos mortais, bem como medicamentos poderosos. Eu tinha recebido um dos primeiros espécimes e desejava ter meu nome associado à primeira exploração de suas propriedades. Ministrei-a a dois homens, Ware e Aldridge, no que pensei ser uma dose segura. Eles eram pacientes em minha enfermaria num hospital público. Ambos foram encontrados mortos na manhã seguinte.

"Eu ministrara a droga secretamente. Ninguém sabia. Não houve escândalo porque ambos estavam muito doentes e sua morte pareceu natural. Mas em meu coração temi. Acreditei que os havia matado. Isso sempre foi um pano de fundo escuro para minha vida. Como vocês mesmos ouviram esta noite, foi da doença, e não da droga que eles morreram."

– Pobre papai! – sussurrou Enid afagando a grande mão hirsuta. – Pobre papai! Quanto deve ter sofrido!

Orgulhoso demais para suportar piedade, mesmo da própria filha, Challeger puxou a mão.

– Eu trabalhava pela ciência – disse ele. – A ciência deve correr riscos. Não me parece que eu merecia censura. Apesar disso… apesar disso… meu coração está muito leve esta noite.

17

Em que as brumas se dissipam

Malone havia perdido o emprego e encontrara seu caminho em Fleet Street bloqueado pelo rumor sobre sua independência. Seu lugar na equipe havia sido tomado por um judeu jovem e bêbado, que se distinguira de imediato com uma série de artigos extremamente cômicos sobre assuntos psíquicos, pontilhados com afirmações de que abordava o tema com uma mente absolutamente aberta e imparcial. Por certo o leitor se lembrará de seus estratagemas, como quando ofereceu cinco mil libras se os espíritos dos mortos indicassem os três primeiros cavalos no próximo derby e sua demonstração de que ectoplasma era na verdade a espuma de uma garrafa de *porter*[170] habilmente escondida pelo médium.

Mas o caminho que se fechou de um lado se abriu de outro. Havia muito que Challenger, perdido em seus sonhos ousados e experimentos engenhosos, precisava de um homem ativo, de mente lúcida, para administrar seus interesses comerciais e controlar suas patentes de âmbito mundial. Havia muitos inventos, os frutos do trabalho de toda a sua vida, que proporcionavam renda, mas precisavam ser cuidadosamente vigiados e protegidos. Seu alarme automático para navios em águas rasas, o aparelho para desviar torpedos, o novo e econômico método para separar o nitrogênio do ar, os aperfeiçoamentos radicais na transmissão radiofônica e o novo tratamen-

---

170. *Porter* é um estilo de cerveja escura forte, bastante carbonatada, fabricada em Londres desde o séc.XVIII.

to da pechblenda,[171] todos eram rentáveis. Enfurecido com a atitude de Cornelius, o professor depositou a administração de tudo isso nas mãos do futuro genro, que protegia diligentemente seus interesses.

O próprio Challenger se modificara. Seus colegas e as pessoas que o cercavam observavam a mudança sem perceber claramente a causa. Mostrava-se mais gentil, mais humilde e mais espiritual. No fundo de sua alma estava a convicção de que ele, o defensor do método científico e da verdade, havia de fato, durante muitos anos, sido anticientífico em seus métodos, e uma tremenda obstrução ao avanço da alma humana através da selva do desconhecido. Essa autocondenação é que operara a mudança em seu caráter. Além disso, havia mergulhado com sua energia característica na maravilhosa literatura sobre o assunto, e, à medida que lia o iluminador testemunho de Hare,[172] De Morgan,[173] Crookes, Lombroso, Barrett, Lodge e tantos outros grandes homens sem o preconceito que outrora lhe obscurecera o cérebro, pasmava-se com o fato de ter podido por um instante imaginar que uma opinião tão consensual pudesse ser fundamentada em erro. Sua natureza violenta e entusiástica o fez abraçar a causa psíquica com a mesma veemência, e até, ocasionalmente, com a mesma intolerância com que outrora a denunciara, e o velho leão arreganhava os dentes e rugia para os que antes haviam sido seus associados.

O notável artigo que publicou em *The Spectator*[174] começava com as palavras: "A obtusa incredulidade e obstinada irracionalidade dos prela-

---

171. Referência a uma variedade do minério uraninita, descoberto por Antoine Henri Becquerel, do qual se pode extrair urânio e que foi objeto de estudo por Marie e Pierre Curie. O autor se refere aos possíveis usos da radioatividade que ainda estavam sendo explorados e entendidos na época.

172. Robert Hare (1781-1858), professor de química, foi um dos primeiros cientistas americanos a divulgar e defender o espiritismo, além de investigar os fenômenos mediúnicos com uma abordagem científica.

173. Augustus de Morgan (1806-71), matemático e lógico inglês, que abraçou o espiritismo no final da vida e investigou fenômenos psíquicos, principalmente aqueles relacionados à clarividência. Auxiliou anonimamente a publicação do livro de sua esposa, Sofia Morgan, intitulado *From Matter to Spirit* (1863), por acreditar que seu vínculo com o projeto prejudicaria sua carreira como cientista.

174. Revista semanal britânica conservadora, especializada em política e cultura, fundada em 1828.

dos que se recusavam a olhar através do telescópio de Galileu e observar os satélites de Júpiter foi de longe transcendida em nossos próprios dias pelos ruidosos polemistas que exprimem precipitadamente opiniões extremas sobre assuntos psíquicos que nunca tiveram nem tempo, nem inclinação para examinar"; enquanto numa frase final ele expressava sua convicção de que seus opositores "na verdade não representam o pensamento do século XX, podendo ser encarados antes como fósseis mentais escavados de algum primitivo horizonte plioceno."[175]

Como é de costume, críticos levantaram as mãos, horrorizados com a linguagem robusta do artigo, embora a violência do ataque tenha sido por tantos anos aprovada no caso dos que estão na oposição. Podemos, portanto, deixar Challenger, sua juba preta ficando grisalha pouco a pouco, mas seu grande cérebro tornando-se cada vez mais forte e mais viril à medida que se defrontava com problemas como os que o futuro lhe reservava – um futuro que havia deixado de ser limitado pelo estreito horizonte da morte, e que agora se estendia em direção às infinitas possibilidades e desenvolvimentos da contínua sobrevivência da personalidade, do caráter e da obra.

O casamento acontecera. Foi uma solenidade discreta, mas nenhum profeta poderia jamais ter previsto os convidados que o pai de Enid reuniu nos Whitehall Rooms.[176] Eles formavam um grupo feliz, todos ligados uns aos outros pela oposição do mundo e unidos num conhecimento único e comum. Lá estava o reverendo Charles Mason, que oficiara a cerimônia, e se alguma vez a bênção de um santo consagrou uma união, assim acontecera naquela manhã. Agora, em seu traje preto e com seu sorriso cativante, ele se movia entre a multidão carregando consigo paz e

---

175. O Plioceno é a designação da época geológica imediatamente anterior ao período Terciário da era Cenozoica, situado no tempo entre cerca de 5 e 2 milhões de anos atrás e cujo clima, fauna e flora não diferem consideravelmente dos atuais.

176. Referência aos quartos do Palácio de Whitehall, palácio real e principal residência dos monarcas da Inglaterra em Londres entre 1530 e 1698, ano em que todo o edifício, com exceção da Banqueting House, se incendiou. Até então, era o maior palácio da Europa, com mais de 1.500 cômodos.

benevolência. Com sua barba loura, Mailey, o velho guerreiro, marcado pelas cicatrizes de muitos combates e ávido por mais, estava ao lado de sua esposa, a gentil escudeira que lhe carregava as armas e o encorajava. Lá estava o dr. Maupuis, de Paris, tentando fazer o garçom compreender que queria café e sendo presenteado com palitos de dente, enquanto o magro lorde Roxton observava seus esforços com sarcástico divertimento. Lá estavam também o bom Bolsover, com vários membros do círculo de Hammersmith, Tom Linden com a esposa, Smith, o buldogue brigão do norte, o dr. Atkinson, Marvin, o editor psíquico com sua gentil esposa, os dois Ogilvy, a pequena srta. Delicia com sua bolsa e seus panfletos, o dr. Ross Scotton, agora plenamente curado, e o dr. Felkin, o médico que o curara, até onde sua representante terrena, a enfermeira Ursula, podia preencher seu lugar. Todas essas pessoas e muitas outras eram visíveis ao nosso espectro de luz de cinco centímetros, e audíveis às nossas quatro oitavas de som. Quantas outras, fora desses estreitos limites, podem ter acrescentado sua presença e sua bênção? Quem saberá dizer?

Uma última cena antes que encerremos este registro. Deu-se numa sala de estar do Imperial Hotel, em Folkestone. Sentados à janela, estavam o sr. e a sra. Edward Malone, fitando, a oeste, um tempestuoso céu vespertino sobre o canal da Mancha. Grandes tentáculos púrpura, presságios ameaçadores do que se encontrava, invisível e desconhecido, além do horizonte, retorciam-se rumo ao zênite. Abaixo, o pequeno barco da vila de Dieppe resfolegava ansiosamente na volta para casa. Mais além os grandes navios mantinham-se no meio do canal, como se farejassem perigo. A vaga ameaça desse céu conturbado atuou inconscientemente sobre as mentes de ambos.

– Diga-me, Enid – disse Malone –, de todas as nossas maravilhosas experiências psíquicas, qual está mais vívida agora em sua mente?

– É curioso que pergunte, Ned, porque eu estava pensando nisso agora mesmo. Suponho que foi a associação de ideias com esse céu assustador. Era em Miromar que eu pensava, o homem estranho e misterioso com suas palavras catastróficas.

– Eu também.

– Teve alguma notícia dele desde então?

– Uma única vez. Era um domingo de manhã, no Hyde Park.[177] Ele falava para um grupinho de homens. Misturei-me entre as pessoas e ouvi. Era a mesma advertência.

– Como eles a receberam? Riram?

– Bem, você o viu e ouviu. Não pôde rir, pôde?

– Não, é verdade. Mas você não o leva a sério, não é, Ned? Olhe para a sólida e velha terra da Inglaterra. Olhe para nosso grande hotel e as pessoas caminhando à beira-mar, os indigestos jornais matutinos e toda a ordem estabelecida de um país civilizado. Pensa mesmo que alguma coisa poderia destruir tudo isso?

– Quem sabe? Miromar não é o único a dizê-lo.

– Ele chama isso de o fim do mundo?

– Não, não, é o renascimento do mundo, do verdadeiro mundo, o mundo como Deus pretendeu que ele fosse.

– É uma mensagem tremenda. Mas o que está errado? Por que um julgamento tão pavoroso deveria se abater?

– É o materialismo, as formalidades rígidas das igrejas, a alienação de todos os impulsos espirituais, a negação do invisível, a zombaria desta nova revelação. Segundo ele, essas são as causas.

– O mundo já foi sem dúvida pior do que agora, não é?

– Mas nunca com as mesmas vantagens. Nunca com a educação, o conhecimento e a chamada civilização, que o deveriam ter conduzido a coisas mais elevadas. Veja como tudo foi transformado em mal. Temos o conhecimento das aeronaves. Bombardeamos cidades com elas. Aprendemos a nos mover sob os mares usando energia a vapor. Assassinamos marinheiros com isso. Ganhamos comando sobre as substâncias químicas. Com elas fazemos explosivos ou gases venenosos. As coisas ficam cada vez piores. Neste momento cada nação sobre a Terra trama secre-

---

177. Um dos maiores parques de Londres, situado no West End, e uma das maiores áreas verdes da cidade. Tradicionalmente, aos domingos, o Speaker's Corner do Hyde Park é palco de discursos e pregações.

tamente como pode melhor envenenar as outras. Terá Deus criado o planeta para este fim, e será provável que ele vá permitir que ele prossiga de mal a pior?

– É você ou Miromar que está falando agora?

– Bem, eu mesmo tenho pensado no assunto, e todos os meus pensamentos parecem justificar sua conclusão. Li uma mensagem espiritual escrita por Charles Mason. Ela dizia: "A mais perigosa condição para um homem ou uma nação produz-se quando seu lado intelectual é mais desenvolvido que o espiritual." Essa não é exatamente a condição do mundo atual?

– E como isso acontecerá?

– Ah, aí posso apenas acreditar no que diz Miromar. Ele fala de uma quebra de todas as taças.[178] Há a guerra, a fome, a pestilência, terremotos, inundações, ondas gigantescas, tudo terminando em paz e glória inexprimíveis.

As grandes raias luminosas púrpura tomavam todo o céu. Um tênue brilho carmesim, um sinistro fulgor tempestuoso, espalhava-se no oeste. Enquanto observava isso, Enid estremeceu.

– Uma coisa eu aprendi – disse Malone. – É que duas almas, onde existe amor verdadeiro, avançam sem interrupção por todas as esferas. Por que, então, deveríamos você e eu ter medo da morte, de qualquer coisa que a vida ou a morte possam trazer?

Ela sorriu e pôs a mão na dele.

– De fato, por quê? – perguntou.

---

178. Alusão à profecia das sete taças e suas respectivas pragas derramadas pelos anjos, descrita na Bíblia (Apocalipse 16, particularmente 1-21).

APÊNDICES

Nota ao Capítulo 2
Clarividência em igrejas espíritas

O fenômeno, tal como se manifesta em igrejas ou centros espíritas, como os espíritas normalmente os chamam, varia muito. Ele é de tal modo incerto que muitas congregações o abandonaram por completo, pois se tornou uma fonte mais de escândalo que de edificação. Por outro lado, se a ambiência for boa, com o público solidário e o médium em boa condição, há ocasiões em que os resultados são verdadeiramente assombrosos. Estive presente quando o sr. Tom Tyrell, de Blackburn, falando de improviso em Doncaster – cidade que ele não conhecia –, acertou não só as descrições mas até os nomes de várias entidades que foram reconhecidas pelos diferentes indivíduos para os quais apontou. Tenho conhecimento de que o sr. Vout Peters[179] também fez quarenta descrições numa cidade estrangeira (Liège) onde nunca estivera antes, com apenas um fracasso, que mais tarde foi explicado. Tais resultados estão muito acima do que pode ser atribuído à coincidência. Qual sua verdadeira razão de ser é algo ainda por determinar. Pareceu-me por vezes que o vapor que se torna visível como um sólido

---

179. Alfred Vout Peters (1867-?), médium e clarividente britânico. Suas experiências como médium foram relatas no livro de Oliver Lodge (ver nota 14) *Raymond, or Life & Death* (1916).

no ectoplasma pode, em sua condição mais volátil, encher o salão, revelando um espírito que venha envolvido nele, assim como uma estrela cadente torna-se visível quando atravessa a atmosfera da Terra. Essa ilustração é sem dúvida uma analogia, mas pode sugerir uma linha de pensamento.

Lembro-me de ter estado presente a duas ocasiões em Boston, Massachusetts, em que clérigos manifestaram clarividência a partir dos degraus do altar com pleno sucesso. Isso me pareceu uma admirável reprodução das condições apostólicas, em que eles ensinavam "não apenas por palavras, mas também por poder".[180] Tudo isso tem de retornar à religião cristã para que ela possa ser revitalizada e restaurada a seu poder original. Isso não pode, contudo, ser feito em um dia. Precisamos de menos fé e mais conhecimento.

Nota ao Capítulo 8
Espíritos presos à Terra

O capítulo talvez seja visto como sensacionalista, mas, na verdade, não há nele um só incidente para o qual não se possa dar referência. O incidente de Nell Gwynne, mencionado por lorde Roxton, me foi contado por Colond Cornwallis West como tendo ocorrido em sua própria casa de campo. Visitantes haviam se encontrado com o espectro nos corredores e, mais tarde, ao ver o retrato de Nell Gwynne pendurado na parede de uma sala de estar, exclamaram: "Ora, ali está a mulher que vi!"

A aventura do terrível ocupante da casa abandonada é tomada, com muito pouca alteração, da experiência de lorde St. Audries[181] numa casa assombrada perto de Torquay. Esse bravo soldado contou sua história em *The Weekly Dispatch* (dez 1921), e ela é admiravelmente reproduzida em *Phantoms of the Dawn*, da sra. Violet Tweedale.[182] Quanto à conversa

---

180. Referência à passagem bíblica encontrada em 1 Tessalonicenses 1:5.
181. Alexander Fuller-Acland-Hood, 1ª barão St. Audries (1853-1917), político britânico que fez carreira no Partido Conservador e foi secretário do Parlamento de 1902 a 1905.
182. Violet Tweedale (1862-1936), romancista e poeta britânica e renomada espírita, que publicou mais de trinta livros sobre o assunto. A obra mencionada, *Phantoms of the Dawn*, é de 1924.

mantida entre o clérigo e o espírito preso à Terra, a mesma autora descreveu diálogo semelhante ao registrar as aventuras de lorde e lady Wynford no castelo Glamis[183] (*Ghosts I Have Seen*, p.175).

De onde um espírito como esse extrai sua reserva de energia material é um problema não resolvido. É provável que ela provenha de algum indivíduo com faculdades mediúnicas nas proximidades. No caso extremamente interessante citado pelo reverendo Charles Mason na narrativa, e observado muito cuidadosamente pela Sociedade de Pesquisa Psíquica de Reykjavik,[184] na Islândia, a impressionante criatura informou como obtivera sua vitalidade. O homem fora em vida um pescador de caráter rude e violento que se suicidara. Ele se prendeu ao médium e ia com ele às sessões da Psychic Research Society, causando indescritível confusão e espanto, até ser exorcizado por algum meio como os descritos na história. Um longo relato foi publicado nos *Proceedings of the American Society of Psychic Research*[185] e também no órgão do Psychic College, *Psychic Research*,[186] de janeiro de 1925. Cabe observar que a Islândia é um país muito avançado em ciência psíquica e, se considerarmos o tamanho de sua população ou as oportunidades que o país oferece, está provavelmente à frente de qualquer outro. O bispo de Reykjavik é presidente da Psychic Research Society, o que é sem dúvida uma lição para nossos próprios prelados, cuja dissociação do estudo de matérias como essa é quase escandalosa. Embora o assunto diga respeito à natureza da alma e a seu destino no Além, acredito haver menos estudiosos dele entre nossos guias espirituais que entre os membros de qualquer outra profissão.

---

183. Castelo situado na Escócia, sede da família do conde de Strathmore. Acredita-se que o castelo seja assombrado e tenha uma câmara secreta conhecida apenas por alguns membros da família.

184. A Salarrannsoknafelag Island foi fundada em Reykjavik em 1918 pelo prof. Einar Hjöleifsson Kvaran (1859-1938), editor da revista espírita *Morgunn*.

185. Publicação da sociedade fundada em 1885, em Boston, Massachusetts, pelo prof. W.F. Barrett.

186. *Psychic Research Quarterly*, periódico britânico lançado em 1920, editado por W. Whately Carington.

Nota ao Capítulo 10
Círculos de resgate

As cenas desse capítulo foram extraídas quase sem alteração de experiências pessoais ou de relatos de experimentadores cuidadosos e confiáveis. Entre estes últimos estão o sr. Tozer, de Melbourne, e o sr. McFarlane, de Southsea, com os quais realizei círculos metódicos a fim de auxiliar espíritos desencarnados presos à Terra. Relatos detalhados de experiências que tive pessoalmente nesses círculos anteriores podem ser encontrados nos Capítulos IV e VI de meu *Wanderings of a Spiritualist*. Posso acrescentar que em meu próprio círculo doméstico, sob a mediunidade de minha mulher, tive o privilégio de levar esperança e conhecimento a alguns desses seres infelizes.

Relatos completos de várias dessas conversas dramáticas podem ser encontrados nas últimas cem páginas da obra do falecido almirante Usborne Moore, *Glimpses of the Next State*. Cabe dizer que o almirante não esteve pessoalmente presente às sessões, mas elas foram conduzidas por pessoas de suas inteira confiança e confirmadas por declarações juramentadas dos presentes. "O elevado caráter do sr. Leander Fisher",[187] diz o almirante, "é garantia suficiente de sua autenticidade." O mesmo pode ser dito do sr. E.C. Randall,[188] que publicou muitos casos semelhantes. Ele é um dos principais advogados de Buffalo, onde o sr. Fisher leciona música.

A objeção natural é que, admitindo-se a honestidade dos investigadores, toda a experiência pode ser de certo modo subjetiva, sem qualquer relação com fatos reais. A esse respeito, o almirante diz: "Questionei se os espíritos levados a compreender que tinham entrado num novo estado de consciência haviam sido satisfatoriamente identificados. A resposta foi que muitos foram reconhecidos, mas que depois de várias confirmações

---

187. Leander Fisher, médium e músico que presidiu um círculo de resgate em Buffalo de 1875 a 1900.
188. Edward Caleb Randall (1860-1935), advogado, espírita e pesquisador dos fenômenos psíquicos americano. Presidiu círculos de resgate em Buffalo e contribuiu com artigos para vários periódicos espíritas.

foi considerado inútil continuar procurando os parentes e os locais de moradia na vida terrena dos restantes. Tais investigações envolviam muito tempo e trabalho, e sempre terminavam com o mesmo resultado." Num dos casos citados (op.cit., p.524), há o protótipo da mulher elegante que morreu dormindo, como descrito no texto. Em todos esses exemplos, o espírito que retornava não se dava conta de que sua vida na Terra terminara.

Tanto o caso do clérigo quanto o do marinheiro do *Monmouth* ocorreram em minha presença no círculo do sr. Tozer.

O dramático caso em que o espírito de um homem (tratava-se de vários homens no original) manifestou-se no exato instante do acidente que causou sua morte, e em que os nomes foram verificados mais tarde na notícia de jornal, é narrado pelo sr. E.C. Randall. Outro exemplo dado por esse cavalheiro pode ser acrescentado para a consideração daqueles que não compreenderam como as evidências são irrefutáveis e como é necessário que reconsideremos nossas ideias da morte. Ele está em *The Dead Have Never Died*:[189]

Recordo um incidente que agradará aos puramente materialistas. Fui um dos executores testamentários de meu pai, e depois de seu falecimento e da liquidação de sua herança, falando comigo a partir do próximo plano, ele me disse uma noite que eu deixara passar um item sobre o qual ele queria me alertar.

Respondi:

— Sua mente sempre esteve centrada na acumulação de dinheiro. Por que ocupar o tempo que é tão limitado com a discussão de sua herança? Ela já foi dividida.

— Sim — ele respondeu —, sei disso, mas trabalhei arduamente demais por meu dinheiro para vê-lo perdido, e há um bem restante que você não descobriu.

— Está bem, se isso for verdade, fale-me sobre ele.

Meu pai respondeu:

— Alguns anos antes de partir emprestei uma pequena soma de dinheiro a Susan Stone, que morava na Pensilvânia, e recebi dela uma nota promissória

---

189. Livro de Edward Caleb Randall (ver nota anterior), publicado em 1917, que relata as suas experiências com a médium Emily French.

segundo a qual, pelas leis daquele estado, eu teria direito a registrar um julgamento de imediato sem ação judicial. Como eu estava um tanto ansioso com relação ao empréstimo, antes que ele vencesse levei a nota e a registrei com o protonotário em Erie, na Pensilvânia, e ele registrou o julgamento, o que se tornou um direito de penhora sobre os bens da sra. Stone. Não há qualquer referência a essa nota ou ao julgamento em meus livros contábeis. Se você for ao escritório do protonotário em Erie, encontrará o julgamento registrado, e quero que o cobre. Há muitas coisas que você não sabe, e esta é uma delas.

Fiquei muito surpreso com a informação assim recebida, e naturalmente solicitei uma transcrição do julgamento. Encontrei-o registrado em 21 de outubro de 1896, e com essa prova da dívida cobrei da devedora setenta dólares com juros. Pergunto-me se alguém além dos emitentes da nota e do protonotário em Erie sabia dessa transação. Eu certamente ignorava sua existência. Não tinha razão alguma para suspeitar dela. O médium presente à entrevista não poderia ter tido conhecimento do assunto, e eu *cobrei* o dinheiro. A voz de meu pai foi claramente reconhecível na ocasião, como em centenas de outras, e cito este caso para os que medem tudo a partir do ponto de vista monetário. (p.104)

As mais impressionantes de todas essas comunicações póstumas, contudo, podem ser encontradas em *Thirty Years Among the Dead*, do dr. Wickland,[190] de Los Angeles. Como muitos outros livros valiosos desse tipo, ele só pode ser adquirido no Reino Unido na Psychic Bookshop, em Victoria Street, S.W.

O dr. Wickland e sua heroica esposa[191] fizeram um trabalho que merece a maior atenção dos alienistas do mundo. Se estiver correto, e sua argumentação é forte, ele não apenas revoluciona todas as nossas ideias sobre

---

190. Carl August Wickland (1861-1945), médico, psiquiatra e espírita que se dedicou à pesquisa e experimentação das técnicas espíritas no tratamento de pessoas com transtornos mentais. Em seu livro *Thirty Years Among the Dead*, de 1924, defendeu a tese e apresentou relatos de que espíritos desencarnados eram os responsáveis por alguns casos de perturbações de ordem psíquica nos vivos.
191. A sra. Wickland foi médium e auxiliava seu marido nos círculos de resgate e nas pesquisas mediúnicas.

insanidade, mas põe em xeque também nossas ideias sobre criminologia e provavelmente mostra que temos punido como criminosos pessoas que eram mais merecedoras de comiseração que de censura.

Tendo expressado a ideia de que muitos casos de mania deviam-se à obsessão provocada por entidades não desenvolvidas, e tendo descoberto por alguma linha de investigação, que não é clara para mim, que tais entidades são extremamente sensíveis à eletricidade estática quando ela é transmitida através do corpo que elas invadiram, ele estabeleceu seu tratamento a partir dessa hipótese, com resultados notáveis. O terceiro fator em seu sistema foi a descoberta de que essas entidades eram mais facilmente afastadas se lhes fosse disponibilizado um outro corpo para sua recepção temporária. Aí reside o heroísmo da sra. Wickland, uma senhora muito encantadora e culta, que se senta em transe hipnótico junto do sujeito, pronta para receber o invasor quando ele é expulso. É através dos lábios dessa senhora que a identidade e o caráter do espírito não desenvolvido são determinados.

Depois que o sujeito é preso com correias à cadeira elétrica – as correias são necessárias, pois muitos são maníacos violentos –, a energia é ligada. Ela não afeta o paciente, pois é estática por natureza, mas causa agudo desconforto ao espírito parasita, que rapidamente se refugia na forma inconsciente da sra. Wickland. Seguem-se então as espantosas conversas que estão registradas no volume. O espírito é interrogado pelo médico, é repreendido, instruído e por fim mandado embora, seja aos cuidados de algum espírito encarregado que supervisiona os procedimentos, ou confiado a algum assistente mais severo que o manterá sob controle caso ele não se arrependa.

Para o cientista não familiarizado com o trabalho psíquico, uma declaração tão direta parece extravagante, e eu mesmo não afirmo que o dr. Wickland tenha provado sua hipótese conclusivamente, mas digo que nossas experiências em círculos de resgate confirmam a ideia geral, e que ele curou reconhecidamente muitos casos que outros consideraram intratáveis. Ocasionalmente, há confirmação muito convincente. Assim ocorreu no caso de um espírito feminino que lastimava não ter tomado ácido carbólico suficiente na semana anterior, o nome e o endereço sendo dados corretamente (op.cit., p.39).

Aparentemente, nem todos estão expostos a essa invasão, mas somente os que são dotados de determinado tipo de sensibilidade mediúnica. A descoberta, quando completamente compreendida, será um dos fatos essenciais da psicologia e da jurisprudência do futuro.

Nota ao Capítulo 12
Experimentos do dr. Maupuis

O dr. Maupuis da narrativa é, como todo estudioso de pesquisas mediúnicas perceberá, o finado dr. Geley, cujo esplêndido trabalho sobre esse assunto assegurará sua fama permanente. Ele era um cérebro de primeira grandeza, associado a uma coragem moral que lhe permitia encarar com equanimidade o cinismo e a frivolidade de seus críticos. Com raro discernimento, nunca ia além do que os fatos o levavam, e no entanto nunca evitava ir até o ponto mais avançado que sua razão e as evidências justificariam. Graças à generosidade do sr. Jean Meyer,[192] ele fora posto à frente do Institut Métapsychique, admiravelmente equipado para o trabalho científico, e tirava pleno proveito desse equipamento. Um britânico como Jean Meyer não obteria retorno para seu investimento se não tivesse escolhido um cérebro progressista para dirigir sua máquina. O grande legado deixado para a Universidade Stanford, na Califórnia, foi desperdiçado quase por completo, porque os encarregados dele não eram Geleys ou Richets.

O caso do pitecantropo foi tomado do *Bulletin de l'Institut Métapsychique*. Uma senhora muito conhecida descreveu para mim como a criatura se espremeu entre ela e o vizinho, e como ela pôs a mão em sua pele peluda. Um relato da sessão pode ser encontrado na obra de Geley, *L'Ectoplasmie et la Clairvoyance* (Felix Alcau, p.345).[193] Na página 296, há uma foto da

---

192. Jean Meyer (?-1931), empresário francês, foi o fundador da Maison des Spirites, centro de difusão da doutrina espírita, e do Institut Métapsychique International (ver nota 112). Ambas as intituições eram financiadas com o dinheiro da sua fortuna pessoal.
193. Último livro de Geley, de 1924, baseado em suas experiências com a célebre médium francesa Eva Carrière (1886-?).

estranha ave de rapina sobre a cabeça do médium. Seria preciso ter a credulidade de um McCabe para imaginar que tudo isso fosse uma fraude. Esses vários tipos de animal podem assumir formas muito estranhas. Num manuscrito inédito do coronel Ochorowicz[194] que tive o privilégio de ler, são descritos alguns novos desenvolvimentos não apenas impressionantes, mas também diferentes de qualquer criatura de que tenhamos conhecimento.

Como formas animais dessa natureza se materializaram sob a mediunidade tanto de Kluski[195] quanto de Guzik,[196] seu aparecimento parece depender mais dos participantes da sessão que de qualquer dos médiuns, a menos que possamos desconectá-los inteiramente do círculo. É em geral um axioma entre espíritas que os espíritos que visitam um círculo representam de alguma maneira a tendência mental e espiritual do círculo em questão. Assim, em quase quarenta anos de experiência, nunca ouvi uma palavra obscena ou blasfema numa sessão porque essas sessões foram conduzidas de maneira reverente e religiosa. Pode-se indagar, portanto, se sessões realizadas para fins puramente científicos e experimentais, sem o menor reconhecimento de sua extrema significação religiosa, não poderiam evocar manifestações menos desejáveis de força psíquica. Entretanto, o elevado caráter de homens como Richet e Geley assegura que a tendência geral seja boa.

Seria possível afirmar que mais vale deixar um assunto com tais possibilidades em paz. A resposta parece ser que tais manifestações são, feliz-

---

194. Julien Leopold Ochorowicz (1850-1917) foi um célebre filósofo, psicólogo e pesquisador dos fenômenos psíquicos polonês. Durante os anos de 1893 e 1894 conduziu experiências com a médium Eusápia Palladino (ver nota 131) e chegou à conclusão de que os fenômenos presenciados não eram devidos à intervenção de espíritos, mas ao que ele chamou de "ações de fluidos". Ochorowicz escreveu centenas de artigos e livros sobre psicologia, filosofia e fenômenos psíquicos.
195. Franek Kluski (1874-?), poeta e escritor polonês, célebre pelos seus dotes psíquicos, que incluíam premonições, a capacidade de ver e conversar com entidades espirituais e materializações.
196. Jan Guzik (1875-1928), médium polonês, famoso por sua capacidade de materializar entidades.

mente, muito raras, ao passo que o conforto diário da comunicação com os espíritos ilumina milhares de vidas. Não desistimos de uma exploração porque a terra explorada contém algumas criaturas nocivas. Abandonar o assunto seria entregá-lo às forças do mal que escolhessem explorá-lo, privando-nos ao mesmo tempo do conhecimento que poderia nos ajudar a compreender e neutralizar seus resultados.

ANEXOS

Os dois contos do professor Challenger

QUANDO O MUNDO GRITOU

Eu tinha uma vaga lembrança de ter ouvido meu amigo Edward Malone, da *Gazette*, falar do professor Challenger, com quem ele havia se envolvido em notáveis aventuras. Mas ando tão ocupado com minha profissão, e minha firma foi tão sobrecarregada com pedidos, que pouco sei sobre o que se passa no mundo fora de meus interesses específicos. Minha lembrança genérica era de que Challenger já fora descrito como um gênio indomável de disposição violenta e intolerante. Fiquei muito surpreso, portanto, quando recebi uma carta comercial dele, que vinha nos seguintes termos:

14 (Bis), Enmore Gardens, Kensington

Senhor,

Gostaria de contratar os serviços de um especialista em poços artesianos. Não esconderei que minha opinião sobre especialistas não é lá muito boa, e que costumo achar que qualquer homem dotado, como eu, de um bom cérebro é capaz de uma visão mais profunda e mais ampla do que o homem que professa um determinado conhecimento em especial (que, infelizmente, muitas vezes é uma mera profissão) e é portanto limitado em sua perspectiva. Não obstante, estou disposto a dar uma chance ao senhor. Percorrendo a lista de autoridades artesianas, uma certa estranheza – quase escrevo um certo absurdo – em seu nome chamou minha atenção, e com algumas perguntas apurei que meu jovem amigo, o sr. Edward Malone, é na verdade seu conhecido. Escrevo portanto para dizer que gostaria de marcar uma entrevista, e que se o senhor satisfizer minhas exigências, e meus padrões não são nada abusivos, posso vir a ser tentado a passar às suas mãos uma questão da maior importância. Nada mais posso dizer no presente momento, pois se trata de assunto do mais extremo sigilo, que só poderá ser discutido pessoalmente. Solicito, portanto, que o senhor cancele qualquer compromisso que possa ter e compareça no endereço acima às 10h30 na próxima sexta-feira. Há um capacho, além do tapete, e a sra. Challenger é bastante meticulosa.

Sigo sendo, senhor,

GEORGE EDWARD CHALLENGER

Passei a carta ao meu principal escriturário para respondê-la, e ele informou o professor de que o sr. Peerless Jones compareceria com prazer ao encontro conforme combinado. Foi um bilhete perfeitamente formal, mas começava com a frase: "Sua carta (sem data) foi recebida."

Isso motivou uma segunda carta do professor:

"Senhor", respondeu ele, com uma caligrafia que parecia uma cerca de arame farpado, "reparei que o senhor tergiversa sobre o detalhe de que minha carta não fora datada. Permita-me que chame sua atenção para o fato de que, em contrapartida a impostos monstruosos, nosso governo costuma afixar um pequeno sinete ou selo sobre o exterior do envelope que notifica a data de postagem. Se o sinete estiver faltando ou ilegível, seu único remédio é procurar as autoridades postais competentes. Enquanto isso, eu pediria ao senhor que restringisse suas observações a assuntos pertinentes ao negócio sobre o qual vim consultá-lo, e que deixe de comentar a forma que minhas cartas possam eventualmente assumir."

Ficou claro para mim que lidava com um lunático, de modo que achei melhor, antes de aprofundar o assunto, procurar meu amigo Malone, que conhecia desde os velhos tempos em que ambos jogávamos rúgbi pelo Richmond. Encontrei o mesmo irlandês jovial de sempre, que achou muita graça de minha primeira rusga com Challenger.

— Isso ainda não foi nada, meu caro — disse ele. — Nos primeiros cinco minutos com ele, você se sentirá esfolado vivo. É o campeão mundial da hostilidade.

— E por que o mundo atura isso?

— Ninguém atura. Se você juntar todas as ações, libelos, desavenças e todos os ataques em tribunais...

— Ataques!?

— Deus o proteja, ele não hesitaria em atirá-lo escada abaixo se tiverem alguma discordância. É um homem das cavernas só que de terno e gravata. Posso até vê-lo com uma clava na mão e uma lasca de pedra na outra. Algumas pessoas nascem no século errado, mas ele nasceu no milênio errado. Ele pertence aos primórdios do neolítico, no máximo.

— E no entanto é um professor!

— Aí está a maravilha da coisa! É o maior cérebro da Europa, e com uma força de vontade capaz de transformar todos os seus sonhos em realidade. Todos fazem o possível para detê-lo, pois seus colegas o odeiam como se fosse veneno, mas são como traineiras tentando deter um transatlântico. Ele simplesmente os ignora e segue em frente.

— Bem — respondi —, uma coisa é certa. Não quero ter nada com ele. Vou cancelar nosso encontro.

— De forma alguma. Você vai e chegará pontualmente. E tenha certeza de que, se não for pontual, ouvirá poucas e boas.

— Por que devo aceitar?

— Bem, vou dizer por quê. Antes de mais nada, não leve muito a sério o que eu disse sobre o velho Challenger. Todos que se aproximam dele aprendem a amá-lo. O velho urso não oferece perigo algum. Ora, lembro que carregou um bebê índio com varíola nas costas por quase duzentos quilômetros do meio da floresta até o rio Madeira. Ele é grande em todos os sentidos. Não vai machucá-lo se você for correto com ele.

— Não lhe darei essa oportunidade.

— Você será um tolo se não der. Já ouviu falar no Mistério de Hengist Down, a sonda profunda no litoral sul?

— Ouvi dizer que era uma mina de carvão secreta.

Malone franziu a testa.

– Bem, pode chamar como preferir. Veja, sou uma pessoa de confiança do velho, não posso dizer nada sem que ele autorize. Mas uma coisa posso contar, pois saiu na imprensa. Um homem chamado Betterton, que ganhou dinheiro com a borracha, deixou tudo para Challenger há alguns anos, com a condição de que fosse usado no interesse da ciência. Descobriu-se que era uma quantia enorme, vários milhões. Challenger então comprou uma propriedade em Hengist Down, em Sussex. Era uma terra improdutiva no limite norte daquela região calcária, e ele comprou um bom pedaço e cercou o terreno. Havia uma ravina profunda bem no meio da propriedade. Ali ele começou a fazer uma escavação. Ele anunciou – aqui Malone franziu novamente a testa – que havia petróleo na Inglaterra e que pretendia provar isso. Construiu uma pequena aldeia, uma colônia modelo de trabalhadores bem pagos que juraram manter sigilo. A ravina é cercada, assim como a propriedade, e o lugar todo é vigiado por cães de guarda. Vários jornalistas quase perderam a vida, sem falar nos fundilhos das calças, para essas criaturas. É uma grande operação, e a firma de Sir Thomas Morden é quem administra, mas eles também juraram manter tudo em segredo. Claramente chegou a hora em que a ajuda artesiana se faz necessária. Agora, não seja tolo de recusar um serviço desses, com todo esse interesse, essa experiência e um cheque gordo ao final, sem falar na convivência com esse homem, provavelmente o mais magnífico que você encontrará na sua vida.

Os argumentos de Malone foram convincentes, e na sexta-feira pela manhã eu me encaminhei para Enmore Gardens, e tomei tanto cuidado para não me atrasar que me vi à porta vinte minutos antes. Estava esperando na rua quando me ocorreu que havia reconhecido o Rolls Royce com a flechinha de prata estacionado na frente. Certamente era o carro de Jack Devonshire, o sócio-júnior do grande escritório de Morden. Sempre o considerei um dos homens mais educados, de modo que fiquei um tanto chocado quando ele apareceu e, do lado de fora da porta, ergueu as mãos para o céu e gritou com grande fervor:

– Ele que se dane! Ah, dane-se ele!

– O que foi, Jack? Você parece tenso esta manhã.

– Olá, Peerless! Você também está trabalhando para ele?

– Parece que existe essa possibilidade.

– Bem, você verá que é uma verdadeira provação para a paciência.

– Aparentemente maior do que a sua consegue suportar.

– Bem, devo dizer que sim. O recado do mordomo para mim foi: "O professor pediu que eu lhe dissesse, senhor, que ele está muito ocupado no momento comendo um ovo, e que se o senhor puder voltar num momento mais conveniente, ele muito provavelmente o receberá." Foi esse o recado que o funcionário me passou. Posso acrescentar que vim cobrar quarenta e duas mil libras que ele nos deve.

Assobiei.

– E você saiu sem receber?

– Ah, sim, ele não tem problema com dinheiro. Devo fazer justiça ao velho gorila e dizer que é mão-aberta. Mas paga quando quer e da forma que quer e não está nem aí para ninguém. Todavia, entre, tente a sorte e veja o que você acha. – Com isso, ele se enfiou no automóvel e partiu.

Fiquei esperando, olhei algumas vezes para o relógio, em contagem regressiva. Sou, se posso dizer assim, um indivíduo bem atarracado, peso-médio amador do Clube de Boxe de Belsize, mas nunca tinha encarado uma entrevista tão trepidante. Não era algo físico, pois eu estava seguro de que me garantiria caso o lunático inspirado me atacasse, mas uma mistura de sentimentos, em que se mesclavam o medo de um escândalo público e o temor da perda de um contrato lucrativo. Contudo, as coisas são sempre mais fáceis quando cessa a imaginação e começa a ação. Fechei meu relógio de bolso e caminhei até a porta.

Fui recebido por um mordomo de rosto talhado em madeira, um homem que tinha uma expressão, ou uma ausência de expressão, que parecia tão imune a choques que nada no mundo seria capaz de surpreendê-lo.

– Hora marcada, senhor? – perguntou ele.

– Exatamente.

Ele olhou para a lista que tinha em mãos.

– Seu nome, senhor?... Pois sim, sr. Peerless Jones... 10h30. Está tudo em ordem. Precisamos tomar cuidado, sr. Jones, pois somos muito incomodados por jornalistas. O professor, como o senhor deve saber, não gosta da imprensa. Por aqui, senhor. O professor Challenger irá recebê-lo.

No instante seguinte me vi na presença dele. Acredito que meu amigo, Ted Malone, descreveu o homem em seu *O mundo perdido* muito melhor do que posso esperar fazer, de modo que deixarei isso como está. Tudo o que percebi foi um imenso tronco de homem atrás de uma escrivaninha de mogno, com uma barba preta comprida e pontuda e dois grandes olhos cinzentos entreabertos sob insolentes pálpebras caídas. A cabeçorra se inclinava para trás, a barba apontava para a frente, e a aparência do conjunto passava uma impressão única de intolerância arrogante. Era como se tivesse escrito no rosto: "Bem, o que diabos você quer?" Deixei meu cartão sobre a mesa.

– Ah, sim – disse ele, recolhendo-o e manuseando como se lhe desagradasse o cheiro do cartão. – Claro. O senhor é o dito especialista. Sr. Jones, sr. Peerless Jones. Agradeça a quem o batizou, sr. Jones, pois foi o prefixo ridículo que primeiro chamou minha atenção.

– Estou aqui, professor Challenger, para uma entrevista de negócios e não para discutir meu nome – respondi, com toda a dignidade que consegui reunir.

– Minha nossa, o senhor me parece uma pessoa muito melindrosa, sr. Jones. Seus nervos estão altamente sensíveis. Precisaremos de muito cuidado no trato com o senhor, sr. Jones. Peço-lhe que se sente e se comporte. Li sua pequena brochura sobre a reivindicação da Península do Sinai. Foi o senhor mesmo quem escreveu?

– Naturalmente, senhor. Está assinada com meu nome.

– Pois bem! Pois bem! Mas uma coisa nem sempre implica a outra, não é mesmo? Seja como for, estou disposto a aceitar sua afirmação. O livro não é isento de algum tipo de mérito. Por baixo do enfado da dicção, captam-se vislumbres de uma ideia ou outra. Existem germes de pensamento aqui e ali. O senhor é casado?

– Não, senhor. Não sou.

– Então existe alguma chance de que o senhor consiga guardar um segredo.

– Se prometi, certamente manterei minha promessa.

– É o senhor quem está dizendo. Meu jovem amigo Malone tem o senhor em alta conta – ele falava como se Ted tivesse dez anos de idade. – Ele disse que posso confiar no senhor. É uma confiança muito grande, pois estou envolvido neste momento em um dos maiores experimentos, posso até dizer o maior experimento na história do mundo. E peço sua participação.

– Para mim, seria uma honra.

– É de fato uma honra. Admito que não dividiria minhas tarefas com ninguém, não fosse a gigantesca exigência da mais alta habilidade técnica. Agora, sr. Jones, tendo obtido sua promessa de segredo inviolável, chego ao ponto essencial. E o ponto essencial é que o mundo sobre o qual vivemos é em si mesmo um organismo vivo, dotado, segundo acredito, de uma circulação, uma respiração e um sistema nervoso próprios.

O homem era claramente lunático.

– O seu cérebro, estou vendo – continuou ele –, não conseguiu registrar ainda. Mas gradualmente absorverá a ideia. O senhor há de se lembrar que os campos de urzes parecem o dorso peludo de um animal gigantesco. Existe uma determinada analogia que atravessa toda a natureza. Considere então a ascensão e o declínio da Terra ao longo dos séculos, o que indica a lenta respiração dessa criatura. Por fim, repare nos abalos e nas rachaduras que à nossa percepção liliputiana são os terremotos e as convulsões.

– E os vulcões? – perguntei.

– Não! Eles correspondem às partes quentes dos nossos corpos.

Meu cérebro rodopiava enquanto eu tentava responder alguma coisa àquelas monstruosas alegações.

– A temperatura! – exclamei. – Não é fato que a temperatura aumenta rapidamente quando descemos, e que o centro da Terra é pura lava incandescente?

Ele ignorou minha pergunta.

– O senhor provavelmente sabe, já que as escolas públicas são agora compulsórias, que a Terra é achatada nos polos. Isto significa que o polo é mais próximo do centro da Terra do que qualquer outro ponto e deveria portanto ser o mais afetado por esse calor de que o senhor fala. E como todo mundo sabe, é claro, o clima dos polos é tropical, não é mesmo?

– Essa ideia é completamente nova para mim.

– Claro. É privilégio dos pensadores originais lançar ideias novas que geralmente não são bem-recebidas pela maioria dos mortais. Agora, senhor, o que é isto? – Ele mostrou um pequeno objeto que tirara da mesa.

– Eu diria que é um ouriço-do-mar.

– Exatamente! – exclamou ele, com um ar de surpresa exagerado, como quando uma criança faz algo inteligente. – É um ouriço-do-mar, um *echinus* comum. A natureza se repete em muitas formas independentemente da escala. Este ouriço é um modelo, um protótipo, do mundo. O senhor vê que ele é quase circular, mas achatado nos polos. Consideremos o mundo um imenso ouriço. O senhor tem alguma objeção até aqui?

Minha principal objeção era que a coisa toda era absurda demais para argumentar, mas não ousei dizê-lo. Tentei encontrar uma réplica menos agressiva.

– Um ser vivo precisa de alimento – comentei. – De onde o mundo tiraria sustento para sua massa gigantesca?

– Excelente questão, excelente! – disse o professor, com um ar grave de paternalismo. – O senhor tem um olho rápido para o óbvio, embora seja lento para se dar conta de implicações mais sutis. De onde o mundo tira seu sustento? Voltemos para nosso amigo ouriço. A água que o envolve escorre através de tubos desta pequena criatura e provê sua nutrição.

– Então o senhor acha que a água...

– Não, senhor. O éter. A Terra percorre um caminho circular nos campos do espaço, e à medida que se move o éter está sempre fluindo através dela, provendo-a de sua vitalidade. E todo um rebanho de outros pequenos ouriços-mundos estão fazendo a mesma coisa, Vênus, Marte e todo o resto, cada um com seu próprio pasto.

O sujeito era claramente maluco, mas não adiantava argumentar com ele. Ele tomou meu silêncio como aceitação e sorriu para mim do modo mais benevolente.

– Estamos conseguindo, pelo que vejo – disse ele. – A luz está conseguindo penetrar. É um tanto ofuscante a princípio, sem dúvida, mas aos poucos vamos nos acostumando. Peço-lhe que preste atenção enquanto lhe faço mais uma ou duas observações sobre essa pequena criatura que tenho aqui na minha mão. Suponhamos agora que nessa área externa aqui existissem insetos infinitamente pequenos se arrastando na superfície. O ouriço ficaria sabendo da existência deles?

– Eu diria que não.

– O senhor pode bem imaginar então que a Terra não faz a menor ideia de que está sendo utilizada pela raça humana. A Terra não sabe nada sobre esse fungo e da evolução de bichinhos minúsculos que se acumularam sobre ela durante suas viagens ao redor do Sol, como cracas no casco de navios antigos. Essa é a situação no momento, e é isso que me proponho alterar.

Olhei para ele espantado.

– O senhor se propõe a alterar isso?

– Proponho fazer com que a Terra saiba que existe pelo menos uma pessoa, George Edward Challenger, que está chamando sua atenção, que, na verdade, insiste em ter sua atenção. Será seguramente a primeira intimação dessa que a Terra jamais recebeu.

– E como pretende fazer isso, senhor?

– Ah, agora chegamos ao nosso negócio. O senhor tocou no ponto. Vejamos mais uma vez essa interessante criaturinha que tenho aqui na mão. O ouriço é todo nervos e sensibilidade por baixo da crosta protetora. Não é evidente que se um bichinho parasita quisesse chamar sua atenção faria um buraco na casca para estimular seu aparato sensorial?

– Certamente.

– Ou então, mais uma vez, vejamos o caso da mosca doméstica ou do mosquito que explora a superfície do corpo humano. Podemos não nos dar conta de sua presença. Mas, na verdade, quando ele pica nossa pele, que é a nossa crosta, somos lembrados incomodamente de que não estamos sozinhos. Meus planos agora sem dúvida começam a ficar claros para o senhor. A luz rompe a escuridão.

— Minha nossa! O senhor propõe descer uma sonda através da crosta da Terra?

Ele fechou os olhos com inefável complacência.

— O senhor tem diante de si o primeiro homem a perfurar a carapaça espinhenta. Posso até usar o passado e dizer-me o primeiro que jamais a perfurou.

— O senhor já perfurou!

— Com o auxílio muito eficiente de Morden, acho que posso dizer que já perfurei. Depois de muitos anos de trabalho constante, dia e noite, levado a cabo com todo tipo conhecido de perfuratrizes, brocas e explosivos, chegamos finalmente à nossa meta.

— O senhor não está dizendo que já atravessou a crosta!

— Se suas expressões denotam espanto, até aceito. Mas se denotam incredulidade...

— Não, senhor, não é nada disso.

— O senhor tem de aceitar minha declaração sem questionamentos. Já atravessamos a crosta. Uma espessura de treze quilômetros e duzentos metros. E pode interessar ao senhor saber que, ao longo de nossa descida, expusemos uma fortuna em veios de carvão que provavelmente abaterá o custo da empreitada. Nossa principal dificuldade foram os lençóis freáticos na base de calcário e os bancos de areia de Hastings, mas já conseguimos superar as duas coisas. Chegamos agora ao último estágio, e o último estágio não é ninguém mais ninguém menos que o sr. Peerless Jones. O senhor representa o mosquito. O poço artesiano fará o papel da picada do mosquito. O cérebro já fez sua parte. O pensador sai de cena. Entra o mecânico, o inigualável mecânico com seu porrete de metal. Estou me fazendo entender?

— O senhor disse treze quilômetros! — exclamei. — O senhor se dá conta de que mil e quinhentos metros é considerado quase o limite de um poço artesiano? Sei de um na Alta Silésia que tem quase mil e seiscentos metros, mas é considerado uma proeza excepcional.

290

– O senhor não me entendeu, sr. Peerless. Ou minha explicação ou seu cérebro está com defeito, e não farei questão de dizer qual dos dois. Conheço bem os limites de um poço artesiano, e é improvável que eu desperdiçasse milhões de libras em um túnel colossal se uma broca de quinze centímetros fosse o bastante para minhas necessidades. Tudo o que lhe peço é que apronte uma perfuratriz o mais afiada possível, de no máximo trinta metros, operada por um motor elétrico. Uma broca de impacto comum que trabalhe com contrapeso seria o ideal para o que preciso.

– Por que o motor elétrico?

– Sr. Jones, estou aqui para dar ordens, e não explicações. Antes do final do serviço, pode acontecer, quero dizer, pode ser que aconteça de sua vida depender de que essa perfuratriz seja controlada à distância por eletricidade. Presumo que isso possa ser feito, não?

– Certamente.

– Então prepare-se para fazê-lo. Ainda não estamos no ponto de exigir sua presença no local, mas os preparativos já podem começar a ser feitos. Nada mais tenho a dizer.

– Mas é essencial – protestei – que o senhor me diga que tipo de solo a broca deve penetrar. Areia, argila, calcário, cada coisa exige um tratamento diferente.

– Digamos que é gelatina – disse Challenger. – Sim, por ora vamos supor que o senhor precisa perfurar gelatina. E agora, sr. Jones, tenho assuntos de certa importância para ocupar minha mente, de modo que lhe desejo um bom dia. O senhor pode apresentar um contrato formal mencionando suas obrigações ao meu encarregado de obras.

Fiz uma mesura e me virei, mas antes de chegar à porta minha curiosidade me dominou. Ele já estava escrevendo furiosamente, a pena arranhando o papel, e ergueu os olhos irritado com minha interrupção.

– Pois não, senhor, o que é agora? Pensei que já tivesse ido embora.

– Eu só gostaria de perguntar, senhor, qual poderia ser o objetivo de um experimento tão extraordinário?

– Além, senhor, muito além! – exclamou ele, irritado. – Eleve sua mente além da base mercantil e das necessidades utilitárias do comércio. Abandone seus padrões mesquinhos de negócio. A ciência busca o conhecimento. Vamos aonde quer que o conhecimento nos leve, e ainda assim deveremos continuar a buscá-lo. Saber de uma vez por todas o que somos, por que existimos, onde estamos não é a maior aspiração humana? Além, senhor, muito além!

Sua cabeçorra e a cabeleira preta já se inclinavam sobre os papéis outra vez e se misturavam à barba. A caneta de pena voltou a arranhar o papel mais ruidosamente que nunca. Então saí, deixando ali aquele homem extraordinário, com minha mente rodopiando só de pensar no estranho negócio do qual agora me via convertido em sócio.

Quando voltei ao escritório, encontrei Ted Malone esperando com um sorriso aberto no rosto para saber o resultado de minha entrevista.

— Ora! — exclamou ele. — Não aconteceu nada de pior? Nenhum ataque? Você deve ter sido bastante cuidadoso com ele. O que achou do nosso velho?

— O homem mais hostil, insolente, intolerante e convencido que já vi na vida, mas...

— Exatamente! — exclamou Malone. — Sempre tem um "mas". Claro, ele é tudo o que você diz e muito mais, porém ficamos com a sensação de que um homem tão grande não cabe mesmo em nossa escala, e que conseguiríamos suportar dele o que jamais suportaríamos em qualquer outro mortal. Não é isso?

— Bem, não o conheço tão bem a ponto de dizer, mas admito que se não se trata de um mero valentão megalomaníaco, e se o que ele diz for mesmo verdade, então seguramente se trata de um tipo único em sua categoria. Mas será verdade?

— Claro que é verdade. Challenger nunca dá ponto sem nó. Agora, exatamente, até que ponto da história você ouviu? Ele já contou sobre Hengist Down?

— Sim, com um esboço em poucas linhas.

— Pois então acredite em mim, a coisa toda é colossal, colossal, da concepção à execução. Ele odeia jornalistas, mas confia em mim, pois sabe que eu não publicaria nada sem autorização dele. Portanto tenho as plantas, alguns de seus projetos. Ele é tão louco que nunca sabemos ao certo se chegamos ao fundo de sua loucura. De todo modo, sei o suficiente para garantir que Hengist Down é um projeto possível e já está quase terminado. Meu conselho é que você simplesmente aguarde os próximos acontecimentos e, enquanto isso, vá preparando suas coisas. Você será informado em breve, por ele ou por mim.

Afinal foi o próprio Malone quem me procurou. Veio muito cedo pela manhã ao meu escritório, algumas semanas depois, trazendo um recado.

– Acabo de vir do Challenger – disse ele.

– Você é como o peixe-piloto para o tubarão.

– Tenho orgulho de ser qualquer coisa para ele. Ele é realmente um prodígio. Já fez tudo. Agora é a sua vez, e então ele estará pronto para abrir a cortina.

– Bem, só acreditarei vendo, mas já tenho tudo pronto e carregado num caminhão. Poderei começar a qualquer momento.

– Pois então comece. Pintei-o como um tremendo caráter, em termos de energia e pontualidade, então não me decepcione. Mas antes venha comigo de trem e lhe darei uma ideia do que precisa ser feito. Era uma adorável manhã de primavera – dia 22 de maio, para ser exato – quando fizemos a fatídica viagem que me levou a um cenário destinado a entrar para a história. No caminho, Malone me entregou um bilhete de Challenger que eu deveria considerar como minhas instruções.

O bilhete dizia:

Senhor,

Ao chegar em Hengist Down, o senhor se colocará às ordens do sr. Barforth, o engenheiro-chefe, que estará de posse de minhas plantas. Meu jovem amigo, Malone, o portador desta mensagem, também está em comunicação comigo e poderá me proteger de qualquer contato pessoal. No momento experimentamos certos fenômenos na sonda, a partir dos quatro mil e duzentos metros de profundidade, que confirmam plenamente minha visão sobre a natureza de um corpo planetário, mas ainda são necessárias provas mais sensacionais antes que eu possa esperar impressionar a letárgica inteligência do mundo científico moderno. Essa prova caberá ao senhor oferecer, e a eles testemunhar. Conforme o senhor for descendo pelos elevadores, observará, presumindo que o senhor possua a rara qualidade da observação, que irá passando sucessivamente pelos leitos calcários secundários, os leitos de carvão, alguns sinais devonianos e cambrianos e, por fim, chegará ao granito, através do qual a maior parte do túnel foi construída. O fundo agora está coberto por uma lona, na qual ordeno ao senhor que não mexa, pois qualquer manuseio desajeitado da sensível cutícula íntima da Terra poderá acarretar resultados prematuros. Segundo minhas instruções, duas vigas fortes foram colocadas atravessadas a seis metros do fundo, com um espaço entre elas. Esse espaço funcionará como encaixe para sustentar seu tubo artesiano. Uma perfuratriz de quinze metros será o suficiente, seis metros dos quais se projetarão abaixo das vigas, de modo que o ponto de perfuração seja rente à lona. Não ultrapasse esse ponto se o senhor valoriza sua vida. Nove metros portanto se projetarão para cima no fosso, e uma vez que o senhor ligar a perfuratriz, poderemos considerar que nada menos de doze metros de broca penetrarão a substância da Terra. Como essa substância é muito macia, creio que provavelmente o senhor não precisará de energia para perfurar, e que o simples peso da perfuratriz dentro do tubo bastará para romper a camada que descobrimos. Essas instruções pareceriam o bastante para qualquer inteligência mediana, mas tenho algumas dúvidas se o senhor não precisará de mais, que poderão ser solicitadas por meio de nosso jovem amigo, Malone.

GEORGE EDWARD CHALLENGER

Pode-se imaginar que quando chegamos à estação de Storrington, junto ao flanco norte de South Downs, eu estava num estado de considerável tensão nervosa. Um *landaulet* Vauxhall trinta, muito gasto pelo tempo, nos esperava e, aos trancos, nos conduziu por uns dez, doze quilômetros de estradas vicinais e alamedas que, apesar do isolamento natural, estavam muito esburacadas e davam todos os indícios de um trânsito pesado. Um caminhão quebrado no meio do mato deixava claro que outros além de nós também haviam achado o caminho difícil. Então vi o que pareciam ser válvulas e pistões, o imenso maquinário de uma bomba hidráulica que se projetava, toda enferrujada, de um emaranhado de arbustos.

– Isso é coisa do Challenger – disse Malone, sorrindo. – Disse que estava dois milímetros e meio fora da especificação e simplesmente a descartou na beira da estrada.

– E ainda processou o sujeito, sem dúvida.

– Processo! Meu caro amigo, nós precisaríamos de um tribunal só para nós. Temos o suficiente para ocupar um juiz durante um ano inteiro. Até o governo. O velho diabo não se importa com ninguém. A Coroa *versus* George Challenger, e George Challenger *versus* a Coroa. Que bela dança diabólica os dois fariam de um tribunal para o outro. Pois bem, chegamos. Obrigado, Jenkins, pode nos deixar entrar!

Um homem enorme de orelhas deformadas olhou para dentro do carro, com uma expressão desconfiada no rosto tenso. Ele só relaxou e nos cumprimentou quando reconheceu meu acompanhante.

– Tudo certo, sr. Malone. Achei que fosse a American Associated Press.

– Ah, eles também estão fazendo uma reportagem?

– Hoje eles, ontem *The Times*. Eles ficam por aí xeretando. Veja lá! – Ele indicou um ponto distante no horizonte. – Está vendo aquele brilho? É o telescópio do *Chicago Daily News*. Sim, eles estão nos vigiando agora. Ficam enfileirados feito corvos, eu vi. Ali junto do farol.

– Pobres jornalistas! – disse Malone, ao atravessarmos um portão com uma formidável cerca de arame farpado. – Também sou, sei como é.

Nesse momento, ouvimos um balido queixoso atrás de nós:

– Malone! Ted Malone!

Vinha de um gordinho que acabava de chegar de motocicleta e que tentava se soltar do abraço herculeo do guarda no portão.

– Me solte! – disse ele, ofegante. – Tire suas mãos de mim! Malone, chame este seu gorila.

– Pode soltá-lo, Jenkins! Ele é meu amigo! – exclamou Malone. – Bem, meu velho, o que foi? O que o traz a essas bandas? Sua área é Fleet Street, não os ermos de Sussex.

– Você sabe perfeitamente o que me traz aqui – disse nosso visitante. – Pediram que escrevesse uma matéria sobre Hengist Down, e eu não posso ir embora sem ela.

– Sinto muito, Roy, mas aqui você não vai conseguir nada. Terá de ficar do lado de lá da cerca. Se quer saber mais, deve visitar o professor Challenger e obter uma autorização.

– Já tentei – disse o jornalista, consternado. – Fui hoje cedo.

– Bem, e o que ele disse?

– Que me jogaria pela janela.

Malone riu.

– E o que você fez?

– Perguntei: "O que há de errado com a porta?", e escapei porta afora só para mostrar que não havia problema nenhum com ela. Não era hora de discutir. Simplesmente saí. Com aquele touro barbudo em Londres e esse troglodita aqui, que estragou meu terno novo, parece que você está sempre cercado de estranhas companhias, Ted Malone.

– Não posso fazer nada por você, Roy; se pudesse, juro que faria. Dizem em Fleet Street que você nunca foi derrotado, mas parece que tudo tem uma primeira vez. Volte para a redação, e se aguardar mais alguns dias, lhe darei notícias assim que o velho autorizar.

– Não há possibilidade de eu entrar?

– Nenhuma.

– Nem pagando?

– Você sabe que nem deveria dizer isso.

– Estão dizendo que é um túnel que sairá na Nova Zelândia.

– Será um túnel que o levará diretamente para o hospital se você tentar entrar, Roy. Agora, adeus. Também temos um trabalho a fazer.

Enquanto caminhávamos pelo complexo, Malone explicou:

– Era Roy Perkins, o correspondente de guerra. Nós acabamos de quebrar o recorde dele, pois até agora era considerado imbatível. É aquele rostinho gordo e inocente que faz com que consiga entrar em todos os lugares. Já trabalhamos na mesma equipe.

E então ele apontou para um conjunto de simpáticos bangalôs com telhados vermelhos:

— Ali ficam os alojamentos dos homens. Um grupo esplêndido de trabalhadores selecionados que recebem muito mais do que a média salarial. Todos solteiros e abstêmios, e sob juramento de sigilo total. Creio que nada tenha vazado até agora. Aquele é o campo onde jogam futebol, e a casa ao lado é a biblioteca e o salão de jogos. O velho é um grande organizador, isso eu lhe garanto. Este aqui é o sr. Barforth, o principal engenheiro encarregado.

Um homem comprido, magro e melancólico, com rugas fundas de angústia no rosto, apareceu diante de nós.

— Imagino que o senhor seja o engenheiro de poços artesianos — disse ele, com voz soturna. — Recebi ordens para aguardar sua chegada. Fico contente que o senhor tenha vindo, pois não me incomodo de dizer que a responsabilidade por essa coisa toda está me dando nos nervos. Vamos perfurando sem saber se o que sairá em seguida é um jato de água calcária, um veio de carvão ou um jorro de petróleo, ou mesmo uma labareda do fogo do inferno. Fomos poupados deste último, mas pelo que sei o senhor se encarregará de fazer essa conexão final.

— Está tão quente assim lá dentro?

— Olhe, é bem quente. Não há como negar. E ainda assim não é tão ruim quanto a pressão barométrica e o espaço exíguo fazem parecer. Claro, a ventilação é péssima. Nós bombeamos o ar lá para baixo, mas o máximo que os homens suportam são turnos de duas horas, e são todos rapazes prestativos. O professor desceu ontem, e ficou muito satisfeito com tudo. O senhor pode almoçar conosco, e depois ver com os próprios olhos.

Após uma rápida e frugal refeição, fomos apresentados com amorosa minúcia da parte do gerente a todos os conteúdos de sua casa das máquinas e aos mais variados detritos e equipamentos descartados ao redor. De um lado havia uma imensa escavadeira hidráulica Arrol desmontada, utilizada rapidamente nas primeiras escavações. Junto a ela estava um grande motor que girava uma esteira rolante de aço com caçambas amarradas que traziam os detritos dos diversos estágios do fundo do fosso. Na casa das máquinas, diversas turbinas Escher Wyss de muitos cavalos de potência operavam a cento e quarenta revoluções por minuto e controlavam acumuladores hidráulicos que geravam uma pressão de mil e quatrocentas libras por polegada quadrada, descendo tubos de oito centímetros pelo fosso e operando quatro perfuratrizes de rocha com brocas ocas do tipo Brandt. Acima da casa das máquinas ficava a sala dos geradores, que forneciam energia para uma grande instalação de luz, e ao lado da sala dos geradores, mais outra turbina de duzentos cavalos, a qual movia um ventilador de três metros de diâmetro, que levava o ar por um tubo de trinta centímetros até o fundo da obra. Todas essas proezas foram demonstradas com muitas explicações técnicas pelo orgulhoso operador, que já ia quase me deixando entediado, assim como eu, por minha vez, talvez tenha deixado o meu leitor. Houve uma bem-vinda interrupção, contudo, quando ouvi o ranger das rodas e exultei ao ver meu caminhão Leyland de três toneladas subindo aos trancos pelo pasto, lotado de ferramentas e seções de tubulação, trazendo meu funcionário, Peters, e seu assistente na cabine. Ambos puseram mãos à obra imediatamente, descarregando minhas coisas e levando tudo para dentro. O gerente, Malone e eu deixamos os dois trabalhando ali e nos aproximamos do túnel.

Era um lugar magnífico, em escala muito maior do que eu havia imaginado. Os montes de detritos, as milhares de toneladas de material retirado, desenhavam uma grande ferradura ao redor, formando o que já era então uma colina considerável. Na concavidade dessa ferradura, composta de calcário, argila, carvão e granito, erguiam-se pilastras de ferro e polias que operavam as bombas e os elevadores, e estavam conectadas à sala dos geradores, cujo edifício de tijolos fechava a abertura da ferradura. Mais adiante ficava a boca aberta do túnel, um fosso imenso escancarado, de uns dez, doze metros de diâmetro, revestido e recoberto de tijolos e cimento. Quando inclinei o pescoço e espiei dentro do abismo assustador, que me haviam garantido ter quase treze quilômetros, meu cérebro sofreu um solavanco só de pensar no que aquilo representava. A luz do sol atingia a boca do abismo numa diagonal, e eu só conseguia enxergar algumas centenas de metros de calcário sujo, coberto com tijolos onde, aqui e ali, a superfície parecera instável. Mesmo nessa espiada, contudo, consegui ver, muito longe naquela escuridão, um minúsculo ponto de luz, o mais mínimo possível, mas claro e constante contra o fundo negro retinto.

– Que luz é aquela? – perguntei.

Malone se inclinou sobre o parapeito ao meu lado.

– É uma das gaiolas subindo – disse. – É uma maravilha, não? Está a cerca de dois quilômetros daqui, mas o pontinho brilhante é uma fortíssima lâmpada de arco voltaico. O elevador é rápido, e estará aqui em poucos minutos.

De fato, o ponto de luz foi ficando cada vez maior, até que inundou todo o túnel com seu brilho prateado, e tive de virar os olhos diante do clarão ofuscante. No momento seguinte, a gaiola de ferro parou na plataforma, e quatro homens se arrastaram para fora dela e se dirigiram à entrada.

– Já estão quase todos aí – disse Malone. – Não é brincadeira fazer um turno de duas horas naquela profundidade. Bem, você já pode trazer uma parte de suas coisas para cá. Suponho que o melhor a fazer é descermos logo. Então você será capaz de avaliar a situação por si mesmo.

Ele me levou por um anexo à casa das máquinas. Trajes largos de um material levíssimo estavam pendurados na parede. Seguindo o exemplo de Malone, tirei toda a minha roupa e vesti um deles, além de calçar um par de sapatos com sola de borracha. Malone se trocou antes de mim e saiu do vestiário. No momento seguinte, ouvi um barulho como se dez cachorros brigassem ao mesmo tempo e, saindo às pressas, vi meu amigo rolando no chão atracado ao operário que ajudava a empilhar meus tubos artesianos. Ele tentava arrancar do outro algo a que este se agarrava desesperadamente. Porém Malone era forte demais para ele, e arrancou o objeto de suas mãos e pisoteou-o até fazê-lo em pedaços. Só então reconheci que era uma câmera fotográfica. Meu operário de rosto sujo se levantou penosamente do chão.

– Maldito seja, Ted Malone! – disse ele. – Era uma máquina nova de dez guinéus.

– Não posso fazer nada, Roy. Vi quando você fotografou, era a única coisa a fazer.

– Onde diabos você arranjou meu uniforme? – perguntei com virtuosa indignação.

O safado piscou e sorriu.

– Sempre se dá um jeito. Mas não culpe seu funcionário. Ele não achou que fosse grave. Troquei de roupa com o assistente e entrei.

– E agora você sai – disse Malone. – Nem adianta discutir, Roy. Se Challenger estivesse aqui soltaria os cachorros em você. Já estive numa enrascada, de modo que não serei tão duro com você, mas aqui sou um cão de guarda, e não só ladro como mordo. Vamos. Saia já daqui!

E o nosso dedicado visitante foi conduzido por dois funcionários sorridentes para fora do complexo. Assim o público finalmente entenderá a gênese do magnífico artigo de quatro colunas intitulado "Sonho louco de um cientista", com o subtítulo de "Um atalho para a Austrália", publicado no jornal *The Adviser* alguns dias depois, levando Challenger à beira da apoplexia e o editor do jornal à entrevista mais desagradável e perigosa de toda a sua vida. O artigo era um relato bastante colorido e exagerado da aventura de Roy Perkins, "nosso tarimbado correspondente de guerra", e continha passagens luminosas como "o touro peludo de Enmore Gardens", "o complexo protegido por arame farpado, brutamontes e cães de guarda" e, por fim, "fui arrastado da borda do túnel anglo-australiano por dois capangas, o mais selvagem deles sendo um faz-tudo que anteriormente conheci como sicofanta da profissão jornalística, enquanto o outro, sinistra figura em estranho traje tropical, posava de engenheiro de poços artesianos, embora a aparência sugerisse um remanescente de Whitechapel." Depois de nos tratar dessa maneira, o malandro passava a uma elaborada descrição dos trilhos junto à boca do fosso, e da escavação em zigue-zague pela qual trens funiculares entravam na Terra.

A única inconveniência prática decorrente do artigo foi que estimulou notavelmente a fila de desocupados em South Downs esperando alguma coisa acontecer. Quando enfim chegou o dia em que algo aconteceu, eles bem desejaram estar longe dali.

Meu funcionário e seu falso assistente haviam espalhado todo o meu aparato pelo chão, minha campainha, minhas chaves inglesas, minhas brocas e furadeiras, minhas varas metrificadas e o contrapeso, porém Malone insistiu que deixássemos tudo ali mesmo e descêssemos logo até o nível mais baixo da obra. Para tanto, entramos na gaiola, que era de ferro fundido, e na companhia do engenheiro-chefe disparamos rumo às entranhas da Terra. Havia uma série de elevadores automáticos, cada um com um posto de controle instalado em nichos na parede da escavação. Funcionavam em velocidade, e a experiência se assemelhou mais a viajar num trem vertical do que à queda desgovernada que associamos aos elevadores britânicos movidos a vapor.

Como a gaiola era toda vazada e intensamente iluminada, tínhamos uma visão clara dos estratos pelos quais íamos passando. Prestei atenção a cada um deles enquanto descíamos rapidamente. Havia o calcário amarelado; os veios de areia de Hastings, cor de café; os leitos de Ashburnham, mais claros; as escuras argilas carboníferas; e então, reluzindo sob a iluminação elétrica, faixas e mais faixas de preto total, carvão cintilante, alternadas com anéis de argila. Aqui e ali havia seções de alvenaria, mas em geral o túnel se sustentava sozinho, e se podia imaginar o imenso trabalho e a habilidade mecânica que aquilo representava. Abaixo dos veios de carvão, reparei num estrato confuso de aparência de concreto, e então chegamos ao granito primitivo, onde cristais de quartzo reluziam e rebrilhavam como paredes escuras salpicadas de pó de diamantes. Continuamos descendo, sempre descendo, mais baixo do que jamais outros mortais antes penetraram. As rochas arcaicas variavam lindamente suas cores, e nunca esquecerei uma faixa larga de feldspato rosa, que brilhava com uma beleza extraterrena diante de nossas lâmpadas fortíssimas. Estágio após estágio, elevador após elevador, o ar foi ficando cada vez mais pesado e quente até que os nossos trajes leves se tornaram insuportáveis e o suor começou a pingar em nossos sapatos de borracha. Por fim, quando achava que não aguentaria mais, o último elevador parou e saímos para uma plataforma circular cavada na própria rocha. Reparei que Malone olhou curiosamente desconfiado para as paredes ao sair. Se eu não soubesse que ele era um dos homens mais corajosos que já conheci, diria que estava extremamente nervoso.

– Que estranho – disse o engenheiro-chefe, passando a mão na seção de rocha. Ele aproximou a luz e mostrou que a rocha brilhava como se dela porejasse uma estranha baba viscosa. – Aqui embaixo têm ocorrido tremores e vibrações. Não sei do que se trata. O professor parece satisfeito, mas para mim é algo completamente novo.

– Estou inclinado a dizer que acabei de ver aquela parede se mexer – disse Malone. – Da última vez em que estive aqui embaixo, fixamos aquelas duas vigas para a sua perfuratriz, e quando batemos na parede para encaixar os suportes, a parede cedeu a cada golpe. A teoria do velho parecia absurda na sólida Londres, mas aqui embaixo, a quase treze quilômetros da superfície, já não tenho tanta certeza.

– Se você visse o que há ali embaixo da lona, teria ainda menos certeza – disse o engenheiro. – Essas rochas aqui embaixo são moles como se fossem de queijo, e depois que as ultrapassamos, chegamos a uma formação nova que não se parece com nada que já tenhamos visto. "Cubra bem! Não toque nisso!", disse o professor. Então nós pusemos uma lona por cima, de acordo com as instruções dele, e lá está ela.

– Podemos espiar?

Uma expressão apavorada se fez no semblante lúgubre do engenheiro.

– Desobedecer ao professor não é brincadeira – disse ele. – Ele é terrivelmente sagaz também, de modo que nunca se sabe se está de olho. Mas vamos dar uma espiada e correr o risco.

Ele baixou o refletor de nossa lâmpada para que a luz atingisse a lona preta. Então, puxando uma corda presa ao canto da cobertura, revelou uns cinco metros quadrados da superfície abaixo da lona.

Foi uma visão extraordinária e terrível. O chão consistia de um material cinzento, brilhante e de aspecto vítreo, que ondulava em lentas palpitações. Os pulsos não eram constantes, mas davam a impressão de um ondular ou um ritmo suave, que percorria toda a superfície. A própria superfície em si não era inteiramente homogênea, mas logo abaixo, como que flutuando em vidro moído, viam-se discretas manchas ou bolhas de ar esbranquiçadas, que variavam sempre em forma e tamanho. Ficamos os três olhando fascinados para aquela extraordinária visão.

– Parece muito um bicho sem pele – disse Malone, num suspiro embevecido. – Talvez o velho não esteja muito errado com seu bendito ouriço.

– Jesus! – exclamei. – E eu deverei enfiar um arpão nesse bicho!

– A honra será toda sua, meu filho – disse Malone. – E, sinto informar que, a não ser que eu tenha outra missão, estarei ao seu lado nessa hora.

– Pois bem, eu não estarei – observou decidido o engenheiro-chefe. – Nunca tive tanta certeza de uma coisa na vida como tenho disso. Se o velho insistir, eu me demito. Meu Deus, o que foi isso?!

A superfície subitamente se abaulou, vindo em nossa direção como uma onda vista de cima de um forte. Então a onda passou e os tremores e as vibrações continuaram como antes. Barforth baixou a corda e colocou a lona de volta no lugar.

– Parecia que sabia que estávamos aqui – disse ele.

– Por que veio para cima de nós dessa maneira? Imagino que a luz tenha surtido algum efeito.

– O que devo fazer agora? – perguntei.

O sr. Barforth apontou para duas vigas atravessadas no fosso logo abaixo da plataforma do elevador. Entre elas, havia uma brecha de uns vinte centímetros.

– Isso também foi ideia do velho – disse ele. – Acho que eu poderia ter feito melhor de outra maneira, mas foi como tentar argumentar com um búfalo enlouquecido. É mais fácil e mais seguro simplesmente fazer tudo o que ele diz. A ideia dele é que você ponha sua broca de vinte centímetros ali e a fixe de algum modo entre esses suportes.

– Bem, quanto a isso creio que não haverá muita dificuldade – respondi. – A partir de hoje, o trabalho fica sob minha responsabilidade.

Foi, como se poderia imaginar, a experiência mais estranha de minha vida tão variada, que incluía a perfuração de poços em todos os continentes da Terra. Como o professor Challenger foi tão insistente no ponto de que a operação deveria ser comandada a partir de uma determinada distância, e como comecei a enxergar um bocado de bom senso nessa ressalva, precisei elaborar algum método de controle elétrico, o que foi fácil de executar, uma vez que uma rede elétrica percorria o túnel de ponta a ponta. Com o infinito zelo de meu funcionário, Peters, trouxemos nossos metros de tubos para baixo e os empilhamos sobre uma laje de rocha. Em seguida, erguemos a plataforma do último elevador para termos espaço para trabalhar. Como havíamos sugerido usar o sistema de impacto, pois não daria para contar unicamente com a gravidade, prendemos nosso contrapeso de quarenta e cinco quilos sobre uma polia na base do elevador, e descemos nossos tubos que terminavam numa broca. Por fim, a corda que prendia o contrapeso foi atada à lateral do fosso de modo que uma descarga elétrica pudesse deflagrar a operação. Foi um trabalho delicado e difícil, naquele calor mais que tropical, e a todo momento com a sensação de que um escorregão ou a queda de uma única ferramenta poderia ocasionar uma catástrofe inconcebível. Estávamos enlevados também pelo cenário. Por diversas vezes notei um estranho tremor e uma vibração percorrendo as paredes, e cheguei a sentir até um palpitar surdo nas mãos quando as toquei. Fato é que nenhum de nós lamentou, nem Peters, nem eu, quando demos pela última vez o sinal de que estávamos prontos para voltar à superfície, e relatamos ao sr. Barforth que o professor Challenger poderia fazer seu experimento assim que quisesse.

E nem precisamos esperar muito. Três dias depois de completarmos a instalação, a notícia chegou.

Era um convite comum, um cartão desses usados para recepções familiares, e dizia o seguinte:

O PROFESSOR G.E. CHALLENGER,
Membro da Royal Society, Doutor em Medicina, Doutor em Ciências, etc.
(ex-presidente do Instituto Zoológico e detentor de tantos títulos honorários e honrarias que as dimensões deste cartão não comportam)
solicita a presença do
SR. JONES (sem acompanhante)
às 11h30 da terça-feira, 21 de junho, para testemunhar um
notável triunfo da mente sobre a matéria
em
HENGIST DOWN, SUSSEX.

Trem especial Victoria 10.5. Os convidados deverão arcar com o próprio custo de transporte. Almoço após experimento a confirmar – conforme as circunstâncias. Estação: Storrington.

R.S.V.P. (imediatamente, com o nome em letras de forma): 14 (Bis), Enmore Gardens, S.W.

Descobri que Malone tinha acabado de receber correspondência semelhante, diante da qual gargalhava.

– É uma mera ostentação nos enviar isso – disse ele. – Teremos de estar presentes aconteça o que acontecer, como disse o carrasco ao condenado. Mas saiba que em Londres não se fala em outra coisa. O velho chegou aonde queria, com um holofote apontado bem para sua cabeça velha e cabeluda.

E então finalmente chegou o grande dia. Pessoalmente, achei melhor viajar na noite anterior, para garantir que estava tudo em ordem. Nossa broca estava afixada na posição, o contrapeso estava ajustado, os interruptores elétricos poderiam ser ativados facilmente, e eu estava satisfeito com o fato de que pelo menos minha parte do estranho experimento transcorreria sem problemas. Os controles elétricos eram operados a uma distância de uns quinhentos metros da boca do fosso, para minimizar qualquer risco pessoal. Quando naquela manhã fatídica, um dia ideal do verão inglês, cheguei à superfície com a mente serena, subi até a metade da colina para ter uma visão geral de todos os procedimentos.

O mundo inteiro parecia estar vindo para Hengist Down. Até onde minha vista alcançava, as estradas estavam lotadas de gente. Automóveis chegavam sacolejando e balançando pelas alamedas, e descarregavam seus passageiros diante do portão do complexo. A maioria acabava parada ali mesmo. Um poderoso bando de zeladores aguardava na entrada, e não bastavam promessas ou propinas, pois apenas a apresentação dos disputados convites franqueava o acesso. Dispersavam-se dali em diante e juntavam-se à vasta multidão que já se formava na base da colina, cobrindo a beira da estrada de uma densa massa de espectadores. Dentro do complexo, algumas áreas haviam sido isoladas por cercas, e os diversos privilegiados foram conduzidos para a plataforma designada a cada um. Havia uma plataforma para os lordes, uma para membros da Câmara dos Comuns e uma para os líderes das sociedades eruditas e homens de renome da ciência mundial, incluindo Le Pellier, da Sorbonne, e o dr. Driesinger, da Academia de Berlim. Uma aérea especial cercada com sacas de areia e um teto de chapas metálicas foi destinado a três membros da família real.

Às onze e quinze, uma série de charabãs trouxe convidados ainda mais especiais da estação, e desci para o complexo para assistir à recepção. O professor Challenger estava diante da área especial, esplêndido em seu fraque, colete branco e cartola reluzente, com uma expressão mista de onipotência, uma benevolência quase ofensiva e a mais portentosa presunção.

– Claramente, uma típica vítima de megalomania – como um de seus críticos o descreveu.

Ele ajudou a conduzir, e eventualmente empurrar, seus convidados aos lugares certos, e então, depois de reunir a elite à sua volta, assumiu seu posto numa elevação do terreno e olhou ao redor com ar de presidente esperando aplausos de boas-vindas. Como ninguém aplaudiu, ele avançou diretamente no assunto, sua voz ecoando até os extremos do complexo.

– Cavalheiros – rugiu –, nesta ocasião, não preciso incluir as damas. Se não as convidei para estarem presentes conosco esta manhã, não foi por falta de apreço, pois posso dizer – continuou ele com humor paquiderme e falsa modéstia – que as relações entre nós sempre foram reciprocamente excelentes, e a bem dizer, bastante íntimas. O verdadeiro motivo é que existe uma pequena parcela de perigo envolvida em nosso experimento, embora não seja o suficiente para justificar a decepção que vejo estampada em muitos de seus semblantes. Interessará aos membros da imprensa saber que lhes reservei assentos muito especiais sobre os montes de detritos que dão imediatamente para o cenário da operação. Eles demonstraram um interesse em meus assuntos que por vezes não se distingue da impertinência, de modo que pelo menos nesta ocasião não poderão reclamar que fui omisso quanto à sua conveniência. Se nada acontecer, o que é sempre possível, ao menos terei feito o melhor por eles. Se, por outro lado, algo acontecer, eles estarão em excelente posição para experimentar e registrar os fatos, caso se sintam à altura da tarefa. É impossível, como vocês logo entenderão, para um homem de ciência explicar ao que chamaria de massas comuns, sem nenhum desrespeito, os vários motivos para suas conclusões ou suas atitudes. Noto que sou interrompido inapropriadamente, e vou pedir ao cavalheiro de óculos ali que pare de agitar seu guarda-chuva.

(Ouve-se: "A descrição de seus convidados, senhor, é bastante hostil.")

– Possivelmente foi a expressão que usei, "massas comuns", que incomodou o cavalheiro. Digamos portanto que meus ouvintes seriam as massas mais incomuns. Não tergiversemos por palavras. Eu estava prestes a dizer, antes de ser interrompido por esse comentário estapafúrdio, que a questão estará toda completa e lucidamente discutida em meu próximo livro a ser lançado, que posso descrever com toda modéstia como uma obra que marcará época na história do mundo.

(Interrupções por toda parte e gritos de "Atenha-se aos fatos!", "Afinal o que viemos fazer aqui?", "É alguma piada?")

– Eu ia esclarecer o assunto, e se for novamente interrompido serei obrigado a tomar providências para preservar a decência e a ordem, cuja falta é dolorosamente óbvia. A situação é, portanto, a seguinte: construí um túnel através da crosta da Terra e estou prestes a experimentar o efeito de uma vigorosa estimulação do córtex sensorial, uma operação delicada que será levada a cabo por meus subordinados, o sr. Peerless Jones, autoproclamado especialista em poços artesianos, e o sr. Edward Malone, que me representa nesta ocasião. A substância exposta e sensível será espetada, e como ela reagirá é uma questão aberta a conjecturas. Se os senhores gentilmente retomarem seus assentos, esses dois cavalheiros descerão ao fundo do poço e farão os ajustes finais. Então apertarei o botão elétrico sobre esta mesa e o experimento estará completo.

Depois de uma arenga de Challenger, qualquer plateia geralmente ficava como a Terra, como se sua epiderme protetora tivesse sido perfurada e seus nervos deixados à mostra. Aquele grupo não foi exceção, e fez-se um murmúrio surdo de críticas e ressentimentos enquanto os convidados voltavam para seus lugares.

Challenger sentou sozinho no alto da elevação, junto a uma mesinha, sua juba e sua barba negras vibrando de excitação, compondo a portentosa figura. Malone e eu não conseguimos admirar a cena, contudo, pois nos apressávamos a levar a cabo a extraordinária tarefa. Vinte minutos depois estávamos no fundo do fosso, e havíamos removido a lona da superfície exposta.

Era uma visão extasiante que tínhamos diante de nós. Por alguma estranha telepatia cósmica o velho planeta parecia saber que uma inaudita liberdade estava prestes a ser tomada. A superfície exposta era como uma chaleira fervente. Grandes bolhas cinzentas subiam e explodiam com estalidos. Os espaços de ar sob a película se separavam e coalesciam em agitada atividade. As ondulações transversais estavam mais fortes e mais rápidas em seu ritmo do que antes. Um fluido roxo escuro parecia pulsar nas tortuosas anastomoses de canais logo abaixo da superfície. O pulso da vida estava todo ali. Um cheiro fortíssimo tornou o ar dificilmente apropriado para pulmões humanos.

Meu olhar estava fixo nesse estranho espetáculo quando Malone soltou uma súbita exclamação de alarme.

– Meu Deus, Jones! – gritou ele. – O que é aquilo?!

Olhei depressa e imediatamente liberei a conexão elétrica e entrei no elevador.

– Venha! – exclamei. – Talvez agora tenhamos de correr para sobreviver!

O que havíamos visto era de fato alarmante. Toda a seção inferior do túnel, aparentemente, passara a ter a mesma atividade que havíamos observado lá embaixo, e as paredes também vibravam e pulsavam. Esse movimento afetara os encaixes das vigas, e ficou claro que uma mínima retração, uma questão de centímetros, faria as vigas desabarem. Se isso acontecesse, então a ponta da broca penetraria a terra independentemente da ação do interruptor elétrico. Antes que isso acontecesse era vital que Malone e eu já estivéssemos fora do túnel. Estar treze quilômetros embaixo da terra, com a possibilidade de uma convulsão extraordinária a qualquer momento, era uma perspectiva terrível. Fugimos desesperadamente para a superfície.

Será que algum dia esqueceremos o pesadelo que foi essa jornada? Os elevadores guinchavam e zumbiam, e os minutos pareceram horas. A cada estágio, saltávamos para o próximo elevador, acionávamos o interruptor e continuávamos a subir. Pelas frestas do ferro fundido do teto podíamos ver lá longe o pequeno círculo de luz marcando a boca do túnel. Então esse ponto foi crescendo, crescendo, até se tornar um disco inteiriço e nossos olhos contentes depararam com a abertura de tijolos. Subimos, subimos, e num último momento feliz de gratidão saltamos para fora daquela prisão e pisamos outra vez o verde do gramado. Mas tivemos apenas uma fração de segundo. Não havíamos dado nem trinta passos da boca do túnel quando lá no fundo meu dardo de ferro acertou o gânglio nervoso da velha Mãe Terra e o grande momento chegou.

O que aconteceu? Nem Malone nem eu estamos em posição de dizê-lo, pois fomos ambos arrancados do chão por um ciclone que rodopiou pelo gramado, girando-nos feito discos num rinque de gelo. Ao mesmo tempo, nossos ouvidos foram invadidos pelo urro mais horrendo que já se ouviu. Quem dentre as centenas de presentes ali conseguiria descrever adequadamente aquele grito terrível? Era um uivo de dor, ira, ameaça e majestade ultrajada da Natureza, tudo mesclado num hediondo guincho. Durante um minuto inteiro, mil sirenes fundidas paralisaram a multidão com sua feroz insistência, dissipando-se para longe pelo ar imóvel do verão, até virar um eco por toda a costa do sul do país e atingir nossos vizinhos franceses do outro lado do canal da Mancha. Nenhum outro som na história jamais se equiparou ao grito da Terra ferida.

Perplexos e ensurdecidos, Malone e eu nos demos conta do choque e do som, mas foi pela narrativa de terceiros que ficamos sabendo dos demais detalhes daquela cena extraordinária.

As primeiras coisas a emergirem das entranhas da Terra foram as gaiolas de elevador. O restante do maquinário, posicionado rente às paredes, escapou da explosão, mas os pisos sólidos das gaiolas sofreram todo o impacto da corrente ascendente. Quando diversas partículas separadas são colocadas dentro de um tubo de pressão, elas são disparadas para cima ainda separadas e mantendo a sequência. De modo que as quatorze gaiolas apareceram uma após a outra no ar, voando ordenadas, descrevendo uma gloriosa parábola que terminou, uma delas, dentro do mar, perto do cais de Worthing, e uma outra num campo perto de Chichester. Espectadores afirmaram que de todas as estranhas visões que já testemunharam nada, jamais, poderia ultrapassar as quatorze gaiolas de elevador viajando serenamente pelo céu azul.

Então veio um gêiser. Era um jorro enorme de uma substância asquerosa e melada, da consistência de alcatrão, disparado no ar a uma altura que foi calculada em seiscentos e dez metros. Um avião curioso, que pairava no ar nesse momento, foi atingido, como por artilharia antiaérea, e fez um pouso forçado, homem e máquina cobertos de sujeira. A coisa horrenda, que tinha o odor mais penetrante, nauseante, podia representar o sangue vital do planeta, ou então, como o professor Driesinger e a Escola de Berlim defendem, uma secreção protetora, análoga à do gambá, que a Natureza deu à Mãe Terra para defendê-la dos Challengers intrusos. Se era isso, o principal infrator, sentado em seu trono no alto, escapou incólume, enquanto a infeliz imprensa ficou tão ensopada e impregnada, diretamente exposta aos disparos, que nenhum dos jornalistas conseguiu frequentar a alta sociedade por muitas semanas. Tal emanação putrefata foi soprada para o sul pela brisa, e baixou sobre as massas infelizes que pacientemente esperavam nas colinas de Downs para ver o que ia acontecer. Não houve baixas. Nenhum lar foi destruído, mas muitos ficaram fétidos, e ainda guardam entre seus muros alguma recordação do grande acontecimento.

E então o poço foi fechado. Como a Natureza fecha lentamente uma ferida de baixo para cima, assim também a Terra com extrema rapidez reage a qualquer ataque à sua substância vital. Houve um estrondo prolongado e agudo quando as laterais do duto se chocaram; o som, reverberando das profundezas, ergueu-se cada vez mais alto até que, com um estouro ensurdecedor, o círculo de tijolos do orifício se fechou, esmigalhado, enquanto um tremor semelhante ao de um pequeno terremoto desfez os montes de detritos e formou uma pirâmide de quinze metros de escombros e destroços de ferro sobre o local onde ficara o buraco. O experimento do professor Challenger não estava apenas encerrado: fora enterrado longe da visão dos homens para sempre. Não fosse o obelisco erigido pela Royal Society, dificilmente nossos descendentes sequer saberiam o local exato da notável ocorrência.

E então veio o *grand finale*. Por um longo período após esses fenômenos houve um alvoroço e depois uma tensa imobilidade enquanto as pessoas se recompunham e tentavam entender exatamente o que havia acabado de ocorrer, e como. E então de repente a poderosa conquista, a vasta transformação de conceitos, a genialidade e a maravilha da execução, ficaram claras em suas mentes. Impulsivamente todos se viraram para Challenger. De todas as partes do campo vieram gritos de admiração, e de seu trono ele pôde ver a massa de rostos virados para cima, interrompida apenas pelo agitar de lenços acenando. Em retrospecto, lembro dele melhor nesse exato momento. De pé, olhos entrecerrados, um sorriso consciente do próprio mérito no rosto, a mão esquerda na cintura, a direita enfiada no colete do fraque. Seguramente essa imagem ficará fixada para sempre, pois ouvi as câmeras disparando à minha volta como grilos numa floresta.

O sol de junho brilhou dourado sobre ele ao se virar gravemente, inclinando-se com mesuras para os quatro cantos. Challenger, o supercientista, Challenger, o arquipioneiro, Challenger, o primeiro homem que a Mãe Terra foi obrigada a reconhecer.

Uma breve palavra à guisa de epílogo. É bem conhecido o efeito do experimento em todo o mundo. É verdade que nunca mais o planeta ferido emitiu tamanho uivo como no local exato da penetração, mas a conduta da Terra em outros lugares demonstrou ser ela de fato uma entidade única. Ela expressou sua indignação com cada vento e cada vulcão. O Hekla berrou até os islandeses temerem um cataclisma. O Vesúvio explodiu seu pico. O Etna cuspiu uma vasta quantidade de lava, e um processo de meio milhão de liras em prejuízos foi levado contra Challenger nas cortes italianas pela destruição dos vinhedos. Até mesmo no México e no coração da América Central houve sinais de intensa indignação plutônica, e os uivos do Stromboli encheram todo o Mediterrâneo Oriental. Chamar a atenção do mundo todo é uma ambição comum dos homens. Fazer o mundo todo gritar foi privilégio exclusivo de Challenger.

A MÁQUINA DE DESINTEGRAÇÃO

O professor Challenger estava com o pior humor possível. Eu estava junto à porta de seu escritório, com a mão na maçaneta e o pé no capacho, e escutei um monólogo que era mais ou menos assim, as palavras ecoando e reverberando por toda a casa:

– Sim, estou dizendo pela segunda vez que foi engano. É a segunda vez só nesta manhã. O senhor acha que um homem de ciência pode ser assim distraído de seu trabalho essencial pela constante interferência de um idiota do outro lado da linha? Não vou aturar isso. Chame o seu gerente. Ah! O senhor é o gerente. Pois bem, então por que o senhor não faz alguma coisa a respeito? Sim, certamente o que o senhor fez foi me distrair de um trabalho cuja importância a sua mente é incapaz de entender. Chame então o superintendente. Ele saiu? Eu devia imaginar. Levarei o senhor às barras da lei se isso voltar a acontecer. Antes que o galo cante três vezes. Já tenho o meu veredicto. Pedro também foi avisado do galo, e o senhor está avisado sobre esse maldito telefone. Estamos conversados. Desculpas por escrito, sim. Muito bem. Pensarei a respeito. Bom dia.

Foi nesse instante que arrisquei entrar no escritório. Sem dúvida, um momento infeliz. Encontrei-o quando virava-se do telefone, um leão em sua ira. A imensa barba negra eriçava-se, o peito amplo arfava de indignação, e seus olhos cinzentos arrogantes me mediam de cima a baixo, enquanto a reação de sua raiva caiu sobre mim.

– Patifes ociosos e excessivamente bem-remunerados dos infernos – gritou ele. – Eu podia ouvi-los dando risada enquanto eu fazia minha reclamação mais do que justa. É uma conspiração para me tirar do sério. E agora, jovem Malone, você chega para completar uma manhã já desastrosa. Que mal lhe pergunte: você veio por conta própria ou lhe mandaram para tentar uma entrevista? Como amigo, você tem esse privilégio; como jornalista, está fora de sua alçada.

Eu tateava os bolsos atrás da carta de McArdle quando subitamente ele se lembrou de outro problema. Suas mãos peludas e imensas vasculharam entre os papéis sobre a escrivaninha e finalmente deram com um recorte de jornal.

– Você recentemente teve a bondade de aludir a mim numa de suas recentes elucubrações – disse, agitando o papel na minha frente. – Foi em meio a suas observações um tanto fátuas sobre os fósseis de sáurios recentemente descobertos no Calcário de Solnhofen. Você começou um parágrafo com as palavras: "O professor G.E. Challenger, que está entre os nossos maiores cientistas vivos…"

– Bem, senhor, qual o problema? – perguntei.

– Por que essa qualificação invejosa e limitadora? Talvez você possa mencionar quem seriam esses outros cientistas de renome a quem imputa igualdade ou até mesmo superioridade em relação a mim?

– Eu me expressei mal. Certamente devia ter escrito: "Nosso maior cientista vivo" – admiti. E era mesmo minha opinião. Seu humor mudou da água para o vinho.

– Meu caro jovem amigo, não pense que é cobrança minha, mas cercado como estou de colegas combativos e celerados, sou obrigado a cuidar do que é meu. Autoelogio não faz parte da minha natureza, mas preciso defender meu peixe diante da oposição. Venha! Sente-se! Qual é o motivo de sua visita?

Eu tinha de pisar com cuidado aquele terreno, pois sabia como era fácil provocar o leão. Abri a carta de McArdle.

– Posso ler, senhor? É de McArdle, meu editor.

– Lembro-me do sujeito… um espécime até bem razoável dentro de sua categoria.

– Ele tem, no mínimo, grande admiração pelo senhor. Recorreu ao senhor inúmeras vezes quando precisava da mais alta qualidade em certas investigações. Como é o caso agora.

– O que ele quer?

Challenger ficou todo cheio de si, influenciado pela lisonja, como um pássaro que arma as penas. Sentou-se com os cotovelos sobre a escrivaninha, as mãos de gorila entrelaçadas, a barba apontada para a frente e os olhos cinzentos, quase entrecerrados sob as pálpebras caídas, fixos benevolentemente em mim. Era imenso em tudo o que fazia, e sua benevolência era ainda mais irresistível que sua truculência.

– Lerei o bilhete que ele me escreveu. Eis o que ele diz:

Por favor, vá visitar seu estimado amigo, professor Challenger, e solicite sua cooperação diante das seguintes circunstâncias. Existe um cavalheiro letão chamado Theodore Nemor, morador de White Friars Mansions, em Hampstead, que alega ter inventado uma máquina das mais extraordinárias, capaz de desintegrar qualquer objeto colocado em sua esfera de influência. A matéria se dissolve e retorna à sua condição atômica. Ao reverter o processo, a matéria consegue ser remontada. Aparentemente se trataria de uma alegação extravagante, no entanto, existem sólidas evidências de que o processo tenha algum fundamento e de que o sujeito tenha se deparado com uma descoberta notável.

Não preciso ressaltar o caráter revolucionário de tal invenção, nem sua extrema importância como potencial armamento bélico. Uma força capaz de desintegrar um navio de guerra, ou transformar todo um batalhão, ainda que apenas por um tempo, num conjunto de átomos, seria capaz de dominar o mundo. Por motivos sociais e políticos, temos de chegar ao fundo desta questão sem perda de tempo. O sujeito quer tanto divulgar quanto vender sua invenção, de modo que não será difícil se aproximar dele. O cartão que segue anexo abrirá todas as portas. Desejo que você e o professor Challenger façam uma visita, avaliem a invenção e escrevam um relatório razoável para a *Gazette* sobre o valor da descoberta. Aguardo sua resposta ainda esta noite.

R. MCARDLE

— Eis as minhas instruções, professor — acrescentei, enquanto dobrava de novo a carta. — Sinceramente, espero que o senhor venha comigo, pois como poderia agir sozinho nesse caso, com minhas capacidades limitadas?

— De fato, Malone! De fato! — ronronou o grandalhão. — Embora você não seja de forma alguma desprovido de uma inteligência natural, concordo que nesse caso você ficaria um tanto sobrecarregado. Essas pessoas insuportáveis ao telefone já me arruinaram o trabalho da manhã, de modo que arruiná-lo um pouco mais dificilmente faria diferença. Estou tratando de responder àquele bufão italiano, Mazotti, cujas opiniões sobre o desenvolvimento das larvas dos cupins tropicais só me provocam riso e desprezo, mas posso acabar de desmascarar esse impostor mais à noite. Nesse ínterim, estou às suas ordens.

E assim aconteceu de naquela manhã de outubro eu estar no trem subterrâneo com o professor indo para o norte de Londres no que se revelaria uma das experiências mais singulares de toda a minha vida cheia de proezas.

Antes de sairmos de Enmore Gardens confirmei, pelo tão abusado telefone, que nosso homem estaria em casa, e avisei-o de nossa visita. Ele morava num apartamento confortável em Hampstead, e nos fez esperar bem uma meia hora na antessala, enquanto mantinha uma animada conversa com um grupo de visitantes, cujas vozes, quando finalmente se despediram no corredor, demonstravam se tratar de russos. Vi-os de relance pela porta entreaberta, e tive uma primeira impressão de homens prósperos e inteligentes, com casacos de golas de astracã, cartolas reluzentes e toda a aparência do bem-estar burguês que os comunistas bem-sucedidos logo adquirem. A porta do corredor se fechou atrás deles, e no instante seguinte Theodore Nemor entrou na antessala. Então pude vê-lo, quando o sol caiu em cheio sobre ele, esfregando suas mãos compridas e finas e nos avaliando com um sorriso aberto e os olhos amarelos e astutos.

Era um homem baixo, atarracado, cujo corpo sugeria alguma deformidade, embora fosse difícil dizer o que exatamente causava essa impressão. Era como se fosse um corcunda sem a corcova. Seu rosto grande e macio tinha a mesma cor e consistência úmida de uma massa por assar, destacando ainda mais agressivamente contra o fundo pálido as pintas e as manchas que adornavam sua pele. Os olhos eram de gato, assim como o bigode fino, comprido e espetado sobre a boca flácida, molhada e salivante de entusiasmo. Tudo era baixo e repulsivo até chegar nas sobrancelhas cor de areia. Dali para cima formava-se um esplêndido arco craniano, como raramente vi igual. Até mesmo o chapéu de Challenger caberia naquela magnífica cabeça. Theodore Nemor podia ser considerado um conspirador asqueroso e rastejante da metade do rosto para baixo, mas da metade para cima ele se equiparava aos grandes pensadores e filósofos do mundo.

— Bem, cavalheiros — disse, numa voz aveludada com um pingo apenas de sotaque estrangeiro —, pelo que entendi em nossa breve conversa ao telefone, vocês vieram para saber mais sobre o Desintegrador de Nemor. Não é isso?

— Exatamente.

— Posso perguntar se os senhores representam o governo britânico?

— De forma alguma. Sou repórter da *Gazette*, e este é o professor Challenger.

— Um nome de respeito... de reputação em toda a Europa. — Seus caninos amarelados reluziram de obsequiosa amabilidade. — Eu ia dizer agora que o governo britânico acabou de perder a vez. O que mais ele perdeu é o que veremos depois. Talvez até o próprio Império. Eu estava disposto a vender meu invento para o primeiro governo que pagasse o preço, e se agora ele tiver caído em mãos que talvez os senhores desaprovem, a culpa é toda sua.

— Então o senhor vendeu seu segredo?

— Pagaram meu preço.

— O senhor acha que o comprador ficará com o monopólio?

— Sim, sem dúvida.

— Mas existem outras pessoas que conhecem o segredo além do senhor?

— Não, senhor. — Ele tocou a testa larga. — Este é o cofre em que o segredo está guardado em segurança, um cofre melhor do que qualquer aço, mais protegido que por qualquer fechadura. Algumas pessoas podem saber um aspecto da questão; outras podem saber de outro. Ninguém no mundo conhece o assunto por inteiro além de mim.

— E desses cavalheiros a quem o senhor o vendeu.

— Não, senhor; não sou tolo a ponto de abrir mão do conhecimento integral do invento até que me paguem. Depois disso, eles terão comprado a mim e levarão este cofre aqui – disse, tocando novamente a testa – com todo o seu conteúdo, aonde quer que eles queiram me levar. Minha parte do acordo então estará cumprida, fiel e friamente cumprida. Afinal, isso entrará para a história. – Esfregou as mãos e o sorriso fixo em seu rosto se contorceu numa espécie de rosnado.

— Com sua licença, senhor – disse Challenger em sua voz retumbante, ele que até então se calara, mas cujo rosto expressivo registrava a mais completa insatisfação com Theodore Nemor –, antes de discutir seu invento, gostaríamos de ter a convicção de que existe de fato algo a ser discutido. Não podemos esquecer o caso recente de um italiano que propunha explodir minas à distância e que uma investigação provou se tratar de um inescrupuloso impostor. A história pode muito bem se repetir. O senhor há de considerar que tenho uma reputação de cientista, reputação que a sua generosidade descreveu como europeia, embora eu tenha motivos para acreditar que ela se estenda também aos Estados Unidos. A cautela é um dos atributos da ciência, e o senhor precisará nos mostrar provas antes que possamos levar suas alegações a sério.

Nemor lançou ao meu companheiro um olhar especialmente maligno com seus olhos amarelos, mas o sorriso de cordialidade forçada continuava estampado no rosto.

— O senhor merece a reputação que tem, professor. Sempre ouvi dizer que o senhor seria o último homem no mundo que alguém conseguiria enganar. Estou disposto a lhe fazer uma demonstração que há de convencê-lo, mas antes de começarmos, permita-me dizer algumas palavras sobre o princípio geral. Os senhores verão que o projeto experimental que construí aqui em meu laboratório é um mero protótipo, embora dentro de suas limitações funcione admiravelmente. Não haveria nenhuma dificuldade, por exemplo, em desintegrar ambos os senhores e reconstituí-los em seguida, mas não seria por isso que um grande país estaria disposto a pagar um preço muito alto, na casa dos milhões. Meu protótipo é apenas um brinquedo científico. Mas, se a mesma força for invocada em grande escala, será possível obter enormes efeitos práticos.

– Podemos ver esse protótipo?

– O senhor não só verá, professor Challenger, como a demonstração mais conclusiva possível será feita com o senhor, se o senhor tiver coragem de se submeter a ela.

– Se!? – O leão voltou a rugir. – O seu "se", senhor, é ofensivo no mais alto grau.

– Bem, pois bem. Não foi minha intenção duvidar de sua coragem. Direi então apenas que lhe darei uma oportunidade de demonstrar meu invento. Mas antes direi algumas palavras sobre as leis subjacentes que governam a matéria. Alguns cristais, sal, por exemplo, ou açúcar, quando colocados na água, dissolvem-se e desaparecem. Não deixam qualquer sinal de que sequer estiveram ali. Então, por evaporação ou outro método, diminui-se a quantidade de água, e eis os cristais ali de novo! Visíveis outra vez e os mesmos de antes. O senhor consegue imaginar um processo em que os senhores, seres orgânicos, do mesmo modo sejam dissolvidos no cosmo e, a seguir, por uma súbita reversão das condições, novamente reconstituídos?

– A analogia é falsa – exclamou Challenger. – Mesmo que eu admitisse tamanha monstruosidade, de que nossas moléculas possam se dispersar por alguma força desagregadora, por que elas haveriam de se reconstituir depois na mesma ordem de antes?

– Sua objeção é óbvia, e só posso dizer que elas de fato se reconstituem até o último átomo da estrutura. Existe um padrão invisível, e cada bloco retorna a seu legítimo lugar. O senhor pode rir, professor, mas a sua incredulidade e o seu sorriso logo serão substituídos por uma emoção bem diferente.

Challenger deu de ombros.

– Estou aqui pronto para me submeter ao teste.

– Existe um outro caso que gostaria de lhes apresentar, cavalheiros, e que poderá ajudar a fazê-los captar a ideia. Os senhores já ouviram falar, tanto na mágica oriental quanto no ocultismo ocidental, do fenômeno da materialização, em que um objeto subitamente é trazido de um lugar distante e aparece em outro. Como uma coisa dessas pode acontecer a não ser com um afrouxamento das moléculas, seu envio por meio de uma onda etérea e sua reconstituição, cada molécula exatamente em seu lugar, reunidas por alguma lei irresistível? Isso me parece uma boa analogia com o que minha máquina faz.

– Não se pode explicar uma coisa inacreditável com outra coisa inacreditável – disse Challenger. – Não acredito nas suas materializações, sr. Nemor, e não acredito na sua máquina. Meu tempo é precioso, e se vamos ter algum tipo de demonstração, eu lhe pediria que prosseguisse sem mais cerimônia.

– Então, se puderem me acompanhar – disse o inventor.

Ele nos conduziu escada abaixo e pelo pequeno jardim que ficava nos fundos, onde havia uma ampla casa anexa. Nemor abriu a porta, e nós entramos.

Dentro havia uma sala branca com inúmeros fios de cobre pendentes de ganchos no teto e um imenso ímã equilibrado num pedestal. Diante dele havia algo que parecia um prisma de cristal, de um metro de altura e cerca de trinta centímetros de diâmetro. À direita havia uma cadeira sobre uma plataforma de zinco, acima da qual ficava suspenso um capacete de cobre brilhante. Tanto o capacete quanto a cadeira tinham cabos grossos conectados, e ao lado havia uma espécie de catraca, com um contador numérico e uma roleta emborrachada, que no momento marcava zero.

– O Desintegrador de Nemor – disse o sujeito estranho, estendendo as mãos na direção da máquina. – Este é o protótipo que ficará famoso por alterar o equilíbrio do poder entre as nações. Quem o tiver governará o mundo. Agora, professor Challenger, o senhor me tratou, se posso dizer assim, com certa falta de cortesia e consideração quanto a isso. O senhor poderia sentar naquela cadeira e permitir que eu demonstre com o seu corpo as capacidades dessa nova força?

Challenger tinha a coragem de um leão, e qualquer alusão a alguma espécie de desafio despertava nele um frenesi instantâneo. Ele voou até a máquina, mas segurei seu braço e o detive.

– O senhor não irá – eu disse. – Sua vida é valiosa demais. É uma monstruosidade. Que tipo de garantia o senhor tem? O aparato mais semelhante a esse que já vi é a cadeira elétrica de Sing Sing.

– Minha garantia de segurança – disse Challenger – é que você será testemunha e que esse sujeito certamente será condenado por assassinato caso algo me aconteça.

– Isso não consolaria muito a ciência mundial, uma vez que o senhor deixará trabalhos inacabados que ninguém mais poderá terminar. Permita pelo menos que eu vá primeiro, e então, quando a experiência se provar inofensiva, será sua vez.

O risco pessoal jamais demoveria Challenger, mas a ideia de que seu trabalho científico pudesse ficar inacabado calou fundo nele. Ele hesitou, e antes que se resolvesse saltei na frente e sentei na cadeira. Vi quando o inventor girou a catraca. Ouvi um clique. Então, por um momento, tive uma sensação de confusão e uma neblina turvou-me a vista. Quando isso passou, o inventor estava com seu sorriso odioso diante de mim, e Challenger, com suas bochechas coradas subitamente pálidas, me olhava fixamente por sobre os ombros.

– Pois bem, vamos logo com isso! – eu disse.

– Já terminou. A sua reação foi notável – respondeu Nemor. – Desça, certamente o professor Challenger está pronto para experimentar.

Nunca vi meu velho amigo tão irritado. Seus nervos de aço por um momento fraquejaram. Ele agarrou meu braço com a mão trêmula.

– Meu Deus, Malone, é verdade – disse ele. – Você desapareceu. Não há dúvida disso. Formou-se uma neblina por um instante e, de repente, não havia ninguém aí.

– Eu desapareci por quanto tempo?

– Dois ou três minutos. Confesso que fiquei apavorado. Não podia imaginar que você voltaria. Então ele alterou a posição desse controle, se é que isso é um controle, para outra posição e lá estava você na cadeira, olhando um tanto perplexo, mas, afora isso, o mesmo de sempre. Dei graças a Deus quando o vi ali! – Ele enxugou a testa úmida com seu grande lenço vermelho.

– Então, senhor – disse o inventor. – Ou será que a coragem fraquejou?

Challenger conteve-se visivelmente. Então, desvencilhando-se do meu protesto, sentou na cadeira. O câmbio estalou até o número três. E ele sumiu.

Eu teria ficado horrorizado não fosse a perfeita serenidade do operador.

– Processo interessante, não? – comentou ele. – Quando se pensa na tremenda individualidade do professor, é estranho imaginar que nesse momento ele não passe de uma nuvem molecular suspensa em determinada região desta casa. Ele está agora, é claro, inteiramente sob meu poder. Se eu quiser deixá-lo em suspenso, não há nada no mundo que me impeça.

– Eu logo encontraria meios de impedi-lo.

O sorriso outra vez virou um rosnado.

– Imagine se um pensamento desses sequer passou pela minha cabeça. Santo Deus! Imagine a dissolução definitiva do grande professor Challenger, desaparecido no espaço cósmico sem deixar rastros! Terrível! Terrível! Ao mesmo tempo, ele poderia ter sido mais gentil. O senhor não acha que uma pequena lição…?

– Não, não acho.

– Bem, façamos uma demonstração curiosa. Algo que pode dar um parágrafo interessante em seu artigo. Por exemplo, descobri que o pelo humano, sendo de uma vibração inteiramente distinta da dos tecidos orgânicos vivos, pode ser incluído ou excluído ao meu comando. Seria interessante vê-lo sem barba. Veja só!

Ouviu-se o clique do controle. Um instante depois, Challenger estava sentado outra vez na cadeira. Mas que Challenger era aquele! Um leão tosquiado! Mesmo furioso com aquele truque não consegui conter uma sonora gargalhada.

A cabeça imensa, careca como um bebê, e o queixo, liso como o de uma menina. Privada de seu glorioso pelame, a metade inferior de seu rosto era bastante flácida e de um formato semelhante a um presunto, enquanto o resto de sua aparência era a de um gladiador, abatido e inchado, com a mandíbula de um buldogue sobre um queixo de gigante.

Talvez tenha sido pela expressão em nossos rostos – não tenho dúvidas de que o sorriso de meu amigo ficou maior ao nos ver –, mas, seja como for, fato é que Challenger levou a mão à cabeça e entendeu sua condição. No instante seguinte, já estava fora da cadeira, pegando o inventor pela garganta e segurando-o contra o chão. Conhecendo a imensa força de Challenger, achei que o sujeito iria morrer ali mesmo.

– Pelo amor de Deus, cuidado. Se o senhor matá-lo, nunca mais apuraremos nada sobre isso! – exclamei.

A razão prevaleceu. Mesmo em seus momentos mais enlouquecidos, Challenger sempre era atento à razão dos argumentos. Ele se levantou, arrastando o inventor consigo.

– Você tem cinco minutos – disse ele, arfante e furioso. – Se em cinco minutos eu não estiver como antes, vou esganá-lo até a vida se esvair desse seu corpo maldito.

Challenger furioso não era uma boa pessoa com quem se ter uma discussão. O homem mais valente sucumbiria diante dele, e o sr. Nemor não parecia especialmente corajoso. Pelo contrário, aquelas manchas e verrugas em seu rosto subitamente se multiplicaram quando ele mudou da habitual cor de massa crua para a macilência da barriga de um peixe. Seus braços tremiam, e ele mal conseguia articular palavra.

– Francamente, professor! – murmurou, com a mão furiosa lhe apertando o pescoço. – Essa violência é totalmente desnecessária. Releve uma piada inofensiva entre amigos. Minha intenção era mostrar o poder dessa máquina. Imaginei que o senhor quisesse uma demonstração completa. Sem ofensa, eu lhe asseguro. Absolutamente nenhuma, professor!

Em resposta, Challenger voltou a sentar na cadeira.

– Fique de olho nele, Malone. Não permita nenhuma liberdade.

– Pode deixar, senhor.

– Vamos, conserte tudo agora ou sofra as consequências.

Aterrorizado, o inventor se aproximou da máquina. A força reunificadora foi ligada na máxima potência, e num instante, lá estava de novo o velho leão, outra vez de juba e barba. Challenger cofiou apaixonadamente a barba com as mãos e depois passou-as pelo crânio para ter certeza de que a restauração estava completa. Então desceu solenemente da plataforma.

— Senhor, essa sua liberdade pode lhe acarretar sérias consequências. No entanto, estou disposto a aceitar que o senhor tenha agido com o propósito de demonstrar seu invento. Agora, posso lhe fazer algumas perguntas diretas sobre essa força notável que o senhor alega ter descoberto?

— Estou pronto para responder qualquer coisa exceto sobre a origem dessa força. Esse é o meu segredo.

— E o senhor nos diz seriamente que ninguém mais no mundo conhece esse segredo além do senhor?

— Ninguém faz a mais remota ideia.

— Nenhum assistente?

— Não, senhor. Trabalho sozinho.

— Espantoso! Isso é muito interessante. O senhor me respondeu quanto à realidade dessa força, mas não consigo conceber suas possibilidades práticas.

— Eu já expliquei, senhor, que isto é apenas um protótipo. Mas seria fácil construí-lo em escala maior. O senhor percebeu que funciona verticalmente. Algumas correntes sobre o senhor, outras correntes abaixo, criam vibrações que desintegram ou reconstituem. Mas o processo pode ser feito lateralmente. Se fosse conduzido dessa forma, teria o mesmo efeito, mas cobriria um espaço proporcional à força da corrente.

— Dê um exemplo.

— Suponhamos que um polo fique dentro de um navio e o outro dentro de outro navio; qualquer navio de guerra entre esses dois polos simplesmente seria convertido em moléculas. O mesmo vale para uma coluna de soldados.

— E o senhor vendeu esse segredo em monopólio a uma única potência europeia?

– Exatamente, senhor, vendi. Quando o dinheiro for transferido, eles terão um poder que nenhum país jamais sonhou ter. O senhor nem imagina as possibilidades do Desintegrador, desde que em mãos hábeis, mãos que não tenham receio de usar a arma que têm. São inúmeras. – Um sorriso tripudiante percorreu o rosto cruel do sujeito. – Imagine todo um quarteirão de Londres onde essas máquinas fossem construídas. Imagine o efeito dessas correntes na escala que se queira adotar, sem muita dificuldade. Ora – ele explodiu numa gargalhada –, sou capaz de visualizar todo o vale do Tâmisa vazio, varrido de seus milhões de homens, mulheres e crianças!

As palavras me encheram de horror, ainda mais pelo ar de exultação com que foram pronunciadas. Elas, no entanto, pareceram surtir efeito bastante distinto em meu amigo. Para minha surpresa, ele abriu um sorriso cordial e estendeu a mão para o inventor.

– Bem, sr. Nemor, devemos parabenizá-lo – disse ele. – Não há dúvida de que o senhor se deparou com uma notável propriedade da natureza, que conseguiu dominar para uso do homem. Que esse uso seja destrutivo é sem dúvida deveras deplorável, mas a ciência não faz distinções desse tipo, e sim persegue o conhecimento aonde quer que ele nos leve. Além do princípio envolvido aqui, o senhor não faz, imagino, nenhuma objeção a que eu examine a construção da máquina?

– Nenhuma objeção. A máquina é meramente o corpo. A alma, o princípio que a anima, o senhor jamais conseguirá desvendar.

– Exatamente. Mas o mero mecanismo do protótipo parece engenhoso.

Por algum tempo ele ficou dando voltas na máquina, inspecionando com as mãos suas diversas partes. Então alçou seu corpo imenso para a cadeira.

– O senhor gostaria de fazer outra excursão pelo cosmo? – perguntou o inventor.

– Talvez mais tarde… depois! Porque agora há, como sem dúvida o senhor sabe, um vazamento de eletricidade. Posso sentir uma corrente fraca passando por mim.

– Impossível. A máquina é perfeitamente isolada.

– Mas eu lhe garanto que estou sentindo. – Ele desceu da plataforma.

O inventor correu para assumir o lugar vago.

– Não sinto nada.

– Nem fagulhas pela espinha?

– Não, senhor, não sinto nada disso.

Fez-se um clique seco, e o homem desapareceu. Olhei espantado para Challenger.

– Santo Deus! O senhor tocou na máquina, professor?

Ele sorriu benevolente para mim, com um ar levemente surpreso.

– Nossa! Posso ter encostado no controle sem querer – disse. – É bem possível haver acidentes desastrosos com um protótipo precário como esse. Decerto essa alavanca deveria ficar mais protegida.

– Está no número três. É a posição em que ocorre a desintegração.

– Eu reparei enquanto você estava sendo desintegrado.

– Mas fiquei tão entusiasmado quando ele trouxe o senhor de volta que não vi qual era a posição do controle para a reconstituição. O senhor viu?

– Posso ter reparado, jovem Malone, mas não sobrecarrego minha mente com detalhes pequenos. Existem muitos graus nesse controle e não sabemos para que servem todos eles. Podemos piorar as coisas se fizermos experiências com o desconhecido. Talvez seja melhor deixar as coisas como estão.

– E o senhor…

– Exatamente. É melhor assim. A interessante personalidade do sr. Theodore Nemor se espalhou pelo cosmo, essa máquina é inútil, e uma certa potência estrangeira ficará privada de um conhecimento que poderia engendrar grandes desastres. Nada mau para uma manhã de trabalho, jovem Malone. Seu jornal sem dúvida terá uma coluna interessante sobre o inexplicável desaparecimento de um inventor letão logo após a visita de seu repórter. Gostei da experiência. São momentos mais amenos como esse que aliviam a rotina árdua do estudo. Mas a vida é feita de deveres e prazeres, e agora voltarei ao italiano Mazotti e suas opiniões absurdas sobre o desenvolvimento da larva dos cupins tropicais.

Ao olhar para trás, pareceu-me haver uma leve bruma viscosa ainda pairando sobre a cadeira.

– Mas e quanto ao… – tentei insistir.

– O primeiro dever do cidadão cumpridor da lei é evitar assassinatos – disse o professor Challenger. – Foi o que fiz. Basta, Malone, basta! Não discutamos mais a questão. Tenho outros assuntos muito mais relevantes em que pensar e isso já me tomou tempo demais.

CRONOLOGIA

Vida e obra de Arthur Conan Doyle

1859 | 22 mai: Nasce em Edimburgo Arthur Ignatius Conan Doyle, segundo filho de Charles Doyle e Mary Foley. É batizado na Igreja católica.

1868: É matriculado em Hodder, escola preparatória para Stonyhurst, instituição de ensino dirigida por jesuítas em Lancashire.

1870: Ingressa em Stonyhurst, onde permanecerá por cinco anos e manifestará seu talento literário (além de se destacar no críquete).

1874: Faz viagem a Londres.

1875: Aprovado com honras no exame de admissão, passa um ano na escola jesuítica em Feldkirch, na Áustria.

1876: Ingressa na Universidade de Edimburgo e começa a estudar medicina. Conhece o professor e médico dr. Joseph Bell, que o inspirou na criação de Sherlock Holmes.

1878: Passa a trabalhar como médico em meio expediente.

1879: Seu primeiro texto ficcional, *O mistério do vale Sassassa*, é publicado anonimamente no *Chamber's Journal*. Seu pai, dependente alcoólico, é internado em uma clínica de reabilitação.

1880: Viaja por sete meses como médico de bordo em um baleeiro ártico. Primeiros contatos com o espiritismo e a paranormalidade.

1881: Gradua-se em medicina. É contratado como médico de bordo em um vapor africano-ocidental.

1882: Abandona o catolicismo. Abre consultório em Southsea, Portsmouth.

1885: Casa-se com Louise Hawkins.

1887: Publica *Um estudo em vermelho*, obra que apresenta ao público o detetive Sherlock Holmes e o dr. John W. Watson. Imenso sucesso, os personagens viriam a protagonizar 56 contos e quatro romances de Conan Doyle.

1889: Nasce sua primeira filha, Mary Louise. Publica *O signo dos quatro* e *Micah Clarke*.

1891: Encerra a clínica de Southsea, retorna a Londres e abre consultório em Devonshire Place, mas logo decide abandonar a medicina. Publica na *Strand Magazine* os primeiros contos de *As aventuras de Sherlock Holmes*.

1892: Dedica-se à esquiação. Nasce seu segundo filho, Arthur Alleyne Kingsley.

1893: Morte do pai, após anos internado em clínicas de tratamento mental. A esposa, Louise Doyle, é diagnosticada com tuberculose. Os demais contos de *As aventuras de Sherlock Holmes* e *Memórias de Sherlock Holmes* são publicados na *Strand Magazine*.

1894: Faz turnê bem-sucedida de conferências nos Estados Unidos. Sua peça *Waterloo* é encenada.

1895: Compra um terreno em Hindhead, sudeste da Inglaterra, onde construirá a casa que chamou de "Undershaw". Doyle viverá em Hindhead de 1897 a 1907. Viaja pelo Egito. Publica *Stark Munro Letters*.

1896: Viaja pelo rio Nilo. Serve como correspondente de guerra na luta entre britânicos e daroeses. Publica *Brigadier Gerard* e *Rodney Stone*.

1897: Conhece Jean Leckie, amiga de sua irmã, por quem se apaixona. Publica *Tio Bernac*.

1900: Serve em hospital na África do Sul, durante a Guerra dos Bôeres. Escreve *The Great Boer War* e *A guerra na África do Sul*. Apresenta-se como candidato unionista em Edimburgo, mas perde.

1901: Publica *O cão dos Baskerville*, considerado por muitos o melhor romance policial de todos os tempos.

1902: É agradecido com o título de Nobreza do Império Britânico, passando com isso a ser chamado de Sir Arthur Conan Doyle.

1903: As primeiras histórias de *A volta de Sherlock Holmes* são publicadas na *Strand Magazine*.

1906: Novamente candidato unionista, perde. Envolve-se no Movimento da Reforma da Lei do Divórcio. Morte de Louise Doyle. Publica *Sir Nigel*.

1907: Viúvo, casa-se com Jean Leckie. Publica *Through the Magic Door*.

1909: Escreve *Crime of the Congo*. Nasce Denis, primeiro filho com Jean.

1910: Nasce Adrian, segundo filho com Jean. A peça *A banda malhada*, baseada no conto homônimo, é produzida pela primeira vez em Londres.

1912: Publica *O mundo perdido*, em que aparece pela primeira vez o professor Challenger, seu personagem mais conhecido fora do universo de Sherlock Holmes. Nasce Lean Jean, terceira filha do casal.

1913: Publica *A nuvem da morte*, também protagonizado por Challenger.

1914: Com o começo da Primeira Guerra Mundial, tenta se alistar no exército britânico, mas é recusado. Por conta disso, forma força voluntária, um corpo civil de voluntários submetidos à administração central. Escreve *To Arms!*

1915: Publica *O Vale de Medo*, último romance protagonizado por Sherlock Holmes. Inicia a redação de *A campanha britânica na França e Flandres*, em seis volumes.

1916: Visita campos de batalha. Converte-se ao espiritismo.

1917: Publica *O último adeus de Sherlock Holmes*.

1918: O filho Kingsley morre de pneumonia. Publica *A nova revelação*.

1919: Morte do irmão Innes. Publica *A mensagem vital*.

1920: Viaja à Austrália para promover o espiritismo.

1921: Morte da mãe. Publica *Wonderings of a Spiritualist*.

1922: Faz turnê de conferências pelos Estados Unidos. Afirma acreditar em fadas e publica *The Coming of the Fairies*.

1923: Retorna aos Estados Unidos e ao Canadá. Publica *Our American Adventure*.

1924: Publica *Memória e aventuras*, sua obra autobiográfica.

1925: Preside o Congresso Espírita Internacional em Paris.

1926: Publica *A história do espiritualismo* e *A terra da bruma*.

1927: Publica *Histórias de Sherlock Holmes* e *Pheneas Speaks*. Ainda neste ano escreve o *Abismo Maracot*, obra de ficção científica ambientada em Atlântida.

1928: Publica "Quando o mundo gritou". Faz viagem à África do Sul.

1929: Após exaustiva viagem pela Escandinávia e Holanda, retorna à Inglaterra, e sofre ataque cardíaco. Publica "A máquina de desintegração", última história do professor Challenger.

1930: Publica *A margem do desconhecido*. | **7 jul:** Morre em Crowborough, onde vivia há 23 anos.

A marca FSC é a garantia de que a madeira utilizada na fabricação
do papel deste livro provém de florestas de origem controlada
e que foram gerenciadas de maneira ambientalmente correta,
socialmente justa e economicamente viável.

Este livro foi composto em Fairfield 11/16 e impresso
em papel offwhite 70g/m² e couché matte 150g/m²
por Geográfica Editora em setembro de 2014.

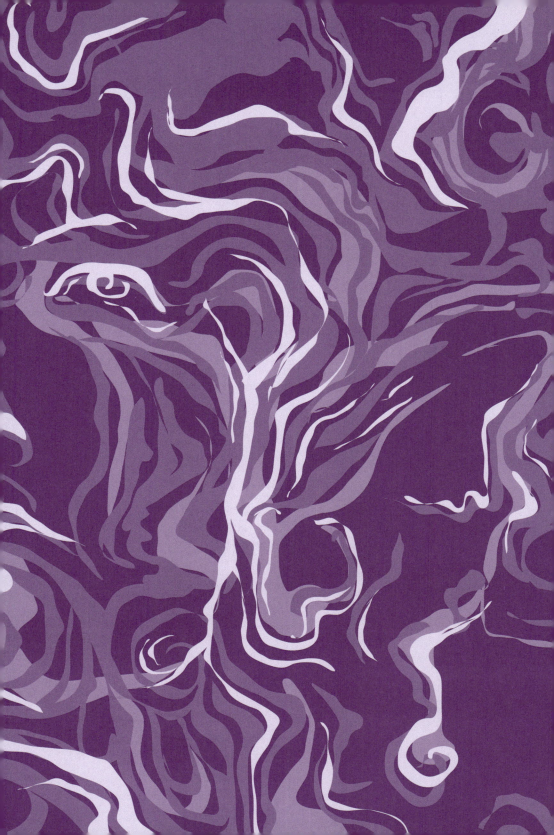